Une famille providentielle

*

Escapade au paradis

*

Un mariage inattendu

MEREDITH WEBBER

Une famille providentielle

BLANCHE

HARLEQUIN

Collection : Blanche

Titre original :
A FOREVER FAMILY FOR THE ARMY DOC

Ce roman a déjà été publié en 2017

HARPERCOLLINS FRANCE
83-85, boulevard Vincent-Auriol, 75646 PARIS CEDEX 13
Service Lectrices — Tél. : 01 45 82 47 47 - www.harlequin.fr
ISBN 978-2-2804-7884-7 — ISSN 0223-5056

Composé et édité par HarperCollins France.
Imprimé en juin 2022 par CPI Black Print (Barcelone)
en utilisant 100% d'électricité renouvelable.
Dépôt légal : juillet 2022.

FSC
www.fsc.org
MIXTE
Papier issu de sources responsables
FSC® C159065

Pour limiter l'empreinte environnementale de ses livres, HarperCollins France s'engage à n'utiliser que du papier fabriqué à partir de bois provenant de forêts gérées durablement et de manière responsable.

1.

Izzy courait à un rythme soutenu sur le sentier du littoral qui, à cet endroit, longeait une petite plage abritée. Plus loin, le chemin montait vers les falaises avant de serpenter à travers les broussailles. L'endroit était magnifique. Elle l'adorait, elle s'y sentait chez elle.

Comme elle avait travaillé toute la nuit, cette course au petit matin était pour elle une récompense. Une trêve avant de retourner dans la réalité des choses — s'assurer que Nikki était prête à démarrer le prochain trimestre scolaire, voir ses parents pour prendre des nouvelles de la famille, sortir les chiens… Se détendre !

Nikki. Sa fille aurait treize ans le mois prochain. Elle était sensible, aimante, bonne élève à l'école. Alors pourquoi, chaque fois qu'il s'agissait de Nikki, avait-elle l'estomac noué ?

Soudain, elle s'arrêta de courir et regarda attentivement quelque chose qui gisait sur la plage, juste au bord de l'eau. Une forme massive qu'elle avait du mal à identifier. C'était trop gros pour être un corps humain, mais mieux valait le vérifier.

Tandis qu'elle descendait vers la plage en se faufilant entre les rochers, elle aperçut une silhouette qui se dirigeait vers la masse étalée sur le sable. En scrutant un peu mieux, il s'avéra que la silhouette était celle d'un homme de haute stature doté d'une épaisse chevelure noire.

Izzy fut la première à atteindre ce qui, à présent, se révélait être un mammifère marin. Peut-être un baleineau ? En tout cas, sa peau était brûlante, aussi Izzy ôta-t-elle son T-shirt pour le plonger dans l'eau avant de s'en servir pour asperger le dos de l'animal.

— Bonne idée, dit une voix derrière elle. J'ai une serviette dans mes affaires, je vais aller la chercher.

L'homme s'éloigna avant qu'Izzy ait eu le temps de le dévisager. Il lui avait donné l'impression d'être assez négligé, avec sa barbe naissante et ses cheveux en bataille.

— Apportez aussi une bouteille ou un bol, si vous en avez, ainsi que de l'eau douce ! lui cria-t-elle.

Elle se pencha de nouveau vers l'animal, essayant de se souvenir de ce qu'elle avait appris lorsqu'elle avait visité le Monde de la mer avec Nikki, quelques années auparavant.

En général, les mammifères marins qui s'échouaient se retrouvaient sur le flanc. C'était le cas de celui-ci.

L'inconnu était de retour.

— C'est un marsouin, dit-il d'un ton assuré.

— Vous croyez ? Je pensais qu'il s'agissait d'un baleineau.

Il éclata de rire.

— Les baleines sont trois fois plus grosses que cet animal et elles pèsent plus d'une tonne.

— Encore un M. Je-Sais-Tout, marmonna Izzy entre ses dents.

Voyant l'inconnu plonger sa serviette dans l'eau avant de l'étendre sur le dos du marsouin, elle renonça à polémiquer avec lui. De toute façon, quelle importance ?

— Je crois que la première chose à faire est de le remettre sur le ventre, dit-il.

Elle y avait déjà pensé, mais ne jugea pas utile de le lui dire.

— Mais l'eau douce ? demanda-t-il.

Ah ! voilà quelque chose qu'elle savait et qu'il ignorait !

— Il faut juste lui en passer un peu sur chaque œil. Ils ont besoin d'avoir les yeux humides, mais…

— Le sel formerait une croûte si l'on utilisait de l'eau de mer, acheva l'inconnu en souriant.

Ses dents d'une blancheur éclatante brillaient dans son visage mal rasé.

Izzy sentit comme un pincement à l'estomac.

Non ! Pas cela ! Il n'en était pas question !

Elle l'observa tandis qu'il versait avec soin de l'eau au-dessus de chaque œil afin qu'elle ruisselle sur l'ensemble du globe oculaire.

— Je m'appelle Mac, reprit-il en rebouchant la bouteille.

— Moi, c'est Izzy.

Ils échangèrent une poignée de main au-dessus du corps de l'animal.

— Nous devons le tourner vers la mer et le mettre sur le ventre, ajouta-t-elle. Si nous creusons un trou dans le sable, il devrait pouvoir se tourner facilement.

— Vous avez déjà fait ce genre de choses ?

Il la rejoignit, se mettant comme elle du côté de la mer, et ils commencèrent à creuser.

— Non, mais j'ai assisté une fois à une conférence sur les mammifères marins, répliqua-t-elle. Il ne faut pas faire rouler les gros animaux car on risquerait de leur briser les côtes et il faut garder humides la queue, les nageoires et cet aileron qu'ils ont sur le dos parce qu'ils s'en servent pour se rafraîchir.

Mac se mit à remplir d'eau de mer le bidon qu'il avait apporté puis il le vida sur les nageoires et la queue du marsouin tandis qu'Izzy continuait de creuser dans le sable.

Quel tour lui avait joué le destin en l'amenant ici, à ce moment précis ? se demanda-t-il tandis qu'il s'accroupissait près de cette femme à demi nue pour l'aider à remettre à flot un animal venu s'échouer sur la plage.

Un trek de trois semaines le long de la côte lui était apparu comme l'occasion de mettre ses idées au clair avant de prendre le nouveau poste qu'il trouverait au bout du chemin — au sens propre du terme puisque cette partie du sentier du littoral aboutissait à Wetherby, non loin du Wetherby District Hospital qui attendait l'arrivée de son nouveau directeur.

« Directeur » était un bien grand mot puisque, à sa connaissance, l'établissement ne comprenait que deux médecins, secondés par un cabinet médical privé composé de quatre généralistes.

— J'ai l'impression qu'il bouge de ce côté.

Il jeta un regard à la femme qui venait de parler et qui semblait ignorer l'effet qu'elle exerçait sur lui. Elle ressemblait à un lutin, toute dorée qu'elle était. Sa peau l'était, tout comme les reflets cuivrés de ses cheveux flamboyants. Un chignon lâche laissait échapper quelques mèches bouclées, auréolant son visage. Et ses yeux aussi étaient dorés — bon, sans doute étaient-ils bruns, mais avec des paillettes d'or…

Mieux valait ne pas passer en revue chaque détail de cette délicieuse créature, telles ses charmantes rondeurs à peine masquées par le haut d'un minuscule bikini qui lui frôlaient le bras tandis qu'ils creusaient un trou dans le sable.

Il se releva, cherchant à fuir cette proximité qui le déstabilisait.

— Je vais ôter la serviette et le T-shirt, dit-il. Nous les remettrons en place lorsque l'animal se sera déplacé.

— Bonne idée, commenta le lutin en s'arrêtant de creuser pour lui adresser un sourire.

Oh ! ciel, elle avait une fossette !

A cet instant, le marsouin roula dans le trou qu'ils avaient fait pour lui. A présent, il était sur le ventre et la marée montante lui envoyait des vaguelettes qui le rafraîchissaient.

La jeune femme avait eu juste le temps de sauter sur le côté, mais sans avoir pu éviter d'être éclaboussée au passage lorsque l'animal s'était retourné. A présent, elle sautait sur place, ravie, applaudissant le marsouin qu'elle félicitait.

— Bravo, mon grand ! Bien joué !

— Pourquoi pensez-vous qu'il s'agit d'un mâle ?

Les yeux dorés se levèrent vers lui.

— Franchement, croyez-vous qu'une femelle aurait été assez stupide pour se retrouver dans une telle situation ? répondit-elle en dissimulant à peine un sourire moqueur.

— Pff !

Mais il se dit que le moment était mal choisi pour comparer le degré de stupidité des mâles et celui des femelles. En ce qui le concernait, c'était bien lui qui s'était montré stupide dans son couple en s'imaginant que le mariage supposait amour et fidélité réciproques…

Mais il n'avait aucune envie de réveiller de tels souvenirs.

— Que faisons-nous maintenant ? demanda-t-il.

Izzy observa l'animal, toujours échoué sur le sable, mais maintenant dans la bonne position. Si elle avait les yeux fixés sur lui, était-ce pour éviter de regarder cet homme — Mac ? Elle avait été si contente de voir l'opération de sauvetage couronnée de succès qu'elle avait voulu partager sa joie avec Mac et s'était tournée vers lui. Elle avait alors découvert qu'il avait les yeux bleus — un bleu incroyable, à couper le souffle. Un bref instant, elle avait cru que son cœur s'arrêtait de battre… Mieux valait s'intéresser au marsouin !

— Nous pourrions peut-être creuser une tranchée vers la mer en prolongeant le trou que nous avons fait, suggéra-t-elle. Ce pauvre marsouin pourra alors se laisser glisser dans l'eau et gagner le large quand la marée sera plus haute.

— Ou peut-être devrions-nous demander de l'aide.

— Nous sommes à trois kilomètres de la ville et je n'ai pas de téléphone avec moi. Et vous ?

Il secoua la tête.

Izzy jeta un coup d'œil vers le sentier. Personne en vue.

— Bon, nous allons devoir nous débrouiller seuls. Vous avez sans doute un sac de couchage ?

— Un sac de couchage ? répéta-t-il, visiblement interloqué.

— Ce truc dans lequel on dort. Les nuits sont fraîches, j'ai pensé que vous aviez peut-être…

— Je sais ce qu'est un sac de couchage... Mais je ne vois pas pourquoi vous me posez cette question.

Plutôt grognon, ce type...

— Ce serait pour faire une sangle. Pourriez-vous aller le chercher, s'il vous plaît ? ajouta-t-elle poliment, en souriant.

Elle avait besoin que cet homme l'aide. Elle devait donc éviter de le contrarier.

— Nous allons essayer de le glisser sous lui et, quand la mer sera haute, nous pourrons, avec cette sangle, l'aider à prendre la bonne direction.

— Vous voulez que je mette mon sac de couchage dans la mer pour cet animal ?

Izzy renonça alors à tout effort de politesse.

— Oh ! arrêtez de vous plaindre et allez le chercher ! Cette partie du sentier prend fin à Wetherby. Je vous achèterai là-bas un nouveau sac de couchage.

Il ne bougea pas, la regardant un moment en secouant la tête, comme si c'était elle le problème, et non le marsouin. Marmonnant quelque chose où il était question de femmes autoritaires, il lui tourna le dos et s'éloigna à grands pas.

Prenant conscience qu'elle dévorait des yeux ces longues et solides jambes qui foulaient le sable, Izzy se remit à creuser.

Mac était conscient de s'être comporté comme un grossier personnage et un fieffé imbécile. Il retourna à son campement et prit son sac de couchage qu'il déroula et ouvrit afin qu'il soit prêt à faire office de sangle.

Cette jeune femme avait eu une excellente idée. Une idée qu'il aurait dû avoir lui-même. Etait-ce parce qu'il ne l'avait pas eue qu'il se sentait contrarié ? Ou parce que la femme qui l'avait eue lui faisait un effet incroyable ?

Il se méfiait de ce type d'attirance.

Non pas avec les femmes en général. Il avait plusieurs excellentes amies et, de temps en temps, il lui arrivait de mettre dans son lit certaines d'entre elles.

Jusqu'au moment où cela devenait plus compliqué et

dépassait le simple désir physique — du côté de sa partenaire, non du sien.

La leçon qu'il avait tirée de son mariage, c'était que l'attirance physique était dangereuse. Elle embrouillait les idées et amenait à prendre des décisions hâtives.

N'avait-il pas déjà les idées assez embrouillées comme cela ? Son poste en Irak, la découverte du comportement de sa femme — son ex-femme — qui l'avait trahi...

Il secoua la tête pour se libérer du passé et observa l'animal. Il était bien décidé à prendre en mains la situation. N'était-ce pas là le rôle d'un médecin urgentiste ?

— J'approfondis le trou, dit Izzy, mais ce n'est pas facile parce que chaque vague rapporte du sable, et il nous faut donc insister. Vous voulez bien lui humecter de nouveau les yeux ?

Apparemment, c'était elle qui avait pris le contrôle de la situation !

Alors que la marée montait et que la petite piscine aménagée sous le ventre du marsouin devenait plus profonde, il ne pensa bientôt plus aux problèmes créés par l'attirance physique ni à la guerre des sexes. Sa seule préoccupation, c'était de faire en sorte que le marsouin retrouve les eaux profondes, son milieu naturel. Il creusa au point d'en avoir mal aux bras puis il glissa le sac de couchage sous le corps massif de l'animal. De l'autre côté, Izzy saisit cette sangle improvisée et, lorsqu'ils eurent de l'eau jusqu'aux genoux, ils guidèrent le marsouin vers la haute mer.

— Regardez, il flotte, à présent, dit Izzy.

Mac constata que l'animal ne pesait plus sur la sangle.

— Vous avez raison, répondit-il avec soulagement. Mais il faut maintenir le sac de couchage sous lui. Nous devons le balancer pour qu'il sente son corps bouger dans l'eau. Enfin, je crois. Lorsqu'on attrape un gros poisson et qu'on le relâche, on le fait glisser dans l'eau dans un mouvement de va-et-vient jusqu'à ce qu'il se remette à nager.

Unissant leurs forces, ils poussèrent l'énorme animal,

l'aidant à se remuer dans les vagues jusqu'au moment où, d'un coup de queue, il plongea pour réapparaître au large, quelques minutes plus tard.

— Il est parti ! s'écria Izzy. Nous avons réussi !

Elle se précipita vers Mac et le prit dans ses bras. Comme elle n'avait pas lâché le sac de couchage, celui-ci s'enroula autour de Mac telle une camisole de force, ce qui le fit tomber. Mais, une fois libéré et reprenant pied dans une eau peu profonde, il serra Izzy contre lui. Le succès de leur entreprise leur avait fait oublier toute réserve.

Alors que Mac commençait à apprécier cette étreinte, Izzy s'écarta pour hisser le sac de couchage hors de l'eau.

— Je n'ai pas pour habitude de prendre dans mes bras des étrang…

Elle s'interrompit brusquement et fronça les sourcils.

— J'espère qu'il ne va pas revenir ! Et que ses congénères ne sont pas très loin d'ici pour qu'il puisse les rejoindre. Savez-vous que, lorsqu'une bande de marsouins s'échoue sur une plage et qu'on leur porte secours, on essaye de les faire repartir tous en même temps vers le large pour qu'ils veillent les uns sur les autres ?

Il aurait aimé répondre : « Ce n'est pas notre problème », mais il s'aperçut que, maintenant qu'elle avait posé la question, lui aussi se faisait du souci pour le marsouin — *leur* marsouin. C'était absurde. Il n'était même pas sûr que les marsouins se déplaçaient en bande, et sans doute Izzy n'en savait-elle rien non plus. Le job était terminé et il avait envie de reprendre sa randonnée — sans sac de couchage ni eau potable. Seul ?

— Je ne pense pas que vous voudriez m'accompagner jusqu'à Wetherby, ni même faire un bout du chemin avec moi ?

Elle leva les yeux et il vit de l'étonnement dans les prunelles pailletées d'or. Lui-même avait été surpris de poser la question. N'en avait-il pas fini avec les femmes ? N'avait-il pas décidé de se protéger pendant quelque temps des chocs émotionnels auxquels on s'exposait quand on se lançait dans une relation sentimentale ?

Mais cela n'avait aucune importance car Izzy secouait déjà la tête.

— Oh ! non ! répondit-elle. Je dois me dépêcher. J'ai travaillé la nuit dernière et je dois vérifier que ma fille est prête pour reprendre l'école lundi, et ma sœur doit venir de Sydney pour passer le week-end ici, et je pense que mon frère doit être en ville…

— D'accord, d'accord ! dit-il en levant les mains dans un geste de capitulation.

Il sourit devant l'air gêné de la jeune femme et ajouta :

— Mais, à l'avenir, rappelez-vous ce que ma mère m'a dit un jour : ne jamais invoquer plus d'une excuse à la fois. Si on en cite plusieurs, elles semblent fausses.

— Mais ce n'est pas mon cas ! Tout est vrai.

Rouge d'indignation, elle tourna les talons, prête à s'en aller, quand elle lui fit face de nouveau.

— Vous trouverez un robinet avec de l'eau potable à quelques centaines de mètres d'ici, sur le sentier. Vous pourrez y remplir votre bouteille.

Cette fois, elle partit pour de bon, presque en courant…

Et s'arrêta au bout de vingt mètres.

— Le sac de couchage…, dit-elle en désignant la masse humide sur le sable. Vous ne pouvez pas l'emporter mouillé, alors suspendez-le dans un arbre. Je reviendrai par ici dans un jour ou deux et je le décrocherai pour qu'il n'encombre pas le sentier. Et, si vous me dites où vous joindre, je vous procurerai un sac de couchage tout neuf.

— Ce ne sera pas la peine, répondit-il d'un ton détaché.

— Bien.

Lui tournant le dos, elle s'éloigna en lançant un « merci ! » par-dessus son épaule et reprit sa course en espérant avoir l'air d'une vraie sportive concentrée sur sa foulée alors qu'en réalité elle partait à regret.

Lorsqu'elle arriva à l'endroit où elle avait garé sa voiture, elle avait recouvré un peu son calme et décidé que l'attirance absurde qu'elle avait éprouvée pour cet homme était due aux effets combinés d'une nuit de travail et de sa gratitude envers lui pour l'avoir aidée à sauver le marsouin.

Qui, elle l'espérait, ne reviendrait pas s'échouer sur la plage une fois qu'ils n'y seraient plus !

Mac reprit sa randonnée avec un paquetage beaucoup plus léger. Il ressentait une certaine contrariété qui venait troubler le plaisir que lui avaient procuré ses trois semaines de trek. Peut-être parce que sa solitude avait été rompue par sa rencontre avec la jeune femme qui répondait au nom d'Izzy. Or il accordait beaucoup de prix à la solitude. Il avait eu du mal à la trouver à l'armée.

Curieusement, c'était ce qui avait plu à Lauren : la vie collective en caserne, la compagnie des autres épouses et une sorte de camaraderie forcée. Mais elle avait déchanté dès qu'il avait eu sa première mission à l'étranger.

— Tu es médecin, pas soldat, avait-elle protesté.

Elle savait pourtant que nombre de médecins étaient envoyés dans des pays en guerre.

— Que deviendrai-je si tu te fais tuer ? avait-elle ajouté.

Il lui avait promis qu'il ne lui arriverait rien. Mais, la seconde fois où il était parti en Afghanistan, elle avait cessé de le croire. Elle ne croyait plus en lui ni au mariage, lui avait-elle dit plus tard en lui expliquant qu'elle trouvait plus excitant d'avoir un amant qu'un mari.

Venue s'ajouter au désastre qu'avait été sa seconde mission, cette annonce l'avait tétanisé, tuant chez lui toute réaction émotionnelle. Il n'avait rien laissé paraître de son désarroi, continuant d'être un médecin compétent et attentif, un compagnon chaleureux au mess des officiers et un bon fils pour ses parents et leurs nouveaux conjoints respectifs.

Il avait toujours pensé que le divorce de ses parents, survenu lorsqu'il avait sept ans, ne l'avait pas particulièrement touché. Il les avait toujours vus tous les deux régulièrement, vivant tantôt chez l'un, tantôt chez l'autre. Il s'entendait bien avec ses demi-frères et sœurs et les avait même aidés, à différentes époques, lorsque, à leur tour, ils avaient vu leurs parents divorcer.

En marchant sur le chemin du littoral, il avait eu le temps de réfléchir, et comprit que c'était peut-être dès l'enfance qu'il avait appris à refouler ses émotions, les enfermant dans une sorte de boîte à souvenirs pour continuer à aller de l'avant.

Etait-ce ce refoulement qui l'avait empêché de voir et de comprendre la peur réelle qui s'était emparée de Lauren la première fois qu'il avait été envoyé à l'étranger ?

Cette fois-ci, lorsque Lauren avait appris son retour, elle lui avait envoyé un e-mail auquel il n'avait pas répondu.

Peut-être l'excitation dont elle lui avait parlé était-elle retombée, mais il n'avait aucune envie de le savoir. Leur brève liaison suivie de trois années de mariage lui apparaissait aujourd'hui n'avoir aucune réalité. Il avait l'impression de s'en souvenir comme d'un roman qu'il aurait lu autrefois. Un rêve — ou peut-être un cauchemar.

Voulant éviter de songer au passé, il referma sa boîte à souvenirs et songea à l'avenir.

Inévitablement, l'image de la jeune femme dorée s'imposa à lui. Elle avait surgi dans sa vie tel un génie sortant d'un flacon pour disparaître presque aussitôt au pas de course.

Sans doute vivait-elle à Wetherby, mais la ville côtière et sa banlieue comptaient près de dix mille habitants, et probablement le double pendant les vacances. Il y avait peu de chance que leurs chemins se recroisent un jour…

De toute façon, il allait être bien trop occupé par son nouveau poste pour perdre son temps à chercher un lutin doré.

Par ailleurs, elle avait une fille. Sans doute était-elle mariée, même s'il avait remarqué qu'elle ne portait pas d'alliance.

Cela ne voulait rien dire, bien sûr. De nos jours, bien des gens mariés ne mettaient pas leur alliance, et beaucoup de couples choisissaient de ne pas se marier.

Mais Izzy *avait* un enfant et, même si elle n'avait pas de compagnon attitré, il était probable qu'elle attendait d'une relation qu'elle lui offre stabilité et sécurité.

Ce qui n'était pas son cas. Il cherchait plutôt à s'amuser et ne sortait qu'avec des femmes qui appréciaient comme lui de vivre une aventure agréable, sans en attendre rien de plus.

Arrivé au sommet d'une petite montée, il fit une halte et admira l'océan qui s'étendait à perte de vue. Au-delà du cap, il aperçut des surfeurs assis sur leurs planches, attendant la prochaine bonne vague, et, plus loin, il découvrit ce qui devait être les faubourgs de la ville.

Wetherby !

2.

Chez les Halliday, la table de la cuisine pouvait accueillir à l'aise une vingtaine de convives, mais Izzy et sa sœur Lila avaient reçu la consigne de mettre le couvert pour huit personnes.

— Je pensais que nous serions entre nous, commenta Izzy, étonnée. Comment se fait-il que nous soyons huit ?

— L'oncle Marty va venir et sans doute sera-t-il accompagné de sa nouvelle petite amie, expliqua Nikki en disposant un bouquet de fleurs au centre de la table.

— Bon, mais si je compte bien... Il y a toi et moi, cela fait deux, Lila, Hallie et Pop, ce qui fait cinq, Marty et son dernier flirt, cela fait sept.

— Plus le nouveau médecin de l'hôpital, dit la femme que tous ses enfants adoptifs appelaient Hallie. En tant que présidente du conseil d'administration, il m'a paru normal de l'inviter afin de mieux faire connaissance.

— Elle est encore en train de jouer les marieuses, murmura Lila en s'adressant à Izzy.

— Pour toi, j'espère, pas pour moi ! marmonna Izzy.

— Mais Lila ne vit pas ici, intervint Nikki. Et, de toute façon, maman, c'est peut-être lui l'homme qu'il te faut.

Izzy réprima un grognement. Les filles de treize ans ne devraient pas essayer de remarier leurs mères !

— Bon, arrêtez, s'il vous plaît. Je suis parfaitement heureuse en étant célibataire. Par ailleurs, c'est le nouveau médecin de l'hôpital et je vais travailler avec lui. Si certaines personnes parviennent à combiner travail et vie sentimentale, en ce qui me concerne, cela tourne toujours au désastre.

— Cela n'est arrivé qu'une fois, et sans doute par ma faute, dit Hallie. Il semblait si charmant lorsqu'il a eu son entretien avec le conseil d'administration. Comment aurais-je pu savoir qu'il avait deux ex-épouses dont il avait omis de nous parler ?

— Deux ex-femmes et une maîtresse jalouse qui a bien failli tuer notre Izzy.

Toutes se tournèrent vers la porte de derrière et crièrent en chœur le nom de Marty qui venait de prononcer ces paroles.

Nikki fut la première à lui sauter au cou. Izzy, elle, resta en retrait, frémissant d'horreur au souvenir de cette malheureuse liaison.

— Bon, je suis de retour et c'est génial de se retrouver, dit Marty, mais écartez-vous, les filles, parce que j'ai trouvé ce gars dans le jardin. Il avait l'air un peu perdu et, apparemment, il vient dîner avec nous. C'est le dernier protégé de Hallie, je dirais, le nouveau médecin de l'hôpital. Il dit s'appeler Mac.

Izzy leva les yeux et se sentit rougir. Sous le choc.

L'inconnu ne ressemblait guère au type négligé qu'elle avait rencontré le matin même. Rasé de près, coiffé avec soin, ses épais sourcils noirs dessinant un arc au-dessus de ses yeux bleus, c'était l'homme le plus séduisant qu'elle avait jamais vu.

Aucune femme ne pouvait rester insensible à tant de beauté, se dit-elle en jetant un regard vers Lila pour voir si, elle aussi, était tétanisée par cette apparition.

Mais non. Sa sœur, si ravissante avec ses yeux de biche et sa chevelure d'ébène, serrait la main du dénommé Mac en lui demandant d'où il venait, où il avait fait ses études… Le genre de question qu'on se pose entre collègues.

Mac n'eut pas le temps d'y répondre car Hallie avait pris le relais et s'était mise en devoir de faire les présentations.

— Voici Marty, que vous avez rencontré dans le jardin. Il ne vit pas ici, il passe de temps en temps et, le plus souvent, il vient accompagné…

Fronçant les sourcils, elle regarda autour d'elle, comme si elle venait de s'apercevoir que, cette fois, Marty était venu seul.

— J'ai conduit Cindy à l'étage, expliqua-t-il. Elle voulait prendre une douche avant le dîner. Après, je suis allé voir Pop dans la remise et, en revenant, je suis tombé sur Mac.

— Ah…, dit Hallie, comme si pour elle les choses étaient rentrées dans l'ordre. Alors, Mac… Vous préférez qu'on vous appelle Mac, n'est-ce pas ? C'est ce que vous avez dit lors de votre entretien.

Le malheureux, désorienté, hocha la tête et, avant que Hallie ne saute encore du coq à l'âne comme à son habitude, Marty prit la parole.

— Mac, la plus petite des femmes présentes dans la pièce, c'est Nikki, et la jolie rousse qui se cache dans le coin, là-bas, c'est sa mère, Izzy. Ce n'est pas votre faute si le précédent directeur de l'hôpital avait une ex-maîtresse qui a essayé de tuer Izzy. Allons, Iz, viens dire bonjour à ton nouveau patron…, ajouta-t-il en agitant la main pour l'inviter à se rapprocher.

— Nous nous sommes déjà rencontrés, dit-elle d'un ton brusque.

— Et moi, je suis Lila.

Dieu la bénisse ! songea Izzy. Elle avait probablement senti la tension qui régnait dans la pièce et faisait le nécessaire pour la dissiper : parler métier avec le nouveau venu pour lui laisser le temps de se ressaisir.

Mac essayait de comprendre où il se trouvait et qui étaient les gens qui l'entouraient. On lui avait indiqué qu'en partant de l'hôpital il devait marcher jusqu'en haut de la colline et, là, il trouverait la maison des Halliday. Arrivé au sommet, il n'avait vu qu'une énorme et vieille bâtisse en pierre de taille, assez vaste, semblait-il, pour abriter un régiment.

Il en avait fait le tour, se demandant si la maison de la présidente du conseil d'administration de l'hôpital ne se cachait pas derrière l'imposant bâtiment, et il avait fini par se retrouver dans un gigantesque potager.

L'homme qui répondait au nom de Marty était venu à son secours et l'avait fait entrer dans une cuisine où, au milieu d'un groupe de femmes qui bavardaient avec entrain, se trouvait son lutin. Elle était habillée, maintenant. Elle portait un jean étroit qui lui moulait les jambes et les hanches, et un petit haut qui laissait voir, lorsqu'elle bougeait, quelques centimètres de sa peau dorée au niveau de la taille.

Il reconnut Mme Halliday, la présidente, et l'adolescente qui avait de longs cheveux châtain doré devait être la fille d'Izzy. Quant à Lila, une vraie beauté avec sa chevelure de jais et ses yeux noirs, elle le harcelait de questions auxquelles il avait du mal à répondre par manque de concentration.

Le lutin vint à son secours.

— Je vous présente l'homme dont je vous ai parlé, lança-t-elle à la cantonade. Celui qui m'a aidée à sauver le marsouin. Désolée pour le désordre qui règne ici ce soir, Mac, mais avec…

— Avec votre sœur qui vient de Sydney, et votre frère qui sera peut-être là… Oui, je sais, conclut-il.

Il la vit rougir, mais il lut dans ses yeux de la colère plutôt que de l'embarras.

Quel sale type ! pensa Izzy. A présent, toute la famille avait les yeux rivés sur elle. Attendant qu'elle explose ? Pas question ! Elle n'allait pas réagir aux taquineries de cet homme. C'était déjà assez regrettable que la seule présence de Mac la rende nerveuse et accélère son rythme cardiaque. Si cela continuait ainsi, il lui faudrait quitter la ville car une infirmière sujette à des distractions ne pouvait être d'aucune utilité pour personne.

Mais Nikki… L'école…

Pop la sauva de la panique ridicule qui menaçait de s'emparer d'elle. Lorsqu'il apparut sur le seuil de la cuisine en tenant à la main une longue lance qui semblait incroyablement dangereuse, tout le monde se tut.

— Je ne peux pas faire mieux, Nik, dit-il en donnant la lance à l'adolescente. Je ne sais pas si les aborigènes de la région faisaient des marques rituelles sur leurs lances, mais le vieux Dan qui habite au camping doit le savoir. Tu pourras lui poser la question et il te montrera ce qu'il faut faire.

— Va ranger ça tout de suite ! ordonna Izzy en voyant sa fille exécuter des pas de danse dans la cuisine en brandissant sa lance.

Nikki disparue, Hallie présenta Mac à Pop, Izzy acheva de dresser la table avec Lila, et le calme régna dans la cuisine des Halliday, au moins provisoirement.

Pop expliqua à Mac que Nikki avait besoin d'une lance pour un projet pédagogique de son école.

— J'ai fabriqué tellement de trucs pendant des années pour plein de gamins…, ajouta-t-il. Izzy, c'était pour toi que j'avais fait le robot, non ? Je crois que c'était ma réalisation la plus ingénieuse, mais j'ai utilisé un nombre considérable de feuilles d'aluminium !

Il n'allait pas tarder à ressortir les vieilles photos, et elle ne saurait plus où se mettre ! songea Izzy, paniquée.

— Bon, le dîner est prêt.

Cette fois, c'était Hallie qui sauvait la situation. Ayant posé le gigot d'agneau sur la table, elle tendit la fourchette et le couteau à découper à Pop. Lila apporta les pommes de terre sautées et le gratin de potiron tandis qu'Izzy se chargeait des saucières.

— Mac, comme vous êtes notre invité, la place d'honneur vous revient, dit Hallie. Izzy, comme tu vas travailler avec lui, c'est l'occasion pour toi de mieux le connaître. Tu vas t'asseoir près de lui, et Lila se mettra de l'autre côté. Et, je t'en prie, Lila, évite de nous décrire des opérations chirurgicales, quelles qu'elles soient. Pop, tu t'assieds à côté de Lila, et ensuite Nikki. Marty et Cindy prendront place en face et, moi, je m'installe au bout de la table parce que…

— Parce que tu dois te lever tout le temps pour assurer le service, acheva en chœur la famille.

Izzy commençait à se détendre. Elle était chez elle, en famille, elle se sentait en sécurité. Alors, quelle importance si elle éprouvait une attirance physique pour ce Mac Je-ne-sais-quoi… Avait-il seulement un nom de famille ? Ce n'était pas la première fois, bien sûr, qu'elle se sentait attirée par un homme mais, en y réfléchissant, il y avait un bon bout de temps que cela ne lui était pas arrivé.

— Voulez-vous vous asseoir ?

Elle se sentit rougir. Comment aurait-elle pu savoir qu'il lui tenait sa chaise et attendait patiemment qu'elle se décide à s'asseoir ? Elle se laissa tomber sur le siège en lançant un bref « je vous remercie ». Croisant alors son regard, elle eut l'impression de plonger au fond de ses yeux bleus.

Elle perdait la tête !

— Alors, pourquoi Wetherby ? demanda Lila.

Mac se tourna vers elle et lui sourit — quel homme ne sourirait pas à Lila ? D'une voix chaude et profonde, il expliqua en quelques mots : médecin militaire, il avait été basé dans le Middle East pendant des années, avec quelques missions à l'étranger…

— Alors, quand j'ai décidé de quitter l'armée, j'ai cherché un endroit calme, verdoyant, proche de la mer.

— Vous ne serez pas déçu ! commenta Cindy. Je parie que, lorsque vous aurez passé un mois ici, vous mourrez d'ennui.

— Hé, Cindy, c'est chez moi, ici ! protesta Marty.

— Et puis, c'est seulement la seconde fois que vous venez chez nous, Cindy, et vous n'êtes restée qu'une nuit, souligna Nikki.

— Est-ce que, dans toutes les petites villes, la population

prend la défense de son territoire autant qu'on le fait à Wetherby ? murmura Mac en s'adressant à Izzy.

Troublée de le sentir si proche, elle le fixa d'un regard vide.

— Bien sûr, intervint Lila.

Izzy vit que sa sœur l'observait avec attention, sans doute pour essayer de comprendre ce qui se passait.

Comme si je le savais, pensa-t-elle tandis qu'elle passait le plat de pommes de terre à leur invité pendant que Lila lui servait plusieurs tranches de gigot.

Mac commença à couper sa viande, en s'interrogeant sur cette famille — prêt à tout pour oublier la femme qui était à côté de lui et l'effet qu'elle lui faisait. Il se demanda comment le beau Marty, un colosse blond aux yeux bleus, pouvait être le frère de la jolie Lila, une beauté brune, et de la petite rousse assise près de lui ?

— Nous sommes tous adoptés, dit Izzy comme si elle avait deviné ses interrogations.

— *Tous ?*

— Mais oui, et il y en a d'autres encore. Cette maison est un ancien couvent, voyez-vous, et Pop l'a achetée pour une bouchée de pain lorsque Hallie et lui se sont mariés. Ils avaient l'intention d'y faire grandir leurs propres enfants, mais la vie en a décidé autrement. Alors, ils ont accueilli des enfants abandonnés ou des orphelins, comme c'est le cas pour Lila, nous offrant à tous un amour sans réserve, une stabilité et une confiance en nous qui nous permettaient de croire que nous pouvions être qui nous voulions. Mais, surtout, ils nous ont donné la sécurité d'un foyer, d'une famille.

— C'est vrai, dit Lila en hochant la tête.

— Et c'est ce qui nous est arrivé de meilleur dans toute notre vie, ajouta Marty tandis que Hallie essayait en vain de les faire taire.

Mac était impressionné par ce qu'il venait d'entendre, mais un mot le laissait perplexe.

— Un couvent ? répéta-t-il.

Comment ces ravissantes jeunes femmes pouvaient-elles vivre dans un couvent ? Sauf que, bien sûr, ce n'était plus un couvent. Il n'avait plus les idées claires, songea-t-il. La tenue du lutin n'avait rien d'indécent, mais, de la place qu'il occupait, il pouvait voir la naissance de ses seins, et le sang qui était censé lui irriguer le cerveau se trouvait dans un autre endroit de son anatomie.

— La bâtisse n'était pas chère, expliqua Pop. Par ailleurs, il n'a pas été difficile d'abattre les cloisons de deux ou trois petites cellules pour avoir des chambres d'une taille décente.

— Vous êtes charpentier ? Maçon ?

Pop sourit et secoua la tête.

— Routier. Principalement sur de longues distances. J'ai appris à tous les gamins à conduire un camion.

— Je suis en train d'apprendre, annonça Nikki. Mais, pour le moment, je ne vais que dans les enclos, derrière la maison.

La conversation s'orienta vers les animaux gardés dans les enclos. Nikki demanda à Mac s'il montait à cheval. Hallie, elle, parla du potager.

— N'hésitez pas à emporter tous les légumes que vous voulez, Mac, dit-elle. Nous en avons toujours trop !

Grâce à ce repas simple et délicieux où tout le monde s'exprimait librement dans une bonne humeur générale, Mac se sentait très détendu.

— Avez-vous une famille, Mac ? s'enquit Pop.

— Mes parents, bien sûr, mais je ne les vois pas beaucoup. Dans l'armée, vous savez, on ignore où l'on sera le lendemain.

Il n'ajouta pas que les divorces et les remariages réguliers de ses parents avaient émoussé chez lui toute fibre filiale.

— Vous êtes marié ?

La question émanait de Lila, et le clin d'œil qu'elle avait adressé à Izzy n'échappa pas à Mac. Mieux valait régler cette question une fois pour toutes, et rapidement, pensa-t-il.

— Je l'ai été. Et cela m'a guéri définitivement du mariage…, ajouta-t-il, voulant mettre les points sur les *i*.

Il jeta un regard à Izzy et, voyant qu'elle était écarlate, il comprit que la question était surtout destinée à la taquiner.

— Ça suffit, Lila ! intervint Marty. Pop posait une question tout à fait banale, mais toi, Lila, tu ne cherches qu'à taquiner Izzy.

Il se tourna vers Mac.

— Izzy a connu une expérience malheureuse avec un médecin que nous avons eu ici il y a quelques années, et c'est devenu un sujet de plaisanterie dans la famille.

Un signal émis par son téléphone portable interrompit la conversation. Sortant l'appareil de sa poche, Marty jeta un coup d'œil sur l'écran puis se leva de table.

— Le travail m'appelle, je dois y aller, annonça-t-il en se dirigeant vers une petite pièce voisine.

— Marty pilote l'hélicoptère des secours, expliqua Lila.

Tout le monde jeta un regard anxieux vers la petite pièce d'où Marty revint pour prendre le blouson qu'il avait accroché au dossier de sa chaise.

— Bon, j'y vais. Cindy, tu viens avec moi ou tu préfères rester ici ? Si tu viens, sache que tu n'as pas le temps de prendre tes affaires. Nous devons partir tout de suite.

— Je vais avec toi, répondit-elle en repoussant sa chaise.

A peine le couple avait-il quitté la pièce qu'un autre téléphone sonna, celui de Mac.

Il lut le message inscrit sur l'écran et se leva.

— On dirait que je dois déjà me mettre au travail. Veuillez m'excuser, madame Halliday. Merci, ce dîner était magnifique.

— Attendez, je vous raccompagne, intervint le lutin.

— Je connais le chemin.

— Bien sûr, mais vous n'êtes en ville que depuis ce matin et je doute que vous soyez capable de vous repérer dans l'hôpital. S'il s'agit d'une urgence, et c'est sans doute le cas, vous avez besoin qu'on vous aide. C'est ce que je vais faire. Vous avez vraiment de la chance ! ajouta-t-elle en souriant.

Elle fit le tour de la table pour embrasser tous les convives puis elle s'accrocha au bras de Mac pour l'entraîner hors de la pièce. Cherchait-elle à fuir quelque chose ?

— Je croyais que vous ne deviez pas travailler ce soir, dit-il tandis qu'ils descendaient la colline pour aller à l'hôpital.

— Oui, mais, au cas où vous ne l'auriez pas remarqué, il y avait une sorte de complot autour de la table, ce soir.

— Un complot ?

— Oh ! aucune importance ! Des histoires de famille stupides ! J'avais juste envie de m'en aller.

Elle lui avait lâché le bras et marchait à quelque distance de lui. Durant le dîner, être assise à côté de Mac avait été pour elle une vraie torture. Ce soir, ils allaient travailler ensemble et ce serait pour elle l'occasion de voir si elle pouvait échapper à cette stupide attirance physique et se concentrer uniquement sur ce qu'il y avait à faire.

Depuis vingt-six ans qu'elle vivait sous le même toit que les Halliday, elle avait toujours savouré le plaisir que lui procuraient les joyeux dîners en famille. Mais, ce soir, elle s'était sentie absente, jouant distraitement avec la nourriture tandis qu'elle se demandait ce qu'elle éprouverait si son voisin de table la serrait dans ses bras.

— Mais vous avez travaillé la nuit dernière ? demanda Mac.

— C'est vrai, mais j'ai fait une bonne sieste aujourd'hui. C'est pour cette raison que j'aime courir. Ça m'aide à dissiper la tension et la fatigue liées au travail. Après avoir couru, je dors comme un bébé.

— Certains bébés ne dorment pas si bien, parfois…

Quels bébés connaissait-il ? se demanda-t-elle. Mais quelle importance ?

Lorsqu'ils arrivèrent à l'hôpital, elle se dirigea vers la porte de la cuisine, à l'arrière du bâtiment.

— Nous pouvons passer par là, dit-elle. En ce moment, nous avons seulement onze patients, et sept autres à la maison de retraite. Il n'y a donc que deux infirmières et deux aides-soignantes à l'hôpital, ainsi qu'une infirmière pour les visites à domicile. En principe, il devrait y avoir aussi l'un des médecins généralistes locaux pour répondre aux urgences, mais ils sont à un mariage…

Elle le guida vers un petit couloir et adressa un signe de la main à une femme assise à un bureau dans une pièce située sur la gauche.

— Voici Abby, dit-elle. Abby, je vous présente Mac.

— Heureusement que votre téléphone était allumé, Mac, dit Abby. Autrement, je n'aurais su où vous joindre. Je sais que vous n'avez pas encore pris officiellement vos fonctions ici, mais il y a eu un accident de la route. L'hélicoptère va amener un patient qui doit être stabilisé et nous attendons aussi deux ambulances.

— Comment avez-vous eu cette information et appris ce qu'il fallait préparer ?

Ce fut Izzy qui répondit.

— Lorsqu'il y a un accident, c'est généralement la police qui arrive la première sur les lieux. Ils appellent le service d'ambulance par radio, un infirmier évalue la gravité des blessures et organise le transport des patients.

— Il peut demander un hélicoptère ?

— Si l'appareil peut se poser. Et Marty peut se poser n'importe où… Les routes conviennent parfaitement si elles sont plates et toutes droites, mais ici c'est depuis toujours une région de pâturages et il y a des champs proches des routes, même dans les collines.

Izzy lui montra la grande salle destinée au service des urgences. La pièce était équipée d'un bureau, de rideaux permettant d'assurer aux patients une certaine intimité et, au fond, il y avait trois petites salles.

— La première est la salle de réanimation, dit-elle. La deuxième est réservée aux patients qui ont des problèmes de santé mentale et besoin de calme, et la troisième sert un peu à tout. Elle permet aussi de parler tranquillement aux proches des patients lorsque c'est nécessaire.

Mac perçut dans sa voix un léger fléchissement. Il comprit que parler aux proches n'était pas ce qu'elle préférait. Wetherby était une petite ville. Lorsque survenait un décès, il s'agissait le plus souvent de quelqu'un qu'Izzy connaissait…

Il eut envie de lui toucher l'épaule, de dire qu'il était désolé, mais pour quelle raison ?

Etait-ce un prétexte pour la toucher ? Pour sentir sous ses doigts cette peau dorée ?

Heureusement, le bruit d'un hélicoptère vint interrompre le cours de ces pensées totalement irrationnelles.

L'appareil ne ressemblait en rien aux gros hélicoptères militaires qui transportaient les soldats blessés. Il était petit, léger, et ne pouvait prendre en charge qu'un seul patient.

Mac sentit la sueur perler sur son front. Pourquoi ne s'était-il pas posé la question des hélicoptères des secours lorsqu'il avait choisi de venir travailler à Wetherby ? Parce qu'il s'était dit que la ville était trop petite pour en posséder un ? Ou parce qu'il avait imaginé que le bruit des petits appareils utilisés dans le civil ne l'affecterait pas ?

— Est-ce que ça va ? demanda Izzy.

— Bien sûr, dit-il avec force.

Puis il la suivit pour aller accueillir le patient.

Les rotors tournaient encore lorsqu'un homme sauta de l'appareil et ouvrit plus largement la porte afin de pouvoir sortir la civière. Marty arriva du fond de l'habitacle pour l'aider à transporter le patient à l'intérieur de l'hôpital.

Mac les rejoignit et, à la lumière des lampes qui entouraient l'aire d'atterrissage, il vit que le blessé portait une minerve et qu'il était immobilisé dans une gouttière lui interdisant de bouger la tête. L'un de ses bras portait une attelle provisoire, et un garrot posé sur sa jambe gauche contrôlait la perte de sang provenant d'une vilaine blessure.

Aussitôt, Mac établit mentalement la liste de tout ce qui devait être fait avant de transférer le patient dans un centre de traumatologie plus important.

— Pas de fracture du crâne évidente, mais il n'a que 3 à l'échelle de Glasgow, dit l'infirmier.

C'était donc un traumatisme cérébral ! Un hématome sous-dural avec une accumulation de sang à l'intérieur du crâne, ce qui provoquait une pression sur le cerveau ? Un scanner permettrait d'évaluer la gravité de la blessure à la tête, mais bouger le patient pour lui faire passer cet examen ne risquait-il pas d'entraîner encore plus de complications ? L'homme avait la tête et la colonne vertébrale immobilisées, et il allait être transféré dans un hôpital plus important.

Ils se chargeraient là-bas de lui faire le scanner !

Fallait-il l'intuber ? Certainement. Une jeune femme, sans doute l'ambulancière, était en train d'utiliser un réanimateur manuel pour aider le blessé à respirer.

— Elle est formée à pratiquer l'intubation, expliqua Izzy.

Une fois de plus, elle semblait avoir deviné ses pensées.

— Je sais que les avis sont partagés quant à l'intérêt ou non de pratiquer l'intubation sur place, reprit-elle. Mais, si nous assurons la stabilisation principale ici, les ambulanciers ont tendance à ne pas intuber le patient afin de pouvoir nous l'amener plus rapidement.

Mac hocha la tête. Le pire ennemi du patient souffrant d'un grave traumatisme, c'était le temps. Plus vite il était pris en charge par une équipe spécialisée, plus il avait de chances de s'en sortir au mieux.

Bon, il fallait donc commencer par l'intubation. Izzy vérifiait déjà que rien n'obstruait la bouche. Après quoi, elle donna à Mac tout le matériel dont il avait besoin pour intuber rapidement le blessé. Tandis qu'il s'assurait que le tube était bien en place, elle relia celui-ci au respirateur artificiel.

L'équipe médicale attachée à l'hélicoptère prêtait main-forte. Tandis que l'un prélevait du sang pour l'analyser, l'autre préparait ce qu'il fallait pour pratiquer un électrocardiogramme.

— Nous coordonnons nos plannings, dit Izzy pendant qu'elle installait la machine à rayons X portable. Les ambulances, l'hélicoptère et l'hôpital s'arrangent pour qu'il y ait toujours un personnel entraîné à la médecine d'urgence qui soit prêt à se mobiliser en cas de problème. Ces deux personnes travaillent au Braxton Hospital quand elles ne sont pas affectées aux secours en ambulance ou en hélicoptère. Celui-ci est basé à Braxton, c'est à une heure et demie d'ici, mais le patient a été amené chez nous pour être stabilisé, car c'était plus proche.

Mac eut envie de demander pourquoi le pilote d'hélicoptère se trouvait à Wetherby s'il était de garde, mais il avait plus important à faire. Sur l'écran de l'appareil de radiographie, l'image montrait une ombre qui suggérait la présence d'un hématome sous-dural.

Un scanner du crâne serait-il plus sûr ? Cela signifiait qu'il fallait emmener le patient jusqu'à la salle de radiographie, ce qui pourrait endommager encore davantage sa colonne vertébrale…

Le temps pressait !

Mac avait déjà décidé qu'il devait faire un petit trou dans la boîte crânienne du patient et introduire un cathéter afin de drainer le sang qui s'y était accumulé. Cela diminuerait la pression avant le transfert du blessé.

Apparemment, Izzy avait, elle aussi, correctement évalué la situation. Elle avait déjà rasé et préparé la zone du crâne correspondant à la masse sombre apparue sur l'image.

Les deux ambulanciers avaient noté toutes les informations relatives à l'état du patient, bien qu'elles soient aussi enregistrées directement sur l'ordinateur. Mac savait que ces notes accompagneraient le patient durant le transfert, au cas où il se produirait une panne informatique.

— Vous supportez bien les trajets en hélicoptère ? demanda Izzy. Hallie vous a-t-elle posé la question ?

Les yeux pailletés d'or le fixaient avec attention.

— Pas de problème. Pourquoi ?

Il semblait confiant, mais Izzy était sûre de l'avoir vu pâlir et transpirer lorsque l'hélicoptère était arrivé.

— Les statistiques montrent que l'issue est meilleure, dans les cas de traumatismes graves, lorsque durant le transfert un médecin accompagne le patient. Je peux rester ici, et Roger — avez-vous rencontré Roger Grey, l'autre médecin attaché à l'hôpital ? — viendra si j'ai besoin de lui. Dites-moi si vous pouvez faire ce trajet en hélicoptère ?

Elle marqua une pause, guettant sa réaction, mais Mac était concentré sur une tâche délicate : insérer le cathéter dans le trou qu'il avait fait.

Lorsqu'il eut terminé, il leva les yeux vers elle.

— Bien sûr.

Il avait répondu de façon si brève et si brusque qu'Izzy douta sérieusement de sa sincérité.

— Nous allons le mettre sous perfusion, poursuivit-il, et veiller à ce qu'il y ait suffisamment de sérum physiologique, de compresses et de pansements dans l'hélicoptère. Je m'occuperai de sa jambe durant le trajet.

Izzy sortit pour s'assurer qu'il y aurait tout le matériel nécessaire. Lorsqu'elle revint, Mac était en train de donner l'ordre de transporter de nouveau le patient dans l'hélicoptère. En voyant son air sombre, Izzy se demanda de quelles horreurs il avait été témoin dans les hélicoptères utilisés en zone de guerre pour évacuer les blessés.

La sirène hurlante d'une ambulance lui rappela que d'autres cas d'urgence allaient arriver. Megan, la plus expérimentée des deux ambulanciers venus avec l'hélicoptère, avait laissé sa place à Mac dans l'appareil. Elle restait à l'hôpital pour aider à prendre en charge les nouveaux patients.

Ils étaient trois, et aucun n'était sérieusement blessé. Deux d'entre eux étaient atteints aux jambes, et le troisième souffrait d'une légère commotion cérébrale. Izzy et Megan commencèrent à les évaluer avec le score de Glasgow et un électrocardiogramme. Puis elles les palpèrent afin de repérer des blessures et mirent en place des perfusions contenant un analgésique. Un par un, les blessés furent ensuite conduits dans la salle de radiographie. Le patient souffrant d'une commotion cérébrale passa un scanner, et Izzy se félicita d'avoir suivi une formation en radiologie.

Absorbées par leur travail, elles ne virent pas le temps passer, et elles étaient occupées à étudier les radios d'un des patients qui présentait une fracture ouverte de la cheville lorsqu'elles entendirent le bruit de l'hélicoptère qui revenait. Le jour commençait à se lever.

— Vous allez pouvoir rentrer chez vous, Megan, dit Izzy. Je pense que vous devriez emmener M. Anderson avec vous à Braxton. Cette cheville a besoin d'une broche et d'une plaque, et là-bas vous avez un excellent orthopédiste.

— C'est une bonne idée, commenta Megan. Oui, nous allons l'emmener. Je vais demander à Marty et à Pete de nous donner un coup de main pour l'embarquer.

Izzy commença à remplir les papiers pour l'hospitalisation des deux autres blessés. L'un devait rester en observation et l'autre passer d'autres radiographies avant qu'on lui pose un plâtre provisoire sur la jambe. Cette technique permettrait de garder l'os stable en attendant que la jambe dégonfle et qu'on puisse mettre un plâtre plus solide.

— Et, maintenant que nous avons tout fait, voilà la cavalerie qui arrive, reprit Megan en voyant apparaître Roger Grey, accompagné des deux infirmières venues prendre la relève.

— La nuit a été dure…, dit Roger. Vous avez besoin que je vous prenne dans mes bras ? ajouta-t-il en s'avançant vers Izzy avec la claire intention de mettre son projet à exécution.

Elle recula. Non pas que les étreintes de Roger aient la moindre ambiguïté — il était seulement très tactile et il arrivait souvent qu'un des membres du personnel apprécie d'être réconforté de cette façon.

Mais, en reculant, elle se heurta à quelqu'un — quelqu'un qui était arrivé par l'entrée réservée aux patients. Quelqu'un de costaud, solide comme un roc, qui la retint, l'empêchant de tomber. Mac.

Elle se dégagea rapidement et fit les présentations. Après quoi, elle livra à Roger un rapport bref et précis sur ce qui avait déjà été fait pour les deux nouveaux patients et elle lui expliqua que le troisième était envoyé à Braxton.

Prise soudain d'une grande lassitude, elle se dirigea vers le vestiaire. Dans son placard, il y avait un bikini, une chemise, des chaussures et des chaussettes. Elle allait courir pour chasser la tension accumulée au cours de cette nuit de travail. Après, elle irait nager et rentrerait dormir à la maison.

Après s'être débarrassée de son uniforme, elle le jeta dans la corbeille à linge posée près de la porte.

Celle-ci s'ouvrit, laissant apparaître Mac qui glissa la tête dans l'entrebâillement.

— Excusez-moi, dit-il.

Pourtant, en sous-vêtements, elle gardait un air parfaitement respectable.

— Je me demandais si vous aviez envie d'aller courir, reprit-il. Moi, j'en ai besoin et je me suis dit que nous aurions l'air idiots, à courir séparément sur le sentier.

Elle aurait pu lui répondre qu'elle allait suivre un autre chemin, mais cela lui parut mesquin. Par ailleurs, elle voulait récupérer le sac de couchage.

Elle hocha la tête tout en sachant qu'elle prenait une décision qu'elle allait sans doute regretter.

— J'imagine que vous voulez rentrer chez vous pour vous changer, dit-elle. Je vous attendrai devant votre porte.

3.

« Je vous attendrai devant votre porte » !

Comment pouvait-elle se montrer aussi stupide ?

Cet homme, Mac, lui causait déjà assez de problèmes comme cela sans qu'elle accepte maintenant d'aller courir avec lui. Elle ferait mieux de s'arranger pour se tenir le plus loin possible de lui.

Mais ils étaient collègues, alors elle ne pourrait pas toujours le fuir.

Il réapparut bientôt, vêtu d'un short et d'un T-shirt délavé. Ses cheveux étaient de nouveau en bataille, juste assez longs pour lui cacher les oreilles.

— Désolé de vous avoir fait attendre, dit-il. Désolé aussi de vous imposer ma présence pendant que vous courez, mais il y a des choses que j'aimerais savoir.

Il lui frôla le bras tandis qu'il refermait sa porte et, à ce contact, Izzy fut prise de l'envie folle de le toucher. Mais non ! Elle n'allait *pas* faire une chose pareille.

— Que voulez-vous savoir ? demanda-t-elle.

— Si votre frère était de garde la nuit dernière, n'aurait-il pas dû se trouver à Braxton, là où est basé l'hélicoptère ?

Ils marchaient d'un bon pas dans les rues de la ville qui, à cette heure matinale, était encore à peu près déserte.

— Il a son propre hélicoptère et peut se rendre à Braxton en un rien de temps, expliqua-t-elle. Les ambulanciers chargent dans l'hélicoptère des secours tout le matériel dont il pourrait avoir besoin et son mécanicien vérifie l'appareil. Tout ce qu'il a à faire, c'est de piloter, bien qu'il ait aussi une formation d'infirmier.

Elle marqua une pause. Elle aussi aurait des questions à poser à propos des hélicoptères, mais sans doute était-ce trop personnel. Alors, elle revint à Marty.

— Tout petit déjà, il était passionné par ces appareils. Pop lui en avait fabriqué un, un modèle miniature avec lequel il nous poursuivait en imitant des bruits de moteur.

Comme ils étaient arrivés sur le sentier, ils commencèrent à courir à petites foulées.

— Vous étiez donc une famille heureuse ? demanda Mac.

— Oui, très heureuse. Bien sûr, nous avions des disputes, comme dans n'importe quelle famille, et il y avait toujours des enfants qui avaient du mal à trouver leur place.

Elle se tut un instant, le regard tourné vers la mer.

— Certains ont subi de tels traumatismes qu'ils s'interdisaient d'être heureux, je pense, reprit-elle.

Mac hocha la tête. Un médecin était nécessairement confronté à toutes les horreurs que les gens pouvaient commettre, notamment sur les enfants.

— Hallie et Pop ont l'air d'être des personnes remarquables, dit-il en accélérant légèrement.

— Oui, en effet, c'est le cas.

Elle avait parlé avec tant d'amour dans la voix que cela valait mieux qu'un long discours.

Ils continuèrent à courir en silence. Mac se gorgeait de la brise marine, admirant la puissance des vagues qui venaient s'écraser contre les falaises, les arbres qui bordaient le sentier, tordus par le vent, la petite baie… Celle de leur marsouin ?

— L'hélicoptère vous a-t-il posé un problème, cette nuit ?

Perdu dans sa contemplation, Mac tressaillit en entendant la question. Rien ne l'obligeait à répondre, se dit-il. Mais il savait déjà qu'Izzy ne lâchait pas prise facilement.

— Lorsque vous avez entendu l'hélicoptère arriver, vous êtes devenu tout pâle et, pourtant, vous avez accepté d'accompagner le patient durant son transfert.

Il ne s'agissait pas d'une question, mais juste de l'exposé d'un fait, aussi n'était-il pas obligé de…

Sauf qu'il avait envie de lui dire la vérité !

— Ce n'est pas tant la peur que les souvenirs, répliqua-t-il. Lors de ma dernière mission, un gros hélicoptère destiné au transport de troupes s'est écrasé au sol. Un homme est mort et les autres ont été gravement blessés, et les sortir de là a été un vrai cauchemar. Nous n'étions pas en danger, rien ne nous menaçait directement, mais devoir transférer dans un autre appareil ces hommes qui venaient d'être victimes d'un affreux accident fut une épreuve terrible. Certains d'entre eux ne pouvaient supporter de devoir monter de nouveau dans un hélicoptère.

Izzy lui prit la main et la serra dans la sienne.

— Avez-vous pu les calmer ?

— Oui, quelques-uns, mais pas tous.

Le lâchant, elle croisa les bras.

— Eh bien, compte tenu de cette expérience, sans compter tout ce que vous avez pu voir par ailleurs, vous avez fait preuve d'un grand courage en accompagnant le patient la nuit dernière.

Il lui sourit, et elle lui rendit son sourire, ce qui lui creusa une fossette sur la joue.

Incapable de résister à la tentation, il posa son index sur la fossette.

Elle leva la main. Pour le gifler ? Mais non. Elle se contenta de lui caresser le bras puis ils se remirent à courir.

Mais quelque chose avait changé entre eux. Ces contacts, certes inattendus mais d'une grande intimité, marquaient-ils la reconnaissance d'une attirance réciproque ? se demanda Mac. Ou bien tout cela était-il le fruit de son imagination ? Peut-être n'était-ce là pour Izzy qu'un geste machinal ?

Et n'avait-il pas décidé lui-même de ne plus céder à la tentation ? Surtout avec une collègue.

Il secoua la tête. Il devait cesser d'avoir de folles pensées et retrouver son bon sens.

Mais en voyant Izzy courir à côté de lui, accélérant avec grâce le mouvement de ses jambes dorées, il sentit se déclencher en lui une réaction qu'il ne pouvait maîtriser.

C'était gênant, alors qu'ils travaillaient ensemble.

Encore plus gênant alors qu'il connaissait le danger d'une attirance physique…

Il allongea sa foulée et, sans dire un mot, ils se lancèrent un défi qu'Izzy finit par formuler d'une voix haletante.

— Le premier arrivé au chêne, là-bas.

Ils filèrent comme des flèches. Si Mac gagna la course, Izzy le suivait de près. Appuyée contre le tronc rugueux de l'arbre, elle tentait de recouvrer son souffle tandis que Mac, courbé en deux, les mains sur les genoux, essayait de récupérer.

— Eh bien, si après ça nous n'arrivons pas à dormir, c'est à désespérer, dit-elle enfin.

Sans se redresser, Mac tourna la tête vers elle.

— Cela a été une vraie torture ! Je suis un marcheur, pas un coureur.

Mais, en disant cela, il souriait, et Izzy comprit qu'elle était perdue. Elle savait à présent que ce qu'elle ressentait, il le ressentait aussi. Et c'était dangereux !

Parce qu'elle n'avait vraiment pas besoin — et pas envie — de se lier à un homme. Et parce que l'attirance physique pouvait facilement être confondue avec l'amour, et qu'en ce moment elle s'interdisait de tomber amoureuse.

Mieux valait ignorer les émotions qui l'agitaient. Se redressant, elle ôta sa chemise et ses chaussures, et se dirigea vers la plage.

— C'est un endroit génial pour nager à condition de ne pas aller trop loin. Sinon, on risque d'être emporté par le courant.

Mac s'était relevé, lui aussi.

— N'est-ce pas notre plage ? dit-il en regardant autour de lui.

Seigneur ! Comment pouvait-il parler de « notre » plage ? C'était bien trop tôt, tout allait trop vite…

Et, de toute façon, elle ne voulait pas de ce « nous ».

— Non, dit-elle d'un ton ferme. La baie du marsouin, c'était la précédente et nous sommes passés devant. Quelqu'un avait déjà enlevé votre sac de couchage.

Il avait ôté son T-shirt. En voyant son torse musclé, avec des abdominaux parfaits, Izzy eut le souffle coupé au point de ne plus trouver ses mots.

Elle courut sur la plage et plongea dans les vagues, heureuse de pouvoir rafraîchir son corps en feu.

Mac la rejoignit.

— C'est aussi bon qu'une douche glacée, dit-il, tout sourires, en émergeant près d'elle.

Alors qu'elle se disait qu'il cherchait à plaire à toutes les femmes qui croisaient son chemin et qu'elle ferait bien de l'éviter, il lui ramena une mèche de cheveux derrière l'oreille, puis il se lécha les doigts.

— Mmm… C'est salé, murmura-t-il avant de plonger de nouveau sous l'eau.

C'était plutôt bizarre, et la preuve qu'elle avait tout intérêt à le tenir à distance. Frissonnant, moins à cause de la fraîcheur de l'eau que de la nature de ses pensées, elle regagna la plage, enfila sa chemise et alla se laver les pieds au robinet d'eau douce avant de se rechausser.

Mac était encore dans l'eau, nageant de long en large dans la petite baie en respectant le conseil qu'elle lui avait donné de ne pas s'aventurer trop loin.

Conscient qu'il ne pouvait rester éternellement dans l'eau, Mac retourna à contrecœur vers la plage et rejoignit Izzy près du robinet. Il avait eu tort de lui toucher les cheveux et, étant donné qu'il *était* attiré par cette femme, il devait, à l'avenir, s'interdire tout contact physique avec elle.

Ils se connaissaient à peine et il était bien décidé à tout faire pour que les choses se passent au mieux dans son nouveau poste, son premier job dans le civil. Il s'en était bien sorti, la veille, pour son premier cas d'urgence — il avait même réussi à faire le trajet en hélicoptère —, mais répondre à une urgence était chez lui un réflexe automatique. C'était pour les autres aspects du job qu'il devait faire des efforts : se mettre au courant de qui faisait quoi, où et quand…

Il existait certainement des tableaux de service, ainsi qu'une définition des tâches que le personnel devait accomplir, et les objectifs à atteindre chaque jour, chaque semaine et chaque mois — toute cette paperasse que les bureaucrates adorent, pas seulement dans l'armée.

Il jeta un regard à la femme qui l'attendait, debout. Etonnant qu'elle ne soit pas déjà partie en courant, mais comme elle ne l'avait pas fait…

Garde tes distances, lui souffla la voix de la raison. Mais ce qu'il avait en tête était tout aussi raisonnable !

— Officiellement, je ne prends mon poste que demain, dit-il, mais, comme vous connaissez bien l'hôpital, je me demandais si, une fois que nous aurons un peu dormi l'un et l'autre, vous accepteriez de me faire faire le tour de l'établissement pour m'expliquer comment les choses fonctionnent, qui est qui, et comment le médecin généraliste intervient et…

— Qui travaille bien et qui travaille mal ? Qui est paresseux et qui ne l'est pas ?

— Non, non, je suis sûr qu'ils sont tous d'excellents professionnels. C'est plutôt… Je ne sais pas. Demain matin, j'ai rendez-vous avec le directeur de l'hôpital, mais j'ai le sentiment qu'il me parlera plutôt chiffres et paperasse, et non des patients et du personnel, et…

Il se tut brusquement, troublé par ces yeux dorés qui le fixaient.

— Vous voulez sentir ce que dégage le lieu…

Il se mit à rire, heureux qu'elle ait si bien compris le sens de sa demande.

Mais elle n'avait pas encore dit oui…

— On dit 16 heures, d'accord ? ajouta-t-elle.

— Génial ! Après, nous pourrions dîner ensemble ? Vous me montrerez quels sont les meilleurs restaurants de la ville.

Avait-il poussé les choses trop loin ? Il la vit marquer une hésitation.

— D'accord, mais je devrai rentrer de bonne heure, dit-elle. Nikki reprend l'école demain et, comme elle mène Hallie et Pop par le bout du nez, ils risquent de la laisser veiller trop tard si je n'y mets pas bon ordre.

Elle sourit et ajouta après une pause :

— Jamais ils ne nous laissaient nous coucher tard une veille de journée scolaire !

Tout l'amour qu'elle portait aux gens qui l'avaient élevée transparaissait dans sa voix et dans ses yeux.

Etait-elle devenue folle ? Déjà qu'elle éprouvait beaucoup d'attirance pour cet homme, qu'allait-il se passer si elle apprenait à mieux le connaître ?

Peut-être Mac avait-il remarqué son ton hésitant lorsqu'elle avait accepté sa proposition.

— Quel est le problème ? interrogea-t-il.

— Eh bien, au risque de paraître ridicule, j'aimerais que vous compreniez qu'il s'agit seulement d'un dîner, pas d'un rendez-vous.

Voyant pétiller le regard de Mac, elle se sentit gênée.

— Je ne sors avec personne, vous savez, ajouta-t-elle. Enfin, pas en ce moment.

— D'accord. Il s'agit d'un dîner, pas d'un rendez-vous.

Son sourire ne fit qu'aggraver le malaise d'Izzy.

— Au risque de vous paraître ridicule, puis-je vous demander pourquoi vous ne sortez avec personne ? demanda-t-il. Non que je me sois attendu à ce que notre dîner devienne un rendez-vous sentimental, vous savez.

Mais bien sûr ! Un type comme lui pouvait avoir toutes les femmes qu'il voulait, alors pourquoi perdrait-il son temps avec une petite rousse maigrichonne, surtout quand elle était nantie d'une fille ?

Elle s'était montrée vraiment stupide en parlant de rendez-vous. Et maintenant, elle devait répondre à la question qu'il venait de lui poser.

— C'est une longue histoire…, dit-elle en soupirant. Mais, promis, je vous ferai faire le tour de l'hôpital cet après-midi.

— Et vous me raconterez cette longue histoire durant le dîner ! dit-il d'un ton ferme. C'est bien de raconter des histoires dans un dîner, et il ne s'agit *que* d'un dîner !

Elle soupira de nouveau et haussa les épaules.

— Nous verrons, mais il faudra que je rentre de bonne heure chez moi.

S'il croyait qu'elle n'avait pas remarqué son air satisfait en voyant qu'elle acceptait son invitation, il se trompait.

Il avait l'habitude d'obtenir ce qu'il voulait, non ? Raison de plus pour se montrer prudente avec cet homme.

La visite de l'hôpital fut agréable. Mac insista pour rencontrer tous les patients, et il passa un long moment avec les pensionnaires de la maison de retraite. Il ne fallut pas longtemps à l'un des résidents pour apprendre que le Dr Macpherson — « je vous en prie, appelez-moi Mac » — était un ex-militaire. Comme deux des pensionnaires s'étaient battus au Vietnam, ils trouvèrent aisément des sujets de conversation.

Les femmes, elles, furent impressionnées d'apprendre que la grand-mère de Mac avait appartenu à la Country Women's Association puis elles se mirent à parler de scones.

— Izzy en fait de délicieux à la limonade, dit l'une d'elles.

— Ah, il faudra que je les goûte. Pour l'instant, j'ai réussi à la convaincre de dîner avec moi afin qu'elle me parle de Wetherby, de l'hôpital et probablement de vous tous !

— Vous voulez alimenter les commérages ? plaisanta l'un des résidents.

Tout le monde se mit à rire et Izzy se sentit rougir. Alors qu'ils prenaient congé, un homme interpella Mac.

— Attention, prenez bien soin d'elle. C'est quelqu'un de précieux, notre Izzy.

Elle s'attendait à voir Mac éclater de rire, mais il n'en fit rien. Il s'éloigna sans se presser, lui jetant de temps en temps un regard en biais, comme s'il l'observait.

Cherchait-il ce qu'elle avait de si précieux ?

Ma parole, elle délirait !

Intéressant, se dit Mac. Est-ce que tous les patients se montraient aussi protecteurs avec Izzy que l'avaient été les résidents de la maison de retraite ?

— Puisque vous m'avez laissé le choix du restaurant, j'ai opté pour le Surf Club, dit-elle tandis qu'ils quittaient l'hôpital. Il est près de la plage et offre une vue superbe sur l'océan. On y mange simplement, mais la nourriture est de qualité et bien cuisinée.

Elle évitait de le regarder et il sentit qu'elle était encore déstabilisée par la remarque qu'avait faite le résident.

Il marchait à côté d'elle dans les rues tranquilles qui menaient à la plage, sans passer par le centre-ville.

— Y a-t-il beaucoup de restaurants à Wetherby ?

Elle ralentit le pas et se tourna vers lui.

— Vous avez été plongé dans le bain sans vraiment avoir eu le temps de vous installer ni même de visiter la ville.

— Je ne dois m'en prendre qu'à moi-même.

Il espéra s'être exprimé d'une voix calme malgré le trouble qui l'avait saisi en voyant, à la lueur d'un lampadaire, briller la chevelure flamboyante d'Izzy. Il admira son profil aux lignes pures. Un front lisse, un petit nez droit et de douces lèvres roses au-dessus d'un menton volontaire qui pouvait être le signe d'une grande détermination.

Que faudrait-il faire pour l'amener à changer d'avis et la conduire à accepter de sortir avec un homme ?

Il regarda vers l'océan. Que lui arrivait-il ?

Il avait encore les idées embrouillées et éprouvait toujours de la colère envers Lauren. Une colère qui venait moins de l'infidélité de son ex-femme que du sentiment d'humiliation qu'il avait ressenti, une base militaire étant un lieu propice aux commérages. Mais cela ne lui rendait pas les choses plus faciles.

Il avait définitivement exclu toute idée de mariage. Mais un rendez-vous — à condition que les deux intéressés sachent que cela n'impliquait aucun engagement —, c'était différent. Une brève aventure sans lendemain, ce pouvait être agréable.

Sauf qu'il ne couchait pas avec des collègues.

Ni avec des femmes qui avaient des enfants…

Pendant qu'il laissait son esprit vagabonder, Izzy lui parlait de la ville.

— Récemment, nous avons vu naître de nouveaux endroits proposant une alimentation paléo et végétaliste, et aussi des menus plus exotiques venant d'Afrique du Nord. C'est dû à la rencontre entre, d'un côté, des gens qui font ce qu'ils appellent leur « retour à la terre », qui quittent la ville pour aller vivre à la campagne et cultiver toutes sortes de fruits et de légumes étranges ; et, de l'autre, des réfugiés venus de différents pays étrangers qui s'installent ici.

Ils étaient arrivés à la plage et là, sur la droite, se dressait le Surf Club. Devant eux s'étendait l'océan, éclairé par la pleine lune qui traçait un sillon argenté jusqu'à l'horizon.

— C'est magique, n'est-ce pas ? murmura Izzy en s'arrêtant pour admirer la vue.

— Oui, magique, dit Mac.

Dans la magie de ce spectacle, il incluait la femme qui se tenait près de lui, baignée elle aussi de la lumière dispensée par le clair de lune. Peut-être était-il ensorcelé !

Les sorcières n'avaient-elles pas les cheveux roux ? Ou peut-être noirs…

— Venez, nous verrons tout cela depuis le restaurant, reprit la sorcière.

Il la suivit, renonçant aux fantasmes de son imagination

débridée. Toutes ces idées folles étaient à mettre sur le compte de ce qu'il venait de vivre — sa démission de l'armée, la recherche d'un poste, ses trois semaines de randonnée… Et cela faisait un bon moment qu'il n'avait pas été en compagnie d'une femme.

Izzy se dit qu'elle aurait dû choisir le restaurant marocain situé dans une petite rue de la ville. Au Surf Club, leur table avait vue sur l'océan. Les vagues qui venaient mourir sur la plage tout comme les rouleaux qui s'écrasaient contre les rochers du cap constituaient un cadre beaucoup trop romantique pour ce qui ne devait être qu'un simple dîner.

Des détails pratiques, comme étudier le menu et décider ce qu'elle allait manger, l'obligèrent à penser à autre chose.

Après avoir pris la commande, la serveuse s'en alla en leur laissant une bouteille d'eau glacée.

— Alors, pourquoi n'acceptez-vous aucun rendez-vous sentimental ? dit Mac.

Elle fronça les sourcils.

— Croyez-vous que cela vous regarde vraiment ?

Il sourit.

— Non. Mais vous avez dit que vous me raconteriez cela pendant le dîner.

Elle n'était pas certaine de l'*avoir* dit mais, ayant déjà compris qu'elle avait affaire à un homme persévérant, elle préféra en finir au plus vite en satisfaisant sa curiosité.

— Nikki n'est pas ma fille…, commença-t-elle.

Elle se reprit aussitôt.

— Enfin, si, elle l'est…

Elle rougit en se sentant aussi maladroite.

— Ce que je veux dire, c'est que je ne suis pas sa mère biologique. Elle est la fille d'une de nos sœurs adoptives Celle-ci est venue vivre avec nous à l'âge de sept ans et, malgré tout l'amour que lui donnaient Hallie et Pop, rien ne pouvait la guérir de l'affreuse maltraitance dont elle avait été victime toute petite. C'était comme si quelque chose s'était brisé en elle, et qu'il était impossible de le réparer.

Elle se tut et regarda Mac, se demandant si elle avait eu raison de se lancer dans ce récit. L'endroit était peut-être mal choisi, et peut-être ennuyait-elle son compagnon en lui racontant tout cela. Mais, en voyant qu'il avait l'air intéressé et aussi plein de compréhension, elle poursuivit.

— Quand Nikki est née, elle était dépendante à la drogue. Sa mère est morte peu après sa naissance, me demandant de prendre soin de son bébé. Comme si elle avait besoin de me le demander ! La petite fille faisait partie de la famille. Mais les bébés victimes de la drogue sont malades et pleurnicheurs. Nikki réclamait tant d'attention qu'il n'était pas question pour moi d'avoir une quelconque relation avec un homme. En fait, j'ai abandonné les études de médecine que j'avais commencées et j'ai passé deux ans à m'occuper exclusivement de Nikki. Hallie et Pop ont été merveilleux, bien sûr, mais elle avait besoin...

En se rappelant cette époque, elle sentit une boule se former dans sa gorge, l'empêchant de parler.

— Elle avait besoin d'une mère, acheva Mac à sa place. Je peux le comprendre.

Izzy hocha la tête.

— En tout cas, son état s'améliora et les choses se stabilisèrent. J'ai décidé de devenir infirmière — j'avais déjà obtenu quelques qualifications lorsque j'avais commencé ma formation médicale —, et Hallie et Pop ont été ravis de s'occuper de Nikki.

— Vous étiez donc trop prise par vos études pour avoir le temps de sortir avec quelqu'un ? demanda-t-il en souriant.

Elle lui rendit son sourire, l'estomac noué, silencieuse.

— Continuez, je vous écoute.

— Il n'y a pas grand-chose à dire de plus, répondit-elle avec un haussement d'épaules.

— Nikki va avoir treize ans.

Cette fois, elle poussa un énorme soupir.

— Vous savez, je n'y avais jamais pensé avant d'avoir Nikki, mais il est très difficile pour une mère qui élève seule son enfant d'avoir une relation normale avec un homme. Non seulement parce qu'on est obligé d'annuler un rendez-vous si l'enfant a de la fièvre, ou s'il commence à tousser, ou s'il s'est blessé en faisant une chute et qu'il a besoin de points de suture... Le problème est aussi qu'on redoute d'introduire des inconnus dans la vie de l'enfant.

— Des *inconnus* ? répéta-t-il en souriant de nouveau.

— Je veux dire des hommes qui ne font pas partie de la famille. Qu'arriverait-il si elle s'attachait à l'un d'entre eux et que, notre relation tournant court, il s'en allait ? Il n'est pas question que j'impose à Nikki un défilé de partenaires. Non que j'aie jamais eu ce style de vie ! Mais il m'a paru plus simple d'éviter de me mettre dans de telles situations.

— Alors, vous n'êtes jamais sortie avec personne ?

Les yeux bleus étaient fixés sur elle, la défiant de répondre.

— Etes-vous toujours aussi tenace ? demanda-t-elle. Mais, si vous voulez savoir, eh bien oui, cela m'est arrivé de sortir avec un homme, de façon occasionnelle. Alors...

Elle se tut.

— Alors quoi ? Vous voyez, je suis tenace. Quelqu'un vous a tiré dessus ?

— Comment êtes-vous au courant... Ah oui, hier soir, au dîner. Cet idiot de Marty a encore trop parlé. Oui, en effet, il y a deux ans, je suis sortie avec un médecin qui travaillait à l'hôpital. Nikki avait dix ans et, à cette époque, je m'étais dit que c'était le moment pour moi d'avoir un homme dans ma vie. Je pensais que ce serait bien pour Nikki et pour moi. Elle me posait des questions sur son père, mais je ne pouvais pas lui répondre, car on ne savait rien de lui. J'ai commencé alors à m'inquiéter, me demandant ce qui se passerait si cet homme réapparaissait et qu'il la réclamait.

Mac perçut la panique qui transparaissait dans sa voix et il lui prit la main.

— J'ai pensé que, si elle avait quelqu'un qu'elle pourrait considérer comme son père, eh bien, elle se sentirait...

— Plus en sécurité ? suggéra Mac.

Elle sourit, mais l'éclat de ses yeux venait des larmes qu'elle retenait.

— Exactement. Nikki a toujours eu autour d'elle des modèles masculins, avec Pop et tous mes frères, mais je me disais que, si nous formions une vraie famille — une mère, un père et une fille —, elle se sentirait plus en sécurité.

— Et donc… ?

— Un nouveau médecin est arrivé à l'hôpital. Il m'a demandé de sortir avec lui et j'ai accepté. Nous nous entendions bien. Nous sommes sortis ensemble quatre fois et, un jour, son ex-petite amie a fait irruption et nous a menacées, Nikki et moi.

Son regard se voila à l'évocation de cet horrible souvenir. Mac lui pressa les doigts, éprouvant une grande colère à l'égard de ce type qu'il n'avait jamais vu.

— Ainsi, l'homme avec qui vous sortiez parce que vous pensiez que ce serait peut-être une bonne chose pour Nikki vous a finalement mises en danger toutes les deux ?

Izzy ouvrit de grands yeux et un petit sourire apparut sur ses lèvres.

— C'est exactement ce que j'ai ressenti ! Vous parlez d'une idiote ! En tout cas, ça m'a servi de leçon. J'ai abandonné toute idée de me lier à un homme, du moins jusqu'au moment où Nikki ira à l'université ou qu'elle partira à l'étranger.

La serveuse leur apporta la commande, du poisson — un barramundi — pour Mac et des côtelettes d'agneau pour Izzy.

Tout en dégustant son poisson qu'il trouva délicieux, Mac observait la jeune femme qui mangeait ses côtelettes en silence. Il avait l'impression qu'elle ne lui avait pas *tout* dit sur sa décision de ne sortir avec personne.

Non pas que lui-même ait l'intention de nouer une relation, et surtout pas avec une collègue. Un petit hôpital, dans une petite ville… Le terrain était trop propice aux commérages.

Il était ennuyé d'éprouver de l'attirance pour elle. Une attirance qu'il devinait réciproque. Il ne savait que trop bien à quel point une attirance physique pouvait aveugler un homme sur les autres facettes de la personnalité de la femme qui lui plaisait. Lauren et lui ne s'étaient-ils pas mariés huit semaines après s'être rencontrés ?

Il était bien décidé à ne pas commettre une nouvelle fois la même erreur. Hors de question d'envisager le mariage. Passer d'agréables moments avec une femme qui ne chercherait comme lui qu'à se distraire, c'était parfait, mais il doutait que ce fût possible dans une aussi petite ville.

— Le problème était…

Perdu dans ses pensées, il ne comprit pas immédiatement qu'Izzy était en train de lui parler. Il leva la tête, haussant les sourcils.

— Le problème était… ? répéta-t-il.

Elle soupira et regarda l'océan avant de se tourner vers lui.

— La peur de perdre Nikki ! dit-elle d'une voix tremblante.

Sentant qu'elle était au bord des larmes, Mac lui posa une main sur le bras, mais elle se dégagea aussitôt.

— Elle n'est pas légalement ma fille, vous savez. Aussi, depuis quelques années — depuis cette histoire, en fait —, je fais des démarches pour l'adopter, mais ce n'est pas facile, car je n'ai aucun lien de parenté avec elle, je suis célibataire, personne ne sait qui est le père de Nikki, et la loi dit que les deux parents biologiques doivent donner leur accord pour que l'adoption soit possible. Je n'ai même pas un document officiel prouvant la volonté de sa mère de me confier Nikki, juste un bout de papier crasseux où elle me demande de veiller sur son bébé.

Mac avait la gorge nouée en l'écoutant raconter sa peur de perdre une enfant que, visiblement, elle adorait.

— Je songeais déjà vaguement à adopter Nikki lorsque j'ai rencontré ce médecin et je savais que, si j'étais mariée, cela me faciliterait les démarches pour l'adoption.

Elle fronça les sourcils.

— J'ai pensé que, si ça marchait entre nous deux, nous formerions une famille. Pas comme notre grande famille, qui reste essentielle pour Nikki et moi, mais une sorte de famille normale…

— Papa, maman et les enfants ? Ce genre de famille ? dit Mac en souriant.

— Exactement !

Elle semblait ravie qu'il ait compris son raisonnement. Ce qu'il avait compris, surtout, c'était que tout cela visait à assurer la sécurité de Nikki. Une protection au cas où son père biologique réapparaîtrait et la réclamerait ?

— Alors, je suis sortie avec cet homme, j'ai eu quatre rendez-vous avec lui et tout se passait bien, mais il y a eu cette histoire de fusil et…

Il attendit, convaincu qu'il y avait encore autre chose.

— Quand cette femme a menacé aussi Nikki, j'ai compris que j'aurais pu perdre ma fille. Alors, j'ai songé de nouveau à l'adopter, mais cette fois en tant que parent isolé.

— A notre époque, il ne doit pas être si difficile d'adopter un enfant, même quand on est une femme seule.

— Vous voulez rire ! Mis à part le fait qu'il semble impossible de retrouver la trace du père de Nikki et qu'elle-même n'ait jamais été proposée officiellement à l'adoption, les personnes qui veulent adopter sont soumises à un contrôle sévère de leur logement, de leurs amis, de leur vie sociale.

— Ah ! si vous aviez une ribambelle d'amants, vous pourriez voir votre demande rejetée ?

— Un seul suffirait car cela voudrait dire qu'il pourrait y avoir d'autres naissances par la suite, ce qui risquerait d'aller à l'encontre de l'intérêt de l'enfant. Et je ne parle même pas de la réaction de l'amant potentiel en voyant sa vie privée subir une telle intrusion. Aussi…

— Il est plus simple d'éviter de se mettre dans de telles situations, acheva Mac. Mais n'est-ce pas trop dur ?

— Pas vraiment, répondit-elle avec un grand sourire. Je me passe très bien des rendez-vous sentimentaux et j'ai assez d'hommes autour de moi, avec mes frères, leurs amis et mes amis à l'hôpital, pour avoir toujours quelqu'un prêt à m'accompagner lorsqu'il me faut un partenaire pour assister à une soirée. Je suis très heureuse de la vie que je mène.

Mac n'en était pas si sûr, mais il n'en dit rien, bien que l'histoire d'Izzy l'ait profondément affecté.

Au point de faire disparaître son attirance pour elle ?

Comme si cela avait la moindre importance ! Si Izzy se liait à un homme, celui-ci devrait s'engager et aller jusqu'au mariage. Or, mis à part le fait qu'il n'était pas encore délivré des effets du stress post-traumatique qu'il avait subi, comme l'avait prouvé sa réaction, la veille, en entendant l'hélicoptère arriver, il s'était dit une fois pour toutes qu'il n'était sans doute pas fait génétiquement pour le mariage, étant donné les échecs répétés de ses parents et les siens.

Mais pourquoi se posait-il des questions sur le mariage ? Ce soir, il ne s'agissait que d'un premier rendez-vous. En fait, ce n'en était même pas un…

4.

Izzy avait le regard fixé sur l'océan. Pourquoi avait-elle confié à cet homme qu'elle connaissait à peine des choses qu'elle n'avait jamais dites à personne, pas même à Lila ?

La famille savait qu'elle avait envisagé de faire une demande d'adoption officielle, mais jamais elle n'avait évoqué sa crainte de perdre Nikki.

— Arrive-t-il la même chose à toutes les femmes que vous invitez à dîner ? demanda-t-elle. Vous dévoilent-elles leurs secrets les plus intimes ?

— Généralement pas lors du premier rend… du premier dîner, répondit-il en souriant, le regard malicieux.

Mais il reprit aussitôt son sérieux.

— Je comprends ce que vous avez pu ressentir. J'ai déjà vu des bébés nés drogués et j'imagine combien les premières années avec Nikki ont dû être difficiles. Comme vous vous êtes battue pour la sauver et la désintoxiquer, elle vous est forcément très précieuse.

— J'ai eu de bons professeurs avec Hallie et Pop. La plupart des enfants qu'ils ont recueillis avaient des problèmes parfois épouvantables, mais, pourtant, ils nous ont tous inondés de leur amour.

— Et vous, aviez-vous des problèmes ?

La question était si inattendue qu'elle répondit machinalement.

— Pas vraiment. Ma mère m'a confiée à ma grand-mère quand j'avais environ trois ans — nous n'avons jamais su à quel moment exactement — et puis ma grand-mère est morte. J'avais six ans. J'ai été placée dans différentes familles d'accueil et j'ai eu la chance d'atterrir chez Hallie et Pop.

— Vous en parlez comme si vous aviez eu une enfance idéale, ce qui n'est sûrement pas le cas, dit-il, fronçant les sourcils.

Izzy ne put s'empêcher de sourire.

— Comparée à d'autres enfants, j'avais été mieux lotie et, grâce à l'amour que nous ont donné Hallie et Pop, nous avons eu une famille et une vie heureuses.

Elle regarda de nouveau l'océan qui, au clair de lune, avait pris une teinte argentée et elle poussa un soupir.

— Nous ferions mieux de partir, dit-elle, consciente d'avoir déjà trop parlé d'elle.

Envoûtée par ce cadre enchanteur, ne risquait-elle pas d'en dire encore davantage si cette soirée se prolongeait ?

— Oui, sans doute. Vous verrai-je à l'hôpital demain ?

Y avait-il une note d'espoir dans sa voix ? se demanda-t-elle. Qu'importe ! Ce n'était pas un rendez-vous amoureux.

— Non, pas demain, je serai encore en congé et, comme Nikki retourne à l'école, il y a de grandes chances que je me lance dans un nettoyage de printemps.

— Savez-vous que nous sommes en automne ? dit-il avec un sourire taquin.

Ce sourire suffit à déclencher chez elle une accélération du rythme cardiaque. Elle devait vraiment rester sur ses gardes et éviter cet homme qui s'avérait dangereux.

— Parler de nettoyage d'automne aurait l'air stupide, mais un nettoyage de printemps… Tout le monde comprend de quoi on parle.

Sa remarque était si inepte qu'elle ne fut pas surprise de le voir hausser les sourcils.

Il repoussa sa chaise et se leva. Ce qui voulait dire qu'elle allait enfin pouvoir quitter cet endroit avant de perdre complètement la tête.

Elle le rejoignit au bar et lui proposa de partager l'addition, mais la ravissante jeune femme qui se tenait derrière le comptoir avait déjà pris la carte de crédit de Mac en lui décochant un sourire éblouissant.

Il lui rendit son sourire et Izzy s'éloigna. Mac pouvait bien sourire à qui il voulait. Ils étaient collègues, rien de plus.

Mais elle se sentit mal à l'aise durant leur retour vers l'hôpital et la maison où logeait Mac. Le clair de lune, le bruit des vagues et le vieux phare qui se dressait au sommet de la colline créaient un cadre romantique, et la présence de Mac, si proche d'elle, la perturbait profondément.

— Au cours de notre visite de l'hôpital, j'ai vu des tableaux montrant l'établissement tel qu'il était autrefois, dit-il. J'ignorais qu'il était dirigé alors par des religieuses.

— Oui. L'église se trouvait de l'autre côté de l'hôpital, si bien que les trois bâtiments — l'église, l'hôpital et la maison du médecin — formaient un ensemble d'édifices faits de briques et de pierre. L'église a brûlé et il y a eu des dégâts à l'arrière de l'hôpital. On l'a donc reconstruit en gardant l'ancienne façade. Votre maison a été épargnée et, bien qu'elle ait été rénovée à différentes reprises, elle est restée à peu près la même qu'au moment de sa construction.

— C'est vraiment une vieille bâtisse ravissante. J'ai de la chance d'y vivre.

Izzy se sentait tendue. Cet échange de propos aussi impersonnels lui semblait déplacé après tout ce qu'ils avaient partagé durant le dîner.

En fait, après ce qu'*elle* avait partagé avec lui.

Mac, de son côté, avait conscience que ses efforts pour orienter la conversation vers un terrain neutre n'avaient pas réussi à lui faire oublier combien cette femme l'attirait.

Et c'était une collègue. Elle n'accordait aucun rendez-vous et n'était sûrement pas une adepte des brèves aventures.

Il fut arraché à ces pensées ineptes par le bruit d'un klaxon déchirant le silence de la nuit tandis qu'un grondement emplissait ses oreilles.

Une sorte de sixième sens le poussa à attraper Izzy par le bras et à la pousser sur le bas-côté. Ils roulèrent dans l'herbe alors qu'un énorme semi-remorque passait en trombe devant eux, à l'endroit précis où ils se trouvaient quelques secondes auparavant. Le camion alla s'écraser contre un gros figuier qui ornait les jardins de l'hôpital.

— Est-ce que ça va ? demanda-t-il en aidant Izzy à se relever.

— Oui, ça va, mais ce n'est sûrement pas le cas de la personne qui se trouvait au volant de ce monstre.

Mac se précipitait déjà vers le camion accidenté tandis que plusieurs personnes accouraient de l'hôpital.

La portière du conducteur était coincée, mais Mac vit que l'homme, écroulé sur son siège, était penché sur le côté, la main encore posée sur le klaxon qui les avait avertis du danger.

Izzy arriva à son tour et grimpa aussitôt dans la cabine du semi-remorque en passant par le côté du passager. Elle fit signe à Mac de la rejoindre.

Ce n'était pas chose facile. Il dut se hisser sur le toit du camion en s'accrochant aux branches du figuier, puis il se laissa glisser sur le capot avant de pénétrer dans la cabine.

— Son pouls était très faible, et maintenant je l'ai perdu, dit Izzy. Il a les pieds coincés par quelque chose.

Elle tentait de ranimer l'homme en exerçant des pressions sur sa poitrine.

— Si vous voulez, je continuerai la réanimation pendant que vous essayez de lui décoincer les pieds. Vous êtes plus mince que moi, il vous sera plus facile qu'à moi de vous faufiler jusque-là.

Elle s'exécuta.

— Cela se présente mal, dit-elle d'une voix à demi étouffée par le bruit du moteur.

Le moteur !

— Pouvez-vous couper le contact ? demanda-t-il.

Le silence qui suivit parut presque plus assourdissant.

— Maintenant, pouvez-vous me dire ce qui lui coince les pieds ? reprit Mac.

Une infirmière qu'il n'avait encore jamais vue accourut de l'hôpital, apportant du matériel de réanimation, tandis que le hurlement d'une sirène annonçait l'arrivée des secours — en l'occurrence, il s'agissait d'un camion de pompiers avec l'équipement nécessaire pour procéder à une désincarcération.

— J'ai l'impression que c'est le bloc-moteur, dit Izzy. Le choc l'a repoussé en arrière. Je vois les pieds, mais je ne parviens pas à les faire bouger.

— Essayez de lui ôter ses chaussures, suggéra-t-il.

Il était en train de placer un masque sur le visage du conducteur pendant que l'infirmière reliait le tuyau à la petite réserve d'oxygène qu'elle avait apportée.

« Lui ôter ses chaussures » ! L'idée était bonne, pensa Izzy, mais pas facile à mettre en œuvre. D'autant plus que l'homme portait des boots.

Elle s'attela néanmoins à la tâche et réussit à libérer un pied. Pour l'autre, ce fut plus difficile. Tandis qu'elle s'escrimait à tenter de faire bouger la chaussure, elle entendit des voix à l'extérieur et comprit que du renfort était arrivé. Le son métallique émis par un outil indiquait qu'on s'était attaqué à la portière du conducteur pour tenter de l'ouvrir. Elle restait bloquée, mais il avait dû se produire un changement, car Izzy parvint à saisir l'autre boot.

— Qui est là-dedans ? demanda quelqu'un.

— Le conducteur et une infirmière, répondit Mac. L'homme a les pieds coincés.

— Faites sortir l'infirmière de là, nous allons commencer à découper la cabine et, s'il y a une fuite de carburant, le chalumeau risque de mettre le feu.

— Vous entendez, Izzy ! hurla Mac. Sortez de là tout de suite !

— Laissez-moi encore une minute.

Effrayée du sort que risquait de connaître le conducteur,

Izzy attrapa des deux mains la chaussure et tira de toutes ses forces. Lorsque celle-ci céda, Izzy perdit l'équilibre et se retrouva projetée contre Mac.

Il la retint quelques instants puis la souleva pour l'évacuer de la cabine, la passant à un pompier comme si elle était un paquet léger comme une plume. Le pompier l'aida à se redresser et, la reconnaissant, il lui sourit.

— Je vous ai déjà vue plus élégante, Iz ! dit-il, amusé, tandis qu'il la remettait aux mains de Roger, de garde cette nuit-là.

— Est-ce que ça va ? s'enquit Roger en lui passant un bras autour des épaules.

Elle hocha la tête et s'écarta afin de se libérer. Les gestes affectueux de Roger venaient d'une bonne intention mais, si elle avait envie qu'un homme la prenne dans ses bras en cet instant, il ne s'agissait certainement pas de Roger.

Attention, pensées dangereuses !

Elle retourna sur le lieu de l'accident, en veillant à ne pas gêner les ambulanciers qui, à présent, allongeaient le conducteur sur un chariot. Mac était à leur côté, veillant à ce que le tuyau de l'appareil de réanimation ne s'entortille pas. Il vérifiait aussi l'arrivée de l'oxygène et la respiration du patient.

— Est-ce que par hasard vous nous auriez jeté un sort ? dit Roger, s'adressant à Mac. Vous avez passé deux nuits ici et nous avons déjà deux accidents ! Il nous arrive de passer plusieurs mois sans avoir la moindre urgence.

Mac haussa les épaules. Il passa à Roger le tuyau et la bouteille d'oxygène, puis il regarda autour de lui. Lorsqu'il aperçut Izzy, il ne la quitta plus des yeux.

Se rappelant le commentaire du pompier, elle regretta de n'être pas rentrée directement chez elle une fois que les secours étaient arrivés. Maintenant, Mac allait la voir sous son jour le moins présentable.

Et *pourquoi* cela devrait-il la contrarier ? Mac ne l'intéressait pas. Il l'attirait, oui, mais il ne l'intéressait pas !

— Je vais vous raccompagner chez vous, dit-il.

Elle aurait aimé refuser son offre, mais, soudain, elle se sentit chanceler et apprécia d'être soutenue par Mac qui la tenait fermement par le bras.

— Croyez-vous qu'il ait eu une crise cardiaque ? demanda-t-elle pour ne plus penser au plaisir qu'elle éprouvait de pouvoir s'appuyer sur lui.

— Oui, je le pense.

— Il a dû se rendre compte que quelque chose n'allait pas. D'habitude, les gros camions évitent la ville, mais là il se dirigeait vers l'hôpital et le conducteur klaxonnait pour avertir les gens qu'il arrivait. Après le choc, il avait encore la main posée sur le klaxon.

Elle marqua une hésitation avant de poursuivre.

— Il aurait pu s'agir de Pop ! Nous lui disons tous qu'il est temps pour lui de prendre sa retraite. Il conduit moins, ces derniers temps, mais quand on voit un accident pareil…

Mac entendit des tremblements dans sa voix. Abandonnant le coude d'Izzy, il lui passa un bras autour des épaules pour la réconforter. Rien de plus.

Pourtant, lorsque le pompier avait déclaré que le camion pouvait prendre feu, il avait senti ses poumons se bloquer.

— Merci, dit-elle alors qu'ils arrivaient devant l'ancien couvent. Et merci pour le dîner. Je suis désolée d'avoir parlé autant. Vous savez tout de moi alors que vous ne m'avez rien dit de vous.

Il faisait trop sombre, près du bâtiment, pour voir si elle avait rougi, mais Mac en était sûr. Et il était sûr aussi qu'il ferait mieux de laisser les choses en rester là.

Alors, pourquoi s'empressait-il de lui répondre ?

Et quelle réponse !

— Eh bien, nous pouvons arranger ça. Vous n'aurez qu'à me faire découvrir un autre restaurant demain soir et, pour vous prouver qu'il ne s'agit pas d'un rendez-vous amoureux, je vous laisserai payer votre part. J'ai des réunions à l'hôpital dans la matinée, mais qui me prendront sans doute toute la journée, donc je n'aurai pas le temps de faire des courses. Alors, disons 18 heures ? Il s'agit juste d'aider un nouveau collègue à mieux connaître la ville. S'il vous plaît…

En l'entendant soupirer, il retint son souffle. Sans doute ferait-il mieux de ne pas la voir trop souvent, mais il voulait en apprendre davantage sur cette femme pour qui il éprouvait inexplicablement — et malencontreusement — une incroyable attirance.

— D'accord, dit-elle enfin. 18 heures.

Puis elle disparut à l'intérieur du bâtiment, regagnant en silence la petite suite de pièces que Pop avait aménagées en appartement pour elle et Nikki.

Elle alla jeter un coup d'œil à sa fille qui, heureusement, dormait à poings fermés, puis elle se dirigea vers la salle de bains. Lorsqu'elle vit dans le miroir son visage maculé de traces noires et, çà et là, quelques égratignures, elle se dit qu'avec un peu de chance Mac n'avait rien remarqué, le chemin qu'ils avaient emprunté étant plongé dans l'obscurité.

Mais pourquoi s'en inquiéter ? Mac ne l'intéressait pas. Il ne s'agissait que d'une simple attirance physique, rien de plus. Par ailleurs, avec la mise en route de la procédure d'adoption, la dernière chose dont elle avait besoin, c'était qu'un homme vienne lui compliquer la vie.

Elle se dévêtit, se doucha et se mit au lit. Dans cinq heures, elle devrait être debout et accompagner Nikki à l'école.

La vie reprendrait son cours normal.

Mac se réveilla en sueur et tremblant de tous ses membres. Les cauchemars qu'il avait cru avoir laissés derrière lui, quelque part sur le sentier du littoral, étaient revenus. La faute en était sans doute à l'accident dont Izzy et lui avaient été les témoins la veille.

Il ferma les yeux et respira profondément, murmurant les mots qu'il se répétait comme un mantra — sincérité, compassion, indulgence.

La première fois où il les avait entendus, c'était lors d'une séance de méditation à laquelle son psychologue lui avait conseillé d'assister et, curieusement, ils avaient fait sens pour lui. A présent, ils lui servaient à faire le vide et à se détendre, ce qui lui permettait d'avoir un sommeil paisible.

Quelquefois !

Cette nuit, son mantra se révélait inefficace.

Se faisait-il du souci pour son nouveau job ? Il ne le pensait pas. Avait-il des regrets que son mariage se soit soldé par un échec ? Cela ne suffisait pas à expliquer le retour de ses cauchemars.

Restait Izzy.

En écoutant son histoire et tout ce qu'elle avait sacrifié pour sauver Nikki, il avait éprouvé pour elle une grande admiration qui était venue s'ajouter à l'attirance qui existait entre eux depuis leur première rencontre.

Mais il savait aussi combien sa fille était importante pour elle et il devait veiller à ne rien faire qui puisse entraver le processus d'adoption de Nikki.

D'autre part, ses cauchemars prouvaient qu'il n'avait pas complètement récupéré. Raison de plus pour ne pas nouer de lien avec une jolie rousse terriblement séduisante ! Une femme qui ne voulait pas avoir d'homme dans sa vie !

Seulement pour l'instant, ou définitivement ?

— Oublie tout ça, Mac, et répète ton mantra : sincérité, compassion et indulgence, respire, expire, respire…

Izzy mettait un plat au four lorsque Nikki revint de l'école.

— Mmm, ça sent bon ! dit l'adolescente. Du poulet au

marsala… Dommage que je ne sois pas là, ce soir. Désolée, maman, j'avais oublié de te le dire. Shan et moi, nous devons avancer sur ce devoir sur les médias, alors je vais dormir chez elle.

— S'agit-il du devoir que tu devais faire pendant les vacances ?

Nikki se mit à rire.

— Nous l'*avons* commencé. Nous avons décidé du sujet que nous allons traiter : la hausse de température de l'océan contribue-t-elle à l'augmentation des grands requins blancs sur les plages de la côte Est ?

— N'est-ce pas plutôt de la biologie ?

— Mais ça concerne aussi la presse, maman ! Qu'est-ce qui fait les gros titres dans les journaux aujourd'hui ? Quatre personnes blessées dans un accident de la route ou un surfeur mordu par un requin ?

— Ça prouve que je n'y connais pas grand-chose. Bon, eh bien, nous mangerons ce poulet demain soir car, aujourd'hui, je vais faire découvrir la ville à Mac et j'ai pensé l'emmener dîner au restaurant marocain.

— Mac ? Tu sors avec lui deux soirs de suite ? Ah, c'est un rendez-vous amoureux ! Avec un médecin ! Oh ! maman !

Izzy savait qu'il était préférable de ne rien dire, mais depuis quand ne réagissait-elle pas aux taquineries de Nikki ?

— Ce n'est *pas* un rendez-vous ! Si jamais je décidais de sortir avec un homme, je te le ferais savoir.

— Eh bien, si tu décidais de sortir avec quelqu'un, j'espère que tu sais qu'il ne faut pas pousser les choses trop loin lors du second rendez-vous. Cela risquerait de devenir trop sérieux, maman.

— Trop sérieux ? marmonna Izzy. Ce n'est *pas* un rendez-vous et, de toute façon, d'où tiens-tu ton expertise en la matière ?

— C'est dans tous les magazines, maman, et les gens

parlent de ça dans les forums sur Internet — ceux que tu me laisses consulter.

Izzy sourit. Sa fille ne cessait de se plaindre d'avoir un accès limité à Internet. C'était un fréquent sujet de discussion entre elles, mais, jusqu'à présent, elle était restée très ferme sur ce point.

Ce soir, Nikki ne semblait pas vouloir insister sur le sujet.

— Je vais aller me changer et préparer quelques affaires.

Au moment de quitter la cuisine, elle passa la tête dans l'entrebâillement de la porte.

— Vérifie seulement qu'il n'a pas une ex-maîtresse dans sa vie !

Quelle gamine insolente ! se dit Izzy, mais elle souriait, heureuse de pouvoir parler ainsi librement avec sa fille.

Se rendant à la salle de bains, elle entrouvrit la porte.

— Veux-tu que je t'emmène chez Shan ?

— Non, pas la peine. Hallie et Pop vont au restaurant ce soir, alors ils me conduiront là-bas, mais je te remercie.

Au moment où Izzy refermait la porte, Nikki la rappela.

— Est-ce qu'*ils* savent, pour ton rendez-vous qui n'en est pas un ?

— Non, mais seulement parce que je ne les ai pas vus de la journée. Il n'y a aucune raison de ne pas leur dire.

— Bien, parce que tout le monde, en ville, sera au courant, sans doute avant même que tu ne sois arrivée chez lui.

Elle avait raison, pensa Izzy en soupirant. Pourquoi s'était-elle mise dans une telle situation ? *Pourquoi* avoir dit oui ? Mac était un grand garçon, un ex-militaire, il pouvait bien trouver tout seul son chemin dans une petite ville !

C'était la dernière fois qu'ils avaient un… un quoi ? Un rendez-vous ? De toute façon, pour éviter qu'il n'invoque encore comme prétexte le fait qu'il n'avait pas le temps d'acheter de quoi se faire à manger, elle prendrait sa voiture et, avant ou après le dîner, ils iraient lui acheter ce dont il avait besoin.

C'était vraiment l'une des idées les plus stupides qu'elle

avait jamais eues, comprit-elle plus tard alors qu'elle poussait le chariot dans les allées du supermarché tandis que Mac y jetait ses achats. La scène était beaucoup trop intime ! Le tableau du bonheur domestique.

Le plus gênant, c'était quand elle croisait des gens qu'elle connaissait et qu'elle devait leur présenter Mac. Ayant conscience qu'elle pouvait donner l'impression d'être en couple avec lui, elle s'empressait chaque fois de préciser : « Je ne fais que pousser le chariot. »

— Quel essuie-tout utilisez-vous ?

Elle mit un moment à comprendre que Mac s'adressait à elle.

— Je préfère ceux qui ont une triple épaisseur, dit-elle.

— Et comment peut-on le savoir ?

Elle lui montra la petite marque qui, sur chaque paquet, indiquait l'épaisseur du papier. Jetant un œil sur les provisions qu'il avait mises dans le chariot, elle se dit qu'il semblait avoir fait ses achats au hasard.

— Vous n'avez pas fait souvent les courses, n'est-ce pas ?

— Très rarement, je l'avoue. J'achetais parfois du café ou des biscuits, mais l'armée nourrit bien ses hommes.

— Alors, vous ne savez pas non plus cuisiner ?

— Pas beaucoup. Je peux me faire un sandwich aux œufs et au bacon, ce genre de choses… Mais j'ai acheté des livres de cuisine et l'une de mes demi-sœurs m'a dit que, si l'on savait lire, on pouvait cuisiner.

— Alors, vous avez lu quelques recettes avant de faire vos courses ? Vous avez établi une liste de tous les ingrédients dont vous aviez besoin pour préparer tel ou tel plat ?

— J'ai acheté deux livres de cuisine, dit-il avec un sourire. J'en ai déjà lu un pendant ma randonnée et les recettes m'ont paru assez faciles, mais je ne savais pas, avant que vous arriviez, que nous irions faire des courses.

— Que le ciel me protège d'un pauvre homme démuni, murmura Izzy. N'avez-vous donc rien à manger chez vous ?

— J'ai du pain, du beurre, du miel, des sachets de thé,

du café, des biscuits et du lait. Ce sont pour la plupart des restes de ma randonnée, mais le lait est frais.

— C'est déjà un début ! Mais, même pour acheter des aliments basiques, il nous faut du temps et une liste. Alors, je propose que nous laissions là ce chariot et que nous allions dîner quelque part. Pendant le repas, nous établirons une liste des courses à faire et nous reviendrons ici plus tard.

5.

La proposition plut à Mac. Errer dans les allées du supermarché en compagnie d'Izzy avait été pour lui une expérience aussi étrange qu'agréable. Il s'était senti bien et, chaque fois qu'il mettait un produit dans le chariot, il ne pouvait éviter de frôler le bras ou la main d'Izzy, ce qui provoquait chez lui une certaine excitation.

Mais il devait s'interdire ce genre de réaction. Ce n'était pas possible, pas avec Izzy. Elle était intouchable !

— Alors, où allons-nous dîner ? s'enquit-il alors qu'ils sortaient du supermarché.

— Aimez-vous la cuisine marocaine ?

— Je l'adore ! En fait, l'un des deux livres de cuisine que j'ai achetés est consacré aux recettes marocaines. J'ai fait ce choix parce qu'une fois nous avons eu un cuisinier d'origine marocaine et jamais je n'ai aussi bien mangé à l'armée.

Elle sourit.

— La plupart des hommes auraient opté pour des grillades au barbecue, mais vous, vous êtes allé chercher des recettes que beaucoup de femmes hésiteraient à tester ! En tout cas, ce sera plus facile de dresser la liste de vos achats.

— Vraiment ?

— Oui. Nous saurons quelles épices choisir et nous pourrons prendre des dattes, des abricots secs, du couscous, de l'eau de rose…

— De l'eau de rose ? Vous plaisantez !

Cette fois, elle éclata de rire et Mac en fut heureux. Il était content de voir qu'il était capable de la faire rire.

Mais c'était s'aventurer sur un terrain périlleux. Faire rire quelqu'un, n'était-ce pas créer un lien trop… intime ?

— C'est ici, dit Izzy. Le nom du restaurant n'est pas très original, mais on y mange vraiment bien.

Elle écarta un rideau de perles de verre et laissa passer Mac devant elle pour qu'il entre le premier dans la salle du Marrakech.

— Merveilleux ! s'exclama-t-il.

Izzy salua un homme qui, de toute évidence, était le propriétaire du restaurant. Très élégant, il portait une chemise d'une blancheur éblouissante.

— Je vous présente Hamid, Mac, dit-elle. Hamid, voici le Dr Macpherson.

Elle se tourna vers Mac.

— Le fils de Hamid, Ahmed, sera le futur grand champion de surf en Australie. Il est encore très jeune, mais il bat régulièrement des professionnels dans des compétitions régionales.

Hamid fit mine de protester, jouant les modestes, mais Mac vit qu'il était secrètement ravi d'entendre parler ainsi de son fils dont il semblait très fier.

Une fois assis à table, il commença à consulter la carte et vit qu'une multitude de plats étaient proposés.

— Je vais avoir besoin de conseils, dit-il.

Izzy leva les yeux de sa carte et sourit.

— Il n'y a pas de menu à l'armée ?

— Certainement pas aussi fourni !

Alors, elle lui expliqua les différents plats et lui demanda s'il souhaitait une entrée.

— Les *mezze* de Hamid sont excellents, bien que ce ne soit pas spécifiquement marocain. C'est un plat arabe, composé de hors-d'œuvre, de petits pains délicieux, d'olives et d'un tas d'autres choses.

— Cela m'a l'air très bon. Après, je prendrai le poulet aux pruneaux et aux abricots. En Afghanistan, il y a beaucoup d'abricotiers qui poussent à l'état sauvage. Rien n'a meilleur goût qu'un abricot qu'on vient de cueillir sur l'arbre. Nous avions aussi des abricotiers dans notre base en Irak.

Izzy secoua la tête.

— Nous voyons la guerre comme une chose horrible, et elle l'est, je le sais. Mais, ici, on ne nous montre que des voitures qui explosent, des bâtiments en ruine après des bombardements. On ne voit jamais un soldat en train de mordre dans un abricot qu'il vient de cueillir.

Sa remarque le fit sourire.

— En fait, on a plus de moments de répit que vous ne pourriez le penser. « Se dépêcher et attendre » est une vieille maxime en vigueur dans l'armée. Oui, parfois, les choses s'accélèrent et la situation rend tout le monde incroyablement fiévreux, mais entre-temps…

Il haussa les épaules, ce qui eut pour effet d'attirer l'attention d'Izzy sur sa large carrure et son torse musclé qu'épousait étroitement une chemise bleu clair.

Elle ferma un instant les yeux, tentant d'oublier l'image du torse qui se trouvait sous la chemise. Comment se débarrasser de cette maudite attirance qu'elle éprouvait pour lui ? Si seulement il existait une formule magique ou un philtre capable de l'en délivrer…

Ne voyant pas ce qui pourrait lui venir en aide, elle rouvrit les yeux et vit Hamid qui arrivait avec les commandes.

Partager un plat de *mezze* avec Mac exposait inévitablement à ce que leurs doigts se touchent. Izzy avait les nerfs à vif et sentait monter la tension en elle.

Cela devait cesser !

Elle l'aiderait à faire ses courses et, ensuite, elle couperait tout lien avec lui en dehors des heures de travail. Même au travail, elle essaierait de l'éviter. Et, si elle ne pouvait pas y parvenir, elle était assez professionnelle pour être capable de gérer la situation.

Perdue dans ses pensées, elle ne vit pas Hamid enlever

le plat de *mezze*, mais il revint en apportant le poulet pour Mac et un couscous pour elle.

Elle se dit qu'elle devait faire un effort pour se ressaisir et entretenir la conversation.

Ou peut-être dresser la liste des courses à faire ! Ce serait certainement plus facile.

Elle prit un stylo dans son sac, attrapa une serviette en papier posée sur une table voisine et, la pliant en quatre, s'en servit comme d'un calepin.

— Alors, dites-moi exactement quelles provisions vous avez déjà chez vous ? demanda-t-elle avec entrain.

Il plissa les yeux comme s'il avait deviné qu'elle cherchait un dérivatif à ses pensées.

— Vous feriez mieux de dîner d'abord, répliqua-t-il en piquant sa fourchette dans un morceau de poulet qu'il porta à sa bouche.

Il mâcha en silence quelques instants.

— C'est délicieux…

Izzy attaqua à son tour son couscous.

— Bon, nous pouvons manger et parler en même temps. Les ingrédients de base sont le pain, le beurre, le lait, le thé et le café, mais vous semblez avoir tout ça chez vous.

— Le pain commence à être un peu moisi.

— Alors, du pain, dit-elle en l'inscrivant sur la liste. Que prenez-vous au petit déjeuner ?

Mac leva une main, visiblement décidé à consacrer toute son attention à ce qu'il y avait dans son assiette.

— Je me régale ! Je pourrais peut-être persuader Hamid de me préparer quelques barquettes de cet excellent plat. Ça me ferait mon petit déjeuner, mon déjeuner et mon dîner.

— Vous finiriez par en être dégoûté…

Il sourit.

— Probablement. Et vous, que mangez-vous au petit déjeuner ?

— Oh ! rien de très excitant ! Des céréales, du yaourt, des fruits.

— Ça me va très bien. Mettez ça sur la liste.

— Ce n'est pas possible que vous soyez aussi inefficace, marmonna-t-elle en soupirant. Vous devez savoir qu'il y a une multitude de choix possibles. Rien que pour les céréales, vous en avez des dizaines de sortes différentes, sans parler des yaourts qui peuvent être nature ou aux fruits.

— Et il existe toutes sorte sde fruits, acheva-t-il à sa place en riant. Ne soyez pas aussi sérieuse ! Je ferai mon choix dans le magasin. Je prendrai ce qui me semblera bon et, si je ne l'aime pas, la prochaine fois, je choisirai autre chose.

Leurs regards se croisèrent un bref instant, et Mac cessa de rire. Quelque chose venait de se passer entre eux, ce qui inquiéta Izzy bien davantage que toutes les autres sensations qu'elle avait éprouvées en présence de Mac.

— Et pour le déjeuner ? Un sandwich ? Fromage, jambon, tomate, laitue ?

— Jambon et fromage, répondit-il. Cela ne se périmera pas aussi vite.

Mac n'aurait su dire ce qui venait de se passer à l'instant, mais il y avait eu quelque chose. Quelque chose d'autre qu'une simple attirance physique. Quelque chose de dangereux, mais pas vraiment menaçant.

Il se mit à manger en silence, n'écoutant qu'à demi ce qu'Izzy ajoutait à la liste : des torchons, du savon, de la lessive et différents produits d'entretien.

La voyant concentrée sur sa tâche, les sourcils froncés, Mac en profita pour l'observer. Elle ne se rangeait pas parmi les beautés classiques, et n'avait en rien les atouts d'une grande séductrice, mais chacun de ses mouvements et chaque mot qu'elle prononçait déclenchaient chez lui une réaction immédiate, comme s'ils étaient reliés l'un à l'autre par des fils invisibles.

Cette idée était tellement stupide qu'il avait du mal à croire qu'elle ait pu lui venir à l'esprit.

Il devait garder la tête froide et faire en sorte que les choses restent simples entre eux. Il connaissait assez bien Izzy, à présent, pour savoir qu'elle n'était pas le genre de femme à avoir des aventures, sans parler de la vulnérabilité de sa position quant à son projet d'adopter Nikki.

Par ailleurs, il y avait encore en lui trop de zones sombres pour qu'il songe à nouer une relation sérieuse avec une femme.

Ils avaient fini de dîner. Si Mac avait terminé son assiette, Izzy n'avait pas achevé son couscous.

Elle repoussa son assiette et se leva.

— Venez, on s'en va. Comme vous avez payé le repas hier soir, aujourd'hui, c'est mon tour.

Il tenta de protester, mais elle avait déjà tendu sa carte de crédit à Hamid.

Alors qu'ils retournaient au supermarché, Izzy décida d'en finir au plus vite avec ces courses. Après quoi, elle rentrerait chez elle. Curieusement, il lui semblait que cette banale expédition au magasin commençait à ressembler à un rendez-vous sentimental, bien plus que le dîner au Marrakech.

Elle savait qu'il n'en était rien, bien sûr, mais…

— Vous devriez avoir ce qu'il vous faut avec tout ça, dit-elle, une demi-heure plus tard, en s'avançant d'un pas résolu vers les caisses.

— Si j'ai de quoi payer et que j'échappe à la prison pour dettes.

— Quoi, pour si peu de choses ? répliqua-t-elle, amusée, montrant le chariot rempli à ras bord. Ça me fait penser à l'époque où nous étions jeunes. Hallie était en tête, poussant un gros chariot, suivie de trois ou quatre d'entre nous, chacun poussant lui aussi un chariot.

— Ça dépasse l'imagination, dit Mac en écartant Izzy pour s'emparer du chariot et le pousser à son tour.

Elle sentit la chaleur de son corps, si proche du sien.

— Oh ! il me faut de la pâte dentifrice ! s'exclama-t-elle en se précipitant vers un rayon.

Elle savait qu'il y en avait tout un stock chez elle, mais elle aurait fait n'importe quoi pour fuir cette proximité avec Mac, cette chaleur qu'elle ressentait même lorsqu'il n'était pas tout près d'elle.

— Posez ça dans le chariot avec mes achats, dit-il. C'est une façon de vous remercier pour toute l'aide que vous m'apportez.

Elle obéit sans discuter.

Lorsqu'ils arrivèrent chez Mac, elle l'aida à déballer les provisions.

— Je vous laisse les ranger, ainsi vous saurez où retrouver chaque chose, dit-elle en se dirigeant vers la porte.

— Rien ne va s'envoler si je laisse tout ça en plan quelques minutes. Je vais vous raccompagner.

— J'ai ma voiture, Mac. Mais merci de me l'avoir proposé.

— Alors, je vous accompagne jusqu'à votre voiture.

Ce qu'il fit puis il lui ouvrit la portière.

Leurs têtes étaient toutes proches l'une de l'autre. Leurs regards se croisèrent. Elle comprit qu'il se passait quelque chose entre eux… Comme la promesse d'un baiser qui n'aurait pas lieu…

6.

Le lendemain matin, en se rendant au travail, Izzy se murmurait encore : « La promesse d'un baiser… »

Elle appréciait cette marche qu'elle faisait à l'aube, alors que les premiers rayons du soleil pointaient à l'horizon. Elle adorait la ville à cette heure-ci, lorsqu'elle s'éveillait à peine, et le service du matin, qui commençait à 6 heures, était son préféré.

Abby, qui avait été de garde toute la nuit, l'attendait aux urgences.

— L'ambulance va nous amener une enfant de quatre ans qui souffre de convulsions fébriles, dit-elle. C'est la petite Rhia Watson, la fille de Sally et de Ben. J'ai rédigé un rapport — il est sur le bureau. L'autre infirmière de nuit fera son rapport à Chloe qui travaille avec vous aujourd'hui. Une infirmière de l'agence va venir pour la relève.

La conversation prit fin lorsque l'ambulance arriva. Les deux femmes se précipitèrent à sa rencontre.

— Cette nuit, Rhia s'est réveillée en pleurant, expliqua Sally tandis que Ben transportait sa fille jusqu'à la salle des urgences. Sa température était très élevée, alors je lui ai donné du paracétamol pour enfants et je l'ai lavée avec une éponge pour la rafraîchir, mais rien n'y a fait. Nous sommes restés près d'elle et elle a fini par se rendormir mais, au bout d'une demi-heure, comme elle ne pleurait plus, nous sommes allés la voir dans sa chambre : elle était toute raide et agitée de tremblements.

— J'ai appelé l'ambulance, ajouta Ben tandis qu'il allongeait doucement sa fille sur la table d'examen. Elle a cessé de trembler durant le trajet.

L'ambulancier tendit son rapport à Abby et, bien qu'Izzy sût qu'elle y trouverait toutes les données sur la température, le pouls et la saturation en oxygène de l'enfant, elle savait aussi qu'elle devait refaire ces mesures et examiner l'enfant.

Elle prit la main de Rhia.

— Je m'appelle Izzy, je suis infirmière et je vais regarder ce que tu as, ma chérie. Papa et maman sont là, près de toi. Maintenant, peux-tu me dire si tu as mal quelque part ?

— J'ai mal à la tête… et au cou.

Izzy se tourna vers Abby.

— Demandez au médecin de venir.

Elle ne voulait pas alarmer les parents de Rhia, mais une douleur ou une raideur dans le cou chez une enfant de cet âge pouvait faire redouter une infection à méningocoques.

— A présent, je vais regarder ton ventre, tu veux bien ?

Les yeux marron foncé voilés par la douleur ou la fatigue fixaient un regard vide sur Izzy qui cherchait si la petite fille portait sur la peau les marques d'une quelconque éruption.

Il n'y en avait aucune, mais cela ne voulait rien dire.

— Je voudrais lui faire une piqûre d'antibiotique par sécurité, dit-elle, s'adressant aux parents.

Ils hochèrent la tête, prêts à tout accepter si cela pouvait aider leur petite fille à aller mieux.

— Vous pensez à une infection à méningocoques ? demanda Mac.

Il venait d'apparaître et, visiblement, il avait tout entendu.

— Ce n'est peut-être pas ça, mais nous avons l'habitude de commencer par donner un antibiotique au cas où il s'agirait d'une méningite, et ensuite nous faisons des analyses.

Il hocha la tête et, tandis qu'elle partait chercher de la pénicilline, il se présenta aux parents de Rhia avant de commencer à examiner l'enfant.

— A-t-elle été vaccinée contre la méningite ?

Sally leva les mains dans un geste d'ignorance.

— Je crois qu'elle l'a été quand elle avait un an, mais il faudrait que je vérifie. Vous pensez que c'est ce qu'elle a ? demanda-t-elle d'une voix que la peur faisait trembler.

Mac s'approcha d'elle et lui posa une main sur l'épaule.

— Nous ne savons pas, mais la fièvre indique qu'il s'agit d'une infection. La mettre immédiatement sous antibiotique sera bénéfique, quelle que soit la maladie dont elle souffre.

Il fit un signe à Izzy qui expliqua à l'enfant comment allait se passer la piqûre. Elle attendit que Ben ait pris sa fille dans ses bras avant de frotter la peau avec une lotion apaisante puis elle administra lentement l'antibiotique.

Rhia se mit à pleurer, mais sans grande énergie. En la voyant aussi apathique, Izzy commença à craindre le pire.

Mac annonça qu'il aurait besoin de prélever un échantillon de sang et un peu de liquide cérébro-spinal pour les faire analyser. Izzy proposa qu'ils s'installent dans la petite pièce qu'on utilisait parfois comme seconde salle de réanimation, ce que Mac accepta.

— Tu veux bien que ce soit *moi* qui te porte, et pas ton papa, Rhia ? demanda-t-il en souriant.

Elle ne protesta pas lorsqu'il la souleva pour la transporter dans la pièce qui offrait plus d'intimité. Izzy demanda à Ben de rester un moment avec elle pour l'aider à remplir le formulaire d'admission, puis elle l'emmena rejoindre les autres.

Mac avait allongé Rhia sur une table d'examen. Secondé par Izzy, il mit en place l'aiguille d'une intraveineuse dans la petite main de l'enfant, puis il tendit à Izzy un échantillon de sang qui devrait être envoyé à Braxton pour y être analysé. Ensuite, il demanda à Rhia de se tourner sur le côté pour qu'il puisse lui piquer une autre aiguille, cette fois dans le dos.

— Je suis désolé, ma chérie, mais nous devons découvrir ce qui te rend malade, dit-il en lui souriant. Je ferai tout mon possible pour que tu n'aies pas mal.

Mais Rhia semblait absente. Elle fixait Mac de ses grands

yeux au regard vide, tandis que Sally pleurait en silence, le nez dans l'épaule de son mari.

Izzy maintint la petite patiente dans la position voulue pendant que Mac passait sur la zone un anesthésique local avant d'insérer l'aiguille qui lui permettrait d'extraire un échantillon du liquide cérébro-spinal. Izzy nettoya l'emplacement puis le recouvrit d'un pansement avant de remettre doucement Rhia sur le dos.

Tandis que Mac consignait tous les détails sur la fiche médicale, Izzy étiqueta et emballa les deux échantillons qui venaient d'être prélevés, puis elle les remit au coursier auquel elle avait téléphoné un peu plus tôt.

— Maintenant, il n'y a plus qu'à attendre, dit Mac.

Les parents de Rhia s'étaient rapprochés de leur fille. Placés chacun d'un côté, ils lui tenaient les mains en lui parlant calmement.

Mac suivit Izzy dans le couloir.

— S'il se confirme qu'il s'agit d'une méningite, nous devons chercher qui a été en contact avec Rhia cette semaine afin de donner à toutes ces personnes un traitement antibiotique — à commencer par ses parents. Et, si c'est une méningite, il va y avoir une ruée sur les vaccins. Est-ce fourni par le gouvernement ou bien les gens devront-ils acheter leur vaccin ?

— Si Rhia a été vaccinée, et sans doute l'a-t-elle été, il devrait s'agir du vaccin pour le type C. Depuis, la souche la plus commune en Australie est le type B pour lequel il existe maintenant un vaccin, mais il faut l'acheter.

— Nous allons la garder en observation, au moins jusqu'à ce que nous ayons reçu les résultats des analyses.

— Nous pourrions l'installer dans la chambre familiale, ce qui permettrait à ses parents de rester près d'elle. Elle est fille unique et, comme Sally est mère au foyer, rien ne l'empêche d'être tout le temps avec Rhia. Ben pourrait dormir ici et ensuite partir travailler.

Mac sourit.

— Une chambre familiale ? Je m'étais demandé pourquoi l'une des pièces était équipée d'un grand lit double.

Etait-ce le sourire ou l'allusion faite au grand lit double qui entraîna soudain le cœur d'Izzy à battre plus vite ?

— Cette chambre est très utile, dit-elle. Elle permet aux enfants hospitalisés d'avoir leurs parents avec eux, mais elle est aussi très précieuse pour les couples âgés. Imaginez un instant que vous êtes mariés depuis soixante ans et que, soudain, votre épouse est hospitalisée à trente kilomètres de chez vous. Impossible d'envisager de venir lui rendre visite tous les jours pour ne rester qu'une heure ou deux.

Mac sourit de nouveau et le pouls d'Izzy s'accéléra encore.

— Je m'imagine mal restant marié durant soixante ans, dit-il. Je n'ai même pas réussi à tenir trois ans.

— Ça n'a pas marché ?

— Les statistiques indiquent que quarante pour cent des mariages se soldent par un échec, précisa-t-il en affichant toujours un grand sourire.

— Vous vous trompez, murmura Izzy. C'est un mariage sur trois qui se termine par un divorce, ce qui fait trente-trois pour cent.

Mais pourquoi tenir une telle conversation ? La vie de Mac, passée, présente ou future, ne la regardait en rien.

Mac l'observa tandis qu'Izzy avançait dans le couloir donnant d'un côté sur les chambres des patients et de l'autre sur un jardin clos. Toutes les chambres s'ouvraient sur une longue galerie ouverte, ce qui permettait aux patients qui se sentaient assez solides pour aller s'asseoir dehors d'admirer le lever du soleil et la vue donnant sur la ville et sur l'océan.

Arrivés à mi-chemin, ils s'arrêtèrent au bureau des infirmières qui disposaient d'ordinateurs, de moniteurs et de tables lumineuses. Quelqu'un avait pris la peine, en aménageant le nouvel hôpital dans la partie endommagée de l'ancien bâtiment, d'en faire un lieu de vie agréable pour les patients tout en fournissant au personnel un cadre de travail de grande qualité.

— Vous devez être Mac, dit une voix derrière lui.

Il se retourna pour saluer une jeune Asiatique vêtue d'une blouse blanche, un stéthoscope autour du cou.

— Je m'appelle Aisha Narapathan, dit-elle en lui tendant une main. J'ai l'une de mes patientes dans la chambre 14 et je passe la voir presque tous les matins.

Mac se présenta en souriant.

— Vous faites partie du cabinet de médecine générale local ?

Aisha hocha la tête.

— L'hôpital fait appel à nous lorsque Roger et vous, vous ne travaillez pas et, bien que nos patients soient satisfaits de la façon dont on les soigne ici, j'aime bien avoir un œil sur eux. Il est arrivé que, lorsqu'il y avait un seul médecin attaché à l'hôpital, nous assurions la tournée dans les chambres des patients le matin. Ce système peut paraître un peu compliqué, mais il fonctionne.

Elle sourit avant d'ajouter :

— Enfin, la majeure partie du temps. J'ai entendu dire que vous aviez eu un week-end assez chargé. D'habitude, l'un d'entre nous est de garde — nous couvrons aussi les week-ends —, mais samedi soir, nous étions tous invités au mariage de notre réceptionniste.

— Nous avons pu faire face, répliqua Mac.

— Je n'en doute pas. Avec Izzy dans les parages, n'importe quel médecin est capable de faire face aux situations les plus épineuses.

Mac avait remarqué qu'elle portait à l'annulaire gauche une bague ornée d'un diamant. Etait-ce elle qui était fiancée à Roger Grey ?

Il en eut la confirmation au moment où elle prit congé.

— Venez donc dîner chez nous un de ces soirs. Roger

et moi serions ravis de vous recevoir. Je lui dirai d'arranger ça avec vous.

Une aide-soignante arriva, disant qu'il y avait un appel téléphonique pour lui dans son bureau.

L'appel venait de l'anatomopathologiste de l'hôpital de Braxton.

— Je vous ai envoyé un mail avec les résultats des analyses, mais j'ai pensé que ce serait bien d'en discuter avec vous.

Il se présenta, posa quelques questions à Mac sur le parcours qu'il avait suivi, cherchant s'ils avaient des relations en commun, puis il en vint aux faits.

— Il s'agit sans aucun doute d'une méningite à méningocoques. Les bactéries sont présentes dans le liquide cérébrospinal, mais il n'y en a pas dans le sang.

— Merci, mon vieux, dit Mac. Je vous suis très reconnaissant d'avoir été aussi rapide.

Dès qu'il eut raccroché, il se demanda si l'hôpital avait de la ceftriaxone sous la main, ou s'il allait devoir en commander à Braxton. Cet antibiotique antibactérien était le plus indiqué pour lutter contre les attaques des méningocoques dans le cerveau.

A cet instant, il vit Izzy passer dans le couloir.

— Izzy !

Elle se retourna et s'arrêta sur le seuil du bureau. Pour la première fois, il mesura à quel point l'uniforme bleu foncé des infirmières était horrible sur une rousse, ce qui ne l'empêcha pas de se sentir excité rien qu'en la regardant.

— A-t-on de la ceftriaxone ? demanda-t-il.

— Alors, c'est bien une méningite, dit-elle d'une voix où perçait l'anxiété. Nous en avons un peu en stock. Je vais mettre en place une perfusion.

— Je m'en occupe, mais venez avec moi. Je dois parler aux parents de Rhia. Ils se sentiront mieux s'ils sont en présence de quelqu'un qu'ils connaissent déjà.

Izzy en doutait, mais elle accompagna Mac jusqu'à la

chambre familiale où il expliqua aux parents les résultats des analyses.

Elle admira la façon dont il s'y prenait, décrivant ce qui se passait dans le corps de leur fille, puis le traitement qui allait lui être appliqué.

— Nous avons pu intervenir très tôt, grâce à vous qui avez demandé de l'aide dès qu'elle a eu ses convulsions. Il existe d'excellents médicaments pour soigner ça et nous allons commencer par la mettre immédiatement sous perfusion pour que l'antibiotique aille directement dans le sang. Je vais vous donner aussi à tous les deux des antibiotiques et, plus tard, le vaccin.

Il se tourna vers la petite fille allongée dans le lit.

— Je sais que tu ne te sens pas très bien en ce moment, dit-il en repoussant quelques mèches de cheveux qui lui retombaient sur le visage. Mais nous allons t'aider à aller mieux.

Avant de quitter la pièce, il s'adressa à Ben.

— Elle restera ici quelques jours. Vous pourriez lui apporter ses jouets préférés, des pyjamas à elle et quelques vêtements de rechange. Prenez-en aussi pour vous.

— Et des livres. J'apporterai des livres. Elle adore que nous lui lisions des histoires.

La voix de Ben s'était raffermie à l'idée d'avoir quelque chose à faire pour sa fille. Izzy savait déjà que Mac était un bon médecin, il l'avait montré durant les situations d'urgence du week-end, mais il était aussi un grand psychologue.

Ou peut-être simplement un homme attentif aux autres, sensible à ce que Ben pouvait ressentir ?

Qu'importe ! Elle n'avait pas besoin de voir chez lui cet aspect compatissant. Elle ne se sentait déjà que trop attirée par lui.

En tout cas, pour l'instant, il lui était facile de s'éloigner de Mac. Elle avait quelque chose à faire à la pharmacie.

Sauf qu'en chemin il la rattrapa.

Le local qui portait le nom de pharmacie n'était en fait qu'une toute petite pièce où les médicaments étaient stockés.

Une très, très petite pièce !

Elle fit une pause devant la porte. Mac s'arrêta juste à côté d'elle. Elle était si consciente de sa présence qu'elle en ressentait des démangeaisons dans tout le corps.

C'était complètement fou. Il n'y avait pas d'autre mot. Elle avait été attirée par le Rat — c'était le nom que sa famille avait donné au dernier homme qui était entré dans sa vie —, mais jamais à ce point. On eût dit que son attirance pour Mac était une chose tangible qui déclenchait des réactions non seulement en elle, mais aussi sur sa peau.

— Quel est le protocole ? demanda-t-elle, s'obligeant à revenir à des questions médicales.

Elle fouillait nerveusement dans son trousseau de clés pour trouver celle qui lui permettrait d'entrer dans la pharmacie.

— Rhia restera sept jours sous perfusion, avec du sérum physiologique et non du liquide de Ringer, car celui-ci ne se mélange pas bien avec tout ce qui comporte du calcium. Ensuite, nous donnerons des antibiotiques à toutes les personnes qui ont été en contact étroit avec elle la semaine dernière et nous vérifierons si elles ont été vaccinées ou non. Nous demanderons aux parents de Rhia de nous donner la liste des amis et des relations qui auraient pu être contaminés. Fréquentait-elle une crèche, un jardin d'enfants ?

— A quatre ans, elle va probablement à l'école maternelle trois jours par semaine. Je demanderai à Belle, notre secrétaire, de téléphoner au directeur de l'école pour lui demander de dresser une liste des élèves.

— Et aussi des enseignants.

Izzy avait enfin trouvé la bonne clé. Elle ouvrit la porte puis ils pénétrèrent ensemble dans la pharmacie, se touchant presque tant l'espace était exigu.

Mac lui adressa la parole sans la regarder.

— Je comprends votre réticence à sortir avec un homme

compte tenu de votre projet d'adoption, et je sais que c'est assez bizarre, mais je n'ai jamais connu une attirance aussi violente que celle que j'ai pour vous, Izzy. Je me suis dit que, peut-être, si nous sortions ensemble, disons une semaine ou deux, les choses se calmeraient. Si vous ressentez la même chose que moi, bien sûr…

Il parlait d'une voix étranglée, mais Izzy, elle, se sentait incapable de sortir le moindre mot.

Il la toucha légèrement et ils se tournèrent l'un vers l'autre, en laissant une certaine distance entre eux. Si quelqu'un passait dans le couloir, il ne trouverait rien de scandaleux à leur attitude, mais Izzy sentait sur ses lèvres le souffle chaud de Mac.

— Vous *devez* éprouver la même attirance, reprit-il. Quelque chose d'aussi puissant ne peut pas être à sens unique.

Elle faillit hocher la tête, mais la prudence, le souvenir de sa dernière expérience malheureuse — et, quelque part, le souci qu'elle avait de protéger Nikki — la retinrent.

— La ceftriaxone devrait se trouver par là, dit-elle en allant vers un placard.

Une fois dissoute dans du sérum physiologique, la poudre antibiotique serait donnée lentement à Rhia par perfusion.

Mac s'approcha et se mit à examiner le contenu du placard.

— J'ai jeté un coup d'œil sur ces étagères et dans les réfrigérateurs, mais, jusqu'à présent, je n'ai jamais pu mettre la main sur quoi que ce soit.

— C'est pourquoi vous avez du personnel, commenta Izzy.

Elle était tellement déstabilisée par sa présence qu'elle en était toute tremblante.

— Du personnel sur lequel je peux mettre la main ? dit-il, amusé, tandis qu'il lui touchait légèrement l'épaule.

Ce n'était pas *vraiment* professionnel !

Etait-il, lui aussi, un Rat comme l'autre, ou simplement une personne très tactile, comme Roger ?

— Nous ne pouvons pas parler ici, dit-elle d'un ton désespéré, un flacon de poudre jaunâtre à la main.

— Alors, plus tard ?

— Un jour ! répondit-elle d'une voix plus stridente que d'habitude.

Elle était pressée de quitter cette pièce, de s'éloigner de Mac, afin de recouvrer son calme et des idées claires.

Il s'écarta après avoir trouvé une poche de sérum physiologique malgré sa prétendue ignorance du mode de rangement de la pharmacie.

Izzy consulta sa montre. Cela faisait à peine cinq minutes qu'ils étaient entrés dans ce local, mais elle avait l'impression d'y être depuis des heures.

Peut-être avait-il raison ? Une brève… Une brève quoi ? Aventure ? Liaison ? Mettrait-elle fin à cette attirance ?

Elle n'en avait aucune idée mais, comme il lui était impossible de réfléchir alors qu'ils étaient si proches, elle choisit de prendre la fuite.

— Je vais vous laisser préparer cette poudre, si vous êtes d'accord. J'ai d'autres patients dont je dois m'occuper. Ils vont penser que personne ne se soucie d'eux.

Elle s'en alla, bien que l'excuse invoquée ne soit pas tout à fait vraie. Les patients savaient que le personnel pouvait être retenu par des urgences et ils l'acceptaient sans aucune difficulté, ayant conscience que, la prochaine fois, ce pouvait être eux-mêmes ou l'un de leurs proches qui aient besoin de toute l'attention des médecins et des infirmières.

Mac, lui aussi, le savait certainement.

Cherchait-il à l'éviter avec autant d'assiduité qu'elle en mettait elle-même à le fuir ? se demanda Izzy, un peu plus tard, alors qu'elle se trouvait dans la salle du secrétariat, essayant d'établir le planning de la semaine.

Ils allaient avoir besoin d'un plus grand nombre d'infirmières pour vacciner les gens et administrer des antibiotiques à tous ceux, enfants et adultes, qui avaient été en contact avec Rhia. Or le budget disposait d'une marge de manœuvre limitée.

— Voici la liste dressée par Sally et Ben. Ils ont indiqué les numéros de téléphone lorsqu'ils les connaissaient.

Elle leva les yeux. Mac était penché sur son bureau, tenant une feuille de papier à la main.

— L'une des aides-soignantes aurait pu me l'apporter, dit-elle.

Elle était déconcertée de le retrouver là, dans son espace à elle, alors qu'elle avait pensé lui avoir échappé.

Elle le vit esquisser un demi-sourire indiquant qu'il s'apprêtait à lancer l'une de ses stupides taquineries. Mais il jeta un regard vers Belle, assise à son bureau au fond de la pièce et, sans doute à cause de la présence de la jeune femme, il renonça à plaisanter.

Il se pencha vers Izzy pour voir ce qu'elle faisait.

— Avons-nous assez de personnel pour vacciner les gens lorsqu'ils vont commencer à se présenter ici ?

Izzy lui montra le planning.

— Ça va nous obliger à jongler, mais il en est toujours ainsi dans les petits hôpitaux, alors, oui, nous saurons nous débrouiller.

Ils entendirent une sonnerie discrète qui leur indiquait qu'ils avaient un patient aux urgences et que l'infirmière de garde avait besoin d'aide.

— J'y vais, dit Mac. Continuez de jongler, et Belle pourrait peut-être commencer à passer des coups de téléphone.

Il reprit la liste pour la donner à Belle en expliquant à celle-ci ce qu'elle pouvait dire à ses interlocuteurs. Il insista sur le fait que la tâche était délicate, mais conclut en disant qu'il valait mieux inquiéter un peu les gens et les sauver en les vaccinant plutôt que d'avoir à exprimer par la suite des regrets.

Lorsqu'il sortit du secrétariat, Izzy cessa de retenir sa

respiration. Qu'y avait-il chez cet homme qui l'amenait à être aussi tendue, aussi nerveuse, et à avoir les idées aussi confuses ?

Une autre sonnerie l'avertit qu'on avait besoin d'elle. Le planning attendrait, tout comme les questions sans réponse — toutes celles qui lui paralysaient l'esprit et dont elle devait se débarrasser au plus vite.

La salle des urgences, assez vaste pour un petit hôpital rural, se remplit rapidement, prise d'assaut par des parents au regard inquiet qui tous tenaient un petit enfant par la main.

— Le Dr Mac m'avait demandé de téléphoner à l'école maternelle, lui dit l'infirmière de garde. Ils ont dû commencer aussitôt à avertir les parents.

Izzy vit que Mac était dans l'un des box, en train de parler à un père anxieux. Lorsqu'il aperçut Izzy, il s'excusa auprès de l'homme qu'il tentait de rassurer pour venir la rejoindre.

— Nous allons faire aujourd'hui les piqûres d'antibiotiques et nous demanderons aux parents de vérifier le carnet de vaccination de leur enfant en leur disant de revenir s'ils ont besoin du vaccin.

— Ça me semble parfait. Je vais faire appel à quelques infirmières ou quelques aides-soignantes de plus pour mettre de l'ordre dans cette cohue.

A mesure que la journée avançait, le nombre de personnes qui se présentaient parce qu'elles avaient été en contact avec Rhia ne fit qu'augmenter. Mac avait demandé à Braxton qu'on leur livre davantage d'antibiotiques, en précisant qu'il pourrait aussi avoir besoin d'une quantité importante de vaccins.

En fin d'après-midi, alors qu'Izzy s'accordait une petite pause en compagnie de Mac, elle s'aperçut que jamais elle n'avait travaillé avec un médecin aussi bien organisé. Il était si efficace que les choses semblaient se dérouler en douceur.

Une nouvelle équipe d'infirmières et d'aides-soignantes arriva pour prendre le relais, libérant tous ceux qui avaient fait face à l'afflux des patients. Peu à peu, le flot se raréfia et tout le monde retourna à ses tâches habituelles, à l'exception d'Izzy.

Mac était assis derrière le comptoir de la réception, en train de mordre dans un sandwich qui semblait ne pas être de la première fraîcheur.

— Vous en voulez ? proposa-t-il.

— Ah, non, merci ! J'ai avalé quelque chose il y a un moment et, maintenant que le calme est revenu, je vais faire du thé. Ça vous dit ?

Il secoua la tête et saisit une canette de soda posée sur le comptoir pour la lui montrer.

Alors qu'Izzy se rendait dans la salle de repos pour préparer du thé, elle gardait à l'esprit l'image de Mac tenant d'une main son sandwich et de l'autre un soda.

Ce n'était qu'un homme, un homme ordinaire. Un bon médecin, mais rien qu'un homme !

Alors, pourquoi lui faisait-il autant d'effet, et d'une manière si instantanée ?

Pourquoi lui, alors que les autres hommes ne déclenchaient chez elle aucune émotion ?

Sans doute était-ce là l'un des mystères de la vie pour lesquels il n'existe aucune réponse, finit-elle par conclure. Il n'y avait là aucune explication logique.

7.

Tout en regardant Izzy disparaître derrière la porte, Mac s'interrogea sur l'attirance physique. Pourquoi l'éprouvait-on pour une femme et pas pour une autre ?

Il reporta son attention sur son sandwich rassis. Décidément, il n'avait rien d'appétissant…

Il le jeta à la poubelle. Après quoi, il s'empara du registre des admissions aux urgences et en tourna les pages. Il constata alors qu'il arrivait souvent — plus d'une nuit par semaine — qu'aucun patient ne se présente.

Etait-ce lui qui avait provoqué cette ruée des urgences dans le petit hôpital ?

Cette idée était aussi ridicule que celle qu'il venait d'avoir au sujet de l'attirance physique !

Se forçant à revenir au fonctionnement du service — ne serait-ce que pour oublier l'autre sujet qui le préoccupait —, il vit qu'en général, à cette heure de la journée, tout était calme. Apparemment, les patients venaient aux urgences entre 15 heures et 17 heures, puis leur nombre chutait jusqu'à 18 h 30, heure à laquelle pouvait se produire un nouvel afflux.

Ce soir, avec l'annonce de la maladie de Rhia et les risques de contagion, le service des urgences serait sans doute pris d'assaut.

Izzy réapparut, tenant une tasse de thé.

— Aurons-nous du personnel en plus, ce soir, au cas où les gens à qui Belle a téléphoné commenceraient à se présenter ici ? demanda-t-il.

— Oui, nous pourrons faire face, répondit une voix qui n'était pas celle d'Izzy.

Mac s'aperçut que Roger se tenait juste derrière Izzy.

— Je dis bien « nous », et non pas « vous », reprit Roger. Il est temps pour vous deux de vous en aller. L'hôpital n'a pas les moyens de payer des heures supplémentaires, vous savez.

Il sourit avant d'ajouter :

— Enfin, pas toutes les heures supplémentaires que vous avez fournies ce week-end. Izzy ne compte pas, car elle n'était même pas de garde ! Comment pourrait-elle réclamer d'être payée en heures supplémentaires ?

— Je suis content de vous passer le relais, dit Mac.

Il se tourna vers Izzy.

— Comme je viens de jeter mon sandwich à la poubelle et que, par ailleurs, je sais que vous n'avez pas dîné, si nous allions en ville manger dans ce restaurant thaïlandais dont vous m'avez parlé ? Comme j'ai quelques points à régler avec Roger, cela vous laisse le temps de passer chez vous pour vous changer. Nikki pourrait venir, elle aussi, si vous voulez. Ainsi, vous n'aurez pas le souci de lui préparer à dîner.

N'était-ce là qu'un geste amical ou bien un test ? se demanda Izzy. Elle lui avait dit qu'elle n'acceptait aucun rendez-vous amoureux parce qu'elle ne voulait pas que des hommes entrent dans la vie de Nikki pour en ressortir quelque temps après. Inviter Nikki à se joindre à eux faisait de ce dîner une sortie sans conséquence.

D'autant plus qu'il lui avait fait cette proposition devant témoin. Ou bien avait-il agi ainsi pour qu'il lui soit plus difficile de refuser ?

— Allez vous changer, intervint Roger. Aucun être sain d'esprit ne souhaiterait être vu au restaurant en compagnie d'une personne vêtue de cet horrible uniforme.

— Il est très pratique et pas du tout horrible ! protesta-t-elle.

Elle avait à cœur de défendre la tenue choisie par Hallie, bien qu'elle n'ait jamais vu personne à qui cet uniforme allait bien.

— Allez, rentrez chez vous ! ordonna Roger.

Elle n'avait pas les idées claires et, maintenant, elle ressentait sa fatigue après une longue journée de travail.

Alors, pourquoi allait-elle dîner avec Mac ?

Pour la troisième fois !

Avec Mac et Nikki. C'était mieux ainsi, pensa-t-elle en se demandant s'ils s'entendraient bien tous les deux.

— Fantastique ! s'exclama Nikki en apprenant la nouvelle. Shan et moi, nous pourrons continuer de travailler sur notre projet.

— Après le dîner, précisa Izzy d'un ton ferme. Mac a été assez gentil pour nous inviter toutes les deux, alors tu dîneras avec nous. Comme on mangera de bonne heure, si tu veux, tu pourras proposer à Shan de revenir avec nous si vous avez des choses à terminer.

Nikki se précipita vers elle pour la serrer dans ses bras.

— Tu es vraiment géniale, maman…

Le cœur d'Izzy se mit à battre plus fort, mais ce n'était pas la même chose que ce qui se passait en elle quand elle était en présence de Mac. Ce qu'elle ressentait pour lui n'était rien d'autre qu'un phénomène chimique, une réaction.

Comme une explosion nucléaire ? Ridicule ! Pourtant, c'était bien une réaction soudaine, totalement inexplicable, mais si puissante…

Vraiment, elle ne devrait pas le voir ce soir !

Allons, il était temps qu'elle prenne une douche et se change.

Au moment de s'habiller, elle choisit une robe longue qui tournoyait autour de ses chevilles quand elle marchait.

La coiffure, à présent. C'était toujours un problème pour elle, mais, ce soir, elle n'avait pas le temps de s'y attarder. Aussi planta-t-elle un peigne de chaque côté de sa tête pour discipliner son opulente chevelure.

Elle attrapa un châle qu'elle poserait sur ses épaules si la nuit devenait froide, puis elle se rendit dans la salle de séjour et appela sa fille.

A sa grande surprise, Nikki s'était habillée de manière très classique — un jean et un haut rayé bleu et blanc.

— Quoi ? Pas de trou ni de déchirure dans tes vêtements ?

Nikki éclata de rire.

— Je ne voulais pas mettre mal à l'aise ton ami médecin pour notre premier rendez-vous familial.

— Il n'est pas mon ami et ce n'est pas un rendez-vous, rétorqua Izzy. Enfin… c'est un ami au sens où des collègues peuvent être amis, mais ce n'est pas un rendez-vous.

Nikki poursuivit son interrogatoire alors qu'elles se rendaient à pied chez Mac, et il faisait si sombre qu'Izzy ne put voir le visage de sa fille.

— Pourquoi pas un rendez-vous ? C'est à cause de moi ?

Izzy soupira.

— Pas vraiment, même si, autrefois, je me suis fait du souci en pensant que tu avais pu t'attacher à un homme que je fréquentais et qui a fini par disparaître. Après, j'ai craint que…

— Cela m'ennuie si tu sortais avec quelqu'un d'autre ? Tu as eu peur qu'il n'abuse de moi ? Qu'il me fasse du mal ?

— Tu en sais beaucoup trop pour ton âge.

— Oh ! il suffit d'ouvrir les yeux et les oreilles pour savoir que cela existe ! Mais il est temps que tu aies un homme dans ta vie, maman. Je suis assez grande et nous sommes assez proches l'une de l'autre pour que je me permette de te le dire si je trouve que ton petit ami a l'air malsain. Tu vois, Roger, par exemple, pose souvent les mains sur moi, mais cela n'a rien de déplacé, contrairement à cet homme chargé de l'entretien à l'hôpital, il y a de cela quelques années. Il était vieux…

— Il avait au moins quarante ans, précisa Izzy.

— C'est vieux ! Il avait l'habitude de nous donner des bonbons, à Shan et à moi, et, après, on partait en courant.

Seigneur ! Izzy savait très bien de qui Nikki voulait parler, mais c'était la première fois qu'elle entendait cette histoire de bonbons. L'homme n'était pas resté longtemps à l'hôpital, principalement parce que les autres membres du personnel se sentaient mal à l'aise avec lui, mais Izzy était restée dans l'ignorance du comportement qu'il avait eu avec sa fille. Qu'ignorait-elle encore au sujet de Nikki ?

— Maman, nous sommes arrivées et Mac nous attend devant sa grille. Je sais que tu t'inquiètes à cause de ce que je viens de te dire mais, si on t'avait mise au courant, à l'époque, tu serais intervenue pour mettre le holà et, nous, nous aimions les bonbons.

— Est-ce que ça va ? demanda Mac en touchant légèrement l'épaule d'Izzy.

Elle était si troublée par ce que Nikki venait de lui apprendre qu'elle ressentit moins la décharge électrique qui, en général, la traversait quand elle était auprès de Mac. Toutefois, elle avait les jambes en coton. Aussi fut-elle contente de le voir les prendre toutes les deux par le bras et se diriger, ainsi encadré, vers la ville.

— Il ne m'arrive pas souvent d'emmener *deux* jolies femmes au restaurant, dit-il.

— Flatteur ! commenta Nikki.

Ce qui le fit rire. Elle lui posa ensuite des questions sur la méningite car elle en avait entendu parler à l'école.

— J'ai été vaccinée, dit-elle. En fait, j'ai eu tous les vaccins possibles grâce à une maman hyper anxieuse.

Elle taquinait Izzy, Mac le savait, car l'adolescente avait parlé avec une douceur qui était le signe d'une maturité bien au-dessus de son âge. Etait-ce d'avoir grandi dans une maison avec des grands-parents comme Hallie et Pop ?

Nikki ne lui laissa pas le temps d'y réfléchir.

— Que savez-vous sur le réchauffement climatique ?

— Nikki ! protesta Izzy. Laisse-nous dîner tranquillement sans qu'on aborde les problèmes de la planète.

— C'est pour mon projet, et Mac est médecin. Il doit bien s'y connaître en sciences.

Mac jugea qu'il était temps d'intervenir.

— Mais je ne sais pas comment on peut remédier au réchauffement du climat, Nikki. C'est une question qui exige beaucoup de recherches et il n'existe pas encore de vaccin pour ça ! Bon, à part étudier les requins et le réchauffement climatique, que fais-tu à l'école ? Tu es au collège, non ?

Nikki parla des matières qu'elle aimait et se livra à quelques imitations pour parodier certains de ses professeurs.

En arrivant près du restaurant, Mac eut un choc en voyant Izzy en pleine lumière, éclairée par les enseignes lumineuses de l'établissement.

Elle était ravissante ! Ses cheveux roux, rejetés en arrière, formaient une masse de boucles rebelles. Sa robe longue, imprimée d'un motif qui rappelait des feuilles d'automne, moulait ses jolies rondeurs, sa taille fine et ses hanches qui semblaient faites pour être saisies à pleines mains.

— Y allons-nous ou avez-vous l'intention de rester là toute la nuit à contempler maman ?

Comme sortant d'un songe, Mac les fit entrer toutes les deux dans le restaurant en résistant à l'envie qui le tenaillait de toucher le tissu soyeux de cette robe miraculeuse.

Une robe miraculeuse ? Il était en train de perdre la tête !

Ou peut-être réagissait-il ainsi parce que, pendant des années, il avait été entouré de femmes vêtues d'un uniforme militaire ou d'une tenue de campagne.

Mais était-il impressionné par la robe ou par la femme qui la portait ?

Nikki lui présenta la mère de Shan, chargée de l'accueil des clients du restaurant. Elle les conduisit vers une table placée dans une alcôve, puis elle repartit en leur laissant des menus et une bouteille d'eau fraîche.

— Vous avez eu une dure journée, Mac, dit Izzy. Vous avez l'air mort de fatigue !

— Vous avez eu une journée encore plus dure et vous êtes magnifique !

— Oui, ça, c'est vrai ! s'exclama Nikki. C'est la robe préférée de maman.

Izzy rougit puis elle se servit un verre d'eau dont elle but une gorgée en essayant de surmonter sa gêne.

Mac était penché sur le menu, conseillé par Nikki qui s'était mise près de lui pour lui indiquer les meilleurs plats.

En les voyant si proches l'un de l'autre, Izzy eut des remords. Peut-être aurait-elle dû songer plus tôt à donner un père à Nikki. Elle se rappela que, dès la maternelle, sa fille, voyant que les autres enfants avaient un père, lui avait posé des questions sur le sien. Des questions auxquelles Izzy avait été incapable de répondre. Chaque fois que Nikki l'avait interrogée, elle n'avait pu que lui dire la vérité. Que personne, même pas sa mère, ne savait qui était son père.

A quatre ans, Nikki avait accepté cette réponse, mais Izzy était consciente qu'un jour ou l'autre sa fille en viendrait à se demander quel genre de femme avait été sa mère pour ne même pas savoir qui était le père de son enfant. Elle était au courant que sa mère avait été malade et qu'elle était morte, mais elle ignorait qu'elle prenait de la drogue. C'était encore un sujet qu'Izzy allait devoir bientôt aborder avec elle.

Elle soupira. Mac se tourna vers elle en souriant.

— Vous trouvez trop difficile de choisir ?

— Moi, je vais prendre du poulet thaï et des crevettes à la noix de coco, déclara Nikki.

Trop troublée par le sourire de Mac pour réfléchir à ce qu'elle allait commander, Izzy choisit la voie de la facilité.

— La même chose pour moi, dit-elle.

Nikki eut l'air surprise.

— Tu vas manger des nouilles devant Mac ? Et quand tu

portes ta robe préférée ? Tu sais pourtant que tu as toujours du mal à te débrouiller avec ces nouilles !

— Pas toujours, rectifia Izzy sans conviction.

Mais, maintenant que Mac l'observait, elle n'allait pas faire marche arrière.

Ce fut un désastre. Alors que la plupart des gens se servaient de leur cuiller et de leur fourchette pour ingurgiter élégamment les nouilles, le mieux qu'elle parvenait à faire, c'était de prendre la nouille par un bout et de l'aspirer, laissant la sauce couler le long de son menton.

Le pire, ce fut lorsque, portant la cuiller à ses lèvres, elle en laissa tomber le contenu, éclaboussant sa robe, la nappe et toute personne se trouvant à moins d'un mètre d'elle.

Nikki s'abstint de lancer : « Je te l'avais bien dit » et Mac se montra super efficace, épongeant les dégâts avec des serviettes de table, mais la honte qu'éprouvait Izzy était cent fois pire que celle qu'elle avait ressentie lorsque Nikki avait parlé de sa robe préférée.

Après ce repas délicieux, la mère de Shan insista pour que le dîner soit mis sur le compte de la maison.

Au moment de partir, Izzy regretta d'avoir proposé à Nikki d'inviter Shan à dormir chez elles. Sur le chemin du retour, les deux adolescentes prirent les devants et les distancèrent rapidement.

— Font-elles exprès de nous laisser en tête à tête ? demanda Mac.

— J'en ai peur. Il semblerait que Nikki ait décidé que j'avais besoin d'avoir un homme dans ma vie et, dans la mesure où vous n'avez pas une ex-petite amie complètement folle, elle pense que vous pourriez faire l'affaire !

— Je suis flatté. Et, non, je n'ai pas d'ex-petite amie complètement folle.

Ils avaient ralenti le pas. Alors qu'ils atteignaient l'ombre du vieux figuier, Mac fit une pause et posa légèrement la main sur l'épaule d'Izzy pour qu'elle se tourne vers lui.

— Et vous ? demanda-t-il d'un ton calme. Pensez-vous que je pourrais faire l'affaire ?

Il faisait trop sombre pour qu'il puisse distinguer l'expression du visage d'Izzy, mais il la vit secouer la tête.

— Tout cela est trop difficile pour le moment, murmura-t-elle. Et vous non plus, vous ne le voulez pas vraiment, c'est juste à cause de l'attirance physique qu'il y a entre nous.

— Vous la ressentez donc, tout comme moi ?

Le baiser qu'il posa sur ses lèvres était aussi léger qu'un souffle d'air — le frôlement d'une aile de papillon.

Il la sentit trembler de tout son corps.

Jamais il n'avait autant désiré une femme, mais il savait qu'il ne pouvait rien se passer entre Izzy et lui. Elle ne voudrait pas prendre le risque de perdre son enfant, même si, selon lui, cette crainte n'était pas vraiment fondée.

Elle n'était pas non plus une femme avec qui il pouvait envisager d'avoir une aventure. Elle était trop délicate, trop attentionnée, trop aimante, et compte tenu de l'état dans lequel il se trouvait, en proie encore à des cauchemars qui le hantaient la nuit, il finirait par lui faire du mal.

Cependant, il ne put s'empêcher de l'embrasser lorsqu'elle leva son visage vers lui, les lèvres offertes.

Cette fois, ce fut un long baiser fiévreux ! Tandis qu'il explorait sa bouche, il la serrait dans ses bras, la plaquant contre lui, craignant que son propre cœur explose tant le rythme de ses battements était rapide.

Elle murmura son nom, lui caressant le visage comme si elle voulait en connaître tous les détails.

Ce baiser aurait pu se prolonger indéfiniment s'ils n'avaient éprouvé l'un et l'autre le besoin de reprendre leur souffle. Les genoux flageolants, Mac recula de quelques pas pour s'appuyer contre le tronc du figuier, entraînant avec lui Izzy qu'il tenait toujours dans ses bras.

— Croyez-vous vraiment qu'une brève aventure pourrait nous guérir ? murmura-t-elle.

Il l'étreignit plus étroitement et lui embrassa les cheveux.

— Je n'en sais rien. J'aimerais bien pouvoir le dire, mais c'est vous, ma chérie, qui prenez tous les risques, alors c'est à vous de décider.

Il la sentit frémir dans ses bras.

— Je ne sais pas ! murmura-t-elle d'un ton plaintif.

Cette réponse lui fit l'effet d'un coup de couteau.

— Alors, attendons le moment où vous aurez pris votre décision.

S'éloignant du figuier, il aida Izzy à recouvrer son équilibre et lui passa doucement le pouce sur les lèvres.

— Nous attendrons, répéta-t-il.

Il la prit par la main et l'entraîna pour rejoindre le sentier qui menait à l'ancien couvent.

— Je suis désolée de me montrer aussi lâche, mais je ne sais vraiment pas où j'en suis et si mon projet d'adoption risque vraiment d'être mis en péril, murmura-t-elle. J'ai l'impression de ne plus avoir de cerveau.

— La journée a été longue et difficile…

— Beaucoup trop longue, dit-elle en lui souriant. Heureusement que j'ai invité Shan à dormir chez nous cette nuit. Elles se sont sûrement enfermées dans la chambre de Nikki. Je vais donc pouvoir rentrer discrètement sans avoir à répondre à un interrogatoire en règle ni à expliquer pourquoi cela nous a pris autant de temps pour revenir.

Il sourit et lui toucha la joue où se creusait une fossette.

— Eh bien, je vous souhaite bonne chance !

Izzy rentra sans bruit chez elle, espérant ne pas tomber sur Nikki ou sur Shan. Elle savait qu'elle était décoiffée et qu'elle avait sans doute les joues rouges et les lèvres gonflées par le baiser qu'elle avait échangé avec Mac.

Elle avait commis une erreur en l'embrassant mais, après

qu'il lui eut effleuré les lèvres, la tentation avait été trop forte. Elle s'était jetée dans ses bras et lui avait offert sa bouche.

Il avait raison. Cette attirance qui était née entre eux dès leur première rencontre sur la plage était trop violente pour qu'ils l'ignorent.

Pourtant, c'était ce qu'elle devait faire.

A moins qu'il n'ait raison et que vivre une brève aventure avec lui finirait peut-être par éteindre cette flamme.

Combien de temps durait une brève aventure ?

Elle n'en savait rien. Compte tenu de ses lectures, Nikki était sans doute plus informée qu'elle sur ce sujet, mais elle n'allait sûrement pas l'évoquer.

Ni avec Nikki ni avec personne d'autre.

Elle était très attachée à ses frères et sœurs, mais Lila n'avait aucune expérience des hommes. Elle voulait découvrir qui elle était avant de pouvoir songer à vivre en couple. Marty, lui, collectionnait les aventures sans lendemain et, à coup sûr, il lui dirait : « Vas-y, Iz ! » car c'était ainsi qu'il concevait la vie.

Et Stephen…

Ils l'appelaient *sir* Stephen lorsqu'ils voulaient le taquiner parce qu'il était le seul d'entre eux à avoir une famille qui le réclamait. En fait, deux familles, toutes les deux fortunées. Deux couples de grands-parents qui se disputaient le droit de l'élever et avaient porté l'affaire devant les tribunaux, tandis que Steve trouvait son équilibre au sein de la famille chaotique de Hallie et de Pop.

Elle ignorait tout de la vie amoureuse de Steve. Il avait toujours été très proche de Liane qui le rendait fou par son comportement, sa toxicomanie et son irresponsabilité, mais il l'avait toujours accueillie lorsqu'elle cherchait un toit, et aidée chaque fois qu'elle en avait eu besoin.

Par ailleurs, il avait soutenu Izzy lorsqu'elle avait dû se battre pour sauver Nikki quand elle était bébé. Elle devinait ce qu'il lui dirait aujourd'hui : « Ne compromets pas tes chances de l'adopter ! » Elle soupira. Ah, la famille ! En l'occurrence, elle ne lui était d'aucun secours.

Elle se doucha puis se mit au lit, épuisée par sa journée de travail et trop d'émotions, mais, hantée par le souvenir du baiser échangé avec Mac, elle ne put trouver le sommeil.

8.

Mac ressentit un manque lorsque, en arrivant à l'hôpital le lendemain matin, il découvrit qu'Izzy n'était pas là. Il jeta un rapide coup d'œil sur le planning et vit qu'elle ne prendrait son service qu'à 14 heures.

En y réfléchissant, il comprit que l'horaire d'Izzy avait été modifié. Cherchait-elle à l'éviter ? Avait-elle passé la nuit à recenser toutes les raisons qu'elle avait de redouter qu'une relation avec lui ne compromette son projet d'adoption ?

Lui-même avait connu une très mauvaise nuit, hanté non par des cauchemars, mais par le souvenir d'un baiser qui l'avait bouleversé et qui lui laissait espérer que les choses iraient plus loin entre Izzy et lui.

Pourtant, il avait peu de raisons de se montrer optimiste. Sachant combien Nikki était importante pour Izzy, il comprenait que celle-ci ne veuille rien faire qui puisse entraver le processus d'adoption.

Mais, même s'ils devaient attendre, les démarches administratives ne dureraient pas éternellement…

— Etes-vous avec nous ou dans la lune ?

Il leva les yeux du planning qu'il venait de consulter et vit Abby plantée devant lui. Il s'empressa de lui dire qu'il était bien là, prêt à l'écouter.

— Il y a foule aux urgences, reprit-elle. Les gens viennent pour recevoir une piqûre d'antibiotiques et, même si Aisha — vous l'avez peut-être rencontrée, elle est médecin généraliste à Wetherby — est venue nous aider, on ne sait plus où donner de la tête.

— Oui, j'ai fait la connaissance d'Aisha et, oui, j'arrive !

Il se leva, décidé à ne plus penser qu'à son travail. En arrivant, il était passé voir Rhia et les Watson, et s'était réjoui de constater que l'état de l'enfant ne s'était pas aggravé.

Aisha et lui réussirent à tranquilliser toutes les personnes qui, affolées, avaient envahi la salle des urgences. La plupart n'avaient eu aucun contact avec les Watson.

Lorsqu'ils s'arrêtèrent pour prendre un déjeuner tardif, les choses s'étaient calmées, mais l'arrivée d'Izzy coïncida avec celle de l'ambulance locale qui amenait un garçon de dix ans. Il était tombé dans la cour de son école et avait sans doute le bras cassé.

Izzy marchait vers l'hôpital lorsqu'elle entendit l'ambulance, la reconnaissant au bruit de son moteur qui lui était aussi familier que celui de sa propre voiture.

Mac serait-il dans la salle des urgences ?

Lorsqu'elle s'était réveillée, ce matin, elle avait été prise de panique, terrifiée à l'idée de se retrouver face à l'homme avec qui, la veille, elle avait échangé un baiser torride.

Il lui avait été facile de modifier le planning afin de retarder au maximum le moment où elle devrait être de nouveau en présence de Mac. Mais, à présent, il lui fallait oublier ce baiser et se concentrer sur son travail.

L'enfant amené par l'ambulance était visiblement effrayé. Il avait le visage livide et le bras droit en écharpe.

— Qu'est-ce que tu t'es fait, Kurt Robson ? demanda Izzy en s'agenouillant près de lui pour lui passer un bras autour des épaules.

— Je suis tombé, c'est tout, mais ça fait mal.

— Bien sûr que ça fait mal.

Elle leva les yeux vers l'ambulancier.

— Les parents ont-ils été contactés ?

— Sa mère va arriver.

— Ah, c'est génial, n'est-ce pas, Kurt ?

Le garçon fit la moue.

— Maman sera peut-être en colère, murmura-t-il. Lorsque je me suis blessé au pied, elle s'est fâchée. Elle a dit que je jouais trop brutalement, mais, cette fois, c'est vrai, je suis simplement tombé.

— Ne t'inquiète pas, nous allons arranger ça avec ta maman.

— Nous lui avons donné 7 mg de paracétamol pour calmer la douleur, dit l'ambulancier. Il n'a rien eu d'autre.

Il tendit sa fiche à Izzy puis s'en alla, pressé sans doute d'aller déjeuner à cette heure tardive.

La mère de Kurt et Mac arrivèrent en même temps, l'une par l'entrée des urgences, l'autre venant de l'hôpital.

— Il a fait une chute, dit Izzy, s'adressant à Mac.

Elle tentait de se raisonner, de ne voir en lui qu'un collègue mais, lorsqu'il la frôla en s'agenouillant comme elle près du garçon, elle sentit son pouls s'accélérer.

Bon, voilà qui suffisait !

Prenant une profonde inspiration, elle se releva pour accueillir Mme Robson.

Mac la rejoignit bientôt.

— Il faudrait qu'il passe une radio, dit-il. On peut le faire ici, n'est-ce pas ?

— Oui, je peux même m'en occuper. Quand j'ai commencé la médecine, avant que je ne m'occupe de Nikki, j'ai suivi des cours de radiographie pendant trois mois. Ici, nous n'avons pas de machine IRM, mais nous pouvons assurer la plupart des autres radiographies.

— Une vraie *Wonder Woman* ! dit Mac en souriant.

— Pas vraiment, répondit-elle avec une pointe d'irritation. Sans doute êtes-vous aussi capable que moi de faire des radios. Tous les médecins le peuvent.

Il la gratifia d'un large sourire, mais elle refusait de se

laisser charmer. Des collègues, ils n'étaient que des collègues ! Elle réglerait le reste plus tard.

Elle n'y pensa plus lorsque, les radios faites, elle plaça les clichés sur la table lumineuse. Elle savait que la même image apparaissait sur l'écran dans la salle des urgences et que Mac la verrait. Elle l'appela.

— Mac !

Il la rejoignit presque aussitôt. Elle se demanda s'il avait vu la même chose qu'elle et compris qu'il ne fallait pas en discuter devant les Robson.

— Que remarquez-vous ? dit-il.

Elle pointa du doigt la ligne très fine qui indiquait une cassure de l'humérus.

— Cette fracture est évidente, mais regardez l'articulation du coude. N'est-elle pas légèrement tordue ?

Mac passa le doigt sur le cliché puis porta son attention sur l'articulation de l'épaule.

— Là aussi, il semble qu'il y ait un problème. Savez-vous si ce garçon a eu d'autres fractures ?

— Rien n'a été signalé ici, mais il m'a dit que sa mère s'était fâchée lorsqu'il s'était blessé au pied.

— Bon, allons le chercher pour lui faire des radios du pied.

Mac expliqua à Mme Robson et à Kurt qu'il fallait procéder à d'autres examens.

— Y a-t-il déjà eu dans votre famille des cas de fracture des os, madame Robson ? demanda-t-il.

— Cela arrive à presque tous les enfants, non ? Je sais qu'étant jeune je me suis cassé la jambe.

— Et toi, tu t'es fâchée quand je me suis fait mal au pied ! intervint Kurt.

— Les mamans se font toujours du souci, tu le sais.

Mac installa Kurt sur la table de radiographie puis il sortit de la pièce avec Mme Robson tandis qu'Izzy braquait la caméra sur le pied que l'enfant s'était brisé par le passé et le photographia sous différents angles.

Lorsqu'elle jugea qu'elle avait ce qu'il lui fallait, elle ramena l'enfant à sa mère qui paraissait de plus en plus inquiète. La tasse de thé et l'assiette de biscuits qu'on lui avait servies n'avaient pas suffi à la calmer.

Ils examinèrent les clichés sur l'ordinateur de la salle de radiologie et grossirent les détails afin de voir nettement les deux métatarses qui montraient des zones d'épaississement là où les fractures s'étaient ressoudées.

— Des os de verre ? demanda Izzy. J'en avais entendu parler, mais je n'étais pas certaine que cela existait vraiment.

— C'est l'OI, l'ostéogenèse imparfaite, dit Mac. Il en existe huit types, les quatre premiers représentant les formes les plus fréquentes. Le type 1 est le moins grave, et sans doute est-ce ce dont souffre le jeune Kurt. Il arrive souvent que des gens ignorent toute leur vie qu'ils souffrent de l'OI de type 1.

— Est-ce génétique ?

— En général, oui, mais pas toujours. Le problème, ici, c'est que nous pouvons réparer son bras mais, avec une OI, je me demande s'il ne faudrait pas lui poser une broche. Il me semble qu'il y a un orthopédiste à Braxton ?

— Oui, il s'appelle Paul Kent. Il est excellent. Devons-nous rappeler l'ambulance pour qu'elle emmène Kurt et sa mère là-bas ?

— Je crois que c'est ce qu'il y a de mieux à faire, mais Mme Robson sera coincée à Braxton, sans véhicule.

— Si Paul décide d'opérer Kurt, Mme Robson voudra rester là-bas, de toute façon, et son mari a une camionnette. Il pourra aller leur porter tout ce dont ils pourraient avoir besoin, une fois sa journée de travail terminée.

Hochant la tête, Mac quitta la pièce, laissant Izzy éteindre les appareils et tout ranger.

Lorsqu'elle retourna aux urgences, il était au téléphone, en train de parler à Paul Kent. A cet instant, l'ambulance arriva.

— Voulez-vous que j'appelle quelqu'un pour qu'on vienne chercher votre voiture, madame Robson ? proposa Izzy.

— Ce n'est pas la peine, merci. J'ai téléphoné à ma sœur qui habite tout près d'ici pour qu'elle vienne récupérer ma voiture. Elle a un double des clés, et aussi la clé de ma maison, alors elle pourra m'apporter ce dont j'aurai besoin. Elle fera ça bien mieux que mon mari ! conclut-elle avec un sourire.

Izzy prit conscience que la façon dont Mac avait présenté les choses à Mme Robson évitait à celle-ci de se ronger d'angoisse, comme c'était le cas chez beaucoup de mères.

— Ostéogenèse imparfaite…, dit-elle à Mac en regardant l'ambulance s'éloigner. J'aime apprendre de nouvelles choses. Je me rappelle avoir eu des cours sur les os de verre, mais je n'avais encore jamais entendu prononcer ce mot-là.

— On ne l'utilise pas souvent. Mais apprendre de nouvelles choses… ça arrive tout le temps.

Elle comprit qu'il plaisantait et que sa phrase était à double sens, mais elle savait aussi qu'elle devait ignorer ses allusions. Il lui fallait réfléchir sérieusement au baiser qu'ils avaient échangé la veille et à la suite à donner à cette histoire.

— Eh bien, je ferais mieux d'y aller pour apprendre ce qui s'est passé aujourd'hui à l'hôpital. Je n'ai même pas signé ma feuille de présence en arrivant, et je n'ai eu aucun rapport de l'équipe précédente !

— Bien sûr !

Mac regagna son bureau, heureux de se plonger dans le tas de papiers qu'il avait à trier. Cela lui permettrait de ne plus songer à Izzy.

En la revoyant, il s'était rappelé combien il était néfaste d'entretenir une relation avec une collègue. C'était très dangereux ! D'autant plus qu'il faisait ses débuts de médecin dans le civil et qu'il devait vraiment se concentrer pour bien s'acquitter de son travail.

Belle vint lui apporter un message. Paul Kent avait reçu les radiographies et il lui téléphonerait une fois qu'il aurait vu Kurt.

— Je vois que vous êtes plongé dans de la paperasse, dit

Belle. Rappelez-vous une chose : plus vous tardez à l'expédier, plus elle se multiplie. C'est pire que les lapins, ce truc-là !

Il éclata de rire, mais il savait qu'elle disait vrai. Alors il décida de ne plus penser à la jolie rousse qui l'obsédait et il se mit à examiner les papiers entassés sur son bureau, faisant le tri entre ce qui était urgent et ce qui ne l'était pas.

Izzy commença par aller rendre visite à Rhia. Comme Mac l'avait dit, l'enfant tenait le coup, même si elle était encore pâle et, d'après sa fiche médicale, légèrement fiévreuse. Ben était dans la chambre avec elle.

— J'ai renvoyé Sally à la maison pour qu'elle dorme un peu, dit-il.

Il se tordait nerveusement les mains en parlant. Il leva les yeux vers Izzy.

— Elle *va* s'en sortir, n'est-ce pas ?

Il y avait un tel désespoir dans sa voix qu'Izzy en fut émue.

— Nous ferons tout ce qu'il est possible de faire pour qu'elle aille bien… Elle reçoit les meilleurs soins, les médicaments que nous lui donnons combattent l'infection, et…

Elle hésita car elle détestait faire des promesses qu'elle n'était pas sûre de pouvoir tenir.

— En général, ils sont efficaces, acheva-t-elle en espérant que Ben n'avait pas remarqué sa légère hésitation. Mais cela demandera du temps. Alors, Sally et vous, vous devez ménager vos forces parce que, même après que votre fille sera sortie de l'hôpital, sa convalescence risque d'être longue.

— Nous sommes prêts à tout faire pour elle, répliqua Ben. Je sais que tous les parents pensent que leurs enfants sont exceptionnels, mais, pour nous, Rhia est particulièrement précieuse. Avant sa naissance, Sally a fait deux fausses couches et, depuis que nous avons eu notre fille, elle n'a jamais pu être de nouveau enceinte. Nous avons pensé à demander une FIV parce que nous adorerions avoir un autre enfant mais, pour ça, nous devrions aller en ville, ce qui nous ferait de gros frais.

— A présent, c'est devenu plus abordable financièrement, alors, qui sait ?

Elle ne mentionna pas que son frère Steve avait déjà parlé de monter une clinique privée spécialisée dans la FIV, ici, à Wetherby. Il avait aussi le projet de construire une résidence en bord de mer où les couples pourraient séjourner et se détendre pendant qu'ils suivaient un traitement pour la fertilité ou un programme de FIV. Steve croyait que les échecs de la FIV étaient souvent dus au stress et que sa résidence, en offrant un cadre agréable et reposant, pourrait le faire disparaître en grande partie.

Elle pensait encore à Steve lorsque, pénétrant dans la salle de repos, elle y trouva Mac occupé à se servir un café.

— Ne devriez-vous pas être chez vous, en train de préparer l'un de vos plats marocains ? Votre garde est finie depuis longtemps.

— J'ai expédié de la paperasse, expliqua-t-il brièvement. Voulez-vous un café ?

— A cette heure-ci, je préfère un thé. Je n'ai vraiment pas besoin de prendre des excitants qui m'empêcheraient de dormir cette nuit.

Il lui servit une tasse de thé et, inévitablement, leurs doigts se touchèrent.

— Quelque chose vous a empêchée de dormir la nuit dernière ? Trop de stimulation ?

Izzy se mit à rire.

— Cela aurait pu aller beaucoup plus loin…

A cet instant, une infirmière apparut.

— C'est Mme Warren, le lit n° 9, Izzy. Elle dit qu'elle ne se sent pas bien, sans préciser ce qu'elle a.

— Je vais aller la voir.

Elle posa sa tasse sur la table avant de sortir de la pièce. La vieille Mme Warren aurait dû se trouver dans une maison de retraite médicalisée, mais la plus proche était à Braxton, et elle ne voulait pas s'éloigner de ses amis ni de sa famille.

Elle n'avait pas l'air bien, en effet. Le teint pâle, le regard éteint, elle semblait souffrir et avait l'esprit confus. Trois mois auparavant, elle se portait comme un charme. A quatre-vingt-treize ans, elle vivait seule chez elle et s'occupait elle-même de sa maison et de son jardin. Elle ne demandait de l'aide que pour faire ses courses, et une assistante sociale passait la voir de temps en temps.

Tout avait changé le jour où elle était tombée dans sa salle de bains. Elle s'était cassé la hanche, brisé des côtes et cogné la tête. Couchée dans un lit, elle luttait contre une pneumonie et, même si elle semblait l'avoir vaincue, elle était loin d'avoir recouvré la santé. Tout son corps s'affaiblissait lentement.

Izzy prit une chaise pour s'asseoir à côté du lit. S'emparant de la main de la vieille dame, elle lui parla d'une voix douce.

— Je vois que quelqu'un vous a apporté des fleurs de votre jardin, dit-elle en montrant le gros bouquet posé sur une étagère.

— C'est Jimmy, murmura Mme Warren. C'est un bon garçon. Il vient tous les jours et, souvent, il amène un camarade pour qu'on rie tous ensemble. Mais je n'ai plus envie de rire, Izzy. J'en ai assez.

— Je sais, ma chérie… Je sais.

La vieille dame avait clairement exprimé qu'elle refusait tout acharnement thérapeutique. Elle ne voulait pas être maintenue en vie artificiellement, mais son cœur refusait de lâcher. Il battait encore avec force dans le corps squelettique de la nonagénaire.

Izzy resta auprès d'elle jusqu'à ce qu'elle s'endorme, puis elle alla s'occuper de ses autres patients. Plus tard, alors que tout était calme, elle revint s'asseoir près du lit de Mme Warren et passa la nuit dans la chambre. A 4 heures du matin, le cœur de la vieille dame cessa enfin de battre.

Il y avait bien un médecin de garde à qui Izzy pouvait

téléphoner, mais pourquoi le réveiller pour qu'il signe un certificat de décès alors que Mac serait là à 6 heures ? Peut-être même avant, le connaissant. La déclaration officielle de la mort de Mme Warren pouvait bien attendre un peu, de même l'information à ses proches.

Izzy avait voulu les avertir, mais Mme Warren s'y était opposée. Elle ne voulait pas avoir de gens en pleurs autour de son lit.

— Je suis contente de partir, alors il n'y a aucune raison de pleurer, avait-elle expliqué.

Lorsque Mac arriva, Izzy était en train de téléphoner à la fille aînée de Mme Warren.

— Que faites-vous ici ? Avez-vous enchaîné deux gardes de suite ?

Izzy leva une main pour lui faire signe de se taire et elle commença à expliquer la situation à son interlocutrice, notant que Mac quittait le bureau.

Lorsqu'il revint, il lui posa doucement une main sur le bras.

— Vous êtes restée auprès d'elle toute la nuit.

— Oui. Elle ne voulait pas être entourée des membres de sa famille. Elle souhaitait juste que quelqu'un soit là.

— Vous avez dû boire beaucoup de café.

L'éclat de son regard et son sourire disaient qu'il approuvait son geste.

Probablement aurait-il agi de la même façon, se dit Izzy. C'était un homme généreux.

Elle ne cessa de se le répéter tandis qu'elle courait, un peu plus tard, sur le sentier du littoral. Elle avait ressenti le besoin de se dépenser physiquement pour s'éclaircir les idées et avoir quelque chance de trouver le sommeil, mais cette phrase — « C'est un homme généreux » — restait inscrite dans sa tête. Ce qui jouait en faveur de Mac quant à la possibilité de nouer une relation avec lui.

Mac se mit au travail en éprouvant un certain sentiment de soulagement. Il voyait moins Izzy depuis qu'elle avait changé ses horaires. A présent, elle était à l'hôpital de 14 heures à 22 heures. Mais cette impression de soulagement cachait en fait de la déception.

Car il *aimait* la voir au travail ! Il était content d'apercevoir ses boucles rousses lorsqu'elle passait devant lui, l'air affairé. Il était ravi de la sentir à côté de lui lorsqu'ils étudiaient des fiches ou discutaient du cas d'un patient.

Le pire, c'était qu'il avait encore moins de chance de la voir en dehors du travail. Il était peu probable qu'elle accepte de venir goûter à son tajine marocain, le soir, à 22 h 30.

Il lutta contre une envie folle de consulter de nouveau le planning des infirmières. Il l'avait déjà fait deux fois aujourd'hui, et constaté qu'Izzy serait bien de garde entre 14 heures et 22 heures. Mais cet après-midi il ne la verrait pas lorsqu'elle arriverait au travail car il devait participer à une réunion qui commencerait à 14 heures au Braxton Hospital.

Belle lui avait réservé une chambre dans un motel de Braxton pour la nuit, car, apparemment, ce genre de réunion était toujours suivi d'un dîner informel.

Il s'occupa en remplissant les papiers relatifs au décès de Mme Warren puis il se rendit à la maison de retraite où il passa un long moment. Mais la matinée lui semblait interminable sans Izzy. Jusqu'au moment où une ravissante jeune femme blonde entra dans son bureau.

— Je m'appelle Frances, je suis la kinésithérapeute de l'hôpital. Je passe deux jours par semaine à Wetherby, un ici, à l'hôpital, et l'autre dans un cabinet privé. Je suis basée à Braxton, alors il y a ici quelques patients que j'ai déjà vus là-bas, à l'hôpital.

— Comme le jeune homme qui a été opéré d'une cheville à Braxton, le week-end dernier ? On lui a posé une broche et une plaque. Quelqu'un m'a dit qu'il revenait ici aujourd'hui.

— Oui, et vous avez aussi un patient qui a été blessé dans

le même accident. Simples fractures du tibia et du péroné. Il va venir me voir dans le cadre de la consultation externe.

Mac hocha la tête. Il avait signé le bon de sortie de ce patient après lui avoir posé un plâtre et recommandé de faire appel à un kinésithérapeute une fois qu'il serait libéré de son plâtre. Mais, apparemment, Frances avait des exercices à lui faire faire dès maintenant.

Il l'accompagna dans sa tournée des chambres, lui présentant les Watson et la petite Rhia. Frances promit à l'enfant de lui apporter des jouets qui l'aideraient à passer le temps à l'hôpital et à recouvrer ses forces.

— Vous n'avez sans doute pas vu le placard réservé à la kinésithérapie, dit Frances alors que tous deux se retrouvaient dans le couloir.

— J'ai vu une pièce pleine de jouets et je me suis demandé combien d'enfants pouvaient séjourner ici en même temps pour qu'il y en ait autant.

Laissant Frances continuer ses visites, Mac regagna son bureau, conscient d'ignorer encore beaucoup de choses sur le fonctionnement de cet hôpital qu'il était supposé diriger. Combien d'autres thérapeutes venaient ici régulièrement ? Comment les contacter s'il avait besoin de l'un d'entre eux pour un patient particulier ? Par exemple, un ergothérapeute pour quelqu'un victime d'une crise cardiaque ?

Toute l'information dont il avait besoin devait se trouver quelque part dans son bureau, mais, jusqu'à présent, il avait essayé d'y passer le moins de temps possible, ne s'acquittant des tâches administratives que lorsqu'elles étaient absolument nécessaires, et encore parce que Belle l'y forçait.

A sa décharge, dès son arrivée, il avait dû faire face à des urgences, et la maladie de Rhia avait poussé une foule de gens à venir consulter et se faire vacciner. Mais, à présent que les choses s'étaient calmées, il était temps qu'il se mette au courant de ce qu'il avait à faire — de s'atteler à son vrai job. D'autant plus que les autres médecins du secteur qu'il verrait cet après-midi à la réunion tenue à Braxton s'attendaient certainement à ce qu'il sache *quelque chose* sur l'établissement qu'il dirigeait.

Il convoqua Belle dans son bureau.

— Commençons par le commencement, Belle... Dites-moi tout ce que je dois savoir sur le fonctionnement de cet hôpital. Je sais qui est chargé de l'entretien des locaux et j'ai rencontré les cuisiniers, mais, à part Frances, quels autres intervenants extérieurs avons-nous ? Où puis-je trouver des informations les concernant ? Je crains de m'être reposé entièrement sur vous, ajouta-t-il en souriant.

— Ce n'est pas votre faute. Vous avez eu à peine le temps de respirer depuis que vous êtes arrivé.

Elle lui indiqua les tâches routinières normales qui avaient lieu chaque semaine ou chaque mois, et lui communiqua la liste des intervenants extérieurs et celle des bénévoles. Ces derniers travaillaient principalement à la maison de retraite, jouant à des jeux de société avec les résidents et pratiquant avec eux des travaux manuels.

— Tout cela est consigné dans ces dossiers, dit-elle en désignant les placards alignés contre les murs. Mais, si vous avez besoin de quelque chose, vous n'aurez qu'à me le demander et je ferai les recherches pour vous.

— En fait, c'est vous qui dirigez l'établissement, dit Mac, amusé. J'avais un sergent comme ça, à l'armée.

Ils discutèrent encore un moment et Mac s'aperçut que, même dans un petit hôpital, la gestion était une lourde charge.

Frances apparut sur le pas de la porte, salua Belle comme si c'était une vieille amie, puis elle tendit à Mac une balle à picots.

— C'est une balle antistress, dit-elle. Vous n'avez qu'à la presser dans votre main — une seule main à la fois. Vous serez surpris de constater comme cela relâche la tension que vous avez dans la nuque et dans les épaules.

De quelle tension parlait-elle ?

Mac avait envie de lui poser la question, mais avec Belle dans la pièce…

Par ailleurs, Frances avait raison, même s'il ignorait comment elle avait remarqué qu'il était tendu.

— Merci, dit-il.

Il prit la balle et la lança à Belle, voulant détendre l'atmosphère. Il ne souhaitait pas que les gens pensent qu'il n'était pas capable d'assumer son poste.

— Vous voulez essayer ?

Mais Belle lui renvoya la balle.

— J'en ai une à moi, rose vif… Frances veille sur chacun de nous.

Au point d'avoir vu la tension qui lui raidissait la nuque ?

Cette tension faisait-elle partie de son syndrome post-traumatique, ou bien était-elle provoquée par son attirance pour une certaine jeune femme rousse ?

Il se demanda si, parmi les intervenants extérieurs, il y avait un psychologue…

Il se mit à presser la balle antistress dans chacune de ses mains tour à tour, tandis que Belle et Frances discutaient maintenant d'un bal campagnard qui aurait lieu le week-end suivant dans une grange à l'extérieur de la ville.

Frances se tourna vers lui.

— Ce bal est destiné à lever des fonds pour le refuge des animaux. Vous viendrez, n'est-ce pas ? Je vous enverrai par Internet la direction à suivre. Ils organisent une sorte de vente aux enchères dont les lots sont des animaux. Si vous remportez l'enchère, l'argent que vous aurez donné servira à entretenir pendant un an l'animal en question.

Il trouva l'idée amusante. Peut-être pourrait-il demander à Izzy d'aller à ce bal avec lui ? Mais sans doute n'avait-elle aucune envie de se retrouver en sa compagnie. Ni envie ni besoin…

— C'est une soirée très simple, précisa Frances.

— Elle a *vraiment* lieu dans une grange qui se trouve à côté du refuge, ajouta Belle.

— Tant qu'on ne me demande pas de porter l'un de ces chapeaux de liège ornés de bouchons pour éloigner les insectes…

Cette évocation fit rire les deux jeunes femmes qui quittèrent bientôt la pièce.

Allons ! L'heure était venue de partir pour Braxton, se dit Mac. Et cela lui ferait probablement du bien de ne pas voir Izzy de toute la journée. Cette situation commençait à lui échapper…

9.

— Pourquoi as-tu choisi de travailler dans l'équipe du soir ? demanda Nikki, le lendemain matin, avant de partir à l'école. Tu ne le faisais jamais ! Et, ce week-end, tu ne pourras pas m'emmener au bal campagnard.

— Hallie et Pop te conduiront là-bas.

Izzy ne voulait pas admettre devant sa fille qu'elle avait changé son planning afin d'éviter Mac.

— Ce ne sera pas la peine, répliqua Nikki. J'irai avec Shan, ses grands frères et sa sœur aînée.

Izzy l'écoutait à peine car une idée l'obsédait : pourquoi un simple baiser l'avait-il affectée aussi profondément ? Au point de la pousser à modifier ses horaires de travail.

Elle savait pourtant qu'elle ne pourrait éviter Mac indéfiniment. Mais elle espérait qu'en mettant une certaine distance entre eux elle pourrait réfléchir à la situation et y voir clair dans ses sentiments. Elle n'oubliait pas que sa priorité, c'était de mener à bien son projet d'adoption. Elle ne devait rien faire qui puisse le compromettre durant les trois à six mois que prendrait le processus devant aboutir à une décision officielle.

A vrai dire, son changement d'horaires n'était pas une réussite. Elle regrettait de ne pas voir Nikki à la sortie de l'école, et l'absence de Mac ne l'empêchait pas de continuer de penser à lui tout comme au baiser qui l'avait tellement troublée. Elle ne savait plus du tout où elle en était.

Ce fut pire encore lorsque, se rendant au travail, elle tomba sur lui.

— Vous m'évitez ? demanda-t-il.

Comprenant qu'il parlait sérieusement, elle voulut se montrer honnête.

— J'essaye, répondit-elle.

— Et ça marche, non ?

Il avait dit cela d'un ton si léger qu'elle eut envie de le gifler. Comment pouvait-il être aussi calme ?

Parce qu'il était un homme ? Parce qu'il avait l'habitude d'embrasser des femmes qu'il connaissait à peine ?

— Comment s'est passée la réunion à Braxton ? s'enquit-elle.

— J'y ai appris beaucoup de choses.

Elle haussa les sourcils, convaincue qu'il plaisantait.

— Mais c'est vrai, ajouta-t-il en souriant. Je n'avais aucune idée de la complexité de la façon dont les services de santé se coordonnent dans les zones rurales. Celui qui a mis le système au point était un génie. On n'aurait pas fait mieux dans l'armée.

— Ça, c'est un compliment…, commenta sèchement Izzy.

— Je suis sincère. La manière dont ils coordonnent les interventions des services d'urgence comme l'ambulance et l'hélicoptère, avec le personnel médical dans les hôpitaux, de sorte qu'il y ait toujours quelqu'un de disponible pour se rendre sur le lieu d'un accident, cela seul demande beaucoup d'astuce et d'ajustement.

— C'est beaucoup de paperasserie.

— Ce que la plupart des médecins et aussi des infirmiers, j'imagine, ont en horreur. Et pourtant, tout est fait.

— Parce que le personnel des différents secrétariats connaît le système et a mis en place ses propres procédures. Ça a pris du temps, mais, maintenant, ça fonctionne. La plupart du temps !

— Je reste très impressionné.

— Bien, mais je dois me mettre au travail. La perfusion de Rhia doit être changée et, apparemment, le patient qui a été soigné à Braxton pour la fracture de sa cheville se plaint d'avoir des crampes.

Elle tourna les talons et s'éloigna, mais elle eut tout de même le temps d'entendre les dernières paroles de Mac.

— Vous m'avez manqué !

Elles s'insinuèrent dans ses oreilles, mais aussi dans son cœur.

La journée fut calme. Quelques personnes se présentèrent aux urgences, mais Izzy n'eut aucun mal à gérer la situation. Un footballeur s'était foulé le poignet et elle lui fit passer une radio afin de vérifier qu'il n'avait rien de cassé. Juste avant qu'elle ne quitte son travail, un homme âgé arriva, se plaignant d'une douleur à la poitrine. Jusqu'alors, il n'avait eu aucun problème cardiaque ni d'angine de poitrine.

Avant même que Roger, qui était d'astreinte, n'arrive à l'hôpital, Izzy avait vérifié que l'électrocardiogramme était normal, la tension artérielle et la saturation en oxygène satisfaisantes toutes les deux, mais une analyse de sang révéla des taux élevés de troponine.

— Pour moi, c'est un signal d'alarme, dit Roger. Nous allons l'hospitaliser et le mettre en observation, mais je vais aller consulter son dossier.

Izzy commença la procédure d'admission du vieil homme, l'interrogeant sur ses antécédents médicaux.

Oui, il était déjà venu à l'hôpital, pour la même douleur à la poitrine. On l'avait gardé trois jours en observation, le temps que les médecins fassent des examens et des analyses. Il était allé voir un cardiologue à Braxton qui lui avait fait d'autres examens, mais sans rien trouver.

— Et maintenant, comment vous sentez-vous ?

— La douleur est partie, mais je ne me sens pas bien. Ce n'est pas normal.

En l'absence de symptômes, à part lui donner des anticoagulants, il n'y avait pas grand-chose à faire sinon attendre et voir, se dit Izzy.

Un garçon de salle arriva pour emmener le patient.

Roger réapparut alors qu'Izzy marchait à côté du chariot, accompagnant le malade jusqu'à sa chambre.

— J'ai trouvé les résultats de ses dernières analyses de sang, dit Roger. Ils montrent tous un taux de troponine plus élevé que la normale. Il a subi tous les tests possibles, mais le cardiologue n'a rien trouvé.

— Nous le gardons ici ?

— Ah, sûrement ! Et connectez-le aux moniteurs pour que nous puissions voir s'il se produit le moindre changement. Des taux élevés de troponine pourraient indiquer un risque imminent de crise cardiaque, mais il n'a pas été fait d'étude sur des taux anormalement élevés chez quelqu'un qui est par ailleurs en bonne santé.

Izzy installa le patient dans une chambre qu'ils appelaient leur « salle de cardiologie », une pièce équipée de moniteurs. Elle connecta aux machines les jambes, la poitrine et les bras du patient, et lui fixa sur un doigt un oxymètre, ce qui permettrait de faire apparaître toutes les informations sur l'écran du moniteur.

— Vous devriez rentrer chez vous, lui dit l'infirmière de nuit. J'ai téléphoné à une infirmière intérimaire qui va arriver. Nous pourrons donc surveiller ce patient, et Roger va rester un moment, juste pour s'assurer que tout va bien.

Izzy consulta sa montre. Plus de 23 heures… Soudain, elle sentit sa fatigue, au point d'avoir du mal à mettre un pied devant l'autre tandis qu'elle se dirigeait vers la porte de derrière pour rentrer chez elle.

— Izzy !

Elle étouffa un cri de surprise et se retourna. Mac était là, éclairé par la lumière venant de la fenêtre de la cuisine.

— Je pensais vous raccompagner chez vous. Vous voulez bien ?

Il avait rôdé pendant une heure aux abords de l'hôpital, guettant la sortie d'Izzy et se demandant s'il ne se rendait pas coupable d'une forme de harcèlement.

Lorsqu'il la vit sourire, il fut rassuré.

— J'en serai ravie, bien que je trouve cela un peu stupide de votre part. Vous devez vous lever tôt demain matin et j'imagine qu'hier soir, avec ce dîner qui a suivi la réunion, vous n'êtes pas allé au lit de bonne heure.

Il la prit par le bras, le cœur battant, et l'entraîna dans l'ombre de l'ancien couvent où, par un accord tacite, ils s'arrêtèrent pour s'embrasser.

Au début, ce fut juste un frôlement de lèvres, des petits baisers légers, mais, bientôt, la fièvre s'empara d'eux et le baiser se fit plus profond. Mac entendit Izzy pousser un gémissement tandis qu'elle se pressait contre lui, l'entourant de ses bras comme si elle voulait qu'ils ne fassent plus qu'un.

— Je te désire, Iz, murmura-t-il lorsqu'ils firent une pause pour recouvrer leur souffle. Tout mon corps a envie de toi, et je suis sûr que tu ressens la même chose. Je sais que tu as des craintes à cause de ton projet d'adoption, mais nous trouverions sûrement une solution si un problème se posait.

Elle le fit taire avec des baisers, mais il s'écarta de nouveau, pris d'une idée soudaine.

— Nous pourrions même nous marier si la situation devenait risquée. Ainsi, tu aurais la famille que tu espérais former avec l'autre médecin. Un père, une mère, une fille. Une famille…

Izzy soupira et posa la tête sur la poitrine de Mac.

— Tu n'as pas envie de te marier, Mac.

— Uniquement parce que les Macpherson, du moins la branche à laquelle j'appartiens, semblent génétiquement inaptes au mariage. Mes parents ont tous les deux une grande expérience en ce domaine, ils se sont mariés plusieurs fois et paraissent incapables de faire durer leur couple. Moi-même, j'ai été un piètre mari mais, si ça peut faciliter les choses pour toi et pour Nikki, nous pourrions nous marier. On ne serait pas obligés de le rester toute notre vie durant.

Izzy s'écarta de lui.

— Rentre chez toi, Mac…

Elle ouvrit sa porte et pénétra dans la maison sans dire un mot de plus à l'homme qu'elle venait d'embrasser. Elle n'allait sûrement pas lui avouer qu'au-delà de son rêve de donner une famille à Nikki il y en avait toujours eu un autre qu'elle cachait tout au fond d'elle-même car, jusqu'à présent, il lui avait paru impossible de le réaliser. Le rêve d'un amour, d'un bonheur et d'un mariage qui *dureraient* toujours…

Conscient qu'il avait dit quelque chose qu'il aurait mieux fait de garder pour lui, Mac regagna sa maison. Mais la frustration qu'il avait ressentie lorsque leur étreinte s'était brutalement interrompue ne suffisait pas à le décourager ni à faire tomber la tension créée par leurs baisers.

Il avait l'impression que le corps d'Izzy s'était inscrit dans le sien. Il la sentait encore se presser contre sa poitrine. Une amoureuse fantôme…

Peut-être ne pourrait-il pas échapper à ses cauchemars, au ronflement des avions, au bruit sourd des bombardements et aux explosions qui suivaient. Et il avait parlé *mariage* ?

S'attendait-il à ce qu'une femme affronte les images qui le hantaient la nuit ? Son psychologue lui avait dit qu'avoir une petite amie pourrait l'aider à s'en délivrer. Devait-il tenter sa chance ?

Mais pourquoi se poser la question, étant donné la rapidité avec laquelle Izzy avait écarté cette idée ?

Incapable de trouver le sommeil, il se plongea dans un roman policier qu'il avait découvert sur une étagère lorsqu'il s'était installé dans la maison. Lorsqu'il s'endormit enfin, distrait par sa lecture, il ne songeait plus au passé ni à la jeune femme rousse à la peau douce comme de la soie dont les baisers semblaient dotés d'un pouvoir magique.

En se rendant au travail le lendemain après-midi, Izzy ne vit pas trace de Mac. On était samedi, sans doute avait-il sa journée de libre. Mais il était probablement d'astreinte et elle espérait ne pas avoir besoin de lui !

Elle se mit au travail avec calme et efficacité, passant du temps avec Rhia pendant que ses parents sortaient se promener. La petite fille s'était rétablie si rapidement qu'Izzy était étonnée que Mac ne l'ait pas renvoyée chez elle pour y passer le week-end. Peut-être craignait-il une rechute.

Le jeune homme qui avait des broches et des plaques dans sa cheville se plaignait de souffrir mais, après avoir vérifié qu'il avait reçu un antidouleur une heure à peine auparavant, elle se dit que, sans doute, il s'ennuyait. Elle trouva dans le placard de la kinésithérapie un « jouet » qui permettait de tester son adresse : un plateau qu'on devait incliner afin de faire rentrer des petites balles dans des trous.

Ce jeu était totalement frustrant et, jusqu'à présent, elle n'avait vu qu'un seul patient le réussir, mais elle savait que, compte tenu de l'aspect *apparemment* facile de l'épreuve, la plupart des patients, en particulier les jeunes hommes, refusaient de s'avouer vaincus. Sans doute cela l'occuperait-il pendant quelques heures, ce qui l'aiderait à oublier sa douleur.

Elle expédia un peu de paperasserie et dit à Shan et à Nikki qui étaient venues lui montrer leurs tenues pour le bal campagnard qu'elles étaient toutes les deux superbes avec leurs jeans fatigués, leurs chemises à carreaux et leurs chapeaux de paille.

— Soyez sages ! dit-elle quand Nikki l'embrassa pour lui dire au revoir.

Sa garde terminée, elle se prépara à quitter l'hôpital, pressée de rentrer chez elle et d'avoir une bonne nuit de sommeil sans être troublée par le souvenir des baisers d'un… D'un homme qui n'était pas pour les mariages qui durent ? Il l'avait clairement dit.

Aussi, lorsque, en sortant par la porte de derrière, elle entendit murmurer « Izzy », elle sentit son pouls s'accélérer.

— Que *faites*-vous ici ? Vous étiez censé aller à ce bal. A la maison de retraite, ils ont parié que Frances et vous, vous alliez sortir ensemble.

— Ils ont… quoi ?

Mac avait l'air tellement horrifié qu'elle éclata de rire.

— Ils s'ennuient tellement ! Alors vous devriez être au bal, ce qu'est censé faire le médecin du coin…

— J'y suis allé, mais vous n'étiez pas là.

Izzy sentit un frisson la parcourir. *Tu ne dois pas le laisser te troubler*, se dit-elle, mais son corps ne l'écoutait pas.

— J'ai laissé de l'argent à Belle pour qu'elle achète un animal. J'ai craqué pour le bouc à trois pattes.

— C'est Arthur. Je l'ai gagné, il y a deux ans.

— Quel chanceux, cet Arthur ! murmura Mac.

Izzy ne put s'empêcher de se rapprocher de lui et, lorsqu'il lui prit la main, leurs doigts s'entremêlèrent…

Ils grimpèrent la colline, sachant l'un et l'autre ce qui allait inévitablement arriver. Il avait vu la famille d'Izzy au bal et certainement appris — Nikki étant une incorrigible bavarde — qu'il n'y aurait personne dans l'appartement.

Soudain, elle n'eut plus envie de résister davantage. Elle désirait Mac comme elle n'avait jamais désiré personne, ni même imaginé que ce fût possible. Elle ne songeait plus qu'à l'instant présent, sans se soucier de ce que serait l'avenir.

— C'est par ici, dit-elle d'une voix tremblante en lui faisant franchir la porte.

Puis elle le conduisit dans sa chambre.

Les jardins de l'hôpital étant bien éclairés, la lumière qui filtrait à travers les fenêtres permit à Izzy de voir le visage de Mac tandis qu'il l'embrassait.

Elle lui passa ses doigts dans les cheveux, attirant sa tête vers la sienne afin de prolonger leur baiser tandis qu'il la caressait, explorant tout son corps, son dos, ses seins, comme s'il voulait en imprimer le souvenir dans sa mémoire.

Lorsque le désir, de part et d'autre, se fit plus violent, Izzy glissa ses mains sous la chemise de Mac pour sentir sa peau tandis qu'il lui déboutonnait sa blouse d'uniforme pour découvrir l'un de ses seins qu'il caressa, la faisant gémir de plaisir.

N'y tenant plus, ils s'arrachèrent mutuellement leurs vêtements et se retrouvèrent complètement nus, se faisant face, tout près l'un de l'autre, ne se touchant que des lèvres jusqu'au moment où Mac glissa ses doigts entre les jambes d'Izzy.

— Le lit ? murmura-t-il comme s'il voulait s'assurer que c'était bien ce qu'elle voulait.

— Oui !

Ils s'y jetèrent ensemble, continuant de s'explorer l'un l'autre, se touchant, s'embrassant, faisant durer le plaisir de l'anticipation afin d'accroître encore le désir.

Comprenant qu'Izzy était prête, Mac fit une courte pause, le temps de mettre un préservatif.

Elle se plaqua à lui, le dos arqué, le corps en feu, réclamant davantage. Sans dire un mot, ils firent l'amour, d'abord avec fièvre, puis en prenant tout leur temps, jusqu'à ce qu'un cri s'échappe des lèvres d'Izzy tandis que Mac poussait un grognement de plaisir.

Allongés l'un près de l'autre, tous les deux détendus, ils se mirent à parler comme le font les amants après l'amour. Ils parlèrent du plaisir qu'ils s'étaient donné puis de leur vie respective, si différente l'une de l'autre. Celle d'Izzy s'était construite grâce à l'amour qu'elle avait reçu de Hallie et de Pop, des étrangers qui avaient su fonder une famille avec des enfants perdus. Mac, lui, n'avait trouvé de stabilité que le jour où il était entré dans l'armée. C'était elle qui lui avait donné un foyer.

Comment en vinrent-ils à parler de Wetherby ? Mac n'aurait su le dire. Ils évoquèrent le calme de la petite ville, les habitants du cru, les citadins venus s'installer là pour fuir la frénésie des grandes cités, les réfugiés qui y refaisaient leur vie après avoir échappé à l'oppression et à la guerre.

— Comment as-tu été amené à choisir de venir ici ? demanda Izzy en se blottissant contre lui.

Il n'eut aucun mal à répondre.

— Il y a bien longtemps, si longtemps que j'ai l'impression que ça s'est passé dans une autre vie, je venais d'obtenir mon diplôme et j'avais un peu de temps libre avant de rejoindre l'armée. Je suis allé à Bali, comme le font beaucoup de jeunes Australiens chaque année. Y es-tu déjà allée ?

— Non, mais j'ai entendu dire que c'était un endroit magnifique.

— Oui, une sorte de lieu magique où l'on oublie le monde réel. On ne pense qu'à s'amuser et à rire. Des plages superbes, des vagues géniales, des boîtes de nuit et des gens charmants qui sourient à vos pitreries. C'était très relaxant, un autre monde où l'on ne vit même pas au jour le jour, mais seulement dans l'instant présent. J'ai rencontré une fille.

Izzy, pelotonnée dans ses bras, se mit à rire.

— Evidemment !

— Nous avons passé deux semaines ensemble, nous étions deux jeunes Australiens désireux de s'amuser. Un jour où nous rentrions à l'hôtel, l'une des réceptionnistes m'a appelé. Elle m'a demandé si j'étais Nicholas Macpherson. Lorsque j'ai confirmé, elle m'a appris que mon père venait d'être hospitalisé après avoir eu une crise cardiaque et que ma famille me demandait de rentrer à la maison.

S'arrachant de ses bras, Izzy s'assit dans le lit.

— Comment as-tu dit que tu t'appelais ?

Mac la regarda fixement, frappé du changement qui s'était opéré dans le comportement et la voix de la jeune femme.

— Hé, tu sais qui je suis ! Je m'appelle Mac, nous venons de faire l'amour. Deux fois.

— Je parle de ton autre nom. Ton nom complet.

A son tour, il s'assit dans le lit et essaya d'attirer à lui Izzy pour mieux voir son visage, mais elle se leva d'un bond.

— Izzy, que se passe-t-il ? demanda-t-il, totalement perdu.

— Ton nom… Dis-moi ton nom, en entier !

Sa voix était devenue presque hystérique.

— Nicholas Edward Macpherson.

S'il avait cru pouvoir la calmer en déclinant son nom, il avait tort. Elle ramassa ses vêtements et commença à se rhabiller en marmonnant à mi-voix.

— Je dois y aller, je dois y aller… Il faut que je sorte d'ici, que je réfléchisse.

Se levant, il enfila son short, puis il s'approcha d'Izzy et lui posa une main sur l'épaule.

— Iz, tu habites ici, tu es chez toi… Mais laisse-moi t'aider, dis-moi quel est le problème. Nous pouvons certainement en parler.

Elle lui tourna le dos, les épaules voûtées, et pressa sa tête contre la vitre de la fenêtre.

— Va-t'en, je t'en prie, va-t'en !

Il lui obéit, tout en regrettant de la laisser seule.

Devait-il appeler quelqu'un ? Hallie ?

Pour lui dire qu'il venait de faire l'amour avec sa fille et que celle-ci, apparemment, était en train de craquer ? Difficile à envisager.

S'il y avait un mot qui définissait bien Izzy, c'était le mot « sensé ». Elle n'était pas du genre à faire n'importe quoi. Comment expliquer alors sa réaction ?

Il rentra chez lui et, s'étant servi un whisky, il s'installa dans un fauteuil pour réfléchir. Mais par où commencer ?

C'était son nom qui avait bouleversé Izzy, alors qu'elle le connaissait depuis le début ! En tout cas, elle savait qu'il s'appelait Macpherson. Tout cela était incompréhensible.

Il lui envoya un texto, lui disant qu'il était là pour elle, lui demandant de prendre contact avec lui, à n'importe quelle heure du jour ou de la nuit parce qu'il avait vraiment besoin de s'assurer qu'elle allait bien.

Il n'était pas question de lui avouer qu'il l'aimait, mais, pourtant, ce soir, il avait pris conscience que c'était ce qu'il ressentait pour elle. De l'amour !

Etait-ce vraiment de cela qu'il s'agissait ?

Quelque chose qui ressemblait à de l'amour…

Une forme d'amour totalement nouvelle…

10.

Nikki Mac… Nikki Mac…

Izzy ne cessait de se répéter ces mots tandis qu'elle courait sur le sentier du littoral.

C'était vraiment stupide alors qu'hier la phrase qui l'obsédait était : « C'est un homme généreux… »

Mais peut-être se trompait-elle. Peut-être aurait-elle dû lui demander à quelle époque il était à Bali. Cependant, elle connaissait son âge et pouvait en déduire l'année où il avait obtenu son diplôme. Elle savait qu'elle ne se trompait pas.

Nikki Mac. Sa sœur, Liane, lui avait envoyé des textos presque tous les jours pour lui chanter les louanges de ce Nikki Mac et de cette idylle qui n'avait pas d'avenir, sans qu'elle ait jamais dit pourquoi. Lorsqu'elle était partie à Bali, elle était en forme après avoir suivi un programme de désintoxication à Sydney. Ces vacances étaient pour elle une récompense.

Elle n'avait plus touché à la drogue pendant des mois. A son retour de Bali, elle avait séjourné chez Stephen, puis elle avait pris un appartement et trouvé du travail chez un créateur de sites Internet, un job dont elle avait toujours rêvé.

Jusqu'à ce qu'un de ses petits amis la persuade de chanter dans un night-club, lui promettant de devenir célèbre. La fragile Liane était alors retombée dans la drogue, omniprésente dans le club où elle se produisait.

Izzy soupira en se souvenant de cette âme perdue qu'ils avaient tous tellement aimée. A l'addiction à la drogue s'étaient ajoutées des périodes d'anorexie et d'automutilation, aussi aucun d'eux n'avait été surpris que Liane, leur Liane adorée, n'ait pas compris qu'elle était enceinte. Dans l'espoir de l'aider, Hallie s'était rendue à Sydney, Stephen avait essayé d'intervenir, et tout le monde avait oublié Nikki Mac jusqu'à la naissance du bébé. Un bébé que sa mère avait confié à Izzy.

Elle ralentit sa course et frotta ses yeux remplis de larmes. A présent, elle n'avait plus aucun doute. C'était si évident. Les yeux bleus de Nikki, le même bleu profond…

Elle reprit un rythme soutenu, se concentrant sur ce qu'elle devait faire.

Fallait-il en parler ? Mais à qui ? A Nikki ?

A cette idée, elle ralentit de nouveau, prise soudain d'une crainte. Et si Nikki choisissait son père… ?

Et si Mac la *réclamait* ? Ou s'il la *rejetait* ? Ne serait-ce pas encore pire pour Nikki ?

Pire que de ne pas savoir ?

Le cœur broyé à la perspective de perdre Nikki, elle était incapable de trouver des réponses à toutes ces questions.

Elle n'allait pas résoudre ce problème maintenant.

Elle y réfléchirait demain…

Ayant pris sa décision, elle rebroussa chemin et retourna en ville, s'obligeant à écarter ces pensées qui la tourmentaient. Elle regarda l'océan, se gorgeant de la beauté du paysage tandis qu'elle respirait l'air du large et le parfum des eucalyptus. Ne plus penser à rien, à rien, à rien…

Elle entendit l'ambulance avant même de l'avoir vue. Alors qu'elle atteignait le dernier promontoire, elle comprit que le véhicule se dirigeait vers la plage.

Une foule de surfeurs étaient là, leurs planches jetées sur le sable dans un tel désordre qu'Izzy devina ce qui avait dû se passer.

Les requins !

Elle se rua vers l'ambulance qui venait de s'arrêter. Ecartant la foule pour se frayer un passage, elle aperçut la silhouette allongée sur le sable, vêtue d'une combinaison de surf qui avait été lacérée au niveau de la jambe, laissant apparaître la peau, le sang…

— C'est Ahmed, dit quelqu'un. Heureusement, le conducteur d'un jet-ski a été témoin de la scène. Aussi il a foncé droit sur le requin qui a pris peur et lâché prise, ce qui a permis à cet homme de ramener Ahmed sur la plage.

Quittant les lieux, Izzy prit son téléphone pour avertir la famille du jeune homme, mais à cet instant elle vit Hamid qui arrivait de l'esplanade. Quelqu'un avait dû déjà l'informer de l'accident.

Retournant à l'hôpital, elle prit une douche puis enfila son uniforme. Comme elle sortait du vestiaire, elle entendit Mac demander aux ambulanciers d'emporter le chariot dans la salle de réanimation.

— Une morsure de requin, dit-il lorsqu'il vit Izzy. Pouvez-vous couper sa combinaison de surf ? Commencez par les bras, ainsi nous pourrons le mettre sous perfusion. Abby, préparez une canule, aussi vite que vous pourrez.

Ils travaillèrent en silence, sauf lorsque Mac demanda de l'aide pour déshabiller le jeune homme, puis il le recouvrit d'une couverture chauffante pour éviter un effet de choc. Il tendit la pince à Izzy.

— Débarrassez-le de tous les morceaux de néoprène que vous trouverez, et de tout ce qui ne devrait pas être là. Abby, pouvez-vous laver la blessure à grande eau pendant qu'Izzy travaille ? Et je veux une radiographie du pied pour m'assurer qu'il n'y a rien de cassé. Si c'est le cas, je crois que nous pourrons le soigner ici sans être obligés de l'envoyer à Braxton.

Izzy nettoya la plaie, étonnée de l'assurance dont Mac faisait preuve. Mais sans doute avait-il vu bien pire dans les zones de guerre et apprit à réparer des blessés atteints beaucoup plus gravement que le jeune Ahmed.

Si quelqu'un pouvait sauver le pied du surfeur, c'était bien Mac.

Les radios montrèrent qu'aucun os n'avait été brisé. Mac fit appeler Roger pour qu'il s'occupe de l'anesthésie, puis il indiqua aux infirmières quels étaient les instruments et les sutures dont il aurait besoin.

L'intervention dura trois heures, mais Ahmed en sortit avec un pied qui ressemblait encore à un pied, même s'il avait l'air d'un patchwork.

— J'aimerais qu'on garde ce garçon ici, ne serait-ce que pour ses parents, dit Mac, s'adressant à Izzy. On va devoir lui administrer une bonne dose d'antibiotiques par voie intraveineuse et le mettre en observation durant au moins vingt-quatre heures. Est-ce possible ?

Elle savait que, s'il lui posait la question, c'était parce que cette surveillance incomberait aux infirmières et qu'elle était l'infirmière en chef de l'hôpital.

— Oui, répondit-elle sans hésiter. Nous allons devoir jongler avec les tours de garde, mais il y aura toujours quelqu'un près de lui pendant ces vingt-quatre heures. Après, vous verrez si l'on doit continuer ou non.

— Bien.

— Je vais aller m'occuper de tout ça. Abby, vous pourrez prendre la première garde ?

Elle quitta la pièce sans même attendre la réponse. Maintenant que l'urgence était passée, elle avait hâte de s'éloigner de Mac car il lui semblait difficile de faire comme s'ils n'étaient rien de plus que des collègues.

Mais peut-être qu'après la réaction qu'elle avait eue la nuit dernière Mac serait ravi qu'ils redeviennent de simples collègues et il penserait peut-être qu'il l'avait échappé belle...

Izzy assura le service d'Abby, celle-ci étant affectée à la surveillance d'Ahmed. Comme un fait exprès, il y eut un afflux inhabituel de patients aux urgences. Un petit garçon s'était planté un hameçon dans le pied, et une femme enceinte se présenta en se plaignant d'avoir la nausée et de se sentir mal. Sa tension artérielle beaucoup trop élevée et le taux de protéines présentes dans l'urine étaient autant de signes d'une prééclampsie.

Mac interrogea Izzy.

— Avez-vous l'habitude d'hospitaliser une patiente qui présente une prééclampsie ?

— Oui, lorsque sa tension artérielle est aussi élevée. Cela nous permet de contrôler en continu l'état de santé du bébé et de la mère.

— Je vais lui prescrire une série de piqûres de sulfate de magnésium. Certaines études récentes indiquent que ce traitement peut empêcher le développement d'une vraie éclampsie.

Izzy demanda à une aide-soignante de s'occuper de trouver un lit pour la nouvelle arrivante, puis elle prépara la première des piqûres que Mac avait prescrites tandis qu'il expliquait à la patiente ce qui se passait en elle, pourquoi cela arrivait parfois, et tout le bénéfice que pouvaient lui apporter le repos et le traitement qu'elle allait recevoir.

— Mais mes autres enfants ? gémit-elle pendant que Mac lui faisait l'injection.

Il jeta un regard interrogateur à Izzy.

— Elle en a trois, dit-elle. Un va à l'école, les deux autres restent à la maison avec leur maman.

Elle se tourna vers la patiente.

— Où sont-ils en ce moment ?

— Avec leur père, mais il doit retourner travailler demain.

— Ne vous inquiétez pas, dit Izzy en lui posant doucement une main sur l'épaule. Je vais en parler à Hallie qui organisera quelque chose, puis elle ira voir votre mari pour tout lui expliquer.

La femme parut soulagée, mais Mac, lui, semblait perplexe.

— Est-ce que Hallie gère toute la ville ? demanda-t-il.

La patiente sourit.

— Pour ce qui est d'organiser les choses, elle n'a pas sa

pareille, alors je sais que ce qu'elle décidera pour les enfants sera sûrement la meilleure solution pour eux.

Puis on vint la chercher pour l'emmener dans sa chambre, allongée sur un chariot.

— Que *fait* Hallie dans des cas semblables ? demanda Mac quand il se retrouva seul avec Izzy.

Incapable de le regarder en face, elle s'affairait à tout remettre en ordre dans la pièce.

— Il existe ici beaucoup d'associations, comme la Country Women's Association, les groupes paroissiaux, les Eclaireuses, et beaucoup de bénévoles toujours prêts à aider. Hallie va certainement trouver une ribambelle de baby-sitters, et sans doute aussi une cuisinière et un jardinier afin que la famille soit complètement prise en charge.

Mac hocha lentement la tête.

— Je suppose que, dans une certaine mesure, l'armée fonctionne de la même façon, sauf qu'il y a un officier chargé d'organiser tout ça. Et il se peut qu'il ne soit pas aussi efficace… Elle aurait dû être général, votre Hallie.

En entendant ce compliment, Izzy ne put s'empêcher de sourire, mais, se rappelant tous les problèmes qu'elle avait à régler, de nouveau elle se sentit mal à l'aise.

— Alors, je ferais mieux d'aller retrouver le général, dit-elle.

Elle quitta le service des urgences. Maintenant que le calme était revenu, il était dangereux pour elle de rester là, seule avec Mac…

Mac circulait dans l'hôpital, s'acquittant de ses tâches mais, s'il était physiquement présent, une partie de son esprit restait obsédée par ce qui s'était passé la veille avec Izzy, lorsqu'il l'avait vue changer brusquement de comportement. L'amante pleine de vie et généreuse était devenue une…

Une folle ? Etait-elle bipolaire ? Souffrait-elle de troubles de la personnalité ?

Pourquoi le fait qu'il lui ait dit son nom avait-il déclenché chez elle une réaction aussi violente au point de lui faire oublier durant quelques instants qu'ils se trouvaient chez elle, et non chez lui ?

Il avait le cœur lourd. Lourd de l'amour qu'il avait tu ? Lourd du désespoir qui s'emparait de lui à l'idée que ce qu'il y avait eu entre eux était maintenant terminé ?

Non, il existait sûrement une explication rationnelle à son attitude. Il suffirait qu'ils se retrouvent un moment en tête à tête et qu'ils discutent. De façon sensée, rationnelle.

Mais il se rappela la douceur de sa peau et ses gémissements de plaisir lorsqu'elle ondulait sous lui dans le lit. Comment pourrait-il rester rationnel alors que le seul fait de penser à la nuit dernière déclenchait chez lui un désir si violent qu'il en était presque douloureux ?

Ce qui se produisait alors qu'il était au travail. Où était passé son bon sens ? Son professionnalisme ?

Il enfila une blouse blanche puis fit sa ronde dans l'hôpital, non dans l'espoir d'apercevoir Izzy, mais pour rendre visite aux patients. Après quoi, il regagna son bureau. Il devait rédiger un compte rendu de la réunion qui s'était tenue à Braxton, préparer un rapport pour le directeur régional et expédier diverses tâches administratives, ce qui l'aiderait sans doute à chasser complètement de son esprit l'image d'une certaine infirmière à la chevelure flamboyante.

Cela se révéla difficile car Hallie arriva, demandant quelle serait la durée probable de l'hospitalisation de la femme souffrant d'une prééclampsie.

— J'aimerais savoir pendant combien de temps elle aura besoin d'une aide. Mais j'imagine que, même une fois sortie de l'hôpital, il lui faudra encore avoir quelqu'un pour la seconder.

Mac acquiesça.

— Je la laisserai sortir de l'hôpital lorsque sa tension artérielle aura baissé. Sinon, je la garderai ici jusqu'à la naissance du bébé. Si elle a une crise d'éclampsie…

— Il faudra lui faire une césarienne, acheva Hallie. J'ai fait ici mes débuts d'infirmière à une époque où médecins et infirmières prenaient tout en charge. Nous avions une sage-femme géniale.

Mac sourit. Cette femme semblait faire les choses sans le moindre effort. Un peu comme Izzy, pensa-t-il. Mais, en fait, il ne la connaissait pas vraiment…

Tout cela n'avait-il pas été trop rapide ? Etait-ce ce qui expliquait la panique qui s'était emparée d'elle, l'autre nuit ?

— Trouvez-vous vos marques, ici ? demanda Hallie.

— Oui, parfaitement, je vous remercie.

Elle éclata de rire.

— C'est une réponse bien trop polie ! Vous n'avez eu que des cas d'urgence depuis que vous êtes arrivé. J'espère qu'Izzy a pu vous être utile. Elle a la tête sur les épaules. Je me dis quelquefois que, de tous les enfants que j'ai eus à la maison, Izzy est sans doute ma préférée, même si les parents ne doivent pas avoir de chouchou ! Lila, elle, est la favorite de Pop. Elle est pour lui comme un cadeau du ciel. Il l'a sauvée d'une voiture en feu et, depuis, elle s'accroche à lui.

Puis Hallie prit congé pour aller organiser son armée de bénévoles. Une richesse propre aux petites villes.

Oui, il prenait ses marques ici. Il commençait à comprendre comment fonctionnaient ces petites villes…

Se sentait-il chez lui ?

Eh bien, oui, il en avait le sentiment…

Izzy modifia le tableau de service des infirmières, téléphona pour savoir qui était disponible et établit une liste des personnes qui veilleraient sur Ahmed pendant la période d'observation. Les parents du jeune homme devaient se relayer à son chevet.

Elle-même s'inscrivit pour le service de nuit, ce qui signifiait qu'elle allait enchaîner deux gardes de suite, mais cela n'avait jamais été un problème pour elle.

A présent, elle n'avait plus qu'à rentrer chez elle et à dormir un peu avant de reprendre le travail à 14 heures.

Le sommeil fut long à venir, mais, consciente qu'elle avait besoin de repos, elle réussit à chasser de son esprit le souvenir de Mac, de ses caresses, de ses baisers, et toutes les questions qui la hantaient.

Elle se réveilla juste à temps pour enfiler son uniforme, préparer un sandwich qu'elle avala en chemin, et arriver à l'heure au travail.

Alors qu'elle se dirigeait vers le bureau des infirmières en mangeant un beignet qu'elle avait pris au passage dans la cuisine, elle tomba sur Mac.

Pas de chance !

— J'ai vu que vous aviez pris le service de nuit pour veiller sur Ahmed, dit-il d'un ton professionnel.

Eh bien, elle aussi pouvait adopter une attitude professionnelle. Enfin, cela lui aurait été plus facile si elle avait ignoré avoir sur sa joue les traces de sucre laissées par le beignet.

— Assurer deux gardes de suite ne me gêne pas, dit-elle. Et, s'il est agité, il vaut mieux qu'il ait près de lui quelqu'un qu'il connaît plutôt qu'une infirmière intérimaire envoyée par l'agence. Il a essayé de m'apprendre à surfer, sans grand succès, je dois dire, mais nous avons beaucoup ri ensemble.

Elle réprima l'envie d'ôter le sucre collé sur sa joue, ne voulant pas attirer l'attention de Mac sur ce détail.

Peine perdue ! Ce fut lui qui, d'une légère caresse de son index, la débarrassa des traces laissées par le beignet.

Après quoi, il se lécha le doigt et sourit.

— Délicieux !

Voyant les joues d'Izzy s'enflammer, Mac attendit, espérant qu'elle allait dire quelque chose, espérant…

Il ne savait pas quoi. Il avait passé les dix dernières minutes à surveiller du coin de l'œil la porte de derrière, guettant l'arrivée d'Izzy dans l'espoir de pouvoir discuter avec elle. Mais, lorsqu'il l'avait vue, tenant à la main un beignet qu'elle finissait de manger, avec des traces de sucre sur la joue, il n'avait plus su quoi lui dire. Il avait oublié toutes les questions qu'il voulait lui poser, même la plus cruciale, celle concernant ce qui s'était passé la nuit dernière.

Soudain, il la vit se détourner pour se réfugier dans la salle de bains. Sans aucun doute voulait-elle rincer ses doigts poisseux et se nettoyer le visage.

Comment pouvait-elle accorder de l'importance à des détails aussi futiles alors qu'il brûlait de savoir ce qu'il y avait exactement entre eux ?

Y avait-il seulement quelque chose ?

Oh ! que lui arrivait-il ? Pourquoi ne cessait-il de se torturer ainsi ? Il n'avait pas l'intention d'aimer qui que ce soit. Il voulait passer du bon temps, voilà tout ; et, si dès le début cela ne fonctionnait pas avec la femme qui lui plaisait, il prenait le large.

Alors, c'était le moment de prendre le large !

Sans perdre un instant !

Il allait téléphoner à Frances pour s'excuser d'avoir quitté le bal campagnard de si bonne heure. Il lui demanderait s'il avait « gagné » l'entretien, pendant un an, d'un bouc à trois pattes. Peut-être lui demanderait-il aussi de venir goûter son tajine marocain. Il n'avait pas encore eu le temps d'exécuter la recette, se nourrissant le soir de quelques toasts et d'une soupe en sachet. A midi, il prenait un repas plus consistant grâce au responsable des cuisines de l'hôpital qui insistait pour qu'il mange.

Il ne téléphona pas à Frances, mais se rendit au chevet

d'Ahmed pour vérifier son état, parla avec sa mère et finit par recouvrer son calme.

Durant la nuit, l'état d'Ahmed resta stable, mais Izzy était inquiète de voir son pied enfler. Auraient-ils laissé un fragment d'une matière étrangère dans la plaie, ou bien une infection était-elle en train de se développer ? Sa température avait légèrement augmenté, mais, sinon, il semblait dormir d'un sommeil paisible, les effets de l'anesthésie ne s'étant pas encore complètement dissipés.

Elle accueillit la fin de son service avec soulagement. Ce serait à Mac ou à Roger — à celui des deux qui viendrait travailler dans la matinée — de décider si l'état d'Ahmed nécessitait qu'il ait toujours quelqu'un près de lui pour le surveiller.

La fatigue s'abattit sur elle comme une chape de plomb. Cependant, consciente que les problèmes qu'elle ne cessait de ressasser l'empêcheraient de dormir, elle troqua son uniforme d'infirmière contre une tenue de jogging et alla courir sur le sentier du littoral.

L'épuisement physique l'aiderait sans doute à trouver plus tard le sommeil, mais, pour l'instant, il ne l'empêchait pas de continuer à remuer les idées les plus sombres. Elle tenta de réfléchir, se demandant ce qui pourrait lui arriver de pire. Ce serait de perdre Nikki, bien sûr, à la suite du choix que sa fille, ou bien Mac, pourrait faire.

Peut-être valait-il mieux ne rien dire à personne…

Comprenant qu'après avoir enchaîné deux gardes successives elle n'était pas en mesure de résoudre les problèmes qui la tourmentaient, elle fixa son attention sur le monde qui l'entourait. Elle aperçut au loin une silhouette assise près du robinet d'eau potable.

Un promeneur qui avait suivi le sentier dans l'autre sens ?

Un autre joggeur ? Mais le temps ayant sérieusement fraîchi, peu de gens maintenant couraient à une heure aussi matinale.

Ce ne fut qu'en approchant plus près qu'elle reconnut Mac, et il était trop tard pour faire demi-tour. Par ailleurs, elle devait lui parler, ne serait-ce que pour s'excuser du comportement qu'elle avait eu l'autre nuit.

— J'ai pensé que j'aurai peut-être la chance de te voir ici, dit-il.

Etant seul avec elle, il s'autorisait à reprendre le tutoiement qu'ils avaient adopté dans l'intimité.

— Je dois te demander de m'excuser, murmura-t-elle. Je me suis comportée de façon stupide, je suis désolée.

— Ce n'était pas de la stupidité, mais plutôt de la panique, je pense.

Il parlait sans manifester la moindre émotion, alors que le simple fait d'être près de lui éveillait chez Izzy des sensations troublantes.

Peut-être n'avait-il voulu la voir que pour lui dire qu'ils avaient commis une erreur, qu'ils devaient oublier ce qui s'était passé et se considérer comme des collègues, rien de plus. Sauf qu'elle était incapable d'oublier.

— Je suis désolée, Mac. Vraiment désolée. Tu as dû penser que j'étais folle.

Il ne répondit pas, mais il esquissa un sourire qui accéléra les battements de cœur d'Izzy.

— Non pas folle, mais préoccupée par quelque chose. Veux-tu m'en parler ?

Si seulement il n'avait pas souri. Elle soupira et secoua la tête.

— Pas maintenant. Je voudrais bien te le dire, mais il faut que je réfléchisse, que je mette mes idées au clair.

Il lui prit la main et l'attira tout près de lui.

— Peut-être pourrais-je t'aider. Je ne suis pas totalement idiot. J'ai compris que j'avais dit quelque chose qui, sans que je le veuille, t'avait bouleversée.

Il lui pressa les doigts, comme pour lui signifier qu'il ne lui en voulait pas de s'être montrée aussi bizarre l'autre nuit.

— Cela m'a pris un certain temps avant de comprendre ce qui avait pu se passer, poursuivit-il. Cette nuit, j'ai réfléchi à la conversation que nous avions eue et je me suis rappelé que tu m'avais questionné sur mon nom.

— Nicholas ! murmura Izzy.

— Oui, Nicholas. Et c'est là que j'ai compris. Je t'ai parlé de cette jeune femme que j'avais rencontrée à Bali. Eh bien, elle avait l'habitude de m'appeler…

— Nikki Mac ?

Il hocha la tête, le visage grave.

— Alors, Nikki serait… ?

Izzy haussa les épaules, l'air impuissant.

— Je ne sais pas. C'est ce que j'ai pensé. Tout le temps où Liane a été à l'étranger, elle m'a envoyé des textos où elle ne me parlait que d'une seule personne, Nikki Mac. Je lui ai demandé si c'était sérieux, elle m'a répondu que ce n'était qu'une délicieuse aventure avec un homme merveilleux, intelligent, qui, comme elle, ne tenait pas à s'engager. A son retour, elle est allée directement à Sydney où Steve lui avait trouvé le job de ses rêves, disait-elle.

— Un travail artistique…, commenta Mac d'une voix posée.

— Elle avait beaucoup de talent, dit Izzy en refoulant ses larmes. Le dessin, la peinture, la photographie, elle était douée pour tout ça.

— J'avais vu son travail. Elle avait des projets, et plein de rêves.

Il lui lâcha la main pour regarder vers la mer.

— C'est moi qui ai mis fin à ses rêves, n'est-ce pas ? Parce que j'ai été insouciant, et que je l'ai mise enceinte.

Izzy s'approcha de lui et lui posa une main sur l'épaule.

— Nous n'en savons rien, Mac. Elle avait des cycles très irréguliers, alors sans doute ne s'est-elle pas aperçue avant des mois qu'elle était enceinte. Elle savait que nous serions tous là pour l'aider, mais je crois que les horribles souvenirs de son enfance sont revenus la hanter lorsqu'elle a appris qu'elle attendait un bébé. Elle s'est alors réfugiée dans la drogue, c'était sa façon de fuir la réalité quand celle-ci devenait trop dure.

— J'ai dû quitter Bali précipitamment. J'aurais dû la rechercher, m'assurer qu'elle allait bien. Elle m'avait parlé de Wetherby, mais en ajoutant qu'elle irait vivre à Sydney. Elle m'avait dit qu'elle était stérile. J'aurais dû vérifier. Je suis parti parce que mon père était malade, et après j'ai été en poste à Townsville. Je pensais souvent à elle, mais…

— Tu ne pouvais pas savoir. Liane t'avait dit la vérité. On lui avait annoncé qu'elle ne pourrait jamais avoir d'enfant à cause des maltraitances qu'elle avait subies étant enfant et de sa toxicomanie.

Mac voyait bien qu'Izzy tentait de le réconforter, mais la blessure était trop profonde. Comment avait-il pu ne pas retrouver Liane ? Comment avait-il pu ignorer qu'il avait un enfant ? Comme il s'était montré irresponsable durant ces vacances à Bali en compagnie de cette belle jeune femme qui l'appelait Nikki Mac !

Il respira un grand coup puis se tourna vers Izzy.

— Nikki ?

— Je ne suis pas encore prête à lui en parler. J'ai peur, Mac. Je ne sais plus où j'en suis. Il y a tant de « si », de « mais », de « peut-être ». C'est trop tôt.

Elle marqua une légère hésitation.

— Et, en dépit du nom et de ses yeux bleus, peut-être Nikki n'est-elle pas ta fille. Ne veux-tu pas d'abord le vérifier ?

Elle avait raison. Ils devaient s'assurer qu'il était bien le père de Nikki. Mais il avait le sentiment que la vie lui avait donné un précieux cadeau. Un enfant. Voulait-il courir le risque de le perdre ?

— Je serais tellement heureux de la considérer comme

ma fille. Nous pourrions nous marier, Izzy. Cela résoudrait tous les problèmes, non ?

— Nous marier ? Mais *tu* ne veux pas te marier, et *moi*, je ne veux pas épouser quelqu'un qui ne croit pas qu'un mariage puisse durer toute une vie. Et comment réagirait Nikki ? Elle n'est pas stupide. Elle devinerait que nous faisons ça pour elle. Ce serait lui faire porter un lourd fardeau !

— C'était juste une suggestion.

Mac était décontenancé de la voir aussi inflexible. Il avait cru avoir une bonne idée, ce qui prouvait qu'il ne connaissait rien aux femmes. Pourtant, il continuait de penser que ce serait une excellente solution.

Epouser Izzy était une perspective de plus en plus alléchante… Il ne lui restait plus qu'à la faire changer d'avis.

En commençant par un baiser ?

11.

— J'ai besoin de courir, dit Izzy, d'avoir les idées claires.

La conversation qu'elle venait d'avoir avec Mac et la proposition ridicule qu'il lui avait faite l'avaient plongée dans la plus grande confusion. Après s'être élancée sur le sentier, elle s'arrêta et se tourna vers Mac.

— Nous devons vérifier, dit-elle. Steve avait prélevé l'ADN de Nikki quand elle était bébé, voulant s'assurer que le garçon qui avait fait replonger Liane dans la drogue n'était pas le père. Si j'obtiens une copie de ces résultats, peux-tu demander à quelqu'un de les comparer avec ton ADN ?

Il hocha la tête.

— Tu ne diras rien à personne, n'est-ce pas ? ajouta-t-elle d'un ton presque plaintif.

— Comme si c'était mon genre, murmura-t-il.

Elle reprit sa course, filant comme si elle avait le diable aux trousses. Il fallait qu'elle se confie à quelqu'un. Hallie ferait une confidente idéale, mais comment pourrait-elle lui parler alors qu'elle avait demandé à Mac de ne rien dire à personne ?

Elle avait besoin d'aller dormir. Peut-être se sentirait-elle mieux après, peut-être serait-elle capable de réfléchir…

Mac revint à pas lents vers la ville, essayant de se faire à l'idée qu'il était peut-être le père de Nikki. Il regrettait amèrement de n'avoir rien fait pour retrouver Liane, de n'avoir rien su de sa grossesse.

Il se dirigea vers l'hôpital. Roger était de garde, mais il voulait voir Ahmed, Rhia et la femme enceinte présentant une prééclampsie. Il lui paraissait très important de permettre à cette patiente de mener à bien sa grossesse.

Parce que lui-même était *peut-être* père ?

Absurde !

Quoi qu'il en soit, être père, c'était bien autre chose que le simple acte de concevoir. Etre père, c'était découvrir un monde totalement nouveau.

Il s'arrêta au bas de la rampe menant à l'hôpital et se retourna pour contempler l'océan.

A présent, il savait ce qu'il voulait. Etre un père ! Apprendre à être un père pour Nikki.

Izzy avait raison. Dans l'intérêt de Nikki autant que dans le sien, il devait comparer les deux ADN afin d'avoir une certitude.

Et si Nikki ne voulait pas d'un père ? Ou bien si elle voulait l'avoir pour père alors qu'il ne l'était pas ?

Il comprenait maintenant pourquoi Izzy se trouvait en pleine confusion…

Le sommeil n'apporta aucune réponse à Izzy. En se réveillant, elle se sentit plus que jamais dans le brouillard.

Il *fallait* pourtant qu'elle fasse quelque chose, et tout de suite ! Enfin, pas tout de suite, car elle devait aller travailler, mais dans la journée, ou bien demain.

Mais elle pouvait déjà demander à Steve de lui faire parvenir les résultats des tests ADN de Nikki. Tant qu'ils n'avaient aucune certitude, il était inutile de perturber l'adolescente. Mais une fois qu'ils sauraient ?

— Oh ! A l'aide ! marmonna-t-elle.

A cet instant, Hallie entra dans la pièce, tenant à la main une boîte de biscuits fraîchement sortis du four.

— A l'aide, pour quoi ? demanda-t-elle. J'ai frappé mais,

comme tu n'as pas répondu, j'ai pensé que tu étais partie travailler.

— J'allais sortir, dit Izzy en prenant deux biscuits dans la boîte.

— Ce besoin d'aide ? De quoi s'agit-il ?

— Oh ! Hallie, je ne sais même pas si quelqu'un peut y faire quoi que ce soit !

Puis elle s'en alla. Lorsqu'elle arriva à l'hôpital, Mac ne s'y trouvait pas. Il était parti en ambulance à Braxton avec la patiente souffrant d'une prééclampsie. La tension artérielle ne se stabilisant pas, cette jeune femme allait probablement avoir une césarienne.

Il revint alors qu'Izzy achevait de distribuer les médicaments du soir. Un grand calme régnait dans l'hôpital.

— Nous devrions avoir les résultats ADN dans deux ou trois jours, dit-il. J'ai envoyé celui de Nikki que tu m'avais envoyé par mail et j'y ai joint le mien. Le test avait été fait lorsque j'ai intégré l'armée. Ils vont les comparer.

Les deux ou trois jours annoncés se transformèrent en une semaine. Une semaine d'insomnie et d'angoisse pour Izzy.

Les résultats arrivèrent enfin et, comme elle s'y attendait, ils étaient positifs.

— C'est à Nikki que nous devons penser, dit Mac en lui donnant le papier confirmant qu'il était bien le père de la jeune fille.

Il était venu la retrouver dans son bureau alors qu'elle rédigeait son rapport pour la relève. Voulant éviter de le voir durant cette semaine interminable, elle avait encore modifié ses horaires et travaillait à présent dans l'équipe de nuit.

Elle leva les yeux vers lui.

— Je sais, murmura-t-elle. Et cela me terrifie !

— Nous pourrions peut-être en parler d'abord à quelqu'un, un psychologue pour enfants, par exemple ?

— J'avais pensé à Hallie. S'il y a quelqu'un qui connaît bien les enfants, c'est elle. Et Pop aussi, bien sûr, mais il s'exprime moins facilement. Je me suis dit que si nous parlions avec Hallie…

Mac lui prit la main pour la presser doucement.

— Nous allons nous en sortir, Izzy.

— Tu crois ?

La laissant achever sa garde de nuit, Mac marcha jusqu'à la promenade et s'assit sur un banc, le regard tourné vers la mer.

Soudain, il trouva la réponse au problème qui l'obsédait. Ce fut si rapide qu'il en conçut des doutes et examina son idée sous tous les angles, considérant tour à tour son point de vue, celui de Nikki et celui d'Izzy.

Pour conclure, en définitive, que c'était en effet une bonne solution.

Très excité, il retourna à l'hôpital et intercepta Izzy qui venait de terminer son service.

— Je te raccompagne ? demanda-t-il en souriant.

Elle le regarda fixement.

— Qu'est-ce qui te réjouit tant ? Aurais-tu gagné au Loto ?

— Non, c'est encore bien mieux ! Je sais comment faire.

Il la prit par la main pour l'entraîner sur la colline.

— Tu sais comment faire ? répéta Izzy.

— Je *vais* parler à Nikki.

— Pourquoi ? Comment ? A quel sujet ?

Il s'arrêta pour lui faire face et lui prendre le visage entre ses mains.

— Je vais lui parler de Liane, de nos vacances à Bali, je lui expliquerai pourquoi nous nous sommes quittés, chacun suivant sa propre route. Je lui dirai que j'ignorais tout de la grossesse de Liane. J'ignorais que j'avais un enfant, une fille.

— Et après ?

— Elle aura sûrement un tas de questions à me poser. Nous pourrions aller nous promener, peut-être jusqu'au phare, et toi aussi, tu viendrais. Tu pourrais rester un peu à l'écart, mais tu serais là. Elle aura besoin de toi, je le sais.

Il lui donna un baiser léger sur les lèvres.

— Qu'en penses-tu ?

Comment aurait-elle pu penser quoi que ce soit ? La présence de Mac, ses propos, tout cela la perturbait.

— Nous nous en sortirons, tu verras, ajouta-t-il d'un ton convaincu en l'enlaçant. Ce sera un choc pour Nikki d'apprendre que je suis son père, mais, à nous trois, je suis sûr que nous arriverons à surmonter tous les problèmes.

Elle hocha la tête, ne désirant qu'une chose — rester dans les bras de Mac le plus longtemps possible.

— Va dormir, reprit-il. Nous en reparlerons plus tard. Peut-être pourrions-nous faire cette promenade, tous ensemble, demain après-midi ?

Le lendemain, Izzy fit part à Nikki de la proposition de Mac d'aller tous les trois jusqu'au phare.

— Est-ce que Shan pourra venir aussi ?

La question n'étonna pas Izzy. Amie avec sa fille depuis l'école primaire, Shan était de toutes les sorties ou presque.

— Pas aujourd'hui, dit-elle d'un ton qui se voulait léger.

Nikki lui lança un regard taquin.

— Veut-il me demander la permission de t'épouser ?

Puis elle quitta la pièce en riant.

Mac lui avait déjà proposé le mariage, pensa Izzy, mais uniquement dans l'intérêt de Nikki, pour former une famille, et non parce qu'il l'aimait, elle.

Ils s'étaient donné rendez-vous devant chez Mac, à 15 heures.

— Je me suis dit que nous pourrions aller en voiture jusqu'au pied de la colline, dit-il en mettant un sac à dos dans le coffre.

— Vous avez apporté de quoi manger ? s'écria Nikki, étonnée.

— De quoi manger et de quoi boire, répondit-il en riant. Tout un tas de choses très mauvaises pour toi : des chips, des gâteaux et des sodas.

— Ah, on va faire un pique-nique, c'est génial ! Il y a des siècles que cela ne nous est pas arrivé, pas vrai, maman ?

Izzy était trop tendue pour tenir une conversation, même la plus banale. Après avoir marmonné une vague réponse, elle monta dans la voiture.

Mais, une fois qu'ils commencèrent à gravir la colline à pied, elle se détendit. Mac et Nikki marchaient devant, parlant du concert qui aurait bientôt lieu à l'école de l'adolescente et où elle chanterait avec ses camarades.

En les voyant deviser tranquillement, Izzy se dit qu'il était temps de penser à l'avenir et de laisser le passé derrière eux.

Mais elle ne put retenir quelques larmes en songeant à Liane.

Après avoir trouvé un endroit où ils étaient à l'abri du vent tout en ayant une vue imprenable sur l'océan, Mac étendit une couverture sur l'herbe et sortit du sac à dos les provisions qu'il avait apportées.

Nikki leva son verre en l'honneur de Mac.

— Bon, si nous ne sommes pas venus ici pour que vous me demandiez la permission d'épouser maman, pourquoi sommes-nous là ? dit-elle en le regardant avec un grand sourire.

— Nikki ! protesta Izzy.

Mais Mac éclata de rire.

— En fait, j'ai déjà demandé sa main à ta mère, mais elle a trouvé que ce n'était pas une bonne idée. Cependant, je vais te parler de la famille, Nikki, de quelque chose qui n'est pas facile à dire et que, peut-être, tu auras du mal à entendre. Je veux te parler de Liane, ta mère biologique. Car, tu vois, je l'ai connue autrefois, il y a bien longtemps.

— Vous avez connu Liane ? Mais c'est fantastique, et pas du tout pénible à entendre ! J'ai toujours interrogé la famille à son propos. La pauvre ! Comment aurait-elle pu avoir une belle vie après l'enfance épouvantable qu'elle a subie ? Et, même quand elle est venue vivre chez Hallie, elle n'a jamais été heureuse. Elle fuguait, s'attirait des ennuis, se droguait, même si elle essayait parfois de se désintoxiquer.

— Exactement, mais j'ignorais tout car elle ne m'en a jamais parlé. Nous étions tous les deux en vacances, je venais de finir mes études, et elle... Izzy m'a appris que Liane sortait d'une cure de désintoxication et que ces vacances étaient sa récompense pour s'être sortie de la drogue.

— Ça se passait à Bali ?

Mac hésita. Nikki avait-elle déjà deviné la suite ?

— Oui, dit-il en lui prenant une main. Et c'était magique ! Un endroit magnifique, des gens souriants, de belles plages, le surf, nous nous amusions comme des fous ! Ta mère était quelqu'un d'extraordinaire. On aurait dit un bel oiseau, ou un papillon aux ailes chatoyantes, on ne pouvait s'empêcher de la regarder tant elle illuminait tout autour d'elle.

Il hésita un bref instant.

— Et je l'aimais...

Nikki resta silencieuse tandis qu'Izzy semblait transformée en statue de pierre.

— Le problème, c'était que nous étions en vacances pour deux semaines et nous savions tous les deux que, les vacances terminées, nous allions nous séparer, reprit-il. J'étais dans l'armée et affecté à Townsville, dans le Queensland. Liane, elle, avait un job passionnant qui l'attendait à Sydney. Nous étions d'accord, dès le début, que ce serait une histoire sans lendemain.

Il marqua une pause avant de reprendre :

— En fait, nous n'avons même pas eu deux semaines complètes ! Deux jours avant la fin de nos vacances, j'ai reçu un message de ma famille : mon père était gravement malade et je devais rentrer à la maison. L'armée m'a accordé un congé, mais il a fallu attendre des semaines avant que mon père soit hors de danger, et j'avais déjà rejoint mon poste à Townsville.

— Vous n'étiez pas restés en contact, Liane et vous ?

— Nous avions décidé de ne pas le faire. Cependant, comme mon départ avait été précipité, j'ai tenté de communiquer avec elle, mais on aurait dit qu'elle n'avait été qu'un rêve. Elle n'a jamais répondu à mes coups de téléphone ni à mes mails. J'ai compris qu'elle ne voulait pas me revoir, mais je regrette maintenant de n'avoir pas été plus persévérant ! J'aurais dû au moins m'assurer qu'elle était bien arrivée à Sydney.

Il s'empara de l'autre main de Nikki et attendit qu'elle lève les yeux vers lui.

— Je suis sûr que tu as déjà deviné la suite. Liane m'avait dit que les médecins lui avaient affirmé qu'elle ne pourrait jamais avoir d'enfant. Nous avons profité à fond de ces quelques jours passés ensemble parce que nous avions conscience que cela ne durerait pas. Si j'avais su, si seulement j'avais soupçonné… Mais non. Oh ! Nikki, si tu savais comme je regrette…

Un lourd silence s'installa.

— Alors, vous êtes mon père ? dit enfin Nikki. Est-ce cela que vous regrettez ?

— Mon Dieu, non ! C'est la chose la plus fantastique qui me soit jamais arrivée, mis à part ma rencontre avec Liane ! C'est par hasard qu'Izzy s'est doutée de quelque chose, mais nous avons vérifié et su que c'était vrai. Je suis en train de m'habituer à cette idée et je ne sais pas si je peux me faire appeler papa, alors que tu as passé toutes ces années sans moi, sans que je fasse ce que les papas font avec leur fille. Mais j'aimerais commencer, si tu es d'accord. Nous pourrions le faire en douceur, apprendre à nous connaître.

— Tu pourras me conduire à l'autel le jour de mon mariage !

Izzy éclata de rire et serra sa fille dans ses bras.

— Oh ! Nikki, je reconnais bien là ton esprit pratique !

Elle rejeta en arrière les longs cheveux brun doré de Nikki et la regarda dans les yeux.

— Je sais que c'est pour toi une nouvelle incroyable et ça l'est aussi pour Mac et pour moi. Mais nous sommes là tous les deux pour toi, prêts à répondre à tes questions ou à parler avec toi de la situation. Comme Mac vient de le dire, il ne peut pas devenir un papa en un clin d'œil, mais je pense que c'est quelqu'un de très bien et qu'il apprendra très vite.

— Ça me fait vraiment bizarre, l'idée d'avoir un papa. Quand je vais annoncer ça à Shan et aux filles de l'école…

Izzy sourit, détendue. Le silence s'installa de nouveau, rompu de temps en temps par une question ou une remarque.

— Tu l'aimais vraiment ? demanda Nikki.

— Oui, vraiment.

Izzy sut qu'il disait la vérité, tant il avait l'air convaincu.

— Est-ce que ça veut dire que nous pouvons aller nous installer chez Mac ? s'enquit Nikki après un nouveau silence. La maison est grande et je l'ai toujours adorée.

— Non, il n'en est pas question, dit Izzy avec fermeté.

— Mais vous pourriez venir dormir de temps en temps, intervint Mac.

— Si on habitait chez toi, nous apprendrions à mieux nous connaître, toi et moi, insista Nikki. Tu as dit qu'il fallait le faire avant de pouvoir nous aimer comme s'aiment un père et sa fille. Et, si nous vivions ensemble, maman et toi vous pourriez apprendre aussi à vous aimer, et vous marier, et nous formerions alors une famille.

— Tu vas trop loin, Nikki ! commenta Izzy, embarrassée.

— L'idée est géniale, mais nous ne devons pas précipiter les choses, dit Mac. Et je n'ai pas besoin que ta mère vienne vivre chez moi pour que je tombe amoureux d'elle parce que c'est déjà le cas.

Izzy le regarda fixement, incapable de dire un mot. Lorsqu'elle put parler, ses propos semblaient incohérents.

— Mais ce n'est pas possible… Vous ne pouvez pas… C'est idiot…

Sérieuse, soudain, Nikki avait le regard rivé sur Mac.

— Tu me fais marcher, n'est-ce pas ? Tu es venu ici, tu t'es découvert une fille et tu es tombé amoureux de sa mère. Ça n'arrive que dans les contes de fées, pas dans la vraie vie !

Il sourit.

— Oui, ça peut ressembler à un conte de fées, mais sans la magie, en définitive. Connaissant des moments difficiles à l'armée, j'ai eu besoin de trouver un endroit calme, paisible, et je me suis rappelé que Liane, un jour, m'avait parlé de Wetherby, en me disant qu'il ne s'y passait jamais rien. Exactement le genre d'endroit que je cherchais… Tu vois, c'est ta mère biologique qui m'a amené ici et c'est comme ça que je t'ai trouvée.

— Shan ne va *jamais* croire à cette histoire !

Ils restèrent sur la colline jusqu'au coucher du soleil. Après avoir remballé les restes du pique-nique, ils retournèrent à la voiture.

— Vous pouvez me laisser au restaurant pour que je puisse parler à Shan ? demanda Nikki, tout excitée.

Mac regarda Izzy qui haussa les épaules.

— Mieux vaut en finir sans attendre, dit-elle. Plus vite les gens seront au courant de cette histoire, plus vite ils l'oublieront. Mais je dois rentrer à la maison et parler avec Hallie et Pop avant qu'ils apprennent la nouvelle par quelqu'un d'autre.

— Je vous accompagne, répondit Mac.

Elle aurait préféré qu'il s'en aille, d'autant qu'elle ne croyait pas à sa déclaration d'amour. Comment pourrait-il l'aimer alors qu'il ne cherchait qu'à se distraire ?

Mais l'avoir près d'elle lorsqu'elle parlerait à Hallie et à Pop était une bonne idée. Elle songerait à l'amour plus tard.

Hallie et Pop étaient dans la cuisine, se partageant une bouteille de vin.

— Ah, vous allez nous aider..., dit Hallie. Pop et moi, nous ne finirons jamais cette bouteille, un seul verre nous suffit.

S'asseyant autour de la table, Izzy et Mac acceptèrent le verre de vin que Pop leur servit.

— Vous avez quelque chose à nous dire ? s'enquit Hallie.

— Oui, mais cela concerne davantage Nikki que nous, répondit Izzy. Enfin, nous aussi, ou plutôt Mac, mais...

— Peut-être devrais-tu laisser Mac nous raconter ça, suggéra gentiment Pop.

Mac se mit donc en devoir de leur expliquer la situation, ajoutant que Nikki était déjà en train de répandre la nouvelle.

— Comment a-t-elle pris cela ? demanda Hallie.

— Très bien jusqu'à présent, mais des questions se poseront inévitablement et il lui faudra du temps pour tout comprendre, répondit Izzy. Ce n'est pas tous les jours qu'on se découvre un père.

— Et ce n'est pas non plus tous les jours qu'un père découvre qu'il a une fille, commenta Hallie en regardant Mac.

— A vrai dire, je me sens perdu. Tant d'émotions contradictoires se bousculent en moi ! Je regrette de n'avoir pas été là pour Liane ni pour Nikki lorsqu'elle était bébé, et j'ai peur de ne pas être à la hauteur dans mon rôle de père. Par ailleurs, maintenant que je l'ai trouvée, qu'arrivera-t-il si elle décide qu'elle ne veut pas de moi ? Pas dans l'immédiat — j'imagine que l'attrait de la nouveauté peut jouer en ma faveur —, mais plus tard. Peut-être me reprochera-t-elle d'avoir laissé sa mère replonger dans la drogue ? De l'avoir laissée mourir ?

Souriante, Hallie lui versa un autre verre de vin.

— Ne pensez-vous pas que tous les parents se posent ce genre de question, et bien plus encore, tout au long de leur vie ? Accrochez-vous, faites de votre mieux, soyez vous-même, montrez-vous aussi sincère que possible, et espérez que tout se passe bien.

— A vous entendre, on a l'impression que c'est facile.

Pop secoua la tête.

— Non, bien sûr, mais s'angoisser ne mène à rien. C'est comme vos vacances à Bali avec Liane, prenez chaque jour comme il vient et tirez-en le plus de joie possible. Nous avons toujours fait ainsi, avec Hallie. Oui, il y aura des larmes, peut-être des crises, et vous direz ou ferez des choses à ne pas dire ou à ne pas faire mais, avec l'amour et la patience, tout finit par s'arranger généralement.

Jamais Izzy n'avait entendu Pop faire un aussi long discours.

— Et toi, ma belle, est-ce que tout ça te convient ? demanda-t-il en se tournant vers elle.

— Il nous faudra à tous du temps pour nous y habituer, répondit-elle, les larmes aux yeux. Je crois que, pour Nikki, c'est la meilleure chose qui pouvait lui arriver et, en réalité, c'est tout ce qui compte.

— Allons ! dit Pop. Tu as toujours raisonné de cette façon, mais il est grand temps que tu commences à penser à toi, Izzy. Réfléchis à ce que tu veux, toi, en te demandant comment tu voudrais que les choses se passent.

— Pop a raison, intervint Hallie.

Izzy leva les mains, faisant mine de se rendre.

— D'accord mais, comme nous l'avons tous dit, cela prendra du temps. C'est un grand changement qui s'opère dans notre vie à tous, et un énorme pour Nikki et Mac. Alors, nous avons tous besoin de prendre notre temps pour savoir où nous en sommes.

Soudain, elle sentit toute son énergie l'abandonner.

— Si vous voulez bien m'excuser, pour l'instant, j'ai vraiment besoin de prendre une douche chaude et de dormir.

Mac se leva aussitôt.

— Je vous raccompagne.

Mais Hallie l'arrêta d'un geste.

— Laissez-la partir, Mac. Elle a beaucoup de choses à intégrer et à gérer, et ne croyez-vous pas que, comme vous, elle se pose des questions sur la façon dont tout cela évoluera ?

Mac se laissa retomber sur sa chaise tandis qu'Izzy battait en retraite.

Elle ne savait plus où elle en était. Elle se sentait fragilisée par un trop-plein d'émotions. Et il y avait cette étrange déclaration que Mac lui avait faite.

Comment pouvait-il l'aimer alors qu'il ne croyait pas à l'amour ?

12.

Le lendemain matin, Mac attendait près du robinet d'eau potable. Il avait l'air d'un fantôme surgissant de la brume.

— Alors, nous allons nous marier ? dit-il en voyant Izzy s'arrêter près de lui pour reprendre son souffle.

Se redressant, elle plongea son regard dans les yeux bleus qui maintenant lui étaient familiers.

— Pourquoi ?

Il haussa les épaules, souriant, et lui caressa la joue.

— Cela me paraît une bonne idée.

— Pour toi, pour Nikki ou pour moi ? demanda-t-elle, le cœur battant plus fort.

— Pour nous tous.

Mauvaise réponse !

Les larmes aux yeux, elle se mit à trembler. Lui posant les mains sur les épaules, Mac l'attira vers lui. Elle sentit qu'il était tendu.

— Enfin, Izzy, tu sais pourquoi je veux t'épouser. Je t'ai dit hier que je t'aimais.

— Tu as dit à Nikki que tu m'aimais. Ce n'est pas la même chose.

— Mais tu m'as entendu le dire !

— Pas à moi !

Il l'enlaça étroitement, le menton posé sur sa tête.

— Oh ! Izzy, je ne sais pas pourquoi c'est si difficile à dire. Peut-être parce que j'ai longtemps pensé que les gens disaient « je t'aime » trop rapidement, trop souvent, et que les mots perdaient leur sens. Mais je sais depuis quelques jours, probablement depuis des semaines même, ce qu'est l'amour, même si j'ai du mal à exprimer ce que je ressens…

— Tu fais ça très bien, murmura Izzy.

— Je t'aime, Izzy. Voilà, je l'ai dit, mais ce ne sont pas simplement des mots. Je te donne mon cœur, ma vie, mon amour pour toujours. Tout t'appartient, tu es ma femme pour la vie !

Elle leva la tête vers lui pour qu'un baiser vienne sceller cette déclaration, mais, avant que leurs lèvres ne se touchent, elle lui posa un doigt sur la bouche.

— N'est-ce pas mon tour de le dire ? demanda-t-elle.

Elle ne put s'empêcher de rire en voyant son air surpris.

— Mais tu m'aimes, bien sûr ! s'exclama-t-il. Il ne peut en être autrement ! Nous sommes faits l'un pour l'autre. Même sans Nikki, nous aurions été ensemble, toi et moi. De plus, tu dois m'épouser parce que le fait d'être avec toi, de t'aimer, m'a délivré de mes cauchemars.

— Ah, c'est une bonne raison, en effet, commenta-t-elle d'un ton ironique.

Mais Mac avait déjà repris son sérieux.

— Je crois que nous savons tous les deux qu'il s'est passé quelque chose de spécial entre nous dès notre première rencontre sur la plage. C'était comme la naissance d'un nouveau monde. En tout cas, c'est ce que j'ai ressenti.

— J'ai ressenti la même chose.

Puis elle l'embrassa, consciente de lui appartenir totalement, jusqu'à la moindre parcelle de son corps.

— Je t'aime, Mac, murmura-t-elle lorsqu'ils se séparèrent.

— Moi aussi, je t'aime.

La prenant par la main, il l'entraîna sur le sentier. Il allait retrouver sa fille, se marier, avoir une vie de famille… et vivre heureux jusqu'à son dernier souffle.

KARIN BAINE

Escapade au paradis

Traduction française de
MARCELLE COOPER

BLANCHE

HARLEQUIN

Titre original :
THE COURAGE TO LOVE HER ARMY DOC

Ce roman a déjà été publié en 2017.

1.

Le paradis. C'était le mot qui décrivait le mieux les îles ensoleillées qui allaient changer la vie d'Emily Clifford. Du moins était-ce ce qu'elle espérait. Malheureusement, elle avait sous-estimé la distance qui la séparait encore de cet éden. Et le mal de mer. C'était la première fois qu'elle en souffrait, sinon elle aurait demandé à l'un de ses collègues du cabinet londonien de lui prescrire un antinaupathique. Elle aurait pourtant dû se douter qu'un trajet en taxi ne suffirait pas pour rejoindre sa destination finale, l'un des îlots les plus éloignés de l'archipel des Fidji.

Son atterrissage sur l'île principale de Viti Levu ne marquait pas la fin du voyage, loin de là. Après une journée à faire la touriste sur les marchés et les avenues bordées de cocotiers de Suva, la capitale, elle avait passé une nuit dans un hôtel cinq étoiles, puis dû reprendre un vieux coucou qui l'avait déposée sur une autre île où le parcours du combattant avait commencé, en 4x4, sur des pistes cahoteuses à travers la jungle. Ayant atteint la côte Sud, elle avait embarqué sur un petit bateau à moteur ; et la traversée était en train de se transformer en cauchemar.

Ils naviguaient depuis maintenant plusieurs heures, et la puissante houle de l'océan Pacifique produisait son effet sur l'estomac de Londonienne d'Emily, qui n'avait pas connu de pires remous que le tangage des clippers sur la Tamise entre Whitehall et Chelsea. Agrippée à l'embarcation, elle essayait de combattre la nausée. Sans succès. Montagne de flots gris et bouillonnants, la mer n'avait rien à voir avec la vision idyllique qu'Emily en avait eue de l'avion. Quand son estomac cessait par miracle quelques instants de faire le yoyo, c'étaient ses os courbaturés qui criaient grâce.

Elle était impatiente d'arriver, pour pouvoir prendre une douche, se reposer, et retrouver son demi-frère Peter. Sans lui, jamais elle ne se serait lancée dans cette aventure qui lui permettait, au passage, de prouver à son ex-mari qu'elle n'était pas une pantouflarde.

Après dix ans de mariage, Greg avait décidé qu'elle ne lui suffisait plus. Alors, quand Peter avait évoqué le manque en personnel médical qualifié de la mission religieuse qu'il dirigeait sous les Tropiques, Emily n'avait pas hésité. Quelle meilleure occasion de se rendre utile pendant deux semaines et, accessoirement, de s'occuper l'esprit pendant que Greg convolerait en injustes noces avec sa miss Cinq à sept ?

Comme le bateau dévalait une énième crête d'écume, Emily fut prise d'un nouvel accès de nausée. Pourtant, mieux valait rendre ses entrailles que rester entre quatre murs à pleurer sur ses photos de mariage en se demandant pourquoi tout était allé de mal en pis avec Greg.

A l'approche de la côte de Yasi, elle distingua un homme assis en tailleur au bord de l'eau et elle fit de grands signes dans sa direction. Enfin, elle allait accoster et trouver du réconfort dans les bras de Peter. Même s'ils n'avaient pas de liens du sang, elle le considérait comme son frère ; ils avaient grandi côte à côte et étaient liés par une profonde affection.

La main en écran au-dessus des yeux pour se protéger de la réverbération du soleil, elle regarda l'unique individu qui constituait son comité d'accueil. L'homme se leva. Sauf erreur, ce n'était pas Peter, à moins qu'il n'ait grandi et minci drastiquement depuis la dernière fois où elle l'avait vu, deux ans auparavant. Pour la perte de poids, c'était possible, mais, jusqu'à preuve du contraire, le soleil, le sable et la mer ne provoquaient pas de poussée de croissance chez les hommes adultes.

La déception l'envahit. Peter avait envoyé quelqu'un la chercher à sa place. Pour l'accolade fraternelle et le réconfort, il lui faudrait attendre.

Voilà un an et demi qu'elle s'efforçait de rester forte, de ne pas céder au chagrin en repensant à son départ de la belle demeure où elle avait vécu avec Greg. Devant ses patients, elle avait en permanence un sourire plaqué aux lèvres, alors qu'elle avait en réalité envie de hurler sa détresse à la face du monde.

Aujourd'hui, loin de son environnement habituel, elle aspirait à lâcher du lest et à ne plus faire semblant. La vérité, c'était que pas un jour ne passait sans qu'elle souffre du rejet de Greg ; elle luttait tous les matins pour se lever et affronter la réalité. Pleurer un bon coup dans les bras de son frère serait un exutoire ; et deux semaines à pratiquer la médecine de terrain — une première pour elle qui était habituée au confort de son cabinet — lui rappelleraient qu'elle était autre chose qu'une épouse bafouée et répudiée. Après avoir attendu tout ce temps pour s'épancher sur une épaule amie, quelques minutes de plus ne la tueraient pas. A moins que la colère et la frustration qu'elle avait enfouies en elle durant tous ces mois ne pulvérisent la soupape avant.

La quille du bateau s'enfonça dans le sable. Emily mit pied à terre pour gagner la plage, et ses sandales ornées de strass puis le bas de sa longue robe à fleurs clapotèrent dans l'eau. Avec le recul, elle aurait mieux fait d'opter pour une tenue plus sportive. Ses pieds souffraient le martyre, sa robe était toute chiffonnée et la fleur coincée derrière son oreille sûrement fanée depuis longtemps ; bref, la tenue censée l'aider à se fondre dans le décor la rendait ridicule.

Le grand gaillard à la peau sombre qui venait vers elle n'affichait aucun sourire, pas plus d'amusement que de bienvenue. Avec ses cheveux bruns coupés en brosse, son bermuda kaki et son T-shirt bleu marine, il ressemblait davantage à un baroudeur qu'à un insulaire. La jupe en feuilles de cocotier n'était clairement pas son style. Dommage, d'ailleurs.

— Bonjour, je suis Emily.

Ignorant sa main tendue, il se dirigea vers le bateau pour prendre ses bagages. La langue officielle des îles Fidji était l'anglais, était-elle tombée sur le seul autochtone qui ne le parlait pas ?

Tous biceps dehors, il souleva sa valise, son sac, puis le coffre de matériel médical qu'il déposa sur le sable blanc.

— *Bula*, dit-elle en tentant une nouvelle approche.

C'était le seul mot fidjien qu'elle connaissait.

L'avatar bodybuildé de Peter se tourna vers elle.

— *Bula* à vous aussi.

Son accent plus-britannique-tu-meurs ne collait pas avec son teint.

— Vous êtes anglais ?

— D'Oxford. Je m'appelle Joe. Joe Braden, fit-il, daignant enfin lui serrer la main.

Ses doigts laissaient entrevoir la force de ses muscles, et Emily frissonna malgré la chaleur tropicale. Si une simple poignée de main suffisait à la chavirer, il était temps qu'elle sorte un peu !

Non qu'elle fût réellement prête à sortir avec quiconque. A une époque où l'apparence, les mensurations, l'âge comptaient plus que la fidélité et les qualités morales, elle n'était vraiment pas pressée de revenir sur le marché des cœurs à prendre.

— Joe Braden… Ce nom me dit quelque chose…

Elle était pourtant certaine de ne l'avoir jamais rencontré ; elle s'en serait souvenue.

— J'ai servi aux côtés de Peter en Afghanistan.

Voilà qui expliquait la coupe de cheveux militaire et l'économie de paroles — et de sourires.

Peter avait évoqué ce nom à propos de… Cela lui échappait pour le moment.

— Justement, où est-il ? Ne vous vexez pas, mais j'espérais qu'il serait là pour m'accueillir.

Pas question de se laisser entraîner dans une conversation sur leurs combats en Afghanistan, à supposer, ce dont elle doutait, que Joe ait envie d'en parler. Ç'avait été l'enfer pour tous ceux qui avaient participé à l'effort des forces alliées, y compris pour les familles qui attendaient toujours le retour de leurs fils. Quand Peter avait décidé de quitter l'armée et de mener une vie conforme à sa foi, tous ceux qui l'aimaient avaient poussé un soupir de soulagement.

— Pourquoi voulez-vous que je me vexe ? répondit Joe. Nous ne savions pas exactement à quelle heure vous arriveriez, et Peter a un service à assurer ce soir. Je me suis donc porté volontaire pour vous ramener au village.

Il lui tendit la valise et le sac, et se chargea du coffre, qu'il cala en équilibre sur son épaule.

Depuis combien de temps m'attendez-vous ?

Elle n'osa pas poser la question. Cela faisait un bail, à en juger par le pli agacé de ses lèvres et sa hâte manifeste à s'en aller. Il ne fallait de toute évidence pas compter sur lui pour dérouler le tapis rouge.

Il s'éloignait déjà à grandes enjambées ; elle dut courir pour le rattraper. L'exercice n'était pas facile, lestée comme elle l'était d'une valise et d'un sac, d'autant que ses sandales s'enfonçaient dans le sable, l'obligeant à se dandiner pour mettre un pied devant l'autre. Elle devait avoir l'air d'un pingouin aux couleurs bigarrées égaré très loin de son pôle natal.

Le ridicule ne tuait pas. Comme il n'y avait aucune habitation en lisière de la plage, elle préférait ne pas se laisser distancer.

— Et vous, qu'est-ce qui vous a amené ici ? demanda-t-elle, essoufflée, en rattrapant Joe au pied d'une dune escarpée et couverte de longues herbes.

Ce ne serait pas une promenade de santé. Autant agrémenter le parcours d'un peu de conversation.

— Votre frère.

— Vous rendez visite à Peter ?

Etrange. Ce dernier n'avait pas mentionné dans ses mails qu'il avait de la compagnie. Elle qui voulait son attention pleine et entière devrait la partager. Cela la contraria profondément.

C'était une réaction puérile, mais elle n'avait pas vu son frère depuis une éternité et Dieu seul savait quand elle le reverrait, tellement il avait la bougeotte. Les longues conversations à cœur ouvert qu'elle espérait avoir avec lui devraient-elles se faire en présence de ce renfrogné de GI Joe ?

— Je suis là pour la même raison que vous, répondit-il. Pour faire du bénévolat médical. Je compte rester encore un mois dans les parages. Peut-être moins. Je ne tiens jamais en place plus de quelques semaines. Aventurier des temps modernes, l'expression me va assez bien. En fait, depuis mon départ de l'armée, c'est la première fois que je reste aussi longtemps au même endroit et c'est entièrement dû au pouvoir de persuasion de votre frère.

Ce petit discours, délivré sur un ton impassible, apprit à Emily deux choses plutôt inquiétantes. D'abord, Joe détenait des informations de première main à son sujet, puisqu'il savait pourquoi elle était là. Peter n'étant pas du genre à commettre des indiscrétions, GI Joe l'avait-il soumis à un interrogatoire en règle pour mieux cerner sa prochaine cible ? A moins que, entre anciens militaires, les deux larrons ne se cachent rien, sur la base de ce code d'honneur qui restait inaccessible aux simples mortels. Pourvu que les confidences de Peter ne se soient pas étendues à son mariage raté. C'était justement pour échapper à ce genre d'ignominies qu'elle avait entrepris ce voyage.

Secundo, elle devrait, pour la durée de son séjour, travailler aux côtés de GI Joe. Cela promettait. Il y avait plus sociable, et plus aimable, comme compagnon de mission.

Elle s'était imaginé être le seul médecin sur place, volant au secours des indigènes privés de soins médicaux sur cet archipel isolé — l'archipel des Fidji était composé d'une vingtaine d'archipels qui regroupaient au total plus de trois cents îles, et celui de Yasi était parmi les plus isolés.

Manque de pot, elle allait devoir partager ses galons de sauveuse avec Joe.

— Dois-je vous appeler docteur ? Sergent ? Joe ?

Peter ne perdait rien pour attendre. Il aurait pu au moins l'avertir de la présence de ce Joe, d'autant qu'il la savait peu à l'aise avec les inconnus.

— Joe, ce sera très bien.

Et il reprit l'ascension en se renfermant dans le silence. Estimait-il que lui faire la conversation était une perte de temps ? Ou gardait-il son énergie pour l'ascension de la dune ? L'exercice était physique, le coffre métallique qu'il portait en équilibre sur l'épaule ne devait pas faciliter les choses. Il pesait si lourd qu'elle aurait été incapable de le soulever. Outre le matériel médical, il contenait la trentaine de manuels scolaires qu'elle comptait offrir aux enfants de Yasi.

— Personne ne peut venir nous aider ? dit-elle en le voyant transférer son fardeau sur l'autre épaule.

— Avez-vous apporté le *yaqona* ?

Au lieu de répondre à sa question, il lui en posait une autre, comme si ce qu'elle disait était sans intérêt. Décidément, elle ne se voyait pas travailler aux côtés de ce rustre. Pourvu que le camp soit assez grand pour qu'elle ait son propre bungalow ou sa propre tente pour tenir ses consultations loin de ce malappris.

— Oui, il est dans le sac.

En personne bien élevée, elle répondait, elle.

Les conseils de Peter lui avaient été précieux pour choisir les cadeaux destinés aux villageois. Après avoir prospecté en vain dans toutes les jardineries de Londres, elle avait finalement déniché ce *yaqona* dans la pépinière de Kew

Gardens. Il s'agissait d'un plant de poivrier censé payer plus ou moins son séjour au village. Personnellement, elle aurait préféré recevoir une belle plante en pot ou une bouteille de vin plutôt que cette racine brun jaunâtre qui ressemblait à un vieux bout de gingembre, mais chaque pays avait ses us et coutumes.

— Bien. Allons tout de suite trouver le chef du village pour le *sevusevu.*

— Cela ne peut pas se faire plus tard ? J'ai besoin d'une douche.

Son état de fraîcheur était déjà largement entamé ; au terme de ce trek, elle ne serait plus du tout présentable.

— Pas question. Tout nouveau venu doit d'abord faire allégeance aux anciens. Ce n'est qu'en respectant la tradition que vous pourrez vous fondre dans la vie du village.

Pour le moment, c'était son visage qu'elle sentait fondre, ou plutôt l'épaisse couche de fond de teint qui le recouvrait. Ne pas pouvoir se rafraîchir ni retoucher son maquillage la contrariait fortement. S'il y avait une chose qu'elle détestait, c'était montrer la marque de naissance qui s'étalait sur sa joue gauche.

La tache de vin allait du bas de la paupière inférieure à la commissure des lèvres ; et la pâleur de sa peau ne la soulignait que davantage. Emily en souffrait depuis toujours, et pas seulement à cause des remarques cruelles qu'elle entendait parfois sur son passage. Sa propre mère avait eu honte d'elle. Elle le lui avait signifié alors qu'Emily n'était qu'une enfant, en la soumettant à un traitement au laser aussi douloureux qu'inefficace. Et elle le lui avait prouvé quand elle avait quitté le domicile familial sans l'emmener. Finalement, c'était la nouvelle famille de son père, famille dont Peter faisait partie, qui l'avait aidée à vivre avec sa disgrâce. Et le fond de teint, également.

En plus de débarquer seule en pays inconnu, elle devait à

présent exposer son visage sans fard à des étrangers. C'était beaucoup lui demander.

Ils arrivèrent au sommet de la colline. Le village se nichait en contrebas.

C'était maintenant ou jamais.

Elle s'arrêta et laissa tomber sac et valise.

— Que faites-vous ? demanda Joe tandis qu'elle fouillait dans le sac à la recherche de sa trousse de maquillage.

— Je veux paraître à mon avantage devant quelqu'un d'aussi important que le chef.

Sortant un miroir de poche et un tube de fond de teint opaque, elle déposa une grosse noisette de crème sur son index et l'étala uniformément sur sa joue gauche puis procéda à quelques raccords. Voilà. Ainsi, elle n'effraierait pas les enfants.

L'air consterné, Joe secoua la tête.

— Ce n'était vraiment pas nécessaire. Sous ces latitudes, il faut laisser la peau respirer. Je suis sûr que vous êtes tout aussi jolie au naturel.

A peine ce compliment prononcé, il se remit en marche. S'il avait su ce qui se cachait sous le maquillage, il n'aurait pas marché, mais pris ses jambes à son cou !

Après un dernier coup d'œil au miroir pour s'assurer qu'aucune tache rouge ne transparaissait, elle remballa le précieux tube et empoigna de nouveau ses bagages pour suivre son guide.

A présent, elle était prête à affronter les anciens, le chaman et toute la clique.

Joe ne supportait pas de voir Emily se ravaler le visage. Bien sûr, il savait pourquoi elle le faisait. Sur les photos que Peter gardait avec lui en Afghanistan, il avait aperçu Emily enfant. Sans doute avait-elle essuyé nombre de remarques désobligeantes pour se sentir obligée de se cacher ainsi, et cela le mettait en colère, pour la bonne raison qu'il avait lui aussi été dévalorisé à cause d'un handicap.

Son ouïe avait souffert des bombardements sur la ligne de front, mais cela ne justifiait pas qu'on le réforme d'office. Quand l'état-major lui avait signifié qu'il n'était plus bon qu'à un travail de bureau ou à la formation de nouvelles recrues, il n'avait pas été d'accord ; plutôt que d'obtempérer et d'accepter le poste sédentaire qu'on lui proposait, il avait démissionné de l'armée. Les îles Fidji n'étaient qu'une escale sur sa route, une des aventures qu'il comptait bien vivre pour célébrer son retour à la vie civile.

D'après ce que Peter lui avait confié, Emily traversait une mauvaise passe. Dans ce cas, elle avait bien fait de quitter Londres pour d'autres horizons, ensoleillés de préférence. Il n'y avait rien de tel que les voyages pour remonter le moral, il le savait d'expérience ; ses treks au Népal, ses expéditions d'île en île aux Philippines et son exploration de la Grande Barrière de Corail lui avaient permis d'échapper aux fantômes de son passé et l'avaient sûrement sauvé de la dépression. Avec un peu de chance, elle suivrait le même chemin et puiserait dans cette mission une énergie nouvelle et un regain de confiance en elle.

Comment pouvait-elle douter un seul instant de son pouvoir de séduction ? Dès qu'elle avait débarqué sur la plage, il l'avait trouvée belle comme le jour. Sachant qu'elle était la petite sœur de Peter et qu'elle se remettait d'une peine de cœur, il avait affiché un masque d'indifférence qu'il aurait bien du mal à maintenir durant le reste de son séjour à Yasi. D'autant qu'ils allaient être amenés à travailler ensemble.

Avec ses longs cheveux dorés chatoyant au soleil, ses yeux turquoise et sa silhouette élancée drapée d'azur, elle semblait tout droit sortie d'une publicité pour shampooing. Cela faisait longtemps qu'une femme ne lui avait pas autant plu, mais, cette fois, pas touche. Même si, par miracle, elle avait un faible pour les ex-médecins militaires souffrant de problèmes d'audition.

Peter ne lui pardonnerait jamais de faire des avances à sa petite sœur dans l'état de vulnérabilité où elle se trouvait, aussi s'abstiendrait-il. Après avoir laissé tomber ses hommes, il était hors de question de trahir maintenant son meilleur ami.

De toute façon, il n'avait pas l'intention de se lier sentimentalement à quiconque. Et Emily traînait un trop lourd bagage pour se lancer dans une simple amourette de deux semaines sous les Tropiques.

Les histoires compliquées, très peu pour lui. Il voyageait léger, son sac à dos pour seul bagage, et ne restait jamais longtemps au même endroit. Il participait parfois à des missions caritatives pour aider des populations victimes de catastrophes naturelles ou d'épidémies, mais la solitude était ce qui lui convenait le mieux. Il n'était responsable que de lui-même.

Deux personnes étaient mortes, autrefois, pour avoir dépendu de lui. Lorsque la bombe artisanale avait explosé, le souffle l'avait projeté contre un véhicule et laissé K-O, incapable de protéger les hommes sous son commandement. A côté de la peine des familles endeuillées, la sienne paraissait dérisoire, pourtant elle ne l'avait plus quitté.

Il en avait tiré la leçon. Même dans un environnement a priori sans danger, il ne fallait jamais baisser la garde et se croire à l'abri.

— Sommes-nous bientôt arrivés ? demanda Emily.

Elle marchait à pas rapides pour rester à sa hauteur, au moins pouvait-il ainsi l'entendre. Sa perte auditive n'était que de 6 %, mais l'empêchait de suivre clairement des conversations autour de lui ou à quelques mètres. D'aucuns le prenaient pour un malpoli ou un arrogant parce qu'il ne répondait pas aux questions qui lui étaient adressées, et il préférait ne pas les détromper plutôt que de révéler son handicap.

Emily et lui avaient une chose en commun : l'orgueil.

— Presque. Il faut que je vous parle du protocole à observer pour l'offrande du *yaqona* et la cérémonie du *kava*. Pour l'habillement, ça va ; vous auriez été en short, ç'aurait été une autre affaire…

Il en profita pour observer de plus près sa silhouette, bien que chacun de ses ravissants détails fût gravé dans sa mémoire.

— Qu'est-ce que la cérémonie du *kava* ?

Son ton trahissait de la méfiance, comme si elle craignait qu'il ne l'attire au village pour l'offrir en sacrifice à quelque dieu païen.

— Une sorte de cérémonie de bienvenue en présence des anciens. Ils broient le *yaqona* pour en faire une bouillie presque liquide que le nouveau venu doit boire. Tous ceux qui arrivent sur l'île sont obligés de sacrifier à ce rite.

— J'espère qu'il ne s'agit pas d'une plante hallucinogène, je n'ai aucune envie de voir des éléphants roses danser toute la nuit. La perte de contrôle, ce n'est pas du tout mon truc, je ne bois même pas d'alcool, c'est pour vous dire…

Elle se mettait dans tous ses états pour rien.

Lui n'avait posé aucune question avant de participer à la cérémonie. Curieux de tout, il considérait ce genre de nouvelle expérience comme une découverte, un enrichissement, alors qu'elle semblait la redouter.

— Ne vous inquiétez pas. Le *yaqona* n'a aucune propriété hypnotique. Une fois moulu, il a la texture d'un smoothie ; il n'y a que le goût qui laisse à désirer, il faut se forcer un peu. Les seules vertus qu'on lui connaisse sont soporifiques, ce qui devrait plutôt vous arranger après un si long voyage, non ?

Menteur. Il taisait les vertus prétendument aphrodisiaques de ladite plante afin de ne pas effrayer davantage Emily.

— Je crois que je n'aurai besoin de rien pour dormir ce soir, merci.

Visiblement morte de fatigue, elle posa la valise et le sac par terre, et essuya ses paumes moites sur sa robe avant d'empoigner de nouveau son fardeau. Il était difficile de travailler toute la journée dans cette chaleur et cette humidité ; d'après Peter, certains bénévoles ne tenaient pas le coup. Ferait-elle partie de ceux qui jetaient l'éponge dès le début ?

Joe fronça les sourcils. Il avait le sentiment que l'arrivée d'Emily sonnait la fin de sa tranquillité d'esprit. Au fond, peut-être vaudrait-il mieux qu'elle ne tienne pas la distance.

2.

Tout ce qu'Emily voulait, c'était voir un visage connu, ou des objets familiers. Ce n'était pas beaucoup demander. Plus vite elle aurait pris possession de son bungalow ou de sa hutte — elle ne savait pas quelles dispositions son frère avait prises pour la loger —, mieux ce serait. Une fois qu'elle aurait trouvé ses marques, elle pourrait se détendre.

Pour l'heure, la cérémonie de bienvenue était la dernière étape déstabilisante à franchir.

Puis elle découvrit lè village, et sa surprise fut complète. Des bâtiments délabrés aux toits de tôle ondulée se dressaient en lieu et place des huttes et paillotes qu'elle avait imaginées. Elle se serait cru dans un camp de transit pour migrants.

L'expérience promettait d'être plus inédite encore qu'elle ne l'imaginait. Dire que son ex la croyait incapable de sortir de sa zone de confort…

Pourtant, son courage avait des limites. La perspective de boire une substance dont elle ignorait tout l'inquiétait de plus en plus. Ça commençait comme par la consommation d'un breuvage inconnu, et on se retrouvait séquestré au fond de la jungle avec sa photo au journal de 20 heures.

Emily Clifford, le dernier otage britannique des guérilleros indépendantistes des îles Fidji…

Elle ne savait même pas si de tels groupuscules existaient, mais prudence était mère de sûreté.

— Puis-je refuser de participer à la cérémonie ? On pourrait invoquer la fatigue, je suis sûre que le chef comprendrait…

A chaque jour suffisait sa peine, elle avait eu son lot de

nouveautés pour un moment. Tout aurait été tellement plus facile si Peter avait été à ses côtés, au lieu de ce GI Joe à la mine revêche.

— Vous êtes libre de refuser. Mais nos hôtes l'interpréteront comme un manque de respect, voire un camouflet.

Dans ce cas, elle se ferait violence pour boire l'infâme mixture. S'adapter à cet endroit allait déjà être assez difficile pour ne pas, en plus, s'aliéner les villageois dès le départ.

Le respect était un élément essentiel de la relation entre médecin et patient. Dans le cabinet de généralistes où elle exerçait à Londres, il lui avait fallu du temps pour le gagner, mais des années de dur labeur lui avaient permis de se construire une réputation de sérieux et de compétence. De petite débutante que la réceptionniste imposait aux malades contre leur gré, elle était devenue leur premier choix. Désormais, elle était le médecin que tout le monde réclamait, et c'étaient ses collègues qui se voyaient relégués au second rang.

Elle avait deux semaines pour avoir le même succès ici, tous les moyens seraient bons pour se gagner les bonnes grâces des insulaires. Dût-elle pour arriver à ses fins marcher sur des braises, ou manger des insectes. Ou boire une potion amère.

Ils passèrent devant un bâtiment blanc plus grand que les autres. L'école, l'informa laconiquement son guide. Les cours étaient sûrement terminés à cette heure, et des enfants jouaient à toutes sortes de jeux de ballon sur la grande pelouse brûlée par le soleil. Des mains s'agitèrent joyeusement dans leur direction, accompagnées de *Bula ! Bula !*

Occupé à les observer, un jeune garçon qui se tenait près du filet de volley-ball ne vit pas le ballon arriver droit sur lui et le reçut en pleine figure. Le bruit de l'impact la fit grimacer.

Le gamin tomba au sol. Elle aurait voulu se précipiter vers lui mais prit le temps de réfléchir. Serait-ce considéré comme un accroc au « protocole » étant donné qu'elle n'avait pas encore été officiellement présentée au chef ?

Ne sois pas stupide. Un enfant est blessé, tu es médecin. Ton devoir est de lui porter secours.

Laissant tomber ses bagages, elle courut vers lui, Joe sur les talons. Ils s'agenouillèrent de chaque côté du gamin, conscient mais visiblement sonné.

— Reste allongé sans bouger, mon grand. Tu as pris un sacré coup.

— Bonsoir, Joni, dit Joe. Voici Emily, la nouvelle doctoresse, c'est la sœur de pasteur Peter.

Les présentations faites, il sortit un stylo-torche de la poche de son bermuda pour le braquer dans les pupilles de Joni.

Il y avait fort à parier que ses poches contenaient aussi un couteau suisse et une boussole.

« Toujours prêt » devait être sa devise d'Indiana Jones mâtiné de boy-scout. Ses accessoires de survie à elle consistaient en une trousse de maquillage, des sachets de thé et des biscuits au chocolat — qui devaient être dans un triste état par cette chaleur. Elle, en tout cas, ne transportait pas de stéthoscope sur elle ; tout son matériel médical se trouvait dans le coffre.

Vivement qu'elle prenne possession de ses quartiers de médecin. Les consultations ne se tiendraient probablement pas aux heures de bureau auxquelles elle était habituée. Sans doute ferait-on appel à elle en permanence, vingt-quatre heures sur vingt-quatre ; elle ferait bien d'avoir le nécessaire à portée de main afin de ne pas dépendre de son « collègue ». Le but de sa mission de deux semaines était d'apporter des soins médicaux de base aux habitants de l'île, elle comptait l'accomplir sans se laisser distraire par l'antipathie que lui inspirait GI Joe ni par l'antagonisme que celui-ci semblait éprouver à son égard.

— Tu sais où tu es ? demanda-t-elle à Joni. Tu te souviens de ce qui s'est passé ?

Les questions que tout médecin se devait de poser à une victime d'un choc à la tête.

Joni ouvrit de grands yeux.

— Ben oui. J'ai reçu le ballon en pleine tête et j'suis allongé par terre parce que vous m'empêchez de me relever.

Au grand dam d'Emily, Joe se mit à ricaner.

— Le Dr Emily veut juste s'assurer que tu ne souffres pas d'un traumatisme cérébral, gros malin, dit-il en ébouriffant les cheveux de Joni.

En un sens, c'était aussi bien qu'il ne l'appelle pas Dr Clifford puisqu'elle n'avait plus le droit de porter ce nom. Pourtant, elle ne se résolvait pas à reprendre son nom de jeune fille, Jackson, ce qui aurait définitivement entériné son divorce. Pour la seconde fois de sa vie, on l'avait rejetée, tel un chien galeux. Reconnaître son statut de célibataire équivalait à porter autour du cou une pancarte : « Femme abandonnée cherche homme ayant pitié pour lui offrir un nouveau foyer. »

Elle s'obligea à revenir au présent. Greg ne méritait pas qu'elle perde son temps à penser à lui, il avait fait si peu de cas de leurs dix années de mariage.

— Tu as mal au cou, Joni ?

— Non, puisque j'vous dis que j'ai mal nulle part !

— Du calme, dit Joe. Nous essayons juste de t'aider. Avant de te permettre de te relever, nous devons être sûrs que tu ne souffres d'aucune blessure.

— J'vais bien.

Comme pour le prouver, le jeune garçon bondit sur ses jambes. Et chancela aussitôt pour se rattraper au bras de Joe.

— Ça n'en a pas l'air, fit ce dernier.

— On devrait l'examiner plus attentivement.

L'absence de blessures extérieures n'excluait pas le traumatisme. Le ballon avait heurté le front de Joni ; il faudrait appliquer une compresse froide pour éviter la formation d'une bosse ; le mieux serait de le garder quelques heures en observation pour le cas où il y aurait migraine ou vomissements.

Le choc avait été violent. Le cerveau était protégé par le crâne, mais un risque d'hématome ou d'hémorragie interne n'était pas à écarter. Mieux valait prévenir que guérir.

— Le mieux est de l'emmener chez Miriama, déclara Joe.

Et il s'accroupit pour que Joni puisse monter sur son dos. L'équivalent local de l'ambulance, apparemment.

— Il n'y a pas de dispensaire ? demanda Emily.

Peter avait évoqué un endroit où elle pourrait tenir ses consultations, sans préciser s'il s'agissait d'un bâtiment ou d'une tente.

— Miriama est sa grand-mère, c'est elle qui soignait les gens du village jusqu'à mon arrivée. dit Joe en ignorant de nouveau sa question. Elle veillera sur lui jusqu'à ce que vous ayez fini le *sevusevu*. Si son état se complique, elle viendra nous prévenir.

Il avait donc l'intention de l'accompagner à la cérémonie de bienvenue. En l'absence de son frère, c'était lui qui la présenterait aux anciens ; et elle devait s'estimer heureuse de sa présence.

L'incident avait révélé deux choses : Joe avait la confiance des villageois et il l'avait soutenue devant les autres. En attendant de retrouver son frère, elle pourrait compter sur lui.

— Et mes affaires ? demanda-t-elle comme ils prenaient le chemin de terre qui s'enfonçait dans le village.

Les bagages et la malle étaient restés au pied de la colline.

— Personne ne les volera. Après avoir déposé Joni, on reviendra chercher le *yaqona* et on enverra quelqu'un déposer vos bagages chez Miriama.

Et il poursuivit son chemin comme si le gamin sur son dos ne pesait pas plus lourd qu'une plume.

Il avait dû foncer de la même manière sur le champ de bataille, l'arme au poing, sans se poser de questions. Cette image la fit frissonner.

Lorsque son frère était en zone de combat, elle tremblait pour lui, et avait été profondément soulagée qu'il quitte l'armée. Jamais plus il ne courrait le danger de sauter sur une mine ou de recevoir un éclat d'obus. Et Joe non plus.

Le risque ici, c'étaient des coups de soleil, des morsures de serpents et d'araignées géantes, et les brûlures du sumac vénéneux.

Elle jeta un œil à sa tenue, qui ne la protégeait guère contre ces dangers de la faune et de la flore. Les ridicules sandales girlie qui claquaient contre ses pieds nus n'étaient certainement pas recommandées pour la marche dans la jungle, ni pour courir derrière un GI Joe en pleine forme.

Les mots qu'il venait de prononcer parvinrent finalement à son cerveau.

— Pourquoi voulez-vous envoyer mes bagages chez Miriama ?

— Parce que c'est là que vous allez habiter.

Elle tombait de haut. Bien entendu, elle ne s'attendait pas à dormir dans un cinq étoiles comme la veille au soir, mais elle considérait comme acquis que son frère l'hébergerait.

— Peter habite chez le chef du village, dit Joe comme s'il lisait dans ses pensées. C'est un grand honneur, qu'il mérite pour tout ce qu'il a apporté à la communauté.

— Et vous ? Où posez-vous votre tête la nuit ?

A peine les mots eurent-ils quitté ses lèvres qu'elle se rendit compte de l'indiscrétion de la question. Tout ceci était nouveau pour elle, elle ne connaissait rien aux mœurs locales. Présentait-on de jeunes vierges aux médecins méritants ? Avaient-ils le droit de gîte et de cuissage en remerciement de leurs services ?

Une ombre de sourire apparut sur les lèvres de Joe.

— Eh bien, une certaine demoiselle va occuper mon lit cette nuit…

Elle leva la main pour l'arrêter, peu désireuse d'entendre les détails.

— Je n'aurais pas dû vous poser cette question. Cela ne me regarde pas.

— … et je vais donc devoir m'installer dans le dispensaire.

Il lui fallut quelques secondes pour effacer l'image d'un Joe batifolant avec des beautés exotiques et comprendre ce qu'il était en train de lui dire.

— Je vais prendre votre lit ? C'est ridicule. Je peux parfaitement dormir au dispensaire.

Peut-être s'avançait-elle un peu, elle ignorait les conditions de confort de l'endroit. Mais tant pis. Elle préférait dormir à la dure plutôt que de s'imposer sous le toit de quelqu'un, avec la promiscuité que cela impliquait.

— Cela m'étonnerait, dit Joe. Le dispensaire est une hutte de paille avec deux lits de camp et une armoire à pharmacie pour tout mobilier. Vous aurez le dos en compote dès le premier soir. Moi, en revanche, je peux roupiller n'importe où, dans une tranchée, sur une paillasse, à la belle étoile. J'ai l'habitude des lits de camp. Et puis, vous me rendez service en prenant ma place chez Miriama. Je ne veux pas la vexer ni paraître ingrat, mais je préfère la tranquillité du dispensaire. La vie de famille, très peu pour moi.

Un sauvage impossible à domestiquer, était-ce l'image qu'il cherchait à donner de lui ? En tout cas, cela semblait assez correspondre à la réalité. Malgré la chaleur, Emily sentit de nouveaux frissons lui parcourir le dos. C'était la première fois qu'elle côtoyait ce genre d'homme de près, et cette perspective l'excitait.

Contrairement aux arrangements qu'il avait pris pour elle. Mais protester aurait été malvenu après tout le mal qu'il s'était donné. De toute façon, elle était bien incapable de formuler des arguments valables alors que son esprit faisait une fixation sur Joe, l'homme des cavernes.

Miriama accueillit Emily avec le sourire, jusqu'à ce qu'elle découvre que celle-ci n'avait pas encore reçu la bénédiction des anciens. Elle attrapa alors son petit-fils sur les épaules de

Joe, accepta les comprimés de paracétamol qu'il lui tendait, promit d'appliquer de la glace sur le front de l'enfant, et refoula les deux visiteurs vers le seuil.

Ici, il n'y avait ni ordonnance ni pharmacie, les médicaments étaient distribués par le médecin. Des remèdes naturels rivalisaient certainement avec le paracétamol, l'aspirine et autres molécules chimiques.

Emily, qui n'avait pas la prétention de révolutionner en quinze jours le système en vigueur sur l'île, allait devoir s'en accommoder.

En chemin vers la maison du chef, ils récupérèrent les cadeaux qu'elle avait apportés, et Joe demanda à un villageois de déposer les bagages chez Miriama.

Valise et sac arriveraient-ils à bon port sans avoir été fouillés ? A sa grande honte, elle ne pouvait s'empêcher de se méfier de ces gens dont elle ignorait tout.

Pourtant, ils étaient sur une île, un voleur n'aurait eu nulle part où se cacher.

Quelques minutes plus tard, debout sur le seuil de la maison du chef, en retrait derrière Joe, elle le regarda converser en fidjien avec l'homme le plus important de Yasi. Incroyable. En quelques semaines, GI Joe avait assimilé les rudiments du langage local. Encore un avantage qu'il avait sur elle car elle n'était pas douée pour les langues étrangères. Ni pour garder un mari.

Deux femmes âgées étaient assises, silencieuses, au fond de la pièce. C'étaient les hommes qui faisaient les palabres. Emily les écoutaient discuter de son cas lorsqu'une main se posa sur son épaule.

— Salut, sœurette. Ça fait plaisir de te voir.

— Peter ! Enfin !

Il la serra dans ses bras à l'étouffer.

— Je ne voulais rater ton *sevusevu* pour rien au monde. Joe est le plus âgé de nous trois, il va assumer le rôle de chef pour discuter avec le leur, et leur présenter la racine de *kava*. Entre, qu'on t'explique la cérémonie en détail, mais enlève d'abord tes sandales.

Entourée de Peter et de Joe, gardes du corps ô combien rassurants, elle avança dans la pièce et s'assit par terre avec eux sur une natte tressée. En face se trouvaient les anciens, qui psalmodiaient des prières.

— Que vous êtes-vous dit ? demanda-t-elle dans un murmure à Joe. Je suppose qu'ils sont d'accord pour m'accepter dans le village ?

Pas de réponse. Décidément, ça devenait une habitude.

— Il est interdit de m'adresser la parole tant qu'ils ne m'ont pas adoubée en bonne et due forme ? demanda-t-elle cette fois à Peter.

Il fronça les sourcils.

— Qu'est-ce qui te fait croire ça ?

— Ton copain. Il a la fâcheuse manie de ne pas répondre à mes questions. Au fait, merci, poursuivit-elle, amère, je pensais que mon frère déroulerait le tapis rouge pour mon arrivée, et j'ai été accueillie par un parfait inconnu qui ne desserrait pas les dents.

Elle jeta un coup d'œil au « parfait inconnu » qui ne semblait pas se formaliser de ses paroles.

Peter se mit à rire.

— Je l'ai fait exprès, pour que tu sympathises avec ton futur collègue dès ta descente de bateau. Au fait, Joe a un petit souci d'audition. Si tu parles à voix basse comme tu viens de le faire, il n'a aucune chance de t'entendre.

Tout s'expliquait. L'idée que Joe, l'image même de la force virile, pût être sourd ne l'avait pas effleurée. Pourtant, elle était bien placée pour savoir qu'il ne fallait pas juger d'après les apparences.

— L'explosion d'une bombe artisanale a endommagé ses tympans, il a eu de la chance de s'en tirer à si bon compte ; Stan et Batesy y ont laissé la vie.

Les pièces du puzzle se mettaient en place. Le sergent

Joe Braden, bien sûr. L'un des meilleurs amis de Peter. Ce jour-là, son frère avait eu la douleur de perdre deux camarades d'armes. Peu après il avait pris la décision de quitter l'armée pour s'orienter dans une voie radicalement différente.

Il avait fallu que ses amis meurent pour qu'il comprenne enfin à quel point son métier était dangereux.

Emily ferma un instant les yeux. Les deux hommes qui l'entouraient étaient des survivants.

Elle jeta à la dérobée un coup d'œil vers Joe. Son fier profil ne trahissait rien de son handicap et n'inspirait certainement pas la pitié, contrairement à elle dont la disgrâce s'affichait aux yeux du monde entier. A une époque, les commentaires fusaient dans son dos sur les raisons de cette marque infamante. Elle avait été ébouillantée quand elle était bébé, brûlée au troisième degré, attaquée à l'acide chlorhydrique… Tout, elle avait tout entendu. L'épaisse couche de fond de teint lui évitait désormais ces inepties.

Malgré l'inébranlable confiance que Joe affichait, il avait dû souffrir de sa perte d'audition. Peut-être en souffrait-il encore. Quelqu'un comme lui, qui avait construit toute sa carrière sur la force et le dépassement de soi, avait dû vivre cette infirmité comme une faiblesse intolérable. Sans le connaître, elle se doutait qu'il avait le courage chevillé au corps et elle ne l'en admirait que davantage maintenant qu'elle était au courant de son handicap.

Sentant sans doute son regard, Joe se tourna lentement vers elle.

— Il y a une certaine étiquette à observer pour boire le *kava*, dit-il. Vous devez tenir le récipient d'une main et taper dessus de l'autre en faisant un bruit creux et en criant *Bula !*, puis avaler une gorgée avant de taper de nouveau trois fois en disant cette fois *Mathe*. On vous demandera alors si vous voulez marée basse ou marée haute. Je vous conseille la marée basse, pour commencer.

Ces propos étaient à moitié incompréhensibles. Que signifiait cette histoire de marée ? Enfin, elle suivrait ses conseils.

Les yeux de Joe brillaient. Cette cérémonie, qui la laissait plus que perplexe, excitait visiblement l'ex-sergent. Il s'était approprié cette culture.

Au son de sortes d'ukulélés, les villageois commencèrent à moudre le *kava* au milieu de la pièce. A mesure que le rituel progressait, Emily sentit fondre ses appréhensions. La musique donnait des allures de fête à la cérémonie, et elle commençait vraiment à se détendre.

Le *kava* moulu fut ensuite plongé dans l'eau, filtré à travers un tissu, et le liquide recueilli dans un grand bol en bois. On aurait dit de l'eau boueuse, mais le chef en but une gorgée sans hésitation, imité par Peter et Joe.

Quand vint son tour, elle suivit les consignes de Joe et but sa gorgée initiatique en prenant bien soin de ne pas montrer son déplaisir puis demanda « marée basse » et se vit tendre une noix de coco à moitié remplie du divin breuvage.

S'armant de courage, elle l'avala sans ciller puis tapa joyeusement sur la noix, ce qui fit sourire toute l'assemblée. Son frère semblait content, mais ce fut l'expression de fierté qui se lisait sur le visage de Joe qui lui fit le plus plaisir.

Un plaisir de courte durée. Sa bouche et sa langue étaient en train de s'anesthésier.

— Que se passe-t-il ? parvint-elle à murmurer à Peter.

— C'est le *kava* qui agit. Le narcotique endort les terminaisons nerveuses. Ne t'inquiète pas, l'effet va se dissiper en quelques minutes.

Prenant le bol commun, il avala une seconde gorgée, sans doute pour la rassurer autant que par déférence envers ses hôtes, pour leur montrer que, tout pasteur qu'il était, il respectait leurs dieux.

Les mains jointes en signe de remerciement, elle déclina l'offre d'une seconde « marée basse », ce dont les anciens ne parurent pas s'offusquer. Elle avait réussi l'examen et prouvé qu'elle était digne de séjourner parmi eux.

Son esprit s'embrouillait, les connexions entre ses neurones devenaient de plus en plus laborieuses. A présent, tout ce qu'elle voulait, c'était que Joe la soulève dans ses bras pour la ramener à la maison. Dans son lit. A Londres…

Joe était tellement habitué à la boisson au goût poivré qu'un second bol ne lui fit aucun effet. Mais il n'en allait visiblement pas de même avec Emily. Boire cette mixture sur un ventre vide n'était pas recommandé, et la fatigue ne devait rien arranger. Il la regarda se passer la langue sur les lèvres, ce qui l'entraîna vers des pensées déplacées.

Emily était la sœur de son meilleur ami et, d'après ce que Peter lui avait confié, elle venait ici, loin de sa zone de confort, pour échapper à ses démons. Pour ces deux raisons, il ne tenterait rien avec elle.

D'habitude, durant ses voyages il laissait libre cours à son attirance pour les femmes, les séjours en leur compagnie étaient si courts qu'il voulait en profiter. La situation était complètement différente en ce qui concernait Emily car Peter ferait toujours partie de sa vie, et il ne voulait rien faire qui risque de gâcher leur amitié.

Mieux valait considérer Emily comme une intruse, une citadine qui n'avait probablement jamais quitté son cabinet et se révélerait probablement un boulet. Quitte à avoir du renfort, il aurait préféré un collègue efficace, pas une jeune femme vulnérable qui, à l'image de la fleur qu'elle portait derrière l'oreille, s'étiolerait sous le soleil des Tropiques.

Maintenant que les villageois l'avaient acceptée, ils commencèrent à lui poser des questions.

— Etes-vous mariée ?

— Avez-vous des enfants ?

La première question prit Emily au dépourvu, et il vit

briller une lueur de détresse dans ses yeux aigue-marine. Il savait pourquoi. La mission qu'elle avait acceptée sur Yasi était censée l'aider à tourner la page après son divorce. Peter l'avait mis dans la confidence, et il avait promis de garder le secret. De toute façon, les affaires d'Emily ne le regardaient pas et il n'avait aucune intention de l'embarrasser en répondant à sa place.

— Je n'ai ni mari ni enfants, répondit-elle finalement d'une voix blanche.

Lui aussi détestait parler de ses problèmes ou de sa vie privée. Peter était le seul à être au courant de son passé ou des séquelles de l'explosion de la bombe. Et c'était très bien ainsi. Les regards de pitié, très peu pour lui.

Suivirent des questions sur le parcours professionnel d'Emily auxquelles elle répondit de manière plus décontractée, sans laisser filtrer aucune information d'ordre personnel, probablement au grand dam des villageois. Une doctoresse célibataire était une rareté sur l'île, et il comprenait qu'ils soient fascinés par elle. Lui-même l'était.

Comme d'habitude, la soirée se termina en musique et en danses. Emily observa le spectacle en étouffant discrètement quelques bâillements.

— Vous pouvez partir si vous le désirez, lui dit Joe.

— Vraiment ? Ils ne s'en formaliseront pas ?

— Bien sûr que non. Vous leur avez montré que vous respectiez leurs coutumes, vous faites désormais partie du village…

C'était ce qu'il aimait chez ces gens. Une fois qu'ils vous donnaient leur amitié, ils ne la reprenaient pas.

— Ils comprendront que vous soyez fatiguée. Ce genre de festivités peut durer toute la nuit, fit-il en l'aidant à se relever.

— Peter ?

Mais Peter leur fit signe qu'il n'était pas prêt à s'en aller. Contrairement à Joe. Le bruit l'incommodait. Tous ces rires et ces cris de joie se fondaient en un tumulte assourdissant qui agressait ses tympans blessés.

— Ça ne te dérange pas de raccompagner Emily chez Miriama ? lui demanda son ami. C'est sur le chemin du dispensaire.

Logique, d'autant que Peter restait coucher chez le chef, mais ramener la petite sœur n'enchantait pas Joe. Pourvu qu'elle ne compte pas sur lui tous les jours pour lui servir de guide. Il était un loup solitaire, pas un baby-sitter ni un garde du corps pour doctoresse fragile.

— D'accord, dit-il, injectant juste ce qu'il fallait de réticence dans sa voix pour faire passer le message à Peter.

Il était décidé à considérer Emily comme une collègue, et rien de plus. Une collègue qu'on lui imposait, de surcroît. Et tant pis s'il ne parvenait pas à oublier à quel point elle avait été belle, assise en tailleur sur la natte tressée, à observer les rites des insulaires. Tant pis si cette image serait la dernière qu'il verrait avant de se coucher.

La prudence lui dictait de garder ses distances avec Emily Clifford. Et il s'y tiendrait. Cette résolution était gravée dans le marbre.

3.

Une sandale à moitié enfilée, Emily rattrapa Joe à la hâte. S'il n'avait pas fait nuit noire, elle lui aurait dit qu'elle pouvait désormais se passer de son aide. Il avait accepté à contrecœur de l'escorter jusque chez Miriama, ce qui se concevait. Elle l'avait déjà suffisamment mis à contribution. Dès qu'elle aurait cinq minutes avec son frère, elle lui reprocherait le peu d'égards qu'il lui témoignait. Non content de ne pas l'avoir accueillie à la descente de bateau, il s'était déchargé de ses devoirs fraternels sur Joe en lui demandant de veiller sur elle toute la soirée, et c'était encore lui qui devait la ramener chez sa logeuse.

Peter savait à quels efforts elle avait consentis pour venir ici, il aurait dû être aux petits soins pour elle. Après les épreuves qu'elle avait traversées, elle avait besoin de tendresse et d'affection, pas d'être raccompagnée au pas de charge comme si elle avait violé le couvre-feu militaire.

Ce séjour était censé l'aider à reprendre confiance en elle, pas la conforter dans l'idée qu'elle n'était qu'un boulet pour tout le monde.

— Désolée que vous soyez encore de corvée pour ramener la petite sœur, dit-elle en parlant à haute et intelligible voix afin que Joe l'entende.

Elle ignorait la gravité de sa surdité. Il ne portait pas de prothèse auditive, mais ce genre d'homme préférerait généralement mourir plutôt que de se montrer avec l'un de ces petits appareils, dût-il en avoir besoin.

— Pas de problème. Ce serait bête que vous vous égariez

dès votre premier soir. L'île n'est pas grande, vous prendrez vos repères en un rien de temps.

Manière détournée de lui signifier de ne plus compter sur lui pour lui tenir la main.

Dans ce cas, mieux valait ne pas lui avouer une autre de ses tares : elle n'avait pas le sens de l'orientation.

Il marchait au pas de course, sans se soucier qu'elle ait du mal à le suivre. Normal, il était pressé de se débarrasser d'elle.

— Ils m'ont posé des tas de questions, tout à l'heure. J'espère qu'ils ne comptent pas me marier au fils du chef ? dit-elle pour détendre l'atmosphère.

Raté. Il ralentit le pas et se tourna vers elle, la mine sombre.

— Vous avez vu trop de films. Ces gens sont comme vous et moi, à une différence près : ils ont le respect de leurs traditions. Ils vont ont acceptée en leur sein sans aucune arrière-pensée, c'est un honneur qu'ils vous font. Ne commettez surtout pas l'erreur de les prendre pour de gentils sauvages un peu simples d'esprit !

La colère qui vibrait dans sa voix la surprit, et elle trébucha. Elle tendit la main pour se retenir et sentit un solide biceps sous ses doigts. Contre toute prudence, elle prolongea le contact avec la peau nue de Joe un peu plus longtemps que nécessaire. C'était pathétique. Sans doute avait-elle été trop longtemps privée de compagnie masculine.

— Désolée, dit-elle en s'obligeant à le relâcher enfin. Et ne craignez rien, j'ai le plus grand respect pour nos hôtes. J'ai simplement été un peu déstabilisée par l'attention qu'ils m'ont témoignée ; je n'ai pas l'habitude qu'on s'intéresse autant à moi.

La vérité, c'était qu'elle évitait d'être le centre d'intérêt de crainte que quelqu'un ne perce à jour son honteux secret.

A la lumière du mince croissant de lune, elle vit Joe esquisser un pâle sourire. La pénombre et le fond de teint la protégeaient, mais elle avait l'impression que la tache de vin luisait, incandescente, dans la nuit, tant elle se sentait nue sous son regard.

— Vous êtes aussi belle qu'intelligente. C'est normal qu'ils veuillent connaître votre histoire.

La douceur soudaine de sa voix la troubla. Et que dire du compliment !

Mais elle n'eut guère le temps de l'apprécier car Joe se remit à marcher. Conter fleurette sous les étoiles, ce n'était pas le genre de GI Joe. Il avait raison, elle voyait trop de films, sans doute pour compenser la réalité, qui était tout sauf exaltante.

Un soupir lui échappa. Il fallait vraiment qu'elle soit dérangée, ou très fatiguée, pour avoir cru un instant que Joe lui faisait des avances.

Pourquoi ce compliment ? Pour l'intelligence, il ne la connaissait pas suffisamment pour se prononcer. Quant à la beauté, il ne l'avait manifestement pas vue sans maquillage.

Quand ils arrivèrent à la maison de Miriama, Emily avait repris ses esprits. Joe avait simplement voulu lui expliquer que l'intérêt de leurs hôtes pour elle était parfaitement justifié et qu'elle n'avait rien à craindre sur l'île. Sans doute son compliment n'était-il pas sincère, mais cela faisait si longtemps qu'un homme ne lui en avait pas adressé qu'elle s'était emballée. Elle lui avait prêté des intentions qu'il n'avait pas.

La faute à la potion magique. Outre l'effet anesthésiant et les frissons, il fallait ajouter les hallucinations à la liste des effets secondaires. Des hallucinations très agréables, même si elles ne duraient que quelques secondes. Elle penserait à se faire expédier une caisse de *kava* en Angleterre.

Le trajet jusque chez Miriama avait paru deux fois plus long que d'habitude à Joe. C'était le problème de cette île, on se laissait captiver par la beauté des paysages. Sous la lumière glauque et crue de réverbères, cette marche n'aurait pas pris des airs de promenade romantique au clair de lune.

Il avait simplement voulu rassurer Emily : les gens d'ici ne nourrissaient pas d'arrière-pensées. Leurs paroles reflétaient leurs pensées, contrairement à celles de certains Occidentaux.

Malheureusement, ses propos imprudemment formulés avaient trahi l'attirance qu'il éprouvait pour elle. Quand on disait à une femme qu'elle était aussi belle qu'intelligente, il ne fallait pas s'étonner qu'elle s'interroge sur vos intentions.

Ils étaient arrivés devant la porte de Miriama. Fasciné malgré lui, il regarda Emily passer son doigt sur le contour de ses lèvres, des lèvres magnifiquement ourlées et pleines. Si elle cherchait à attirer son attention, c'était réussi. Chaque fibre de son corps était au garde-à-vous. Seigneur, comme il aurait aimé être à la place de ce doigt pour caresser cette bouche !

— Je vérifie que mes lèvres sont toujours là, je ne les sens plus.

Sortant le bout de sa langue, elle le passa sur ses lèvres. La tentation de trop.

Il se pencha pour l'embrasser avec l'intention de lui donner un léger baiser, rien de plus. Mais il fut incapable de s'arracher à sa bouche, d'autant qu'elle ne le repoussait pas.

La raison reprit le dessus. Si Miriama ouvrait la porte, elle serait choquée.

— Je vous confirme qu'elles sont toujours là, dit-il de son air le plus désinvolte en s'écartant. Bonne nuit, Emily.

Et il s'éloigna, non sans un dernier regard vers ses lèvres entrouvertes. Leur goût serait gravé dans sa mémoire pour toujours.

Incapable d'aller dormir tant l'adrénaline pulsait encore dans ses veines, il prit le chemin de la plage. Il avait brûlé d'envie d'embrasser Emily et il l'avait fait, sans réfléchir aux conséquences. Une pulsion stupide.

Il avait l'habitude d'agir sur des coups de tête, par exemple pour choisir ses destinations ; s'il se trompait, il était le seul à en pâtir. Il en allait tout autrement avec ce baiser donné à une femme récemment divorcée, fragile, qui était de surcroît la sœur de son meilleur ami. Son geste allait causer des remous.

Ramassant un caillou, il le jeta dans les vagues, puis recommença avec un autre et un autre encore, pour évacuer sa colère sans jouer des poings. Comme cela ne suffisait pas, il se déshabilla et se jeta nu dans l'eau. Rien de tel qu'un bain de mer pour se détendre, quoique, ce soir, il ne recherchait pas la détente, mais un moyen de se purifier, d'expier sa transgression. Cela ne lui ressemblait pas, d'embrasser une femme sous prétexte qu'il se sentait émotionnellement en phase avec elle. D'habitude, il ne se laissait gouverner que par sa libido, et choisissait des partenaires sur la même longueur d'onde que lui.

Rien à voir avec Emily. Pour ne rien arranger, c'était une collègue avec qui il allait devoir travailler pendant deux semaines. S'il perdait le contrôle dès le premier soir, il avait du souci à se faire.

Il plongea la tête sous l'eau. Il avait beau se frictionner le visage, l'eau salée ne pouvait rien contre le goût des lèvres d'Emily. Le mal était fait. Ce baiser venait s'ajouter à toutes les erreurs qu'il avait commises au cours de sa vie. Il ne restait plus qu'à espérer qu'Emily n'attende rien de plus de lui que son expertise médicale et ses connaissances sur la faune et la flore locales. Il aurait détesté la décevoir, et se décevoir lui-même.

Kava oblige, Emily s'endormit dès que sa tête toucha l'oreiller, et fit des rêves étranges toute la nuit. Elle échouait sur une île déserte et un bateau venait la sauver, avec, à bord, un fringant capitaine qui ressemblait comme deux gouttes d'eau au sergent Joe Braden.

Pas besoin de psychanalyse. Son inconscient réagissait

simplement aux événements de la journée. Cela valait mieux que de se demander quelles bestioles rampaient dans sa petite chambre — à son arrivée, il lui semblait avoir vu un lézard disparaître dans une crevasse du mur — ou de penser au baiser.

Joe avait sans doute, au gré de ses pérégrinations, laissé nombre de femmes amoureuses derrière lui et ne se doutait certainement pas de l'impact que son baiser avait eu sur elle. C'était stupide d'accorder trop d'importance à ce geste, sûrement une plaisanterie dans l'esprit de Joe, mais c'était plus fort qu'elle. Jusqu'à présent, son mari avait été le seul homme qu'elle ait jamais embrassé.

Car elle avait rendu son baiser à Joe. Les moindres détails de cet instant ô combien éphémère étaient gravés au fer rouge dans sa mémoire. La pression douce, mais ferme de la bouche de Joe, le goût amer du *kava* qui subsistait sur ses lèvres, et son propre corps figé, les veines en feu.

Rejetée, divorcée depuis dix-huit mois, elle n'aurait pas dû se laisser tourner la tête aussi facilement. Ou peut-être était-ce justement en raison de cela qu'elle était vulnérable. En tout cas, elle allait devoir se protéger de cet homme qui l'avait fait chavirer d'un seul bécot.

Le lendemain, Emily, pleine de bonnes résolutions, se leva aux aurores. Aujourd'hui commençait sa mission au côté de Joe. Il n'était pas question de nourrir un quelconque béguin pour lui, la perspective de travailler sur l'île la rendait déjà suffisamment nerveuse.

Elle se doucha à l'aide d'un seau d'eau froide, partagea pain et confiture avec Miriama puis alla voir Joni qui, Dieu merci, n'avait gardé aucunes séquelles de son accident de volley-ball.

Ensuite, elle se dirigea vers le dispensaire d'un pas qu'elle voulait déterminé. Le ciel, sans nuages, était d'un bleu de cobalt, et elle avait préféré une robe bain de soleil rose à la tenue de travail plus formelle qu'elle avait apportée. Les sandales à strass avaient cédé la place à des sandales plates à larges bandes en cuir qui étaient autrement plus indiquées pour les sentiers de l'île.

Tout se passerait bien. Elle avait confiance en ses compétences. La veille au soir, elle avait noué un bon contact avec la communauté, dans un cadre informel. Très peu de femmes avaient participé à la cérémonie, et toutes avaient dû attendre que les hommes se soient servis avant de boire à leur tour à la divine potion. Avaient-elles sacrifié à la tradition en s'effaçant ainsi au cours de la cérémonie, ou la société de l'île reléguait-elle en toutes circonstances les femmes au second plan ?

Joni, en chemin pour l'école, lui avait montré la route du dispensaire. Dispensaire, c'était un grand mot pour une simple hutte à la sortie du village.

Joni était en pleine forme. Elle s'était inquiétée pour rien, mais il valait mieux être prudent avec les chocs à la tête. Le problème, c'était qu'elle avait fait preuve de la même prudence — d'aucuns auraient dit frilosité — dans sa vie maritale, ce qui s'était retourné contre elle. La trouvant trop sage, trop conservatrice, Greg l'avait délaissée pour une autre. Emily regrettait à présent les risques qu'elle n'avait pas pris.

Ce triste constat ne la pousserait pas pour autant à en prendre désormais, et notamment pas avec Joe Braden. Elle était ici pour travailler et donner accès à des soins médicaux à une population qui en était généralement privée. Le centre médical le plus proche n'était accessible qu'en bateau et se trouvait à Moala, un archipel distant d'une vingtaine de kilomètres.

Emily entra dans la pièce principale du dispensaire, la seule pièce en fait, et comprit aussitôt qu'elle pouvait oublier sa résolution de garder ses distances avec Joe.

— Bienvenue dans votre nouvel hôpital, docteur Emily, dit Joe, pour une fois tout sourires.

Ses bras grands ouverts touchaient le mur de chaque côté. Entrant à flots derrière lui par la seule fenêtre de la pièce, le soleil dessinait le contour de son torse sous sa large chemise en coton.

— Ce réduit, un hôpital ?

Zut. Elle avait formulé sa pensée à haute voix.

— Hé, il faut faire avec ce que l'on a. Je sais que vous avez l'habitude du matériel dernier cri dans votre cabinet, mais il faut voir le contexte. Vous, moi, et cet équipement donné par l'église sont plus que ce que ces gens ont jamais eu.

Le bon côté des choses, c'était qu'il la croyait uniquement chagrinée par les conditions de travail. Le mauvais, c'était… justement les conditions de travail.

Le mobilier, des plus spartiates, consistait en deux lits de camp flanqués de quelques petites armoires métalliques style casiers de vestiaire, deux chaises, de vieux moniteurs, des potences de perfusion tout aussi antiques et une espèce de paravent sur roulettes sans doute censée protéger l'intimité des patients. Bref, le strict minimum pour faire des examens de routine.

— Afin de doubler le nombre de patients, il serait préférable que nous menions chacun nos consultations de notre côté.

Pour plus d'efficacité. Et surtout pour éviter d'autres contacts physiques indésirables avec GI Joe.

Elle fit rouler un chariot de soins d'un côté de la pièce et plaça le paravent entre les deux lits.

— Si vous pensez que c'est mieux, dit-il.

Il ne semblait guère convaincu, mais ne souleva pas d'objection. Au lieu de revendiquer son territoire ou de tourner à la dérision l'idée de deux consultations séparées dans un si petit espace, il se rangeait à son avis, peut-être parce que lui avoir servi de guide la veille lui suffisait.

— Croyez-moi, ça va marcher, dit-elle avec une assurance qu'elle était bien loin de ressentir.

Ces nouvelles dispositions lui permettraient de reprendre un peu le contrôle de la situation et d'envisager la suite de sa mission avec moins d'appréhension.

Ce n'était pas viable, Joe le savait. Le dispensaire n'était pas assez grand pour permettre à deux médecins de travailler chacun de leur côté. Mais Emily le découvrirait bien assez tôt par elle-même. Accessoirement, il ne voulait pas passer pour un tyran en refusant sa suggestion. Après tout, c'était sa faute à lui si elle éprouvait le besoin d'ériger des barrières entre eux.

Après le malencontreux baiser de la veille au soir, il devait s'estimer heureux que Peter ne l'ait pas mis dehors pour avoir osé poser les lèvres sur sa sœur. Il s'était reproché toute la nuit d'avoir cédé à cette stupide pulsion. Emily se remettait avec peine d'un divorce douloureux, c'était la dernière femme qu'il aurait dû embrasser sur un coup de tête.

Heureusement, elle n'avait pas l'air de lui en vouloir. Peut-être avait-il réussi à faire passer son baiser pour une plaisanterie.

Elle était en train de mettre un drap sur le lit de camp où il avait pensé à elle toute la nuit. Il ne regrettait pas de lui avoir cédé sa place chez Miriama et sa remuante maisonnée. Ici, il était au calme et, autre avantage, voyait la porte depuis son lit. Ses années dans l'armée l'avaient rendu hyper-vigilant, il ne se sentait pas à l'aise dans des endroits avec des portes dérobées qui représentaient autant de passages potentiels pour l'ennemi. Dans les zones de combat, il fallait être paranoïaque pour survivre, mais il l'était resté après son retour à la vie civile. C'était désormais une seconde nature pour lui, et expliquait pourquoi il préférait prendre le large plutôt que de se renfermer dans un pavillon étriqué de banlieue.

— Avons-nous une liste de patients ou allons-nous plutôt fonctionner comme un service d'urgences ? demanda Emily en contournant le paravent pour entrer sur son territoire.

Une liste de patients ? Elle se croyait dans son cabinet à Londres !

— On prend les patients au fur et à mesure qu'ils se présentent. Une fois que vous aurez pris vos marques, on organisera des demi-journées par thème, si vous le désirez — dépistage de la malaria, vaccination, consultation des femmes enceintes, la liste est longue.

Quelque chose lui disait que le Dr Emily Clifford ne se contenterait pas d'une consultation portes ouvertes, elle voudrait quelque chose de plus structuré.

Elle était du genre à prévoir d'un jour sur l'autre ce qu'elle allait faire, et à ne pas supporter les changements de programme. Bref, tout l'inverse de lui.

— Je vais commencer par des examens cliniques de base, avec auscultation, prises du pouls et de la tension artérielle. Pour les enfants, l'examen sera plus complet afin de dépister d'éventuels problèmes de croissance. Si j'en ai le temps, j'aimerais proposer une consultation de planning familial avec des conseils en matière de contraception.

Le projet était ambitieux ; et intéressant. Les consultations de dépistage attireraient des gens qui venaient d'habitude au dispensaire dans un état tel qu'il fallait les évacuer en hélicoptère vers Viti Levu.

— Je pense que les femmes de l'île seront ravies de consulter une doctoresse, dit-il. Elles confieront plus volontiers leurs problèmes à vous qu'à moi. Ce sera une première pour elles, de pouvoir parler avec quelqu'un de maladies sexuellement transmissibles ou du cancer du col de l'utérus.

Ces consultations auraient un but pédagogique autant que thérapeutique, et Emily pourrait s'adresser à un public qui lui était inaccessible.

— Parfait. Je vais essayer de mettre en place une consultation pour les femmes d'ici la fin de la semaine.

Ses yeux brillaient d'excitation. Envolée, la peur qu'il y avait lue la veille.

Malgré lui, son regard se porta sur sa bouche, cette bouche si douce et pulpeuse qui avait fait pulser l'adrénaline dans ses veines…

Elle toussa d'un air nerveux.

— Alors, mettons-nous au travail.

Et elle regagna son côté de la pièce, ce qui valait mieux pour tout le monde.

Les patients défilèrent de manière continue toute la matinée. La plupart souffraient de plaies et bosses ou maux bénins qu'Emily pouvait parfaitement soigner avec le matériel et les médicaments dont elle disposait. A son grand soulagement, elle n'eut pas besoin de faire appel à son collègue, qui officiait de l'autre côté du paravent.

Elle distribuait de grandes quantités de paracétamol et d'antibiotiques qu'elle avait apportés dans ses bagages, les compresses et les sparadraps partaient comme des petits pains. Sans doute informés par le bouche-à-oreille, les villageois et villageoises affluaient en masse, autant attirés par les produits que par la présence de la nouvelle doctoresse.

Cela montrait qu'ils l'avaient acceptée, et elle préférait travailler d'arrache-pied plutôt que bayer aux corneilles ou, pire, rêvasser au baiser de la veille.

Au moins, pendant qu'elle examinait les ganglions gonflés sur le cou d'un vieil homme, elle ne pensait pas à Joe. Pas trop, en tout cas.

— Ouvrez grand la bouche et dites : « Ah. »

Le malade s'exécuta. Comme elle se penchait vers sa bouche pour y braquer le stylo-torche, elle sentit quelqu'un toucher son postérieur.

Ni une ni deux, elle se retourna pour dire ses quatre vérités à Joe, qui n'y était pour rien. Penché au-dessus de son patient dans la même position qu'elle, dos au paravent, il avait par inadvertance frôlé ses fesses à travers le rideau. La hutte était si exiguë que les contacts fessiers et autres allaient forcément se reproduire, ce qui posait un problème.

— Vous souffrez d'une angine due à une inflammation des amygdales. Un petit traitement antibiotique pendant une semaine, et tout rentrera dans l'ordre.

Elle entendit Joe prescrire en substance le même traitement à son patient. Depuis le matin, ils n'avaient que ça, des affections des voies respiratoires ; sur une île, le moindre virus se transmettait comme une traînée de poudre. Heureusement, elle avait dans sa malle des réserves d'antibiotiques qui se révéleraient fort utiles, comme la lotion bactéricide pour les mains et les vitamines qu'elle consommerait sans modération pour éviter d'attraper les microbes de ses patients. La dernière chose qu'elle voulait, c'était que Joe la soigne dans cette minuscule pièce où la température devait avoisiner les 35 °C.

Comme elle tournait son visage vers le ventilateur installé près de la porte, elle vit une jeune femme remonter le sentier en courant, un bébé dans les bras.

— Aidez-moi ! Elle ne respire plus !

Agé de neuf ou dix mois, le bébé était conscient et agitait ses membres dans tous les sens, sans émettre de cri. Ses voies aériennes étaient de toute évidence bloquées par quelque chose.

— Passez-la-moi. Vite.

Les lèvres et les ongles de la fillette commençaient déjà à cyanoser. A l'aide du stylo-torche, Emily examina l'intérieur de la bouche. Aucun corps étranger n'était visible.

— Que s'est-il passé ? demanda Joe à la mère.

— Nous étions en train de manger et Sunali a pris un morceau de pain dans mon assiette.

Le morceau devait être coincé très bas dans la trachée.

Emily retourna doucement le bébé en plaçant un bras sous lui et en inclinant sa tête plus bas que le reste du corps. Puis, de la paume de sa main libre, elle donna un coup ferme entre les clavicules pour déloger ce qui s'y trouvait.

Frapper un si petit corps n'était pas facile à faire sans se sentir coupable, mais il fallait appliquer de la force pour que la pression et la vibration générée délogent le corps étranger.

Malheureusement, après les cinq coups d'usage dans le dos, il n'y avait toujours pas d'amélioration. L'enfant continuait à s'étouffer, son cerveau allait bientôt être privé d'oxygène.

Emily allongea Sunali sur le dos tandis que Joe déplaçait le moniteur pour avoir la place de l'aider. Il maintint l'enfant en place en lui murmurant des paroles rassurantes tandis qu'Emily commençait les compressions thoraciques. N'utilisant que deux doigts, elle poussait contre le haut du thorax pour tenter de faire bouger ce maudit morceau de pain.

Elle répéta le geste une dizaine de fois, en vain. La sueur perlait à son front. Si cela ne marchait pas, il n'y avait qu'un dernier recours, extrême.

— J'ai déjà pratiqué des trachéotomies sur des enfants, du temps où j'étais médecin aux urgences, dit Joe comme s'il lisait dans ses pensées. Je vais préparer le nécessaire, au cas où…

— Merci, dit-elle, reconnaissante.

L'idée de faire une incision dans le cou d'un nourrisson la terrifiait. Elle était contente qu'il propose de s'en charger. Pourvu qu'il n'en arrive pas là.

Avec l'énergie du désespoir, elle imprima de nouveau une forte pression sur le diaphragme et sentit quelque chose bouger sous ses doigts. Sunali poussa un faible cri.

— Ça y est ! cria Joe. Tu y es arrivée !

Dans son enthousiasme, il la tutoyait.

Plongeant les doigts dans la bouche de l'enfant, elle récupéra le morceau de pain qui avait causé tous ces problèmes.

— Merci, merci, dit la maman mi-sanglotant mi-riant.

— Je vais juste l'ausculter pour m'assurer que tout va bien.

Emily posa son stéthoscope sur la petite poitrine. Tout allait bien, comme le prouvait d'ailleurs Sunali en hurlant à pleins poumons.

— Pour plus de sécurité, on va la garder une dizaine de minutes en observation. Vous êtes la bienvenue pour rester auprès d'elle, dit Joe à la maman. Emily, désolé, mais je vais piocher dans la réserve de biscuits et de thé que je t'ai vue ranger dans ton casier tout à l'heure. On a tous besoin de se remettre de nos émotions.

— Bien sûr, dit-elle en se laissant tomber sur le lit libre.

Quelques minutes plus tard, elle prit d'une main un peu tremblante la tasse qu'il lui tendait.

Finalement, travailler aux côtés de Joe n'était pas plus mal. Depuis ce matin, il avait œuvré tranquillement en solitaire, mais il lui avait apporté un soutien précieux lorsque cela avait été nécessaire. A deux, ils pourraient faire une bonne équipe.

A condition qu'elle ne se laisse plus troubler par sa présence. Les contacts physiques entre eux allaient être inévitables puisqu'ils passeraient le plus clair de leurs journées dans cette hutte, quasiment au coude à coude, ou fesses contre fesses, avec un paravent pour seul chaperon.

Elle s'y habituerait. Dans quelques jours, elle considérerait Joe comme un collègue lambda, à l'image de ses collègues londoniens qu'elle ne voyait même plus à force de les côtoyer.

La méthode Coué. C'était tout ce qu'il lui restait pour tuer dans l'œuf l'absurde attirance qu'elle éprouvait envers Joe.

4.

— Je crois qu'on a bien mérité une pause, dit Joe après avoir raccompagné Sunali et sa mère à la porte du dispensaire.

— On ne vient pas d'en prendre une ? répondit Emily.

La demi-heure avait été forte en émotions, mais c'était leur travail, de sauver des vies. Et ce n'était pas une excuse pour fermer boutique et se la couler douce. Au contraire, il fallait s'en tenir au planning pour montrer aux villageois qu'ils étaient disponibles à toute heure en cas d'urgence.

— Même les médecins débordés ont droit à une pause pour déjeuner. Tu n'en prends pas, à Londres ?

— Bien sûr que je prends mes pauses, mais pas toutes en même temps.

Inutile de préciser qu'elle apportait son déjeuner dans un tupperware et qu'elle mangeait à son bureau en rattrapant la paperasserie en retard. Si elle le lui disait, il croirait qu'elle n'avait pas de vie en dehors du travail. Et il aurait raison.

Il lui répondit d'un haussement d'épaules.

— Dix minutes à prendre les constantes d'un bébé, tu appelles ça une pause ? Il n'y a aucun patient pour le moment, profitons du répit, nous n'en serons que plus efficaces ensuite. Il faut savoir se détendre un peu, Emily.

Le clin d'œil qui accompagnait cette remarque acheva de l'irriter.

— Je suis parfaitement détendue, merci.

— Dans ce cas, allons déjeuner.

Et abandonner son poste de travail ? Faire passer son

intérêt et son plaisir personnels avant ses responsabilités, comme Greg l'avait fait ?

— Et si un patient se présente ?

— On n'a qu'à mettre un mot sur la porte. De toute façon, nous ne serons pas difficiles à trouver. Les habitants de cette île ont survécu sans médecin pendant des années, je suis sûr qu'ils pourront se passer de nous pour une petite heure.

Il griffonna quelques mots sur un bout de papier.

Emily se sentait ridicule. Ses objections ne tenaient pas la route, et Joe ne semblait pas dupe de la véritable raison de sa réticence à aller déjeuner. Avec lui.

Tout tête-à-tête avec cet homme était dangereux. D'un autre côté, si elle affrontait l'épreuve et s'en sortait indemne, ce serait une victoire pour elle, et l'assurance de pouvoir continuer sereinement sa mission.

— Y a-t-il un endroit où acheter quelque chose à manger ? Je ne me souviens pas d'avoir vu de snack-bars dans le coin.

Une plaisanterie censée montrer à Joe qu'elle pouvait se détendre, à l'occasion. Pourtant, la question méritait d'être posée ; il n'y avait aucun commerce sur l'île, ni rien qui ressemble à une épicerie. Comment allait-elle se nourrir ? Puiser dans le garde-manger de Miriama aurait été du dernier sans-gêne.

— Etant donné l'absence d'électricité et donc de réfrigération, les habitants ne gardent pas de grandes réserves de nourriture, tous les produits sont frais. La cueillette et le ramassage des fruits et légumes se font en groupe, comme les repas. Pour partager la table de quelqu'un, on n'a que l'embarras du choix.

Il punaisa le mot à la porte et s'engagea dans l'allée. Au bout de quelques mètres, il se retourna, l'air de dire : « Alors, tu viens ? »

S'inviter chez les gens était sans doute une habitude pour lui. Il profitait de la gentillesse des insulaires pour jouer les pique-assiette.

— On pourrait peut-être apporter un cadeau ?

Elle préférerait mourir de faim que de s'imposer à la table d'un habitant comme si c'était son dû.

— Tu as déjà donné des livres pour l'école. D'ailleurs, on pourrait y passer. Les enfants seront ravis de faire ta connaissance, ils adorent montrer comme ils savent bien lire ; cela tombe bien, ça va être leur heure de déjeuner, à eux aussi.

Il comptait sans doute s'inviter à la cantine, à supposer qu'il y ait une cantine.

— Prends ta sacoche de médecin, si ça peut te donner bonne conscience, fit-il, l'air moqueur.

Pourquoi pas, après tout ? Elle offrirait une consultation itinérante en échange du couvert, ce qui était plus acceptable que de simplement mettre les pieds sous la table.

— D'accord.

— A la bonne heure.

Son côté « bourreau de travail » fatiguait ses collègues de Londres, mais, pour l'heure, Joe semblait s'en amuser.

Elle retourna donc chercher sa sacoche et le suivit avec l'impression, peut-être erronée, d'avoir remporté les négociations. Entre son attitude désinvolte à lui et son goût d'un travail cadré et planifié à elle, il y avait sans doute un juste milieu qu'ils finiraient par atteindre.

A défaut d'y être parvenue dans sa vie privée, elle réussirait à trouver un compromis dans son travail. C'était déjà ça.

Joe avait raison. Une fois de plus. Cela devenait une habitude qui irritait de plus en plus Emily. Elle comprenait que ses appréhensions étaient ridicules et ses « bonnes manières » complètement déplacées dans un endroit où la générosité et le partage allaient de soi.

Leur visite à l'école fit un plaisir immense aux enfants qui sortirent aussitôt de leur salle de cours pour venir à leur rencontre. L'institutrice semblait aussi excitée qu'eux.

— *Vanaku*. Merci de venir voir les enfants.

Ceux-ci se tenaient en rangs dans la cour, presque au garde-à-vous, comme devant des invités d'honneur.

— Bonjour, dit Emily, un peu intimidée. Je voulais me présenter à vous. Je suis Emily, la nouvelle doctoresse.

— Moi, c'est Keresi, dit l'institutrice en lui serrant la main. Nous vous sommes très reconnaissants pour les manuels, les cahiers et les stylos. N'est-ce pas, les enfants ?

Un chœur de oui enthousiastes lui répondit.

— Ce n'est rien, vraiment.

Des objets que les Occidentaux prenaient pour acquis étaient ici considérés comme des cadeaux extraordinaires. Cela lui rappelait à quel point elle était une privilégiée, elle qui avait fait dix ans d'études après le bac pour décrocher son diplôme de médecin.

— Nous aimerions faire quelque chose pour vous en retour, dit Keresi.

Elle se mit à taper des mains, imitée par les enfants qui se lancèrent dans un petit spectacle de chants et de danses. Il était si bien chorégraphié qu'ils devaient se produire ainsi régulièrement en l'honneur de touristes de passage, ou de médecins affamés.

Quand ce fut terminé, Joe et Emily applaudirent.

— C'était… merveilleux.

L'émotion lui serrait la gorge.

— Merci à tous, dit Joe en levant les mains au-dessus de sa tête pour applaudir encore plus fort.

— Nous allons déjeuner, dit Keresi en leur montrant la pelouse en face du bâtiment. Voulez-vous vous joindre à nous ?

— C'est très gentil à vous, répondit Joe. Nous serons honorés de partager votre repas, n'est-ce pas, Emily ?

Le regard goguenard qu'il lui lança ne lui échappa pas. Le monstre jubilait d'avoir raison.

— Bien sûr. Et, en retour, nous serons très heureux d'offrir une visite médicale à tout le monde.

Installés en tailleur sur l'herbe, à l'ombre d'un grand banyan, les enfants déballèrent les repas qu'ils avaient apportés, qui dans des lunch-boxes, qui dans des tupperwares.

— Qu'est-ce qu'on fait maintenant ? Une razzia sur les lunch-boxes ? demanda-t-elle, moqueuse, à l'oreille de Joe. Je te préviens, il n'est pas question que je vole le pain de la bouche de ces enfants.

— Détends-toi, veux-tu ? Je peux t'assurer que tu n'auras jamais à quémander de nourriture tant que tu seras sur cette île. Je n'ai jamais vu personne stresser autant que toi. A ce rythme, tu vas tomber malade. Prends exemple sur ton frère, lui prend la vie comme elle vient, dit-il en posant la main sur son épaule.

Elle aurait pu se dégager et l'encourager à garder ses conseils pour lui, mais le contact de ses doigts chauds sur sa peau nue lui ôta tous ses moyens.

Comme on parlait du loup, celui-ci — Peter — traversa la cour pour se joindre à eux.

— Hé, vous deux, dit-il en déposant un panier dans l'herbe, j'ai vu le mot que vous avez laissé sur la porte, je me suis dit que quelques douceurs seraient bienvenues.

Le panier contenait des fruits et d'autres mets qu'Emily eut du mal à identifier. Peu importait. Son estomac criait famine et il n'y avait aucune honte à accepter cette nourriture qui provenait de son frère.

— Alors, qu'est-ce que je t'avais dit ? dit Joe.

Il continuait à se moquer d'elle. Mais, au moins, il lui lâcha l'épaule pour prendre une banane.

Contrairement à la veille, il semblait tout joyeux. Comme Peter. Quelque chose sur cette île leur faisait oublier les années passées sous le feu des bombes en Afghanistan.

Sans doute le devaient-ils aussi à leur force de caractère. Ils avaient décidé de tourner la page et tout mis en œuvre pour y parvenir. Dieu seul sait par quelles épreuves ils avaient dû passer pour être aussi zen aujourd'hui. Une « zénitude » à laquelle elle aspirait, elle aussi. Las, ce n'était pas gagné.

— Euh… qu'est-ce que c'est ? demanda-t-elle en désignant des sortes de bouchées enroulées dans des feuilles.

— Des *rourous* et des *cassavas*, répondit Peter.

Comme si cette réponse allait l'éclairer ! Il avait de toute évidence oublié à qui il avait affaire. Quand ils allaient au restaurant indien, il fallait des tonnes de persuasion à Peter pour la convaincre d'essayer le curry le moins épicé. Un jour, par curiosité, elle avait goûté au poulet *vindaloo* de son frère et une carafe d'eau n'avait pas suffi pour éteindre l'incendie dans sa bouche.

Pas question donc d'avaler un *rourou* sans connaître en détail les ingrédients qui entraient dans sa composition.

Joe, lui, piocha dans le panier sans hésitation.

— C'est du tapioca bouilli roulé dans des feuilles de *dalo*.

Du tapioca, ça ne pouvait pas être nocif. Elle s'enhardit à prendre une bouchée et mordit prudemment dedans. C'était un peu pâteux, mais, justement, ça lui tiendrait au corps et lui donnerait des forces pour le reste de l'après-midi.

— Je sais que tu aurais préféré une salade de pâtes accompagnée d'un smoothie, mais là c'est de la nourriture 100 % naturelle. Et goûte-moi ces fruits gorgés de soleil.

Elle mangea une banane et d'autres fruits dont elle ignorait le nom, à la chair douceâtre et fibreuse.

Tout en faisant modérément honneur au repas, elle remarqua que Peter jetait des coups d'œil vers Keresi, assise quelques mètres plus loin avec les enfants. La jolie institutrice l'intéressait de toute évidence.

— C'est toi qui les as faits ? demanda Joe à Peter en prenant le dernier roulé aux feuilles après qu'elle l'eut décliné.

Habitué aux nourritures riches et sucrées, son palais de Londonienne allait avoir besoin d'un temps d'adaptation pour apprécier ce genre de repas.

— Bien sûr que non. C'est la maman du bébé que vous

avez sauvé de l'étouffement ce matin, elle les a fait déposer au dispensaire pour vous remercier. Vous êtes ses nouveaux héros. Heureusement, je suis passé récupérer le panier avant que les fourmis n'en fassent leur quatre-heures.

— C'est ta sœur qui a sauvé le bébé, dit Joe. Moi, je n'ai été que son assistant. Je n'aimerais pas me la mettre à dos en m'attribuant ses mérites. Elle frappe dur quand elle veut.

Sans doute faisait-il allusion aux tapes qu'elle avait données pour dégager les voies respiratoires de Sunali.

— Je sais, rétorqua Peter. Jadis, il ne fallait pas se risquer à lui voler ses jouets. Et gare à toi si tu touchais à sa réserve de chocolat !

A l'entendre, on aurait dit qu'ils avaient eu une relation houleuse. Rien n'était plus loin de la vérité. Quand son père s'était remarié, elle avait été très heureuse d'être acceptée par Peter et sa maman. Shirl était en quelque sorte devenue comme une seconde maman pour elle. Dès le départ, Emily avait adoré Peter qu'elle suivait partout comme un petit toutou. Plus âgé qu'elle, il aurait pu la repousser ou lui interdire de se pendre constamment à ses basques, mais il avait été d'une patience angélique avec elle.

Emily soupira. Tout aurait été si différent si Shirl avait été sa véritable mère, cela lui aurait évité la souffrance de ses premières années. Et le manque de confiance en elle qu'elle avait ensuite traîné toute sa vie.

— J'ai encore les traces des coups qu'elle me donnait, dit Peter, visiblement d'humeur facétieuse.

Mais ses yeux étaient fixés sur Keresi qui venait vers eux.

— Puis-je vous apporter quelque chose à boire ?

— Ce serait…, commença Joe.

— Je vais vous aider, dit Peter en se levant d'un bond.

— Je crois qu'il a le béguin, dit Emily en le regardant s'éloigner avec la maîtresse d'école.

Il lui faudrait désormais partager l'attention de son frère avec Joe *et* Keresi. Bref, rien n'avait changé depuis le lycée, où Peter était un garçon populaire dont tout le monde se disputait l'amitié tandis qu'elle restait seule dans son coin, tourmentée par ses démons.

— Tant mieux pour lui.

— Je croyais qu'il était ici pour répandre la parole de Dieu, pas pour conter fleurette à un membre de sa congrégation.

Il semblait très épris de la jolie Fidjienne. Comme Joe, elle aurait dû s'en réjouir au lieu d'éprouver de la jalousie. Le vétéran traumatisé était devenu un pasteur amoureux, et c'était très bien ainsi.

— C'est un homme normalement constitué, pas un moine, dit Joe. Cette île lui fait un bien fou ; j'espère qu'il y posera définitivement ses valises et fera 2,4 enfants, comme tout le monde.

Arrachant un brin d'herbe, il l'enroula autour de son doigt en le serrant jusqu'à ce que la phalange devienne blanche.

Il prenait la défense de Peter, mais ne semblait pas plus emballé qu'elle à cette perspective.

— Pas comme tout le monde, dit-elle. Vous… pardon, toi, sauf erreur, tu n'as pas l'intention de t'installer ici, ni ailleurs.

Le tutoiement ne lui venait pas naturellement, mais elle n'osait imaginer les moqueries si elle persistait à le vouvoyer. Il fallait suivre le courant, lui avait-il conseillé. C'était ce qu'elle essayait de faire.

Il eut un rire amer.

— Aucune chance. Mes pieds ont trop la bougeotte. M'enraciner à un endroit pour y prendre femme et lui faire des enfants, ce n'est pas pour moi.

— Etrange. J'aurais cru qu'après des années en zone de guerre on appréciait la normalité et la stabilité d'une vie de famille.

— Les autres peut-être, pas moi. La vie est trop courte pour se s'installer à un endroit et se priver de ce que le monde a à offrir. Les pantoufles devant la télévision, ce n'est pas pour moi.

Pourtant, avec une tablette de chocolat, c'était son idée à elle de la soirée parfaite. Il n'y avait pas plus incompatibles qu'eux.

Jamais il ne faisait allusion aux événements qui l'avaient amené à quitter l'armée, mais ils avaient probablement un rapport avec son désir de croquer désormais la vie à pleines dents. A cet égard, Peter et lui se rejoignaient. Tous deux étaient des survivants avides de nouvelles expériences, mais, sauf erreur, son frère était désireux de se fixer sur cette île tandis que Joe voulait vagabonder à l'infini. Etait-ce une fuite en avant ? Avait-il tort de refuser la sécurité d'une vie plus conformiste ?

Elle était mal placée pour le dire. La vie à deux ne lui avait guère réussi, et c'était justement son conformisme qui avait lassé Greg.

— Le mariage ne garantit pas le bonheur, dit-elle en formulant tout haut sa pensée.

Joe haussa les sourcils, l'air étonné.

Zut. Elle allait devoir s'expliquer et avouer qu'elle avait échoué à la loterie du mariage. Elle avait essayé et échoué.

— Je suis divorcée. Greg m'a quittée pour une autre femme.

L'ombre du banyan cachait-elle ses joues écarlates ?

Ses collègues et ses amis étaient au courant de la rupture, sans connaître les détails honteux. Et, justement, cela lui ferait du bien de les confier à cet homme qu'elle venait de rencontrer et qu'elle ne reverrait sans doute jamais une fois sa mission terminée. Cela la libérerait d'un poids. Et elle pouvait être sûre que Joe ne répéterait ses confidences à personne.

— C'est un imbécile, dit-il en lui tendant la main pour l'aider à se relever.

Malgré ses moqueries de la matinée, Joe prenait sa défense, et cela lui faisait chaud au cœur. Greg était effectivement un imbécile, il ne méritait pas qu'elle perde son temps à penser à lui. Il fallait tourner la page.

La vie de solitaire de Joe offrait des avantages. Elle

permettait de mettre fin à une relation avant qu'elle ne devienne sérieuse et que des attentes ne naissent chez l'autre. Les couples ne duraient pas, croire qu'on pouvait vieillir ensemble était une chimère ; le meilleur moyen de protéger son cœur était de ne pas tomber amoureuse.

Echaudée comme elle l'était, elle ne risquait pas de donner son cœur à qui que ce fût.

5.

S'il n'avait tenu qu'à Joe, il aurait utilisé un terme plus fleuri qu'« imbécile » pour qualifier l'ex-époux d'Emily, mais mieux valait surveiller son langage devant les enfants. Il avait entendu parler de Greg par Peter, qui ne le portait pas dans son cœur, et Peter n'était pas du genre à médire de son prochain. Après dix ans de vie commune, ce salopard de Greg avait laissé tomber Emily pour une jeunette plus délurée dont il se lasserait également bientôt. Mieux valait qu'Emily soit débarrassée d'un tel mari.

Pour en revenir à Peter, il semblait sincèrement épris de la maîtresse d'école et, d'après ce que Joe avait pu voir, l'attirance était réciproque. A son avis, ce n'était plus qu'une question de jours avant que ces deux-là soient ensemble.

Il s'en réjouissait pour son ami, qui avait traversé une passe difficile en Afghanistan et même douté de sa foi. Si Peter se mettait en couple avec Keresi, Joe n'aurait plus besoin de rester dans les parages pour lui servir de béquille. Libéré de la responsabilité qu'il ressentait envers son ex-frère d'armes, il serait libre de voguer vers sa prochaine aventure.

A sa joie se mêlait pourtant de la tristesse. Jamais il ne connaîtrait ce bonheur de vivre à deux et de regarder dans la même direction que quelqu'un d'autre.

Mais il avait fait son choix. Lui qui pouvait à peine compter sur lui-même, il n'était pas question de lier son sort à celui d'une femme.

Le chagrin était le prix à payer pour l'amour. Il ne voulait plus revivre cela. Il avait aimé Batesy et Stan comme des frères, leur mort l'avait anéanti. Jamais plus, il ne serait aussi proche de quelqu'un.

Il n'était pas à l'abri de souffrir de nouveau puisqu'il avait choisi de continuer à pratiquer la médecine, mais ces missions intérimaires — deux semaines par-ci, deux semaines par-là — l'empêchaient de s'attacher durablement tout en lui permettant de porter secours aux plus démunis.

L'histoire du mariage malheureux d'Emily le confortait dans son refus de s'engager sentimentalement avec quiconque. De petites aventures au gré de ses escales, c'était tout ce qu'il s'autorisait.

Le repas terminé, ils tinrent la consultation médicale promise par Emily. Installés dans une salle de classe vide, ils examinèrent pendant deux heures les enfants qui défilèrent à la queue leu leu.

Quand elle n'eut plus de patients à examiner, elle vint vers lui.

— Eh bien, docteur Braden, quelque chose à signaler ?

C'était la première fois qu'il la voyait aussi à l'aise. Tout dans son langage corporel exprimait la décontraction. Et que dire du sourire qui ornait ses belles lèvres, mûres comme…

Stop. Défense d'observer ses lèvres, sous peine de se souvenir de leur douceur et de leur goût, ce qui allait contre ses résolutions.

— RAS. Tous les enfants que j'ai examinés sont en parfaite santé, dit-il en tapant dans la paume de son dernier patient qui courut rejoindre ses camarades dans la cour.

— Ce n'est pas ici que nous recruterons des clients. Et tant mieux.

— Ce qui n'a pas empêché les gamins de se presser devant la ravissante nouvelle doctoresse.

Les fillettes avaient été fascinées par les cheveux blonds d'Emily, qui leur avait permis de lui faire des nattes. Quant aux garçons, ils avaient observé la scène d'un air mi-méprisant mi-amusé, tels de petits machos, curieux tout de même.

Le rire d'Emily résonna, cristallin.

— Ravissante ? Je ne dirais pas cela, dit-elle en démêlant la douzaine de tresses plus ou moins improbables de ses coiffeuses en herbe.

Ses cheveux tombaient sur ses épaules en désordre, comme ils devaient le faire au réveil. Et il l'imagina dans son lit, en petite tenue…

De crainte de faire ou de dire quelque chose de stupide, il se détourna pour ranger l'ophtalmoscope et l'otoscope qui leur avaient permis d'examiner les yeux et les oreilles des enfants.

— Merci pour la visite médicale improvisée.

Keresi leur serra la main à tous deux.

— Merci à vous pour avoir interrompu vos cours, dit-il. Nous allons déplacer notre clinique itinérante un peu plus loin dans le village, mais je suis sûr que Peter saura nous trouver en cas d'urgence.

Le pasteur avait disparu, mais quelque chose disait à Joe que son ami repasserait par l'école d'ici la fin de la journée.

— Qu'est-ce que cette histoire de clinique itinérante ? demanda Emily quand ils furent seuls.

Elle ne souriait plus du tout, ses yeux turquoise s'étaient assombris. Jamais elle ne lui avait paru aussi belle. Las, le moment semblait mal choisi pour le lui dire.

— Etant donné le succès de notre petit passage ici, j'ai pensé que nous pourrions planter notre chapiteau sur la place du village, pour nous mettre à la portée de ceux qui sont trop pris par leurs activités pour venir au dispensaire.

Et, au passage, ne pas retourner dans la hutte surchauffée et travailler à quelques centimètres l'un de l'autre, avec les tentations que cela comportait pour lui.

— Il faudrait peut-être me demander mon avis. Je te rappelle que tu n'es plus dans l'armée et que tu n'es de toute façon pas mon supérieur.

Très juste. Il avait décidé tout seul, et tenu son acceptation pour acquise. Mais elle voulait avoir son mot à dire. Par simple esprit de contradiction ?

— Désolé, dit-il, piqué au vif, je n'ai pas l'habitude de travailler en tandem. J'aurais dû te demander si tu préférais rester à transpirer dans le sauna qui nous sert de cabinet, à nous cogner sans cesse l'un à l'autre, ou travailler à l'air libre en faisant de la publicité pour le dispensaire.

C'était ce qu'on appelait une question biaisée. Une fois qu'Emily aurait pris ses marques, elle pourrait faire comme bon lui semblerait, dans le dispensaire ou en dehors. Pour l'heure, il suggérait une alternative intéressante, et elle montait sur ses grands chevaux en l'accusant de dirigisme.

— Présenté ainsi, je n'ai pas vraiment le choix.

Contre toute attente, elle lui tira la langue. Cela ressemblait plus à la réaction d'une amie que d'une collègue.

L'heure était venue de mettre les choses au clair. Il n'avait pas besoin d'une amie. L'amitié de Peter lui suffisait et, pour tout dire, l'encombrait même un peu puisqu'il se sentait obligé de rester à Yasi pour lui. Quand Peter l'avait appelé à l'aide, Joe avait accepté sans hésiter, d'autant qu'il avait une dette envers son ami. A présent qu'il avait l'impression de s'en être acquitté, il était prêt à s'en aller. La semaine précédente, il avait pris contact avec un hôpital au Vietnam et, dès que les formalités administratives seraient accomplies, *bye bye*, Yasi. Il avait hâte de se fondre de nouveau dans l'anonymat, de recommencer de zéro dans un endroit où personne ne saurait rien de lui.

— Qu'est-ce que c'est que cette végétation brune sur le toit, là-bas ? demanda Emily comme ils se dirigeaient vers le cœur du village.

Elle indiquait un amas de filaments bruns qu'on aurait pu prendre pour des racines mortes.

— Ce sont des pelures d'écorce de noix de coco. On les étend au soleil pour les sécher avant de les tresser pour en faire des nattes, des sets de table ou des cordes. *Magimagi* est la principale source de revenus de l'île. Les enfants apprennent très tôt à tresser tout ce qui peut l'être. Le produit de leur artisanat ne rapporte malheureusement pas grand-chose aux villageois, vingt-cinq mètres de corde tressée valent à peine deux dollars fidjiens.

— Dire que je me plains parfois d'être sous-payée pour le nombre d'heures que je fais… Au moins, je gagne de quoi vivre.

— Les gens d'ici ont l'habitude de vivre avec trois fois rien, ce qui ne les empêche pas de partager tout ce qu'ils ont avec les visiteurs de passage.

— Si tu essaies de me faire culpabiliser, c'est réussi !

Son ton indigné le fit rire. Il savait bien qu'elle n'était pas une profiteuse. Comme son frère, c'était une idéaliste qui venait généreusement apporter son aide à ceux qui en avaient besoin. D'après ce qu'il connaissait de son passé, c'étaient plutôt les autres qui avaient profité d'elle. Ç'avait dû être facile pour un type comme ce Greg de la mener en bateau et de lui promettre amour et fidélité pour arriver à ses fins.

Elle avait été suffisamment dupée sans qu'il s'y mette à son tour. S'il voulait garder ses distances, c'était pour son bien à elle autant que le sien.

— Je te taquine. De toute façon, tu n'as aucune raison de te sentir coupable puisque tu paies ton vivre et ton couvert avec le travail que tu accomplis pour la communauté.

C'était du moins ainsi qu'il l'envisageait pour lui-même lorsqu'il se sentait coupable d'accepter tant de choses de la part de ceux qui avaient si peu. De toute façon, il n'avait guère le choix, refuser des cadeaux offerts de si bon cœur aurait été perçu comme un affront.

— J'essaierai de m'en souvenir, dit-elle sans conviction.

Humble et courageuse, c'étaient les mots qui la caractérisaient le mieux. Elle lui rappelait ses camarades d'armes qui avaient tout donné d'eux-mêmes sans rien attendre en retour. Quel dommage qu'elle ne soit pas consciente de ses points forts mais seulement de ses faiblesses.

— Ne t'inquiète pas. Tu auras largement l'occasion de témoigner ta reconnaissance à la communauté, au cours des deux semaines à venir ; un médecin est une denrée rare chez eux, ils vont venir consulter en masse, à l'exception de ceux qui sont trop occupés à travailler.

— Les tisseurs de *magimagi* ?

— Et tous ceux qui fabriquent des objets artisanaux destinés aux touristes ; cela va des figurines de bois sculptées aux nattes en fibres d'écorce de coco en passant par les petits meubles en rotin. Avec un peu de chance, ils t'apprendront comment tresser une natte.

En amenant Emily sur la place du village pour la présenter aux habitants, il faisait d'une pierre deux coups. Il incitait les hésitants et les sceptiques à venir au dispensaire et il avait le plaisir de passer l'après-midi en sa compagnie.

Emily n'était pas dupe. Sous couvert de promotion du dispensaire, Joe essayait de se débarrasser d'elle en la refilant à quelqu'un d'autre. Cela seul expliquait sa réticence à retourner au QG. Le soi-disant besoin de publicité pour le dispensaire ne tenait pas la route : l'île était tellement petite, tout le monde était au courant de son existence.

Elle se prêtait au jeu car cela lui permettait de découvrir l'île et de faire la connaissance de ses potentiels futurs patients. Plus vite les gens lui feraient confiance sans passer par Joe, plus vite elle s'affranchirait de son guide réfractaire. Quant à ses services de traducteur, elle n'en avait pas vraiment besoin. Pour la cérémonie du *kava*, les anciens s'étaient exprimés en fidjien, mais tous, vieux et jeunes, parlaient l'anglais avec plus ou moins de facilité ; la langue ne constituait donc pas un obstacle.

Afin de s'affirmer et de reprendre confiance en elle, ce qui était l'un des buts de ce voyage, elle devait se débrouiller seule.

Son envie d'indépendance s'expliquait également par une autre raison qu'elle osait à peine s'avouer. Pour l'heure, Joe semblait la respecter pour ses compétences médicales — et peut-être aussi pour la personne qu'elle était —, mai, s'il était obligé de lui tenir constamment la main, il finirait par se lasser et la trouver ennuyeuse. Comme Greg.

Plus question donc de suivre sagement Joe comme un toutou et de s'en référer à lui pour tout. Il lui restait quatorze jours pour s'émanciper et devenir, sinon une intrépide aventurière, du moins une femme qui n'aurait plus peur de sortir des sentiers battus.

— Je suis partante pour les cours de vannerie. On dit que les activités manuelles aident à combattre les névroses et les frustrations.

S'il était surpris de sa docilité apparente, il n'en montra rien. Parfois, son visage se fermait et elle aurait été bien en peine de dire ce qu'il pensait.

Tout en marchant, il souleva sa chemise pour s'essuyer le front, ce qui révéla ses abdominaux — des tablettes de chocolat dignes d'un athlète.

Ne sois pas superficielle.

La valeur d'un être humain ne se mesurait pas à la beauté de son physique. N'empêche, le corps de Joe lui donnait des vapeurs.

Elle s'éventa d'une main. Il faisait chaud, très chaud, et pas seulement à cause des foyers allumés sur la place.

— Que font-ils ?

Des marmites et des casseroles étaient posées sur les feux.

— Ils font cuire des feuilles de pandanus pour les ramollir, puis ils les étaleront au soleil pour les sécher. De vertes, elles deviendront blanches et ils les tresseront en nattes et tapis qu'ils peindront de différentes couleurs. C'est tout un art.

Il savait bien plus de choses qu'un simple touriste, il aurait pu vivre sur place depuis des années. Il avait beau prétendre que Yasi n'était qu'une escale parmi d'autres sur la route de ses pérégrinations, il s'était de toute évidence attaché à l'île et à ses habitants.

Les mystérieux pouvoirs de guérison de Yasi agiraient-ils sur elle ? Lui permettraient-ils de gagner en confiance et d'être aimée pour ce qu'elle était par quelqu'un d'autre que son frère ?

Impossible, puisqu'elle refusait de montrer son vrai visage en le cachant sous une épaisse couche de fond de teint. Le mieux qu'elle pouvait espérer de ce séjour était un beau bronzage et des moments de convivialité avec les insulaires. Après l'année horrible qu'elle venait de passer, ce serait déjà beaucoup.

Joe la présenta à une femme nommée Sou et à ses amies. Assises en tailleur dans la cour d'une maison, elles étaient en train de peindre des nattes de feuilles de pandanus séchées. Elles l'accueillirent en la tutoyant d'emblée et l'invitèrent à poser sa sacoche médicale — qu'elle serrait comme un VRP désireux de placer ses encyclopédies — pour les rejoindre à même le sol de terre battue.

— Quelque sorte de peinture utilisez-vous ? demanda-t-elle en admirant les motifs géométriques noirs et rouges qu'elles étaient en train de dessiner.

— Le noir vient d'un mélange de cendres et de charbon, expliqua Sou.

Et de désigner un mortier qui servait à piler ces ingrédients.

— Le rouge est extrait de l'argile qu'on trouve sur l'île. On le dilue avec plus ou moins d'eau selon qu'on le veut foncé ou clair.

Bien que l'activité semblât réservée aux femmes, Joe prit place à côté d'Emily.

— Tu as déjà peint des feuilles ? lui demanda-t-elle, surprise.

— Bien sûr. Je vais te montrer comment faire. Tu trempes ton doigt dans l'argile…

Lui prenant la main, il lui plongea l'index dans le récipient de boue rouge.

— Puis tu remplis les espaces entre les lignes noires. Je ne te dirai pas de suivre ton inspiration car il faut respecter les motifs locaux.

Elle sentait son souffle chaud contre son cou. Et son parfum, viril, épicé.

— D'accord, dit-elle en s'efforçant de ne pas lui montrer à quel point il la troublait.

Son contact la rendait molle comme une poupée de chiffon, mais, par miracle, elle parvint, toujours guidée par la main de Joe, à peindre à peu près correctement le triangle qu'on lui avait assigné.

Enfin, quand il s'excusa auprès de ces dames et alla retrouver les sculpteurs sur bois qui vaquaient à l'extérieur, elle put reprendre ses esprits.

— Cet homme est si beau ! s'exclama Sou.

Ses amies, qui étaient pour certaines d'un âge assez avancé, se mirent à rire comme des collégiennes.

Pour ne pas être en reste, Emily rit, un peu nerveusement. Au moins, elle n'était pas la seule à trouver GI Joe irrésistible.

— Et il est célibataire ! lui dit Sou. Il t'intéresse ?

— Non, bien sûr que non ! dit-elle, prise de court.

Un beau mensonge.

— Pourquoi non ? demanda Sou en l'observant comme si elle n'était pas normale.

— Parce que nous sommes collègues, rien de plus. Et parce que je ne suis là que depuis vingt-quatre heures…

Evitant soigneusement leur regard afin de ne pas se trahir, elle trempa de nouveau son doigt dans l'argile et essaya de se concentrer sur le prochain triangle.

Incroyable. Au lieu de s'acquitter de la mission pour laquelle elle était venue, elle était là, assise en tailleur avec les femmes de l'île, à peindre des nattes et des tapis. Comment avait-elle pu se laisser ainsi détourner de sa tâche ?

Quelque part, elle agissait pourtant pour la cause de la médecine puisqu'elle comptait bien inviter Sou et ses amies à lui rendre visite au dispensaire.

— C'est dommage qu'il ne t'intéresse pas, reprit Sou. Parce que, lui, il semble bien t'aimer.

— A quoi le vois-tu ?

— La manière dont il te regarde. Dont il te touche.

— C'est vrai, renchérit une autre.

Les rires repartirent de plus belle.

A l'embarras d'Emily se mêlait toutefois une étrange excitation. Elle avait cru son attirance pour Joe à sens unique et elle s'était trompée, à en croire ses nouvelles amies.

Afin d'y déceler quelque signe d'un intérêt particulier, elle repensa aux gestes qu'il avait eus envers elle. Avait-il eu besoin de lui tenir la main, et de s'asseoir aussi près d'elle pour lui montrer comment peindre ?

Et le baiser qu'elle avait fini par prendre à la légère ? Le lui avait-il donné parce qu'il avait vraiment eu envie de l'embrasser ?

A supposer qu'elle lui plaise, cela ne changeait rien à sa résolution de garder ses distances avec lui. Une aventure de deux semaines n'était pas son genre, sous les Tropiques ou ailleurs.

Pourtant, Joe pourrait l'aider à retrouver confiance en elle. Après quinze jours d'idylle — ou plus —, elle rentrerait en Angleterre plus forte qu'avant, avec la certitude qu'elle pouvait plaire.

A condition d'avoir le courage de faire un pas vers lui. Après la manière dont Greg l'avait rejetée, elle était terrifiée à l'idée d'ouvrir son cœur à quelqu'un.

Rien ne l'obligeait à engager son cœur. Ce serait un petit flirt de vacances qui ferait du bien à son ego ô combien malmené ces derniers temps. Grâce à Joe, à ses sourires, à ses attentions, elle se sentirait de nouveau femme.

Elle sourit sans s'en rendre compte.

— Simples collègues, mon œil ! dit Sou en la regardant d'un air goguenard.

Et toutes éclatèrent de rire.

— Emily, tu as le béguin grave pour Dr Joe !

C'était vrai. Et il ne tenait qu'à elle de transformer ce béguin en une expérience enrichissante et positive.

6.

Joe s'apprêtait à remettre sa chemise après avoir aidé les villageois à couper du bois quand Emily sortit de chez Sou.

— Sou nous a invités à rester dîner, dit-elle en s'arrêtant devant lui.

Les joues en feu, elle le fixait comme si elle n'avait jamais vu d'homme torse nu. Ma parole, elle le dévorait carrément du regard !

Il prit son temps pour enfiler la chemise, afin de faire durer le plaisir, celui d'Emily *et* le sien. Aucune femme ne l'avait regardé avec un tel désir dans les yeux.

Depuis son départ de l'armée, il n'avait pas vécu en moine, il avait eu quelques aventures, mais une partie de sa fierté de mâle avait disparu avec sa perte auditive. Seule son ouïe avait souffert de l'explosion, pourtant il avait l'impression d'avoir perdu une part de son intégrité d'homme.

En le regardant s'habiller comme s'il était un top model sexy plutôt qu'un vétéran handicapé, Emily le rassurait sur son pouvoir de séduction. Au cours de sa carrière de médecin, elle avait sans doute vu des hommes au corps plus spectaculaire que le sien, mais la fascination qu'elle semblait éprouver pour lui lui prouvait que l'attirance était partagée. Allaient-ils y donner suite ? Cela compliquerait certainement la situation ; et Dieu sait qu'il n'aimait pas les complications.

— Sou nous a invités à manger dans sa cour, reprit Emily.

Ouf, Joe avait enfin enfilé sa chemise. Maintenant que

ses admirables tablettes de chocolat étaient hors de sa vue, elle retrouvait la parole.

— Tu as envie de dîner chez elle ?

Quel lâche. C'était bien la peine de lui adresser ce sourire éblouissant pour la laisser décider.

— Ce serait grossier de ne pas accepter.

Elle venait de passer deux heures avec ces femmes qui l'avaient admise dans leur cercle, elle ne se voyait pas refuser leur invitation, d'autant qu'elle n'avait rien de prévu. Exactement comme à Londres, à la différence que ses soirées là-bas se passaient à travailler sur les dossiers qu'elle avait rapportés à la maison, quand elle ne se gavait pas de saisons complètes de sa série préférée en DVD.

Dîner en compagnie d'une joyeuse bande d'insulaires et d'un fringant ex-militaire promettait d'être une soirée aussi exotique que mémorable.

L'ennuyeuse Emily était quand même capable de s'amuser, n'en déplaise à son ex-mari.

La soirée tint toutes ses promesses. Sou et Tomasi, son mari, avaient préparé un véritable festin et invité tous leurs voisins.

Assise par terre à côté de Joe, Emily avait fait honneur à presque tous les plats, en laissant Joe lui servir de goûteur. Quand il secouait discrètement la tête, elle savait que le plat était trop épicé et s'abstenait.

En l'absence de couverts, elle n'avait d'autre solution que de manger avec les mains. Pour les bouchées genre *rourous*, c'était facile, mais il en allait autrement des aliments plus liquides comme le *palusami*, une sorte de purée d'épinards liée à de la crème de noix de coco. Un délice, pourtant.

Imitant ses hôtes, elle but plusieurs bols de thé noir pour faire passer le tout. Elle commençait à s'immerger dans la vie locale de Yasi et elle s'en sentait toute fière et excitée. Et une excitation d'un autre type s'emparait d'elle quand Joe la frôlait accidentellement en tendant le bras pour prendre un plat.

Heureusement, ses nouvelles amies ne la taquinaient pas en sa présence. De toute façon, elle se ridiculisait très bien toute seule. Tout à l'heure, elle avait dû ressembler au loup de Tex Avery en le regardant enfiler sa chemise. Et maintenant, elle tressaillait et rougissait chaque fois qu'il se penchait vers elle pour lui expliquer la composition de telle ou telle spécialité locale. On aurait dit une lycéenne amoureuse de son professeur.

Toute la journée, elle avait été à cran, sur ses gardes, et ce soir, au lieu de profiter pleinement de la joyeuse assemblée, elle pensait déjà au moment où il la raccompagnerait chez Miriama. La fois précédente, cela s'était soldé par un baiser qui lui avait causé bien des tourments. Et bien du plaisir.

Tout ce qu'elle savait, c'était qu'elle était tendue comme un arc et qu'elle avait besoin d'un exutoire. Un nouveau baiser l'aiderait à se libérer. Ou pas.

— N'oublie pas d'emporter ton *masi*, dit Sou en lui tendant la natte qu'elle avait peinte comme ils s'apprêtaient à prendre congé.

— Merci. C'est très gentil à toi.

Sou et ses amies avaient passé des heures à confectionner cette natte, Emily n'y avait appliqué que la touche finale. Malgré la perte d'argent que cela représentait pour elles, Sou la lui donnait, ce qui témoignait de sa générosité.

— Ce sera un souvenir de ton séjour chez nous.

— Je la conserverai précieusement, dit Emily, la gorge serrée par l'émotion.

Elle alla chercher sa sacoche, qu'elle avait laissée dans un coin. Aujourd'hui, elle avait appris que la médecine pouvait se pratiquer sans cabinet ni carnet de rendez-vous. Pas étonnant que Greg, qui avait l'habitude de travailler sur le terrain, se soit lassée d'elle, l'Emily casanière, si attachée à sa routine.

Son incapacité à déployer ses ailes au-delà de son salon avait tué son mariage. Malgré toutes les sucreries qu'elle avait mangées ce soir, ce constat lui laissait un goût amer dans la bouche. Elle se consolait en se disant que, quoi que Greg fasse, cela n'arrivait pas à la cheville de l'aventure qu'elle était en train de vivre.

— Ça va, Emily ? dit Joe tandis qu'ils regagnaient la maison de Miriama. Je te trouve l'air soucieux. Si tu as peur qu'une urgence ne se soit présentée au dispensaire en notre absence, tu t'inquiètes pour rien. Nous en aurions été avertis tout de suite.

Un soupir lui échappa.

— Ce n'est pas ça. J'étais en train de me dire que, si j'avais été une femme différente, plus ouverte au changement et à l'imprévu, Greg ne m'aurait pas quittée pour une autre.

Le visage de Joe prit une expression de mépris.

— C'est ça que tu veux ? dit-il d'un ton brutal. Gaspiller ta vie à penser à un type qui n'en vaut pas la peine ? Pourquoi n'aurait-ce pas été à *lui* d'être différent, de t'accepter comme tu étais ? S'il avait été un meilleur mari, tu aurais peut-être osé sortir de ta zone de confort pour relever des défis inédits.

Au lieu de la rabaisser comme Greg l'avait fait, Joe, lui, la poussait à s'enhardir. Ses encouragements lui redonnaient confiance en elle. C'était Joe qu'elle aurait dû épouser, pas Greg.

Ses paroles l'aidaient à y voir clair. Jusqu'à présent, elle s'était cru seule responsable du naufrage de son mariage, comme elle s'était cru responsable du départ de sa mère. Elle s'était persuadée que personne ne pouvait vivre avec une fille aussi insignifiante et ennuyeuse qu'elle.

Elle n'était qu'une petite fille quand sa mère avait quitté le domicile familial. Au lieu de culpabiliser et de se croire responsable, elle aurait mieux fait de voir sa mère pour ce qu'elle était : une femme égoïste, incapable d'amour maternel, qui avait suivi ses envies sans se préoccuper de son enfant ni du traumatisme qu'elle lui faisait subir.

Quant à Greg, il lui avait reproché d'être d'un ennui mortel et d'avoir peur de tout, une « vraie pantouflarde qui a peur de son ombre », lui disait-il parfois. Pourtant, il l'avait épousée en connaissance de cause. Elle n'avait pas changé, c'était lui qui avait soudain aspiré à un autre genre de vie, plus trépidant, plus aventureux, et désiré une compagne qui soit au diapason.

Un matin, il avait décidé qu'eux deux c'était fini. D'un revers de main, il avait balayé dix ans de vie commune. Une nouvelle fois, elle s'était attribué tous les torts au lieu de voir la vérité en face. Greg l'avait trompée avec une autre, il avait inventé des rendez-vous professionnels le soir pour couvrir ses escapades, et elle n'y avait vu que du feu, occupée qu'elle était à jouer à la parfaite petite épouse qui se dépêchait de rentrer du travail pour préparer le dîner à son mari. Il s'était bien moqué d'elle et, pour comble, il lui avait fait croire que c'était *sa* faute s'il était allé voir ailleurs. Comme une imbécile, elle l'avait cru.

Elle en avait assez de se dénigrer, de nourrir toutes ces pensées négatives.

— Tu as raison, dit-elle à Joe.

Quelques mots de sa part avaient suffi pour lui ouvrir les yeux. Elle ne voulait pas perdre une minute de plus en regrets.

Ce qui comptait ce soir, c'était Joe et l'attirance qu'elle éprouvait pour lui, et qui semblait réciproque.

Son intention n'était pas de le séduire et de l'attirer dans son lit — de toute façon, elle ne se voyait pas l'inviter dans sa petite chambre chez Miriama —, mais elle n'avait rien contre un second baiser.

En temps normal, elle aurait eu peur de se faire rejeter, mais n'était-ce pas lui qui l'avait embrassée le premier ? Et qui ne risquait rien n'avait rien. Enfin, Emily Jackson était de retour !

Ils arrivèrent en vue de la maison de Miriama avant qu'elle n'ait le temps de mettre une stratégie au point. Au temps pour la spontanéité, mais elle ne pouvait tout de même pas lui sauter au cou pour l'embrasser simplement parce qu'elle en avait envie.

Elle n'avait jamais su flirter. Et n'en avait d'ailleurs jamais eu l'occasion. Si Emily, le vilain petit canard, s'y était risquée au lycée, on lui aurait ri au nez. Lors de sa rencontre avec Greg, c'était lui qui s'était chargé des travaux d'approche…

Stop. Il ne fallait plus penser à Greg.

Le plus simple était de reprendre là où Joe et elle s'étaient arrêtés la veille. Il avait allumé le feu en elle, il fallait désormais que l'incendie se consume.

Elle s'arrêta à quelques mètres de la maison afin de ne pas entrer dans le champ de lumière du porche. Dans la pénombre, tout était permis…

— Je me suis bien amusée ce soir.

— Moi aussi.

En lui rendant la sacoche — en gentleman qu'il était, il l'avait portée pour elle —, Joe effleura ses doigts. Elle retint son souffle. Ils n'étaient qu'à quelques centimètres l'un de l'autre et il ne montrait aucun signe de vouloir s'en aller.

C'était maintenant ou jamais. Elle fit un pas en avant, qui l'amena contre son torse, et leva la bouche vers lui en fermant les yeux.

Pendant un instant terrible, elle ne sentit que l'air frais de la nuit sur ses lèvres. Quand Joe l'embrassa enfin, le soulagement fut tel qu'elle en eut les larmes aux yeux.

Il approfondit le baiser. A chaque caresse de ses lèvres et de sa langue, elle sentait sa confiance grandir et son corps se ramollir. Elle avait joué, et gagné. La victoire avait un goût très enivrant.

Bravo, elle pouvait être fière. Elle avait vaincu ses angoisses et ses peurs, remporté une victoire sur elle-même. L'Emily de ce soir n'avait plus rien d'ennuyeux.

— Non, dit-il en reculant soudain. Il ne faut pas, Emily.

Elle dégringola de son nuage. Joe prononçait les mots qui étaient sa hantise. Elle était montée très haut, la chute était d'autant plus dure.

— Je… je…

Que faire ? S'excuser ? Lui souhaiter bonne nuit et rentrer ? Tout valait mieux que de fondre en larmes devant lui, ce qui n'allait pas tarder.

Elle avait visiblement pris ses désirs pour des réalités, Joe n'était pas sur la même longueur d'onde qu'elle. Se sentant sans doute obligé de le faire, il lui avait donné ce baiser, mais il ne fallait pas lui en demander plus. La glorification de la nouvelle Emily Jackson était prématurée. Joe ne voulait pas d'elle.

Mais elle n'avait pas tout perdu. Désormais, elle ne tenterait plus de taire ses aspirations pour satisfaire celles des autres. Elle serait elle-même, avec ses qualités et ses failles, et tant pis pour ceux qui n'aimaient pas !

Joe désirait Emily comme jamais il n'avait désiré aucune femme. Et c'était justement là le problème.

La veille, il lui avait volé un baiser avant de filer, ce qui n'avait rien à voir avec ce soir. Cette fois, c'était elle qui prenait l'initiative. La prudence s'imposait puisqu'il ne pouvait pas lire dans ses pensées pour savoir ce qu'elle attendait de lui. Une aventure sans lendemain ? Une liaison de deux semaines ? Un engagement à long terme ?

Cette dernière pensée le fit frémir. Il fallait trancher dans le vif avant qu'elle n'imagine Dieu sait quoi et ne s'expose à de cruelles désillusions. Jamais Emily ne trouverait le bonheur avec lui. Pour rendre une femme heureuse, il faudrait d'abord qu'il fasse la paix avec lui-même, ce qui n'était pas près d'arriver.

La déception qui perçait dans les yeux d'Emily lui fit mal. Il l'avait blessée et il le regrettait.

— Ne te méprends pas, je te désire. Mais, nous deux, ce n'est pas possible.

— Pourquoi pas ? Dès le début, il y a eu quelque chose de fort entre nous, tu le sais bien. Pourquoi prétendre l'ignorer ?

Les doigts crispés sur sa sacoche, elle le fixait d'un air suppliant. Contrairement à lui, elle était courageuse, malgré sa voix qui tremblait et les larmes qui brillaient dans ses yeux. Elle méritait la vérité.

— Je ne suis pas celui qu'il te faut. Moi, c'est une fille dans chaque port, dit-il, exagérant pour faire passer le message. Je vais où le vent me pousse, je peux très bien décider de partir demain si l'envie m'en prend. Quelqu'un comme toi qui as souffert n'a surtout pas besoin d'un aventurier dans mon genre. Il te faut un homme sérieux, prêt à assumer ses responsabilités, capable de te redonner confiance, sur lequel tu puisses t'appuyer jusqu'à ce que tu aies fait le deuil de Greg. Moi, je ne suis pas cet homme et je n'ai aucune vocation à le devenir.

Il jouait cartes sur table. Aucune femme n'aimait entendre ce genre de discours qui équivalait à : « Je veux bien prendre du bon temps, mais ne comptez pas sur moi pour une relation sérieuse. »

Comme il n'avait pas le courage de tourner le dos à Emily et de s'en aller, il espérait qu'elle le ferait.

Elle franchit l'espace qui les séparait.

— Je n'ai pas souvenir de t'avoir demandé aucune de ces choses, mais je te remercie de ton honnêteté. Au moins, nous savons tous les deux où nous allons.

Nous n'allons nulle part ! eut-il envie de lui crier. Il était impossible qu'une femme comme elle accepte ses conditions.

— Non, Emily, il ne faut pas, dit-il de nouveau.

Comme animées d'une volonté propre, ses lèvres qui venaient pourtant de dire non se rapprochèrent des siennes.

— Je sais, ce n'est pas raisonnable.

Leurs bouches se rejoignirent et le sac médical tomba par terre, suivi de la natte tressée.

Cette fois, ce fut elle qui approfondit le baiser, et sa fougue le prit de court. Cet étalage sauvage de désir de la part d'une femme qui avait peur de tout lui fit l'effet d'un aphrodisiaque. La réaction de son corps ne se fit pas attendre. Il brûlait les étapes. Le problème, c'était qu'ils n'avaient aucun endroit où laisser libre cours à leur désir.

Il s'obligea à s'écarter avant d'atteindre le point de non-retour.

— Je suis content que nous ayons mis les choses au point. Cela évitera tout futur malentendu.

— Oui. Je n'en pouvais plus de cette tension entre nous. Maintenant que nous avons crevé l'abcès, nous pourrons travailler plus sereinement.

Elle se baissa pour ramasser ses affaires. Le moment magique était passé. L'excitation retombait.

— Bonne nuit, Emily, dit-il en l'embrassant sur la joue.

Il évitait sa bouche car ses sages résolutions ne tenaient qu'à un fil.

— Bonne nuit, Joe, murmura-t-elle à son oreille.

La note délibérément provocatrice ne lui échappa pas.

Elle était loin, la doctoresse timide et rougissante. Elle avait pris confiance en elle, et lui lançait un défi.

« Tu dis non, semblait-elle dire. C'est ce qu'on verra. »

Tout les opposait. Sauf l'essentiel.

Jamais il n'avait pu résister à un défi. Les frissons, l'adrénaline, il vivait pour cela, afin de se rappeler qu'il était vivant. Et l'adrénaline n'avait jamais autant rugi dans ses veines que lorsqu'il avait tenu Emily dans ses bras.

Donner suite à l'attirance qui les poussait l'un vers l'autre serait de la folie. Quelques baisers volés au clair de lune, soit, mais il ne fallait pas tenter le diable.

Depuis quand faisait-il dans la prudence ? Il avait toujours été un risque-tout, amateur d'émotions fortes. Et Emily semblait y prendre goût, elle aussi.

7.

— Tu es de bonne humeur, ce matin, dit Miriama à Emily. Je t'ai entendue chanter avec les oiseaux.

Elles étaient en train de prendre leur petit déjeuner sous le porche.

Emily en était à son second petit pain d'igname sucré. Après une bonne nuit de sommeil et des rêves agréables, elle avait un appétit d'ogre.

— C'est parce que je me plais beaucoup ici.

Elle ne mentait pas. Mais sa bonne humeur du matin était essentiellement due à un ex-médecin militaire au teint hâlé.

— Et nous, nous adorons t'avoir à la maison. Tu ne pourrais pas rester plus longtemps ?

Un tel espoir brillait dans les yeux de son hôtesse qu'Emily s'en serait voulu de la décevoir. Ce n'était pas tout le monde qui était prêt à accueillir une parfaite inconnue sous son toit ; et il était rassurant de constater que, pour une fois, on n'en avait pas assez d'elle. Pas encore, en tout cas.

— J'aimerais bien, mais c'est malheureusement impossible. Mes patients m'attendent à Londres.

Son vœu le plus cher était de rester à Yasi. Elle se serait bien vue vivre ici, toujours. Hélas, elle avait un cabinet, des obligations.

Sur cette île, loin des souvenirs toxiques de sa vie d'avant, elle avait l'impression d'être une autre. La nouvelle Emily savait non seulement surmonter ses peurs, mais se lancer des défis, comme la veille au soir lorsqu'elle avait pris l'initiative d'embrasser Joe.

Jamais elle n'aurait osé un tel geste auparavant. Et elle se félicitait de son courage. Ce n'était qu'un début, elle avait envie de continuer sur sa lancée et d'aller plus loin avec Joe, mais elle refusait de se tourmenter à ce sujet. Les angoisses, c'était terminé.

Quoi qu'il advienne, elle chérirait le souvenir de ce baiser, qui illuminerait la grisaille de son quotidien à Londres.

— Tant pis. Il faut profiter au maximum du temps qu'il te reste ici. Je suis sûre que Joe t'attend, dit Miriama, clin d'œil à l'appui.

Tout le monde au village semblait au courant des sentiments que lui inspirait l'ex-militaire. Le plus étonnant, c'était que cela ne la dérangeait pas. Ici, il n'y avait pas de méchants ragots, de calomnies derrière votre dos. Si Joe et elle décidaient de pousser plus loin leur flirt, tout le monde s'en réjouirait pour eux. Pour la première fois de sa vie, elle était entourée d'amis qui lui voulaient du bien, et cela lui donnait la force de déplacer des montagnes.

A la fois excitée et nerveuse, Emily alla rejoindre Joe au dispensaire.

— Salut, lui dit-elle en s'efforçant de prendre son ton le plus désinvolte.

— Salut.

Il semblait revenu à son laconisme du début. Avait-il décidé durant la nuit qu'il valait mieux garder ses distances avec elle ?

Cachant sa déception, elle l'aida à installer leur modeste matériel dans un silence de plus en plus pesant. Quand elle aperçut Sou au bout de l'allée, elle poussa un soupir de soulagement.

— Bonjour, Sou, dit Joe. Que peut-on faire pour toi ?

— Je viens pour un examen médical, mais d'abord…

Et elle déposa sur un coin de table une assiette creuse recouverte d'un torchon.

— Des *pandos* au lait caillé et à la cardamone. Ils agrémenteront votre pause.

Elle promenait son regard de lui à elle comme si elle sentait qu'il y avait un malaise.

— Euh, je vous laisse entre vous, bredouilla Joe. Je vais réparer le panneau à l'extérieur.

Dès qu'il fut parti, Emily respira mieux. S'il pouvait mettre des heures à réparer le panneau annonçant « Dispensaire » en fidjien et en anglais, cela l'aurait arrangée.

— Assieds-toi, Sou. Dis-moi ce qui t'amène.

Elle enroula le brassard du tensiomètre autour du bras de son amie et le gonfla tout en observant le cadran.

— Je ne me sens pas très bien ces derniers temps et je me suis dit qu'il était temps de me faire examiner. La vérité, c'est que je ne serais pas venue si tu n'avais pas été là.

Quelque chose l'inquiétait visiblement.

— Ta pression sanguine est normale.

Elle prit le pouls puis ausculta la poitrine de Sou à l'aide du stéthoscope.

— RAS. Passons à la pesée et à la toise.

Elle fit monter la patiente sur la balance à l'ancienne et fit coulisser les poids sur la tige métallique.

Quatre-vingt-deux kilos pour un mètre cinquante. A cinquante-huit ans, Sou était en net surpoids, ce qui constituait un terrain favorable pour toutes sortes de maladies.

— Je suis fatiguée et j'ai soif tout le temps. Je me fais vieille, certes, mais je me sens déjà épuisée au réveil.

— Urines-tu plus souvent qu'avant ?

— Forcément, à cause de toute l'eau que je bois.

— Ça peut aussi indiquer une pathologie… Dis-moi, Sou, sais-tu s'il y a des antécédents de diabète dans ta famille ?

Cela aurait expliqué les symptômes. Le problème, c'était qu'Emily n'avait pas de quoi soigner efficacement les patients diabétiques. Si le diagnostic était confirmé, Sou devrait aller à l'hôpital de Viti Levu pour recevoir un traitement de fond.

— Ma mère en souffrait. Comme elle détestait aller à l'hôpital, elle n'a pas suivi les conseils des médecins. Elle n'est plus là maintenant. Elle me manque.

Sa voix trahissait sa peur de suivre le même chemin. Et celle aussi d'entendre la vérité.

Il fallait procéder avec ménagement, en la rassurant et en dédramatisant la situation.

— Tu as bien fait de venir, Sou. Ne crains rien, le diabète se soigne parfaitement, qu'il soit de type 1 ou 2. Mais chaque chose en son temps. Je vais piquer une aiguille dans ton doigt pour tirer quelques gouttes de sang qui nous permettront de déterminer le taux de sucre.

Elle ne disposait que de l'appareil de mesure de la glycémie. Pour avoir confirmation du diagnostic, il faudrait envoyer un échantillon sanguin au laboratoire d'analyses de l'hôpital, mais le test de mesure de la glycémie constituait tout de même un bon indice.

Sou tendit la main, et Emily piqua l'index à l'aide de l'aiguille.

Ses craintes se virent, hélas, confirmées. Même en tenant compte du fait que Sou n'était pas à jeun, la mesure excédait largement le taux normal de glucose dans le sang.

— A la suite de ce test, on peut considérer le diabète comme une possibilité. J'aimerais toutefois que tu reviennes demain matin à jeun pour refaire le test, tu m'apporteras par la même occasion un échantillon d'urine afin que nous puissions écarter toute anomalie…

Une protéinurie risquait par exemple de fausser le résultat et de faire croire à un diabète.

— Si la mesure de l'hyperglycémie persiste, je devrai te référer à un spécialiste de l'hôpital. Le traitement à base de comprimés sera facile à suivre, et on t'apprendra à surveiller toi-même le taux de sucre dans ton sang à l'aide de ce type de lecteur, dit-elle en lui montrant le petit appareil. Ça paraît contraignant au départ, mais on s'y habitue vite…

Pour l'heure, afin de ne pas paniquer Sou, elle préférait ne pas aborder la question des injections d'insuline.

— En attendant qu'on te prescrive un traitement, tu peux déjà améliorer toi-même ton état en supprimant les sucreries de ton alimentation et en faisant un peu d'exercice. Quelques efforts peuvent se révéler très payants.

Sou la regarda comme si on venait de la condamner à mort. Les repas riches en graisses et en sucres faisaient partie de la culture des habitants de l'île, mais Sou ne pouvait continuer à ce rythme sous peine de développer des complications graves qui pouvaient aller de la neuropathie à la cécité, en passant par les perforations plantaires.

— Je t'aiderai à établir un régime alimentaire sain.

— Oh oui, s'il te plaît.

Ce soir, Emily plancherait dessus. Avec un peu de chance, Joe l'aiderait, ce qui favoriserait peut-être un rapprochement.

— Je sais que c'est facile à dire, mais ne t'inquiète pas. Si tu souffres effectivement d'un diabète, il sera bientôt sous contrôle.

— Pourrai-je continuer à boire du *kava* ?

Connaissant les propriétés hypnotiques et anesthésiantes du breuvage pour l'avoir elle-même essayé, Emily ne l'aurait pas conseillé. Mais elle ne voulait pas accabler Sou.

— Avec modération. Comme tout le reste. Pareil pour l'alcool. A présent, rentre chez toi et parles-en avec Tomasi. On se voit demain matin.

Sou se leva, visiblement sous le choc.

— Merci, Emily.

— De rien. Tu verras, tu vas retrouver ton énergie en un rien de temps

Elle la serra dans ses bras — une familiarité qu'elle ne se scrait jamais permise avec ses clients londoniens. Ici, la barrière entre patients et amis avait tendance à s'effacer.

Après le départ de Sou, elle remit de l'ordre dans leur cabinet de fortune puis sortit retrouver Joe. Elle le trouva en train de poser un sparadrap sur le genou de Joni qui, assis sur une souche d'arbre, riait aux éclats à quelque bonne blague de Dr Joe.

— Encore une blessure, Joni ?

— Voilà ce que c'est que de ne pas regarder devant soi en courant ! répondit Joe, tout sourires.

Tiens, il était de meilleure humeur, sans doute grâce à Joni.

— Quel casse-cou ! Qu'est-ce que tu iras nous inventer la prochaine fois ?

Les taquineries d'Emily tombèrent à plat. Joni lui lança un regard sombre, comme si sa présence le dérangeait.

Une fois le sparadrap en place, le gamin se leva pour s'approcher d'elle et l'observer de près.

Effrayée, elle recula.

— Qu'est-ce que z'avez au visage, docteur ? dit-il, le nez plissé d'un air de dégoût.

L'air déserta soudain ses poumons. Comment avait-elle pu l'oublier ? Comme d'habitude, elle avait appliqué une double couche de fond de teint ce matin, mais son camouflage avait dû fondre.

Au temps pour l'offensive de charme qu'elle comptait mener pour séduire Joe. Le conte de fées sous les Tropiques venait de tourner court.

— Je… euh…

Impossible de regarder Joe. Sans doute se disait-il qu'il l'avait échappé belle.

— C'est une tache de naissance, Joni, dit-il d'une voix très calme, beaucoup d'enfants naissent avec une marque de ce genre sur le corps ; il se trouve que celle d'Emily est sur la joue. Au lieu d'en avoir peur, tu devrais plutôt te réjouir qu'elle se sente suffisamment à l'aise avec nous pour ne plus la cacher sous des tonnes de maquillage, dit-il en lui adressant un sourire à dégeler la calotte polaire.

Il essayait de la réconforter alors qu'il aurait pu se moquer d'elle. Ou réagir comme Joni. Il n'avait même pas l'air surpris. Etait-il au courant de son secret ? Non, ce n'était pas possible, Peter n'aurait jamais commis une telle indiscrétion.

Si elle s'était montrée ainsi en public du temps de son mariage, Greg lui aurait fait une scène et l'aurait conduite *manu militari* devant le miroir le plus proche pour qu'elle cache cette « horreur » — le terme qu'il employait pour qualifier la chose. De toute façon, il ne l'aurait jamais laissée quitter la maison non maquillée ; et il n'aurait certainement pas essayé de la défendre si, d'aventure, quelqu'un l'avait surprise au naturel. Par respect pour elle et pour lui, il valait mieux qu'elle perpétue le mensonge sur son apparence, lui avait-il toujours répété.

Joe, lui, ne cherchait pas à la rabaisser et se montrait solidaire en toutes circonstances. Il l'acceptait comme elle était, ce que peu de personnes avaient su faire jusqu'à présent.

— Ça fait mal ? demanda Joni.

— Non. La plupart du temps, j'oublie jusqu'à son existence.

Un mensonge pour le bénéfice de Joni, qui n'avait pas besoin de connaître ses tourments. Cette tache de vin était en réalité sa croix.

— J'aurai une cicatrice au genou, docteur Joe ? demanda le gamin en se désintéressant enfin d'elle.

— Non. D'ici quelques jours, il sera comme neuf. Maintenant, file à l'école avant que la maîtresse ne lance une battue pour te retrouver.

De toute évidence déçu de ne pas conserver de cicatrice, le garnement s'éloigna dans l'allée.

Emily était souvent consternée par les réactions des gens devant sa tache. Les enfants étaient parfois le pire car, dénués du vernis policé et hypocrite des adultes, ils disaient ce qu'ils pensaient. Soit ils la fixaient d'un air horrifié, soit, trop jeunes pour comprendre le mal qu'ils lui faisaient, ils la montraient du doigt en riant comme si elle était un phénomène de foire.

Joni avait été plutôt mesuré. Il avait posé des questions, semblé satisfait des réponses, et il y avait de fortes chances qu'il l'accepte désormais comme elle était.

Elle se rendit alors compte que Sou, et peut-être aussi Miriama, avaient vu la tache et n'avaient rien dit, sans doute par politesse.

Les gens de Yasi étaient trop occupés à assurer leur survie au quotidien pour se préoccuper d'une femme qui avait une tache rouge sur le visage. Nécessaires au travail, le courage et la force étaient des qualités qu'ils préféraient certainement à la beauté physique, considérée comme un détail. Emily souscrivait à cette approche.

Sauf quand Joe se trouvait dans son champ de vision. Là, elle ne se gênait pas pour le dévorer du regard.

Quelle ironie !

A quel moment son camouflage avait-il lâché ? Si c'était avant son arrivée au dispensaire, Joe aussi avait vu son visage au naturel, dans toute sa splendeur, et n'avait pas cillé.

Les larmes lui montèrent aux yeux.

— Sou va bien ? demanda-il. Je crois que Joni voulait encore faire l'école buissonnière. Ce gamin passe tellement de temps autour du dispensaire qu'on devrait lui trouver un boulot.

Incroyable. Il ne mentionnait même pas ce qui venait de se passer. Franchement, elle ne savait qu'en penser. Cette tache n'avait-elle vraiment aucune importance pour lui ? Ou n'était-ce pas plutôt parce qu'il avait décidé de garder ses distances avec elle qu'il ne voyait pas l'intérêt d'en discuter ?

Pour le savoir, il n'y avait qu'une solution.

— Pourquoi fais-tu comme si de rien n'était ? demanda-t-elle quand ils furent de retour dans la hutte.

— De quoi parles-tu ? répondit-il, l'air innocent.

Soit il jouait parfaitement la comédie, soit il avait vraiment oublié l'incident.

— De ça, dit-elle en posant le doigt sur sa joue.

— Oh ! ta tache de naissance ! Et alors ? fit-il en haussant les épaules. Que veux-tu que ça me fasse ?

— Je ne sais pas… A mon arrivée ce matin, tu aurais pu me prévenir qu'il y avait un problème… Tu dois bien te douter que je n'aime pas me montrer ainsi en public…

Elle s'en prenait à lui alors que c'était elle, la fautive qui avait négligé de vérifier son maquillage ! Il méritait d'autant moins ses reproches qu'il l'avait soutenue tout du long.

— Comme je l'ai dit à Joni, je pensais que tu te sentais suffisamment en confiance parmi nous pour accepter de tomber le masque.

— Ça ne t'a pas choqué de voir cette grosse tache rouge sur mon visage ? La plupart des gens ont besoin de temps pour s'y habituer.

Elle, cela faisait trente ans qu'elle essayait. En vain.

— Bon, je vais te dire la vérité. J'étais au courant. J'ai vu les photos que Peter garde dans son portefeuille. Mais, même si je ne l'avais pas su, cela n'aurait fait aucune différence…

Avec cet aveu, il venait de tomber d'un cran dans son estime. Il avait eu le temps de se préparer. Contrairement à elle pour son handicap auditif. Peut-être était-ce son défaut physique qui l'avait attiré chez elle en premier lieu. Il s'était senti des affinités avec une autre personne blessée, meurtrie.

On était très loin du coup de foudre des contes de fées.

— Ta tache de vin fait partie de toi. Crois-moi, elle n'enlève rien à ta beauté.

Il lui leva le menton pour l'obliger à le regarder. Incrédule, elle vit brûler dans ses yeux la flamme ardente du désir.

Il la regardait comme si elle était la femme la plus sexy au monde, et il n'existait pas de plus grand compliment pour quelqu'un comme elle. A présent, elle était presque tentée de le croire quand il lui disait que sa marque de naissance n'avait aucune importance.

Se penchant vers elle, il déposa un léger baiser sur sa joue, là où la tache s'étalait. Elle retint son souffle. Longtemps, elle avait rêvé de ce moment où quelqu'un l'accepterait pour ce qu'elle était. Greg avait agi comme si sa tache était une tare honteuse qu'il fallait cacher à tout prix ; en dix ans de mariage, il ne s'y était jamais habitué et, par conséquent, elle ne s'était jamais sentie totalement en confiance avec lui. La suite des événements lui avait prouvé qu'elle avait eu raison de se méfier.

Joe était différent. Il savait dépasser les apparences et voir les qualités profondes d'une personne ; et il n'accordait pas d'importance à ce qui n'en avait pas. Ce genre d'hommes ne courait pas les rues. Quel dommage qu'elle ait si peu de temps à passer auprès de lui.

Raison de plus pour ne pas en perdre.

Un homme comme lui ne se rencontrait pas deux fois dans une vie. A elle de saisir l'occasion d'être enfin elle-même et de vivre l'expérience à fond. Sans réserves ni regrets.

Pour la première fois de sa vie, elle envisageait de ranger sa trousse de maquillage au placard et de se montrer sans fards. Sans Joe, jamais elle n'en aurait eu le courage. Elle avait hâte de mettre sa résolution en pratique et de partager le reste de l'aventure avec lui.

8.

Le lendemain matin, quand Joe vit Emily arriver au dispensaire le visage vierge de tout maquillage, il eut envie de l'embrasser. Il avait dû lui falloir du courage pour s'exposer ainsi au naturel, ce qui ne l'étonnait pas vraiment. Emily était une personne autrement plus forte qu'elle ne le paraissait, et qu'elle ne le savait elle-même.

Les patients s'enchaînèrent à un rythme soutenu, preuve que leurs efforts « publicitaires » de la veille avaient payé, et il y eut inévitablement quelques remarques et regards curieux, dont Emily ne parut pas se formaliser. Elle avait visiblement décidé d'assumer son apparence et elle ne semblait plus se soucier des réactions que la tache de vin provoquait.

En plus des maux mineurs qu'il soignait d'habitude, et d'une séance de suture sur un homme qui s'était entaillé le gras de la main avec son ciseau de sculpteur sur bois, ils eurent affaire à quelques pathologies plus graves. Le diabète était un problème récurrent sur une île isolée comme Yasi, et plusieurs patients âgés vinrent s'ajouter à la liste qu'avait étrennée Sou.

Sans suivi médical d'aucune sorte pendant des années, ils avaient laissé se dégrader l'état de leurs veines et de leurs artères ; Joe et Emily dépistèrent également plusieurs cas d'insuffisance cardio-vasculaire. Ces patients seraient référés aux services de cardiologie des hôpitaux de Moala et de Viti Levu.

La métamorphose d'Emily était spectaculaire. Elle qui, il y avait quarante-huit heures à peine, retouchait son maquillage toutes les heures et avait peur de rencontrer les autochtones était désormais à visage nu, en train de plaisanter avec eux.

Quand certains la questionnaient sur sa marque à la joue, elle racontait toutes sortes d'histoires fantaisistes pour détendre l'atmosphère. Elles variaient selon l'interlocuteur et il l'avait même entendue dire que la tache de vin résultait de l'application d'un écran total périmé. A la fin, quand elle rétablissait la vérité, les gens éclataient de rire, certains la grondant gentiment pour les avoir menés en bateau. Tout se passait dans la bonne humeur ; le fait de parler de son problème semblait l'aider à l'exorciser.

Elle n'avait de toute évidence plus besoin de son intermédiaire pour établir le contact avec les habitants de Yasi. Joe s'en réjouissait d'autant plus que cela le dispenserait de jouer au guide-interprète.

— J'ai un autre patient à ajouter à la liste à référer au cardiologue, lui dit Emily durant un moment de répit. Son rythme cardiaque est irrégulier, et il se plaint d'être tout le temps essoufflé. Un électrocardiogramme nous permettra de savoir s'il s'agit d'une arythmie sans conséquences ou si c'est plus grave.

Afin d'avoir moins chaud, elle avait improvisé un chignon et Joe rêvait de retirer le stylo qui faisait office de barrette. Il imaginait ses cheveux tombant en cascades d'or sur ses épaules…

— Note-moi les détails, dit-il en s'efforçant de chasser l'image de son esprit. Tout à l'heure, je vais passer un appel à notre coordinateur médical et à l'hôpital pour fixer des rendez-vous pour tout le monde. Peut-être pourront-ils organiser un transport groupé, ce qui permettrait d'économiser temps et argent.

— Sais-tu que tu es capable d'avoir de bonnes idées, Joe Braden ?

Et elle, elle était adorable, avec ses yeux pétillants de malice et ce sourire qui plissait ses lèvres divines.

Un nouveau groupe de patients s'était formé à l'extérieur. Hélas, il n'aurait pas le temps de lui dire à quel point il appréciait sa compagnie.

— Cela te dirait qu'on se retrouve ce soir ? murmura-t-il à son oreille.

Elle ouvrit de grands yeux.

— Je… euh…

— Pour discuter de nos patients à risques.

Il n'essayait pas de l'attirer chez lui — c'est-à-dire dans cette hutte qui lui servait de domicile — sous un prétexte quelconque. Ce serait agréable de se retrouver après le travail pour bavarder, sans plus. Etre en sa compagnie lui suffirait, voulait-il croire, et ainsi il ne risquait pas d'avoir des problèmes avec Peter qui protégeait jalousement sa petite sœur.

— Dans ce cas, c'est d'accord. Tu m'aideras à établir un régime alimentaire pour Sou ? On pourrait même concevoir un petit guide de diététique insulaire à l'usage de tous ceux que ça intéresserait.

— On n'aura qu'à en discuter en dînant.

— Ici ?

— Bien sûr. Il y aura tout ce qu'il faut, fais-moi confiance. Dès que nous aurons terminé la consultation de l'après-midi, tu n'auras qu'à rentrer te rafraîchir et, moi, je partirai en quête de nourriture. N'espère pas un festin, ce sera un repas sans prétention, juste nous deux…

Jusqu'à présent, tous leurs repas avaient été pris en groupe, avec les rituels que cela impliquait ; et, par respect envers leurs hôtes, ils s'étaient dispensés de tenir des messes basses l'un avec l'autre. Cette fois, ils seraient en tête à tête, sans aucun interdit.

— Alors, je peux compter sur toi ?

— Oui, docteur Braden, dit-elle en reprenant son ton taquin. Je serai là quand le soleil amorcera sa descente à l'horizon.

Décidément, elle prenait vite les habitudes du coin. Ici, au lieu de dire « 8 heures » pour donner rendez-vous à quelqu'un, on s'appuyait sur la course du soleil.

Quand le soleil mourrait dans la mer, ce soir, où en seraient-ils ? En train de parler sagement travail ? Ou de céder à l'attirance qui les poussait inexorablement l'un vers l'autre ?

Emily avait le trac comme quinze ans auparavant lors de son premier rendez-vous amoureux, une sortie au cinéma avec un camarade de classe pour qui elle avait le béguin. L'angoisse de commettre un impair et d'être repoussée l'avait tenue éveillée toute la nuit. Durant la soirée, elle avait sorti son miroir de poche toutes les cinq minutes, discrètement croyait-elle, pour s'assurer que son masque tenait. Sa fébrilité avait dû fatiguer Lewis — le garçon en question — qui l'avait certes embrassée en la raccompagnant chez elle, mais ne l'avait plus jamais invitée à sortir avec lui. Probablement n'avait-il pas apprécié la compagnie d'une fille aussi peu sûre d'elle.

Quand Greg était entré dans sa vie, ç'avait été une sorte de miracle. Enfin, un homme qui ne la rejetait pas. Si seulement elle avait su…

Ce soir, la crainte d'être rejetée était passée au second plan. Joe connaissait son secret et il la désirait tout de même. Une autre angoisse la tourmentait. En acceptant de le retrouver sur son territoire, elle jouait avec le feu. Joe n'avait qu'un dîner de travail en tête, mais le moindre contact entre eux risquait de ruiner leurs sages intentions.

Elle avait pensé qu'une aventure de quelques jours avec lui lui ferait du bien, mais elle n'en était plus aussi sûre, à présent. Elle désirait exorciser une bonne fois pour toutes ses démons, mais elle ne se sentait pas prête à coucher avec quelqu'un, fût-ce un homme qui l'acceptait avec ses défauts.

L'idée de partager le lit de Joe la terrifiait tout autant qu'elle l'excitait. Et si, au lieu de la guérir, ce cinq à sept ne faisait qu'ajouter à ses angoisses ? Avec le peu d'expérience qu'elle avait en matière d'alcôve, elle le décevrait sûrement au lit.

Tant qu'elle n'était pas guérie de ses démons, s'abstenir de toute incursion dans ce domaine était sans doute le plus sage. Les rêves où Joe tenait le premier rôle devraient lui suffire pour le moment.

Et tant pis si ses hormones lui tenaient un autre discours.

Ce soir, elle irait au rendez-vous non pas avec une bouteille de vin local, mais armée d'un bloc de papier, de stylos et de feutres surligneurs, pour se rappeler que c'était un dîner de travail et rien d'autre.

Elle choisit à dessein une tenue plutôt sobre, bermuda bleu marine et haut blanc échancré dans le dos, avec une touche de mascara pour tout maquillage.

Quand elle frappa à la porte du dispensaire, sa surprise fut d'autant plus grande. Joe était sur son trente et un ! Il avait troqué short et T-shirt pour un pantalon en lin crème et une chemise blanche du plus bel effet sur son teint bronzé.

— Qu'y a-t-il ? dit-il comme elle restait bouche bée. Tu croyais que je n'avais que des treillis dans mes bagages ?

— Pas du tout. Je te trouve… pas mal.

Pour ne pas dire beau comme un dieu.

— Je te retourne le compliment.

— Je suis curieuse de voir ce que tu nous as concocté pour le dîner, dit-elle d'un ton enjoué pour cacher son émoi.

Pourvu qu'il n'ait pas mitonné de plats épicés ou trop exotiques pour son estomac. Seigneur, faites que ce soit des épinards à la crème de noix de coco ! C'était le seul plat qui ne lui avait posé aucun problème chez Sou.

— Entre. Je t'ai préparé le meilleur repas que tu mangeras sur cette île.

— Promesses, promesses. Je te signale que tu as une concurrente sérieuse en la personne de Sou. Ça m'étonnerait que tu puisses rivaliser avec son festin d'hier.

— Sache que, lors de mon trek dans la forêt amazonienne,

je préparais chaque soir le dîner de mon équipe. Et personne ne s'est jamais plaint.

— Parce qu'ils sont tous morts, empoisonnés par ta fabuleuse cuisine ?

— Idiote ! dit-il en faisant mine de lui boxer le menton.

Ses doigts effleurèrent sa joue, et elle sentit aussitôt le sang accélérer dans ses veines. Même en se taquinant, ils risquaient de basculer et de se retrouver sur l'un des lits de camp.

Lits que Joe avait poussés dans un coin de la pièce pour installer au milieu la table recouverte d'un *masi* peint dans des tons chauds.

— Je croyais que nous devions travailler.

— On travaillera mieux le ventre plein, dit-il en lui prenant le bloc de papier et les stylos pour les poser en haut d'une armoire métallique. Assieds-toi. Excuse-moi, il faut que je sorte vérifier mes fourneaux, ou plutôt mon réchaud de camping.

Comme il passait près d'elle, elle se rendit compte qu'il était pieds nus. Ainsi, malgré ses concessions à l'élégance, il revendiquait son côté sauvage ?

Tel un maître d'hôtel, il fit une courbette et sortit. Emily s'installa sur la chaise en face de la porte. Deux minutes plus tard, il réapparut plateau en main. Un plat couvert d'un saladier en bois renversé y reposait.

— Ta-da ! dit-il en soulevant la cloche de fortune.

Elle n'en crut pas ses yeux. Elle s'attendait à tout sauf à ça !

— Des toasts aux haricots blancs cuisinés à la sauce tomate ? Où les as-tu trouvés ?

C'était un vieux classique anglais qu'on mangeait aussi bien au petit déjeuner qu'au dîner. Ce plat si familier lui fit chaud au cœur. Il avait même pris la peine de toaster le traditionnel pain brun de l'île et de le tailler en carré pour que tout concorde avec le plat d'origine.

— Nous, les explorateurs, nous avons toujours des rations de survie dans notre sac à dos.

Il produisit une boîte de conserve vide d'une célèbre marque anglaise.

— Tu sais que je préfère de loin ce menu à un repas cinq étoiles ? dit-elle, enthousiaste.

— Attends, tu n'as pas encore tout vu.

Il disparut pour revenir avec deux tasses de camping en aluminium contenant un liquide ressemblant à s'y méprendre à... du véritable thé anglais. Et c'en était !

Elle savoura une gorgée avec délice.

— Comme c'est gentil d'avoir puisé dans tes réserves pour moi !

— Que ne ferait-on pas pour les amis, dit-il avec un clin d'œil.

Qu'entendait-il par là ? Qu'il la considérait comme davantage qu'une amie ?

Mais ce n'était pas le moment de se poser des questions.

— Mmm, murmura-t-elle en s'emplissant les narines de l'odeur des haricots, j'en ai l'eau à la bouche.

Et elle attaqua son repas avec un appétit d'ogre.

Au bout de deux minutes, l'assiette était vide. Un peu honteuse, elle essuya la sauce tomate qui avait coulé sur son menton.

— Merci, Joe. C'était divin. Et c'est pour manger des haricots à la sauce tomate que tu as mis une belle chemise blanche ? Cela s'appelle tenter le diable.

Pourtant, il avait mangé plus proprement qu'elle et il n'y avait la moindre tache sur la chemise.

Il se pencha vers elle avec une flamme intense dans le regard.

— Que veux-tu, j'aime vivre dangereusement.

Cette fois, le message était clair. Le problème, c'était qu'elle n'était pas sûre, elle, de vouloir vivre dangereusement.

— On devrait peut-être passer aux choses sérieuses ;

je veux dire travailler sur le régime de Sou, dit-elle avec empressement de crainte qu'il se méprenne sur le sens de la remarque.

— Rien ne presse. J'espère que tu as de la place pour le dessert ?

— Toujours.

Le dessert était son moment préféré, mais rien ne pourrait surpasser le plat de résistance.

Sauf les deux barres de chocolat au lait incrustées de raisins et de noix qu'il agita sous son nez. C'était Noël avant l'heure !

— Je les gardais pour une occasion spéciale.

Flattée qu'il la considère comme telle, elle tendit la main pour prendre sa part.

Il était tout aussi « spécial » qu'elle. Beau, généreux, attentionné, drôle, bref, tout ce qu'une femme pouvait désirer.

Parviendrait-elle à lui résister ce soir ? Ce n'était pas gagné.

Après le dessert, Joe et Emily attaquèrent leur projet de conseils diététiques à l'intention des habitants de l'île.

Afin de rendre le message plus attrayant, elle eut l'idée de le présenter sous forme de pyramide. A la base, les aliments, fruits et légumes, que l'on pouvait manger en quantité. Ensuite, les laitages, féculents, farines et graines, et, tout en haut de la pyramide, les desserts favoris des insulaires, à base de sucres, à consommer avec modération.

Elle se sentait un peu coupable d'édicter ces règles après avoir englouti une barre entière de chocolat, mais ç'avait été sa seule gourmandise en trois jours.

Ensuite, ils composèrent un régime sur mesure pour Sou. Joe vint s'asseoir à côté d'Emily pour écrire sur la même feuille. Leurs doigts se frôlèrent. Elle posa son stylo, lui le sien, et ils se penchèrent l'un vers l'autre en même temps.

Il l'embrassa avec une fougue qui en disait long sur son impatience. Il avait attendu ce moment autant qu'elle. Sous le tendre assaut de ses lèvres, elle oublia complètement pourquoi elle devait garder ses distances avec lui.

Ce baiser était encore meilleur que le chocolat ; chaque centimètre carré de son corps fondait à son contact. Etait-elle dans l'un de ces films romantiques dont elle s'était gavée ces derniers temps ? C'était parfait.

Pas vraiment. La réalité n'était pas aussi idyllique que la fiction. Ils n'allaient pas avancer main dans la main vers un avenir radieux…

Tais-toi, miss Coincée, et laisse-moi profiter de mon instant d'égarement.

Ils s'allongèrent sur le sol. De ses doigts fiévreux, elle déboutonna sa chemise et caressa le relief musclé de son torse. Jusque-là, elle s'était contentée de le dévorer du regard, de près il était encore plus impressionnant. Cet homme possédait des trésors de beauté, intérieure et extérieure ; quel privilège de partager ce moment avec lui !

Quand il glissa la main sous son chemisier pour lui caresser les seins, elle poussa un soupir de plaisir. Il fit passer le vêtement par-dessus sa tête, dégrafa son soutien-gorge d'une main experte et posa des lèvres brûlantes autour d'un mamelon pour attiser son plaisir.

La puissante érection de Joe pressait contre elle. Elle posa la main sur son entrejambe pour le sentir dans toute sa longueur. Qu'elle pût l'exciter autant prouvait, mieux que tous les mots, qu'il la désirait sans se soucier de la tache sur son visage.

Elle était en train d'ouvrir la fermeture Eclair de son bermuda quand la porte s'ouvrit à toute volée.

— Joe, on a besoin de ton aide !

Emily poussa un cri, et Joe un juron.

— Sors ! cria-t-il en masquant de son corps la poitrine nue d'Emily.

— Je suis désolé, je croyais que…

C'était la voix de Peter. Consternée, elle n'entendit même

pas la suite. Le meilleur moment de sa vie venait de se transformer en cauchemar. Son frère l'avait surprise alors qu'elle s'apprêtait à faire l'amour avec son meilleur ami.

La porte se referma. Pourquoi, mais pourquoi n'avait-elle pas écouté la voix de la raison qui l'incitait à garder ses distances ?

Repoussant Joe, elle se leva et enfila son chemisier.

— Nous ne faisions rien de mal, dit Joe en reboutonnant sa chemise.

La mort dans l'âme, elle rajusta ses vêtements et ouvrit la porte.

— Désolé, dit Peter, l'air paniqué ; je sais que ça tombe mal, mais on a besoin de vous. Le fils du chef a une forte fièvre, il a été pris de vomissements.

Dans cette région où sévissaient malaria, fièvre typhoïde et dengue, il ne fallait jamais prendre de tels symptômes à la légère.

Ils s'emparèrent chacun de leur sacoche médicale et suivirent Peter jusqu'à la maison du chef. Pourvu que son frère ne fasse pas allusion à ce qui venait de se passer. Ses espoirs furent déçus.

— Je croyais que je pouvais te faire confiance, dit Peter à Joe. Tu sais pourtant par quelles épreuves elle est passée…

— Justement, il serait temps qu'elle commence à oublier. Je ne lui ferai jamais de mal, Peter.

Ce qui l'irritait le plus, c'était qu'ils parlent d'elle comme si elle n'était pas là. Cela aurait presque effacé son embarras d'avoir été trouvée allongée à moitié nue sous Joe.

— J'espère bien. Je détesterais devoir enlever mon auréole pour me battre avec toi.

Au moins, la menace s'assortissait d'une touche d'humour.

— Je m'en voudrais de faire basculer un homme de Dieu du côté de la force obscure.

— Alors, garde tes distances avec ma sœur.

Là, il n'y avait plus aucune trace d'humour.

— Désolé, mon vieux, je n'en ai pas l'intention. Cela me chagrinerait de me fâcher avec toi, mais Emily et moi, nous nous plaisons.

Au grand soulagement d'Emily, ils n'en vinrent pas aux poings. Peter poussa un soupir déchirant.

— Je suppose que c'est ma faute, pour t'avoir demandé de veiller sur elle, de la suivre comme son ombre durant les premiers jours de son séjour. Je ne pensais pas que tu profiterais de sa vulnérabilité.

C'en était trop.

— Personne ne profite de personne, Peter. Je suis assez grande pour savoir ce que je veux.

— Jamais je ne profiterais d'Emily, dit Joe. Je la respecte trop pour ça.

— D'après ce que j'ai vu, ça n'en avait pas l'air. Je te préviens, dit Peter en haussant de nouveau le ton, si jamais tu la fais pleurer, tu auras affaire à moi.

Ils arrivaient en vue de la maison du chef. La suite de la discussion devrait attendre.

9.

L'examen clinique révéla que Nete, le fils du chef, souffrait de la dengue, qu'il avait probablement contractée quelques jours plus tôt en se baignant dans une zone d'eaux stagnantes où pullulaient les moustiques. Tous les symptômes étaient là, la fièvre élevée, l'éruption cutanée, les douleurs dans les articulations.

Dans la forme simple de la dengue, le malade guérissait de lui-même au bout d'une dizaine de jours. Il en allait autrement de la forme hémorragique.

N'étant pas équipés pour déterminer de quel type de dengue il s'agissait, ils en étaient réduits à prodiguer les premiers soins avec les moyens du bord.

— Que fait-on ? demanda Emily en prenant Joe à part. On l'évacue sur Viti Levu ?

— La nuit tombe, aucun hélicoptère ne décollera maintenant de Moala ou de Viti Levu. Demain matin, si la fièvre n'est pas retombée, on demandera une évacuation d'urgence. Cette nuit, je vais rester auprès de lui pour l'hydrater, en posant une perfusion si nécessaire ; je lui administrerai du paracétamol toutes les deux heures. Il faut éviter l'aspirine et l'ibuprofène, qui risquent d'aggraver les saignements internes.

— Moi aussi, je veux rester à son chevet.

— Dans ce cas, prenons chacun notre quart.

Quatre heures plus tard, quand Emily vint relever Joe, il avait l'air plus soucieux que jamais.

— La fièvre ne retombe pas.

— Le paracétamol n'agit pas ? demanda Peter.

Il était là, lui aussi, puisqu'il habitait chez le chef.

— Apparemment pas, dit Joe. Je connaîtrais bien un autre moyen de le soigner…

— Lequel ?

— L'absorption de jus des feuilles de papaye. L'efficacité n'est pas scientifiquement prouvée, mais, lors de mon séjour en Inde, j'ai vu utiliser cette méthode pour soigner des malades de la dengue. Depuis, j'ai fait des recherches à ce sujet et découvert que les enzymes contenues dans ce jus possèdent des propriétés antiseptiques et coagulantes.

— Cela vaut la peine d'essayer. Mais où allons-nous trouver des feuilles de papaye à cette heure ?

— Je connais quelqu'un qui en garde dans sa cabane, dit Peter. Je vous donnerai un coup de main pour les écraser et en extraire le jus.

Sans doute par respect envers le jeune malade et sa famille, il ne montrait pas ses griefs envers Joe, ce dont Emily lui savait gré. Elle espérait que, quand viendrait le moment de crever l'abcès, sa colère serait retombée. En tout cas, s'il persistait à interdire à Joe de l'approcher, elle serait honnête avec son frère : d'une, c'était impossible vu l'exiguïté du dispensaire et, de deux, Joe lui plaisait.

Cela allait au-delà de l'attirance physique. La vérité, c'était qu'elle était tombée amoureuse de cet homme.

Après le départ de son frère, Emily s'assit au chevet de Nete en posant près de lui le petit ventilateur de poche qu'elle avait apporté dans ses bagages. Tous les moyens étaient bons pour tenter de le rafraîchir un peu.

Joe resta assis en face d'elle. Il n'avait de toute évidence pas l'intention de regagner ses quartiers pour la nuit.

— J'espère que ce qui s'est passé ne remettra pas votre

amitié en cause, dit-elle. Je détesterais semer la zizanie entre vous.

Ce qui s'est passé. Elle ne parvenait pas à appeler les choses par leur nom.

— Ne t'inquiète pas pour ça, dit-il, l'air sûr de lui. Je contrôle la situation.

Peter et lui avaient-ils reparlé de la « situation » en son absence ?

Il trempa l'éponge dans le seau d'eau et la passa sur le front de l'adolescent, qui dormait d'un sommeil fébrile et agité.

— Si, d'aventure, Peter me retirait son amitié, dit-il en la regardant droit dans les yeux, j'en serais triste, bien sûr, mais je ne regretterais pas un seul instant d'avoir voulu… te connaître mieux.

Lui aussi avait recours à des euphémismes, et il parlait à voix basse, de crainte qu'on les entende dans la pièce voisine.

— Je suis contente que tu le prennes ainsi. Moi non plus, je ne regrette rien.

Qui savait ? Peut-être auraient-ils un jour l'occasion de reprendre là où ils s'étaient arrêtés. Mais le temps jouait contre eux. Douze petits jours, c'était tout ce qu'il leur restait.

Joe constata avec soulagement la validité de la méthode indienne. Les feuilles de papaye réussirent là où le paracétamol avait échoué.

La température de Nete baissa d'un degré. Deux heures après avoir bu le jus, il dormait d'un sommeil déjà plus paisible.

Dans le cas d'une dengue hémorragique, aucun rétablissement n'aurait été possible, jus miracle ou pas. L'adolescent souffrait en toute probabilité de la forme bénigne de la maladie, qui guérirait spontanément au bout d'une dizaine de jours.

Toujours assis au chevet de leur patient, Joe et Emily commencèrent enfin à se détendre et, de fil en aiguille, à parler d'eux-mêmes et à échanger en sourdine des confidences sur leurs passés respectifs.

— J'étais soldat autant que médecin, dit Joe à Emily. J'aurais aimé rester dans l'armée, c'est elle qui n'a pas voulu de moi, à cause des séquelles de l'explosion. Ils me proposaient un travail de gratte-papier, alors, pour ne pas me retrouver planqué dans une base arrière de l'Utah, j'ai préféré démissionner. Cette explosion a détruit ma carrière *et* ma vie ; je ne suis plus le même homme, depuis…

Il hésitait à poursuivre. Prononcer le mot « surdité » équivalait souvent à être considéré comme un handicapé.

— Pourtant, tu es très utile dans ce que tu fais actuellement. Tu soignes et sauves des centaines de personnes de par le monde au cours de tes missions itinérantes.

Etrange. Elle ne cherchait pas à savoir de quel type de blessures il avait souffert ni pourquoi il avait l'impression de ne plus être le même homme.

Se pourrait-il que… ?

A la réflexion, il se rendait compte qu'il n'avait jamais eu à lui demander de répéter ce qu'elle disait ni de parler plus fort. Elle s'exprimait toujours avec une voix claire et audible, en se plaçant bien en face de lui.

Comme si elle savait.

— Tu es au courant.

Il tombait de haut. Durant tout ce temps où il avait essayé de l'impressionner, de donner l'image d'un homme fort et indestructible, elle avait su, pour son handicap.

— Au courant de quoi ?

— Peter t'a dit pourquoi l'armée voulait me réformer ?

Le rouge qui lui monta au visage la trahit.

— Oui, dit-elle, sincère. Je te trouvais grossier et hautain parce que tu ne répondais pas à mes questions. Je le lui ai dit, et il a fini par m'expliquer de quoi il retournait.

— Beaucoup de gens ont la même réaction, dit-il, amer.

Quand je ne leur réponds pas, ils me prennent pour un rustre mal élevé ou arrogant.

Elle avait dû montrer beaucoup de véhémence pour que Peter lâche le morceau. Joe pardonnait à son ami, mais il aurait bien voulu le dire lui-même à Emily.

— A présent, nous sommes quittes, dit-elle. Tu connais mon secret, et moi le tien.

Il ne pouvait pas lui en vouloir. Son incapacité à assumer son handicap était sa faute à lui, et à personne d'autre. Comme Emily qui exposait désormais son visage à nu, il allait devoir accepter ce qu'il était ; son contact avec les autres s'en trouverait facilité.

— Je propose qu'on n'en parle plus, dit-il.

— Proposition adoptée, répondit-elle en souriant. Laisse-moi juste te dire que, maintenant, je comprends pourquoi tu ne restes jamais longtemps au même endroit. Pour que les gens n'aient pas le loisir de percer ton secret…

Pendant qu'elle le psychanalysait, il prenait pleinement conscience de leur incompatibilité. Elle cherchait la stabilité et la sécurité ; et il était le dernier homme à pouvoir les lui donner.

Un constat sans appel. Elle méritait beaucoup mieux qu'un vétéran handicapé qui vagabondait de par le monde pour fuir ses démons.

— C'est un peu vrai. Mais j'ai aussi la bougeotte par nature, dit-il en s'efforçant de prendre un ton désinvolte. J'aime découvrir de nouveaux endroits, de nouveaux visages. Les voyages me fournissent la dose d'adrénaline dont j'ai besoin. A défaut de combats, il me faut de l'action.

Ici, il avait découvert un visage qu'il n'était pas près d'oublier. Quand elle quitterait Yasi, il n'aurait vraiment plus aucune raison de rester.

Voyant Nete tiré d'affaire, Emily rentra chez Miriama. Le lendemain, le réveil fut difficile. Elle n'avait pas eu son content de sommeil.

Aussi fut-elle d'autant plus étonnée de trouver Joe en pleine forme chez le chef. Lui qui n'avait pas dormi semblait déborder d'énergie. La barbe qui ombrait son menton ne le rendait que plus séduisant alors qu'elle avait une mine épouvantable avec ses cernes de panda. De même que pour sa tache, elle avait décidé de ne pas les camoufler sous du maquillage. La nouvelle Emily s'acceptait comme elle était, avec ses imperfections.

— Comment va notre patient ? demanda-t-elle en jetant un coup d'œil au cahier où Joe avait noté les constantes durant la nuit.

Ils se trouvaient dans la chambre attenante à celle du malade.

— La fièvre a baissé, il boit beaucoup, les mictions sont normales et il a réclamé à manger tout à l'heure, ce qui est bon signe.

— Je suis tellement contente qu'il aille mieux.

Nete n'était pas encore complètement sorti d'affaire, mais il était sur la bonne voie.

— Tu as passé une nuit blanche, dit-elle. Tu devrais aller te reposer chez Miriama, je suis sûre qu'elle n'y verra aucun inconvénient. Pendant ce temps, je tiendrai le fort, au dispensaire.

— Merci, mais je ne crois pas qu'il y aura de consultation aujourd'hui. Vois-tu, le chef a des projets pour nous. Il veut donner un pique-nique sur la plage, en notre honneur, pour nous remercier d'avoir sauvé son fils.

— Comme c'est gentil !

— Je lui ai dit que ce n'était pas nécessaire, d'autant que Nete a encore une longue convalescence devant lui, mais il insiste.

Joe ne semblait pas emballé à l'idée de cette fête.

— On dirait que tu n'as pas envie d'aller à ce pique-nique, toi qui me pousses pourtant à faire des pauses, à me détendre, à ne pas culpabiliser chaque fois que je quitte mon poste au dispensaire. En fait, tu n'appliques pas tes propres conseils.

— Pas du tout. Je compte bien y aller, ne serait-ce que pour témoigner mon respect au chef.

L'impression se vérifiait. Il ne montrait pas beaucoup d'enthousiasme.

— En tout cas, moi, je suis ravie. Je n'ai pas revu la plage depuis le jour de mon arrivée.

— La fête va avoir lieu sur une autre île, un endroit paradisiaque, certes, mais ce ne sera pas très pratique pour revenir en cas d'urgence.

Elle comprenait mieux ses réticences.

— Tu aurais dû me le dire. Une fête, c'est bien, mais pas aux dépens de nos patients. D'autant que Nete a encore besoin de soins.

— Peter a proposé de rester, il veillera sur lui et lui donnera ses comprimés. En cas d'urgence, il nous appellera par le téléphone satellite.

— Alors, que fait-on ? On accepte ?

— Nous n'avons guère le choix. C'est cela ou froisser le chef. Allons mettre nos habits de plage en espérant que tout se passe bien, dit-il avec un sourire contraint.

La joie d'Emily était retombée. Pourquoi fallait-il toujours qu'il y ait une ombre au tableau ?

10.

Emily rentra chez Miriama troquer short et T-shirt contre la robe longue qu'elle avait le jour de son arrivée sur l'île. Avec ses grandes fleurs, elle la replongerait dans l'esprit des vacances. Puisqu'ils avaient accepté la sortie, autant en profiter, n'est-ce pas ?

Elle rejoignit Joe sur la plage de leur première rencontre, devant un comité d'accueil cette fois nettement plus fourni. Sans qu'ils se consultent, lui aussi avait mis le bermuda kaki et le T-shirt bleu marine qu'il portait ce jour-là, comme s'ils avaient un lien télépathique. Une explication plus prosaïque était qu'ils avaient un choix réduit de tenues de rechange.

Au moins, ce matin, souriait-il en venant vers elle.

— J'ai laissé Peter avec suffisamment de feuilles de papaye pour tapisser la chambre, et la promesse qu'on serait de retour avant la nuit.

— Tu vas voir, tout se passera bien.

C'était elle-même qu'elle essayait de convaincre. Sans parvenir à se l'expliquer, elle avait un mauvais pressentiment.

Ils se mêlèrent à la petite foule d'autochtones chargés de paniers de nourriture. Elle avait l'impression que cela faisait une éternité qu'elle était sur l'île. Elle se souvint de son arrivée, la peur au ventre à l'idée de ce qui l'attendait. Et, quelques jours plus tard, des amis donnaient un pique-nique en son honneur, et un homme ô combien séduisant semblait la trouver à son goût.

— Tu es très belle, dit-il en l'embrassant sur la joue, ce qui fit rire les gamins autour d'eux.

— Je me sens très excitée.

A la perspective de la fête. Mais cela s'appliquait aussi au baiser de Joe. Qu'il soit chaste ou pas, le contact de ses lèvres suffisait à l'embraser de désir. Tôt ou tard, il faudrait qu'elle laisse l'incendie s'embraser ou qu'elle piétine les flammes pour les éteindre. Tout se terminerait de toute façon en cendres et en souvenirs de ce qui aurait pu être.

Ils bavardèrent avec leurs compagnons de voyage qui leur expliquèrent qu'ils prenaient la journée en leur honneur. Quelle générosité de leur part ! Et tous ces paniers chargés à ras bord de nourriture alors que les ressources étaient si rares sur l'île !

Le partage n'était pas un vain mot sur Yasi. Aux yeux d'Emily, le respect et l'attachement que lui témoignaient ces gens valaient plus que toutes les primes du monde, ou l'assurance de finir son travail à 17 heures tous les soirs. Même sans Joe, elle aurait aimé cet endroit pour l'esprit de solidarité qui y régnait et le style de vie décontracté. Ici, personne ne se torturait avec des objectifs à atteindre. Tout le monde faisait son travail, puis profitait de la plage et du soleil.

— Où allons-nous exactement ?

Elle avait encore quelques efforts à faire avant d'être une aventurière, d'autant qu'elle n'était guère rassurée par leurs embarcations, deux dinghies qui auraient pu être rejetés sur le rivage par Winston, le dernier ouragan à avoir frappé ces côtes. Cabossés de partout, ils ne semblaient guère en état de prendre la mer, mais le chef les invita, Joe et elle, à monter à bord avec un sourire aussi fier que s'il les faisait monter sur son yacht personnel.

— Pas très loin. Sur Malale, une île inhabitée de l'autre côté de la baie.

Une véritable île déserte ? On n'en voyait que dans les

films, généralement avec un pauvre naufragé hirsute qui devenait fou à force de soleil et de solitude.

En bonne compagnie, avec de la nourriture *et* un moyen de repartir, l'expérience promettait d'être autrement plus agréable, et pourrait même devenir le clou de son voyage puisque GI Joe figurait au générique de *son* film.

Toute la petite assemblée s'entassa dans les deux bateaux. La majorité des aspirants pique-niqueurs prit place dans un dinghy, et Emily, Joe, le chef et les paniers de nourriture dans l'autre. C'était manifestement une fête pour tout le monde, une fête organisée, pas un caprice auquel ils cédaient sur l'envie du moment. Quand les moteurs se mirent à tourner, l'excitation était palpable.

La proue se souleva et ce fut parti. Emily et Joe avaient droit à l'équivalent Yasi de la croisière en première classe ; Emily aurait dû se sentir privilégiée au lieu de se cramponner à la coque du bateau en priant pour ne pas chavirer.

— Ne t'inquiète pas, dit Joe qui semblait lire dans ses pensées.

Elle ferma les yeux pour ne pas voir la hauteur des vagues. Y avait-il au moins des rames dans ce frêle esquif en cas d'avarie de moteur ?

Le vent soufflait dans ses cheveux, elle sentait l'écume voler sur ses joues, c'était à la fois effrayant et magique.

Quand ils accostèrent sur l'île, elle sauta à terre à la hâte. La terre ferme, il n'y avait rien de mieux. Pour un peu, elle aurait embrassé le sable.

Ses pas furent les premiers à s'imprimer sur le sable mouillé. Que n'avait-elle une caméra ou son iPhone pour immortaliser cette image ? Sachant que les portables n'avaient pas de réseau sur Yasi, elle avait laissé le sien dans sa valise.

Ces empreintes de pas sur la grève avaient une portée symbolique. Emily Clifford se lançait à l'assaut de l'inconnu sur une terre que si peu de gens avaient foulée avant elle…

Quand elle arriva aux cocotiers qui bordaient la plage,

elle se retourna pour voir Joe laisser une série d'empreintes similaires à côté des siennes. L'image ne perdait rien en force, bien au contraire.

Il faisait partie intégrante de son aventure. C'était grâce à lui et à ses encouragements qu'Emily Clifford avait pu effectuer sa mue et redevenir Emily Jackson.

Elle garderait toujours ces îles dans son cœur, et espérait en retour laisser une empreinte sur Yasi, moins éphémère que celles de ses pas. Et Joe ? Se souviendrait-il d'elle après son départ ?

Elle était tombée amoureuse de lui et n'aurait peut-être droit qu'à quelques lignes dans son journal de bord.

La doctoresse coincée est partie. Ouf, bon débarras.

Ce ne serait pas juste.

— Comme c'est beau, ici !

— Je suis déjà venu sur cette île. C'est l'endroit rêvé pour se détendre. Ce qui ne veut pas dire se tourner les pouces. Il va falloir se retrousser les manches si l'on veut manger, dit-il en désignant le reste de leurs amis qui, telle une colonne de fourmis, marchaient à la queue leu leu en portant les paniers de nourriture.

— J'étais tellement pressée de descendre du bateau que je n'ai pas pensé à les aider à décharger les paniers, dit-elle, honteuse.

Une petite Occidentale gâtée qui se faisait servir. Elle aurait détesté qu'ils gardent cette image d'elle.

— Ne t'inquiète pas. Chacun a une tâche bien précise. La nôtre consiste à rapporter des feuilles de palmier.

— Elles font partie du repas ?

— Si l'on veut, dit-il en riant. Une fois tressées, elles serviront d'assiettes et de table. Ainsi, il n'y aura pas de déchets à remporter. Tout retourne à la nature.

Ils se mirent à l'œuvre. Joe coupait les feuilles, et elle les ramassait. Ici, pas de couverture écossaise ni de panier de pique-nique. La nourriture se méritait, ce serait autre chose qu'un sandwich au pain de mie et un paquet de chips. Ils dégusteraient de merveilleux fruits et légumes sur une île enchanteresse.

Tout en travaillant, elle regarda les hommes construire le *lovo* — le four — dans le sable. Ils allumèrent un feu dans le trou et recouvrirent le haut de la cavité de pierres plates sur lesquelles, dès qu'elles seraient chaudes, ils allaient déposer les aliments. Ensuite, lui expliqua Joe, ils recouvriraient le tout de feuilles de bananier afin que la nourriture ne se dessèche pas, et que les pierres gardent leur chaleur.

Se conformant à la tradition, elle alla s'asseoir au côté des femmes et des enfants pour tresser les feuilles de palmier tandis que Joe s'essayait à la pêche au filet avec les hommes.

Elle le regarda sortir de la mer, l'eau dégoulinant sur son T-shirt et le collant à son torse. Encore une image qu'elle emporterait avec elle et qu'elle revisionnerait à l'infini lors de ses nuits en solitaire.

— Tu vas te régaler, lui dit-il tandis que les pêcheurs rapportaient leur prise.

Soldat, médecin, bûcheron, pêcheur… Quel autre talent possédait-il encore ?

Elle, elle pourrait ajouter « tressage de sets de table » et « peinture de tapis artisanaux » à la liste de hobbies de son curriculum vitae.

Sur Yasi, la polyvalence était reine, tout le monde maîtrisait plusieurs talents et les compétences se transmettaient de génération en génération, pérennisant les traditions.

Pas étonnant que Joe n'ait pas envie d'aller travailler derrière un bureau, à classer des archives, après avoir goûté à tant d'expériences aussi inédites qu'exaltantes. Après cette incursion dans le vaste monde, elle non plus n'était pas impatiente de retrouver le cabinet londonien et sa routine.

Il fallut deux bonnes heures à la nourriture pour cuire au-dessus du *lovo*, temps qu'Emily mit à profit pour se perfectionner dans l'art du tressage et produire une demi-douzaine de petites nattes. Elle commençait à comprendre la réticence de Joe à participer à cette sortie. Au rythme où allaient les choses, le pique-nique allait s'étaler sur toute la journée.

Mais, quand le couvercle de feuilles de bananier fut ôté, elle ne regretta plus rien. Comme Joe l'avait promis, un véritable festin les attendait. Poissons et crabes se mêlaient au *dalo* et aux racines de *cassava* qu'elle avait pris l'habitude de consommer quotidiennement.

— Au moins, je sais qu'on ne mourra pas de faim si le moteur des bateaux refuse de démarrer, dit-elle en se régalant.

— Ne t'inquiète pas, répondit Joe, je veillerai à ce que tu ne manques de rien.

A ces mots, un délicieux frisson la parcourut. Il veillerait à ce qu'elle n'ait ni froid, ni faim, ni soif. Mais satisferait-il le besoin qu'elle avait de lui ?

Le repas terminé, leurs amis commencèrent à ramasser les reliefs et à nettoyer la plage afin de ne laisser aucune trace de leur passage.

Enfin, ils allaient rentrer à Yasi. Malgré l'environnement paradisiaque, Emily commençait à ronger son frein. Il était temps de vérifier l'état de Nete, et de s'assurer que d'autres patients ne réclamaient pas leur attention au dispensaire.

Elle confia son impatience à Joe qui la partageait.

— Je suis comme toi. Ce pique-nique était très agréable, mais je n'ai pas envie que cela s'éternise.

Discrètement, ils se dirigèrent vers le bateau qui les avait amenés. Pas assez discrètement, toutefois, car le chef leur barra le chemin.

— Je veux vous remercier pour avoir sauvé mon fils.

— Vous l'avez déjà fait, dit Joe. C'était somptueux et nous nous sommes régalés.

— Nous voudrions vous offrir un présent : du temps pour vous deux, en tête à tête. Gardez l'un des bateaux jusqu'à ce que vous soyez prêts à rentrer. Nous tenons tous dans l'autre.

— Ce n'est vraiment pas nécessaire…

— Il n'en est pas question, dit Joe en même temps qu'elle.

La formule, bien peu diplomatique, témoignait de son impatience à s'en aller, mais risquait de déplaire au chef.

En d'autres circonstances, ils auraient peut-être envisagé d'accepter la proposition, mais ils avaient un dispensaire à faire tourner.

— C'est très, très gentil à vous d'y avoir pensé, dit-elle pour tempérer la réponse lapidaire de Joe. Malheureusement, nous sommes obligés de refuser. Votre fils a besoin de nos soins.

Sa voix tremblait car elle n'en menait pas large, de décliner la générosité du chef. Comment allait-il le prendre ?

D'un air autoritaire, il leva la main.

— J'insiste.

S'ils persistaient à refuser, il le prendrait comme un affront envers lui-même et son peuple. C'était un immense privilège qu'il leur accordait, sans doute ne comprenait-il pas pourquoi ils discutaient sa décision.

Ne voulant pas s'opposer davantage à lui, elle passa le relais à Joe.

Le reste du groupe observait Joe et Emily en silence. L'inquiétude se lisait sur les visages.

« Comment osent-ils discuter la décision de notre chef ? » semblaient-ils se dire.

Emily le suppliait du regard.

Joe était partagé. Son devoir de médecin le rappelait à Yasi, mais il devait veiller à ne pas froisser ses hôtes. Pendant quelques secondes, il avait oublié qu'il parlait au chef suprême de la tribu, il lui avait répondu sans mettre les formes. C'était le genre d'erreur à ne pas commettre deux fois.

La veille au soir, il aurait tout donné pour se retrouver seul avec Emily sur une île. Las, il était un médecin, responsable de ses patients.

Et, en ce moment, il était également responsable de la sécurité d'Emily. Les Yasis étaient naguère une tribu guerrière qui avait donné du fil à retordre aux intrus qui s'étaient aventurés sur leurs côtes. Peter, Emily et lui étaient les seuls Occidentaux à avoir jamais résidé sur leur île.

Si Emily et lui persistaient dans leur refus, leurs amis risquaient-ils de se retourner contre eux ? Il voulait croire que non. Au fond, il n'en savait rien.

Un compromis s'imposait, qui permettrait au chef de sauver la face devant les siens tout en ménageant les intérêts des patients du dispensaire.

— D'accord, chef, dit Joe. Nous acceptons votre offre et vous en remercions. Nous serons rentrés à Yasi avant la nuit.

Le regard anxieux d'Emily ne lui échappa pas.

Visiblement rassérénés, le chef et les villageois embarquèrent avec les paniers vides dans le second bateau. Ils s'éloignèrent du rivage à la rame puis démarrèrent le moteur.

En quelques minutes, l'embarcation ne fut plus qu'un point à l'horizon.

— J'espère que tu sais comment nous ramener, lui dit Emily. Imagine qu'on se perde en pleine mer !

— Yasi se trouve au nord-ouest. Il suffira de suivre la direction du soleil couchant…

Il affichait une assurance qu'il était loin de posséder. Seul, il ne se serait pas inquiété, mais il avait le sort d'Emily entre les mains.

Le chef avait voulu leur offrir un tendre tête-à-tête. Qui n'aurait rien de tel, à en juger par l'angoisse sur le visage d'Emily. Dans ces circonstances, il n'aurait vraiment pas le cœur à l'attirer à l'ombre des cocotiers pour reprendre là où ils avaient été interrompus la veille par Peter. Et elle ne serait certainement pas d'humeur à se laisser séduire.

Tout ce qu'il leur restait à faire, c'était d'attendre quelques heures avant de mettre le cap vers Yasi.

— Ne t'inquiète pas. J'ai déjà fait la traversée.

— Oh. Auriez-vous un arrangement, le chef et toi ? Tu soignes ses ouailles et, en échange, il attire d'innocentes touristes sur Malale où il les abandonne entre tes griffes ? dit-elle, l'air moqueur.

— Et alors ? Si chacun y trouve son compte ? répondit-il sur le même ton.

Elle éclata de rire.

— La prochaine fois, pense à m'avertir, c'est tout.

Hélas, il n'y aurait sans doute pas de prochaine fois. La mission d'Emily allait s'achever bientôt, et la sienne ne durerait pas beaucoup plus longtemps. Il s'était trop habitué à Yasi et à ses habitants, il était temps de changer d'horizon.

Sans crier gare, elle fit glisser sa robe à terre, révélant son corps en bikini.

Retenant son souffle, il la regarda avancer vers la mer.

— Tu viens ? lança-t-elle en se retournant. L'eau est chaude !

Il se déshabilla au quart de tour et se jeta en caleçon dans les vagues. Emily était déjà loin, là où l'on n'avait plus pied.

En quelques mouvements de brasse, il la rejoignit et tourna autour d'elle comme une lune autour de sa planète, avant de s'approcher tout près. Elle noua les bras autour de son cou, et il l'embrassa en la serrant contre lui. S'ils coulaient au fond de l'océan, ce serait une belle mort.

Ne pas laisser libre cours à leur attirance aurait été absurde alors que tous leurs amis étaient persuadés qu'ils étaient en couple.

Il y eut un éclair. Un instant, Joe crut que c'était leur alchimie qui produisait des étincelles. Levant les yeux vers le ciel, il vit de gros nuages gris que le vent poussait vers eux. Le tonnerre grondait au loin.

Un deuxième éclair traversa le ciel.

— Il faut regagner la plage et nous mettre à l'abri.

Lovée contre lui, Emily ne semblait pas l'entendre.

— Une tempête se prépare. Il faut…

Il ne termina pas sa phrase car elle lui donna un long baiser langoureux. Tout en l'embrassant, il la souleva dans ses bras pour la porter jusqu'à la plage. Il la déposa sur le sable, mais elle refusa de le relâcher et l'attira sur elle.

Faire l'amour à Emily dans les vagues ressemblait à un rêve éveillé, mais il ne fallait pas plaisanter avec les orages sous ces latitudes. Ils étaient d'une violence extrême, la foudre risquait de les frapper. Leur première fois serait peut-être la dernière.

Un autre roulement de tonnerre se fit entendre, puis des torrents de pluie s'abattirent d'un seul coup sur eux. Poussant un cri, Emily bondit sur ses pieds.

— J'ai essayé de t'avertir, dit-il en se retournant sur le dos pour offrir sa peau brûlante à l'eau du ciel.

— Qu'allons-nous faire ?

De nouveau paniquée, elle ramassa sa robe et l'enfila sur son bikini. Il se rhabilla tout aussi vite. L'intervalle entre les éclairs et les coups de tonnerre se réduisait. Le déluge qu'ils essuyaient n'était rien à côté de la tempête qui approchait.

Les éléments allaient bientôt se déchaîner.

— Viens, dit-il en lui prenant la main. Je connais un endroit où nous pourrons nous abriter.

Il l'entraîna vers les hauteurs, vers une grotte creusée dans la pierre. Un refuge connu de lui seul. Et d'Emily, maintenant.

Ils s'y engouffrèrent. Comme la dernière fois où il y était venu, ses yeux mirent quelque temps à s'accoutumer à l'obscurité. Grelottante, Emily resta près de l'entrée à observer l'orage.

— Je vais faire un feu.

Contrairement à elle, il n'avait aucune envie d'admirer la fureur des cieux. Ses tympans appréciaient modérément tous ces décibels.

— Tu sais faire du feu ? demanda-t-elle d'un ton admiratif en se tournant vers lui.

— Je pourrais frotter des pierres l'une contre l'autre mais

cela risque de prendre des heures. Une solution plus simple et plus rapide est d'utiliser ceci.

Un peu honteux de la décevoir, il lui montra le petit bois et la boîte d'allumettes qu'il avait laissés lors de sa précédente visite.

— On dirait que tu viens souvent ici, dit-elle, la mine soupçonneuse. C'est ta garçonnière ? Je plaisantais tout à l'heure en parlant de touristes kidnappées, mais peut-être n'étais-je pas si loin de la réalité.

— J'étais seul les quelques fois où je suis venu sur Malale. Un homme a parfois besoin de s'isoler.

Dès qu'il se sentait en danger de devenir trop proche des habitants de Yasi, il se réfugiait ici. En y amenant Emily — la femme qu'il désirait corps et âme —, il était en contradiction totale avec ses principes. A présent, il n'avait plus aucun moyen de se protéger ; c'était comme s'il lui livrait son cœur sur un plateau.

Impossible de s'en sortir sans séquelles.

Même Peter n'était pas au courant de sa retraite. Jusqu'à encore quelques jours, c'était lui, Peter, qui avait été son confident et meilleur ami. Depuis, Emily s'était immiscée entre eux et avait détourné vers elle l'affection qu'il portait à son frère d'armes.

Dès que le feu fut allumé, elle vint s'asseoir à ses côtés.

— Ce voyage m'a appris une chose, Joe. Il vaut mieux se confier à quelqu'un que de rester dans son coin à pleurer.

— La psychanalyse à trois sous, très peu pour moi, répondit-il, sur la défensive. Je n'ai pas besoin d'expliquer mes problèmes à quelqu'un pour les comprendre, je suis parfaitement lucide sur mon cas. Pour moi, la solitude n'est pas un fardeau, je la recherche. Quand je suis seul, je me sens libre.

Sans fardeau ni responsabilités. Il n'avait à répondre que de lui-même. Jamais il n'avait parlé à quiconque de son rôle dans la mort de Batesy et de Stan. Oserait-il s'en ouvrir à Emily ?

— Veux-tu que je te laisse seul ? demanda-t-elle en esquissant un geste pour se lever.

C'était pour la forme. Il n'essaya même pas de la retenir, il savait qu'elle n'irait nulle part. Tant que la tempête faisait rage, ils ne pouvaient pas quitter la grotte ni *a fortiori* prendre le bateau et rentrer sur Yasi.

— Non, dit-il simplement. Je veux que tu restes avec moi.

Dans tous les sens du terme. Enfin, leur moment était arrivé, personne ne viendrait les déranger. Ils étaient libres de faire ce qu'ils voulaient, parler, s'embrasser, ou plus.

Il la sentit grelotter à côté de lui.

— Tu devrais enlever ces vêtements trempés.

D'un doigt, il fit glisser la bretelle de sa robe sur son épaule. A sa grande surprise, il la vit se lever pour enlever la robe puis passer les mains derrière son dos pour dégrafer le soutien-gorge du bikini.

— On dit que la meilleure manière de combattre l'hypothermie est de se blottir contre quelqu'un pour partager sa chaleur corporelle.

— J'ai entendu parler de cette théorie et je suis curieux de la mettre en pratique, dit-il en ôtant son T-shirt.

Elle enleva le bas de son bikini. Et le temps suspendit son vol. Avec ses courbes sensuelles et ses proportions parfaites, elle était encore plus belle qu'il ne l'avait imaginé.

Sans détacher son regard d'elle, il se leva à son tour pour se déshabiller complètement. Son excitation était à son comble, mais il était encore en état de réfléchir. Si cela devait être leur seule et unique fois ensemble, il n'était pas question qu'ils se laissent emporter par leur désir et qu'ils bâclent les choses.

Comme il tendait la main pour chasser les cheveux trempés d'Emily de ses épaules d'albâtre, il la sentit trembler.

— Tu as toujours froid ?

Ce n'était plus son cas. Déchaîné par sa libido, le sang qui filait dans ses veines l'avait réchauffé.

— Si je tremble, c'est de nervosité.

Comme à son habitude, elle était d'une franchise désarmante. Inutile d'être grand clerc pour comprendre qu'il était le premier avec qui elle franchissait le pas depuis son divorce. Ignorant le signal d'alarme qui résonnait dans sa tête, il choisit d'y voir un privilège qu'elle lui octroyait plutôt qu'une responsabilité qu'il allait devoir assumer.

— Tu n'as aucune raison d'être nerveuse. Je ne te ferai aucun mal.

Tout ce qu'il voulait, c'était lui donner du plaisir et lui faire comprendre qu'elle était une femme exceptionnelle qui méritait d'être aimée.

Quand ce serait terminé, ce serait lui qui souffrirait, pas elle. Elle rentrerait en Angleterre trouver un nouvel amour alors que lui resterait avec ses souvenirs, car elle allait emporter une partie de son cœur dans ses bagages.

Il avait commis l'erreur de tomber amoureux d'Emily. L'énormité de la révélation le fit trembler. Il l'aimait en sachant qu'aucun avenir n'était possible avec elle puisqu'il était incapable de la protéger.

Si, d'aventure, ils faisaient un bout de chemin ensemble, il la laisserait forcément tomber à un moment ou à un autre ; et il ne pourrait supporter de lire de la déception dans ses yeux. Pire, il risquait de causer la perte de la femme qu'il aimait, de l'entraîner dans sa chute.

Mieux valait qu'elle ne soit jamais au courant de ses sentiments. La seule manière qu'il avait de lui exprimer son amour, c'était de le lui montrer.

Avec une passion mêlée de désespoir, il s'empara de ses lèvres.

11.

Embrasser une femme dont il était amoureux donnait à Joe l'impression de revenir à la maison, sans la sécurité qui allait avec.

Pourtant habitué au danger, il avait peur de ce qui allait se passer. Celle qu'il aimait se donnait à lui et il n'y avait plus d'échappatoire possible, plus aucune raison d'ailleurs de continuer sa fuite en avant. Beaucoup auraient été contents d'être à sa place…

L'heure n'était pas aux états d'âme. Emily semblait déjà avoir franchi le point de non-retour où les sens prenaient le pas sur la raison, et il aspirait au même état, celui où il ne serait plus que désir et sensations.

Il approfondit le baiser tout en glissant la main entre ses jambes. Elle était prête, il sentait son corps palpiter à chacune de ses caresses.

— Nous n'avons pas de préservatifs, murmura-t-elle comme ils s'allongeaient sur le sol de terre battue.

— Si…

Il tendit la main vers son bermuda pour en sortir un sachet argenté.

— J'en ai toujours un sur moi. Cela fait partie de mon kit de survie. C'est utile pour transporter de l'eau ou garder l'amadou au sec.

Surtout, qu'elle ne croie pas qu'il était accro au sexe, que cela représentait un acte anodin pour lui. Ce soir serait pour lui le moment le plus important de sa vie.

— Nous allons lui redonner son usage initial, dit-elle en lui prenant le sachet des mains.

Leur danse sensuelle dura longtemps car il voulait que leur première fois soit parfaite. Puisque Emily ne pouvait être sienne, il voulait au moins lui laisser un souvenir impérissable de leur séjour dans cette grotte.

Au moment suprême, ils poussèrent en même temps un cri que l'écho répercuta à l'infini entre les parois de pierre.

La gorge nouée par l'émotion, il regarda Emily, belle et sereine comme seules savent l'être les femmes comblées. S'il avait été un autre homme, il aurait pu la voir ainsi tous les jours de sa vie. Hélas, tout ce qu'ils avaient en guise d'avenir, c'étaient quelques heures, jusqu'à la fin de la tempête.

Quand le feu serait mort, leur amour le serait aussi.

Lovée contre Joe, Emily restait silencieuse, de peur d'éclater en sanglots dès qu'elle ouvrirait la bouche. Elle prenait la pleine mesure de l'importance du moment. Enfin, elle avait tourné la page de Greg, et de quelle manière ! En se donnant à Joe, elle avait l'impression de s'être lavée de toutes les humiliations et souffrances qu'elle avait autrefois subies.

Pour la première fois de sa vie, elle se sentait en paix, réconciliée avec elle-même.

Ils avaient partagé plus que du sexe. Leurs corps et leurs âmes avaient été en communion totale.

Quel dommage qu'ils n'aient pas d'avenir ensemble et qu'elle doive bientôt retourner à son monde rassurant et sans surprises !

Fermant les yeux, elle enfouit le visage dans le cou de Joe. Encore quelques minutes à croire que c'était pour la vie, cela ne pouvait faire de mal. Pour se protéger des coups que la vie n'avait cessé de lui distribuer, elle était devenue très forte au jeu des chimères.

Emily fut réveillée par un cauchemar de Joe. Il se débattait violemment en criant.

— Réveille-toi, Joe, dit-elle en le secouant par le bras.

Il ouvrit les yeux, et elle y lut de la terreur.

— C'est moi, Emily. Tu as fait un cauchemar.

— Cela m'arrive parfois, dit-il en se redressant. Je me retrouve en Afghanistan, avec mes hommes…

Sa voix se brisa. Il semblait hanté par ses souvenirs.

— C'est terminé, tout cela. Pense plutôt à ton avenir.

— Batesy et Stan n'en ont plus, d'avenir. A cause de moi. J'étais le médecin du régiment, j'aurais dû les sauver et j'en ai été incapable. Ils comptaient sur moi et je les ai laissés tomber. A chaque fois que quelqu'un me fait confiance, je le déçois. Nete, par exemple. Il est au fond de son lit, malade, et moi je suis en train de m'envoyer en l'air ici…

La brutalité de l'expression la fit frémir. Il ne la regardait pas. Prisonnier du passé, il fixait les nuages gris chassés par le vent sur fond de ciel noir. Sa colère n'était pas dirigée contre elle, mais contre lui-même.

— Joe, il faut que tu arrêtes de t'en vouloir pour la mort de tes hommes. Les vrais coupables sont ceux qui ont posé la bombe. Malgré tes blessures, tu as essayé de les aider…

— Qu'en sais-tu ?

— Peter m'a raconté l'épisode. Pour honorer la mémoire de tes camarades, tu te dois de vivre, de tout faire pour être heureux…

A deux doigts de lui dire qu'elle l'aimait et qu'elle l'aiderait à oublier le passé, elle s'interrompit. Lui faire cet aveu en cet instant aurait été malhonnête de sa part, il était si vulnérable. Au lieu de lui remonter le moral, elle risquait au contraire d'alourdir le poids sur ses épaules puisqu'il ne pouvait de toute évidence pas supporter que quelqu'un s'attache à lui.

Comme elle, il était un éclopé de la vie. Le jour où elle avait osé montrer à tous sa marque de naissance, elle s'était offert une chance de recommencer de zéro. En exprimant enfin son sentiment de culpabilité, Joe venait à son tour de mettre son secret à nu. Pourvu que cela l'aide aussi à repartir du bon pied.

Au petit matin, un ciel bleu accueillit Joe et Emily à la sortie de la grotte.

— Il est temps de rentrer avant que le chef ne lance une expédition à notre recherche, dit Joe. Seigneur, j'espère que Nete va bien !

Elle aussi s'inquiétait pour lui. La parenthèse enchantée était terminée, ils redevenaient des médecins.

Après s'être assurés que le feu était éteint, ils descendirent vers la plage et le bateau.

Elle aurait dû s'en douter. En plus de s'improviser bûcheron, pêcheur, et tisseur de feuilles de palmier, Joe avait des talents de navigateur. Sans boussole, en se guidant simplement avec le soleil, il sut les ramener sans encombre à Yasi.

Cette fois, il n'y avait personne pour les accueillir lorsqu'ils accostèrent sur le rivage. Mais pas non plus de Peter avec une mine vengeresse et un fusil pointé sur Joe. Comme tout le monde, son frère se doutait probablement de ce qu'ils avaient fait cette nuit, et il n'allait certainement pas se priver de leur dire sa façon de penser.

Pour l'heure, c'était le cadet de ses soucis. Son cœur se brisait à la pensée qu'elle n'allait plus pouvoir exprimer librement son amour pour Joe. D'un côté, cela valait peut-être mieux. Dans quelques jours, tout serait de toute façon terminé.

Un vrai couple se serait donné la main. Pas eux. Joe et Emily marchèrent l'un derrière l'autre en direction de la maison du chef. C'était tout un symbole, comme s'ils sentaient qu'ils n'avaient pas le droit de donner l'image d'un couple. Le retour sur l'île marquait la fin de leur très éphémère liaison.

Joe savait que tout était fini. Puisqu'il ne pouvait pas avoir la femme qu'il aimait, mieux valait ne pas prolonger l'agonie et trancher dans le vif.

— Enfin vous voilà ! s'écria Peter, debout sur le seuil de la maison.

Le soulagement se lisait sur son visage. Pour le moment en tout cas, ils échappaient au sermon.

Miriama, qui se trouvait là aussi, les accueillit chaleureusement.

— Nete va mieux, leur annonça-t-elle avant qu'ils aient le temps de poser la question. Il a passé une bonne nuit et sa fièvre est tombée à 38 °C.

Joe alla examiner le patient. Son soulagement était à la mesure de son angoisse. S'il était arrivé quelque chose à l'adolescent, il n'aurait jamais pu se le pardonner.

Après avoir remercié Peter et Miriama d'avoir tenu le fort en leur absence, il prit congé en disant à peine au revoir à Emily.

De toute façon, il allait la revoir au dispensaire, ils passeraient la journée à travailler ensemble, chacun de son côté du paravent.

Si près et si loin à la fois. Cela résumerait désormais leur relation.

Emily rattrapa Joe sur le chemin du dispensaire. La fuyait-il ? Il fallait qu'elle en ait le cœur net.

— Joe, attends-moi !

— Ecoute, Emily, dit-il en se tournant vers elle, j'ai besoin d'être un peu seul. Désolé.

Et il reprit sa marche.

Ah non. C'était trop facile de lui tourner le dos.

Elle passa devant lui pour lui bloquer la route.

— Dis-moi ce qui ne va pas.

— Tu veux vraiment le savoir ?

Une lueur désespérée brillait dans les yeux de Joe.

— Jamais je ne t'ai promis quoi que ce soit, Emily. Tu sais bien que, nous deux, ça ne pouvait pas durer. Après ce qui s'est passé cette nuit, il est temps que je reprenne mon sac à dos pour voguer vers d'autres horizons. Je n'aurais jamais dû laisser les choses aller si loin entre nous, il vaut mieux que je parte avant de causer davantage de dégâts. D'autres prendront le relais de ce que j'ai commencé au dispensaire, je fais confiance à Miriama et à Sou. Bref, les gens n'ont plus besoin de moi ici.

— Moi, j'ai besoin de toi. J'ai *envie* que tu restes !

— Je ne peux pas. J'ai fait le tour de cet endroit, ce séjour chez les Yasis m'a appris beaucoup et je me sens désormais prêt pour la prochaine aventure.

— Joe, s'il te plaît.

Elle le suppliait. Au temps pour son amour-propre.

— N'essaie pas de me retenir, Emily. Si je restais, tu le regretterais. Je pensais donner encore une consultation ce matin, mais je n'en suis plus très sûr à présent. En fait, je partirai dès que j'aurai l'autorisation du chef.

— Alors, ça se termine comme ça ? Tu as eu ce que tu voulais et tu t'en vas ?

La colère la rendait de mauvaise foi. Il ne l'avait jamais menée en bateau ; au contraire, il n'avait cessé de la mettre en garde, de lui dire qu'il n'était pas fait pour les relations sérieuses.

Pourtant, elle se sentait trahie. Elle aurait tant aimé qu'il change, pour elle, qu'il parvienne à son tour à vaincre ses démons. Elle l'aimait. Et elle avait espéré que cette nuit l'aiderait à prendre conscience des sentiments qu'il éprouvait à son égard.

Plus dure était la chute. Il n'avait aucun sentiment pour elle. Encore une fois, elle essuyait le rejet de quelqu'un qu'elle aimait. Après sa mère et son mari, c'était Joe qui l'abandonnait ; et cela faisait encore plus mal parce qu'il avait semblé l'accepter comme elle était. Hélas, le soutien qu'il lui avait offert n'avait été que du vent.

Une fille dans chaque port. Elle n'avait pas représenté davantage pour lui qu'une des filles qu'il rencontrait lors d'une escale, alors que lui signifiait tellement à ses yeux. Il l'avait aidée à s'accepter avec ses défauts, il faisait désormais partie d'elle.

Jamais *elle* ne pourrait l'effacer d'un trait, faire comme si leur histoire n'avait pas existé, surtout à Yasi où tout, un chemin, un arbre, une colline, lui rappellerait des souvenirs d'eux deux.

Si elle voulait essayer de l'oublier, elle aussi devrait avancer son départ.

Sentant les larmes venir, elle lui tourna le dos et regagna d'un pas chancelant la maison de Miriama. Une fois dans sa chambre, elle pourrait donner libre cours à son chagrin puis décider de la marche à suivre.

Désormais, elle ne pouvait compter que sur elle-même.

Après avoir pleuré toutes les larmes de son corps, Emily s'aspergea le visage d'eau froide et attacha ses cheveux en queue-de-cheval.

Son monde s'écroulait, ce qui ne devait pas lui faire oublier qu'elle avait une consultation à assurer, des patients qui avaient besoin d'elle.

Son travail constituerait désormais la seule constante de sa vie. A Londres ou ailleurs, elle serait toujours recherchée pour ses compétences professionnelles. C'était une maigre consolation, mais une consolation tout de même.

Maintenant qu'elle commençait à reprendre ses esprits, elle se sentait presque triste pour Joe. Contrairement à elle, il serait toujours prisonnier de démons qui l'empêchaient de tisser des relations authentiques et durables avec ses semblables. Martyr de sa propre culpabilité, il se complaisait dans son chagrin et s'interdisait toute chance de bonheur. Tant pis pour lui.

D'un pas déterminé, elle se dirigea vers le dispensaire. Elle était décidée à lui parler une dernière fois pour lui demander la véritable raison de son départ.

« J'ai fait le tour de Yasi »… A d'autres !

Au moins, qu'il soit franc avec elle.

Un mot l'attendait sur la porte du dispensaire.

Merci pour tout, Joe.

Le mot lui était-il seulement destiné ? Pas sûr. Il pouvait très bien s'adresser aux patients du dispensaire.

Dégoûtée, elle mit le papier en boule et le jeta à la poubelle. Joe n'avait même pas été capable de lui dire au revoir en face.

La colère enfla en elle. Plutôt que d'ouvrir le dispensaire, elle prit la direction de la plage. De toute façon, elle n'était pas en état de recevoir des patients.

Avait-elle encore une chance de le retrouver pour lui dire ses quatre vérités ? Ou était-il déjà parti ?

Aurait-elle pu le retenir en lui avouant qu'elle l'aimait ?

Elle descendit la dune et, à travers ses larmes, vit deux insulaires en train de pousser un bateau à l'eau. A bord se trouvaient Joe et un autre homme.

Comme une folle, elle courut vers la grève et se mit à crier « Joe ! » au moment où le moteur démarrait. Il ne l'entendit pas.

A elle de se faire entendre.

Ni une ni deux, elle enleva ses sandales et se jeta à l'eau. N'était-ce pas Joe qui lui avait appris à agir sans se poser de questions ? Bientôt, le bateau serait trop loin pour qu'elle puisse le rejoindre à la nage.

Poussée par le désespoir, elle dut battre le record de vitesse de crawl en pleine mer. Elle était à une dizaine de mètres du dinghy quand une vague plus haute que les autres s'abattit sur elle et lui fit boire la tasse.

Hoquetant et toussant, elle émergea de nouveau et agita la

main en direction de Joe. Las, une nouvelle vague assassine l'entraîna sous l'eau.

Avant de couler, elle vit Joe qui se levait dans l'embarcation. Au moins, elle l'aurait aperçu avant de rejoindre sa dernière demeure sous-marine. Plus tard, la légende locale raconterait comment une Anglaise esseulée s'était noyée en poursuivant un bel aventurier.

— Bon sang, à quoi joues-tu ?

Penché par-dessus bord, Joe la saisit sous les bras et, aidé de son coéquipier, parvint à la hisser dans le bateau.

Ils la firent asseoir et la regardèrent, médusés, comme s'ils venaient d'attraper une sirène dans leurs filets.

— Il fallait que je te parle, dit-elle en claquant des dents.

Il ouvrit son sac et en sortit un pull qu'il jeta sur ses épaules.

— Tu es folle ! Tu aurais pu te noyer !

— Je veux juste savoir pourquoi tu t'en vas. Dis-moi la vérité, cette fois.

Tant pis s'il y avait une tierce personne à portée d'oreille.

— Je te l'ai dite.

— Ce n'est pas vrai. Il y a quelque chose de fort entre nous ; pourtant, tu t'enfuis.

— Parce que je ne suis pas celui qu'il te faut. Ton mari t'a déjà fait du mal, et avec moi tu ne ferais que souffrir davantage.

Il fallait lire entre les lignes. Il ne disait pas qu'il ne l'aimait pas. Et il persistait à lui cacher que c'était *lui* qui avait peur de souffrir.

— Aimer quelqu'un fait partie de la vie, Joe. Il faut accepter le risque.

Cela valait pour tous les deux.

Pendant ce temps, le bateau continuait sa course vers le large. Si elle ne parvenait pas à le persuader de faire demi-tour, elle devrait les suivre jusqu'à leur destination.

— Je ne veux pas te faire souffrir, dit-il en lui prenant la main.

— Tu préfères me détruire en t'en allant ? Tout ce que je te demande, c'est de nous laisser une chance. Je t'aime, Joe, dit-elle, le cœur cognant à coups redoublés.

Un sourire éclaira enfin le visage de Joe.

— Eh bien, on est loin de la timide Emily qui avait peur de tout. Moi qui cherchais justement un compagnon de voyage téméraire et un peu fou, à mon image, je crois que je l'ai trouvé.

Une joie immense l'envahit.

— Alors, on fait demi-tour ?

— Nous avons besoin d'un peu de temps pour nous remettre de nos émotions et discuter de l'avenir. Un petit détour par Malale, ça te dit ? On va demander à Anjur de nous y déposer.

Anjur opina du chef en souriant. Plus tard, ce serait peut-être lui qui raconterait la légende de l'Anglaise et de son bel aventurier. Avec une fin heureuse.

Épilogue

Un an plus tard, Emily revint à Yasi pour un mariage. Le sien. Pieds nus sur la plage, Joe et elle échangèrent leurs vœux devant Peter qui les déclara mari et femme.

Sou, Miriama, sa belle-mère et les femmes du village portaient les robes traditionnelles en *tapa* ornées de motifs peints à l'argile rouge, et les hommes — hormis son père en chemise hawaïenne — arboraient la tenue des guerriers avec les jupes en feuilles de cocotier qu'elle avait enfin l'occasion de voir.

Il avait fallu un an à Joe et à Emily pour mettre leurs affaires en ordre. Emily avait vendu ses parts du cabinet londonien. Elle ne voulait plus de sa vie routinière d'autrefois. En attendant de trouver leur voie, Joe et elle avaient décidé de revenir rendre visite à Peter sans savoir s'ils allaient définitivement poser leurs bagages sur l'île ou poursuivre leur exploration du monde.

— Tu peux embrasser la mariée, dit Peter à son ami.

Souriant aux anges, Emily offrit ses lèvres à son mari. Ils s'embrassèrent à perdre haleine.

— Je n'avais jamais embrassé une femme mariée, dit-il quand ils émergèrent de leur tendre apnée.

— Veille à n'embrasser que ta femme, et tout ira bien, répondit-elle sur un ton faussement menaçant.

S'il y avait une chose dont elle était sûre en ce monde, c'était de l'amour de Joe.

Comme le *vakatata* — l'orchestre — commençait à battre des tambours et que les *matana* se mettaient en ligne pour célébrer leur union par des danses rituelles, Emily adressa un remerciement silencieux au ciel. Elle avait connu tant de bonheurs au cours de cette année. Et le plus grand était à venir, songea-t-elle en posant sa main sur son ventre légèrement arrondi. Dans sept mois, Joe et elle embarqueraient pour une nouvelle aventure. La plus belle de toutes. Ils deviendraient parents.

SUE MACKAY

Un mariage inattendu

Traduction française de

ANOUK

BLANCHE

HARLEQUIN

Titre original :
THE ARMY DOC'S BABY BOMBSHELL

Ce roman a déjà été publié en 2017.

1.

— Oh ! tu as vu cet homme ? chuchota Kelly, qui se tenait à côté de Sophie. Franchement, qu'est-ce qu'il est beau… À tomber par terre !

Sophie suivit le regard de sa collègue infirmière et sergent. Toutes deux s'entendaient à merveille en dépit de leur relation hiérarchique : elle était le capitaine Sophie Ingram, chirurgienne du camp de cette faction de l'armée néo-zélandaise basée à Bamiyan, en Afghanistan. Mais Kelly était avant tout son amie.

L'homme qu'admirait Kelly était également capitaine et médecin ; un Australien arrivé la veille au soir, en mission à l'hôpital militaire durant trois jours.

Grand, musclé, une bouche sensuelle, le regard fier, d'un gris perçant…

Envoûtant, songea-t-elle confusément, tandis qu'il se dirigeait vers elles d'un pas rapide. Une pointe de désir la surprit de manière fulgurante.

— À tomber par terre, mais à éviter, dit Sophie en chassant aussitôt cette sensation.

— À éviter ? répéta Kelly, incrédule.

— Oui. En tout cas, pour moi. Je ne veux pas d'histoires. *Plus d'histoires…*

La dernière fois qu'elle avait eu un petit ami — un officier, dorénavant retourné chez lui, heureusement —, ça ne s'était pas très bien terminé. Macho typique, cet homme-là n'avait vu en elle qu'un moyen de se changer les idées. Pas très gratifiant… Ni épanouissant. Au contraire, elle avait eu le sentiment d'avoir été utilisée.

Résultat, pour l'instant, Sophie tenait à fuir les mésaventures du même genre. D'autant que, compte tenu du contexte — la guerre, la vigilance aiguë à garder… —, elle ne pouvait pas se permettre de perdre son temps.

Même si Cooper Daniels est la tentation incarnée, ne put-elle s'empêcher de réaliser tandis que le nouveau venu s'approchait d'elles.

Ignorant le trouble qui l'envahissait de nouveau, Sophie ébaucha un sourire poli.

— Bienvenue sur la base de Bamiyan…

Au même moment, une terrible explosion retentit. Le sol, dur comme de la pierre, fut comme pulvérisé et Sophie se sentit littéralement propulsée en l'air. Les bras ballants, la tête oscillant d'avant en arrière, elle éprouva l'impression d'être en train de planer avant de tomber violemment par terre, sur le dos…

Le choc lui coupa la respiration.

Sophie essaya de se protéger le visage — des cailloux et de la poussière volaient tout autour —, mais ne parvint pas à bouger le bras. Pas même un doigt.

Pétrifiée par la peur, elle voulut crier, mais aucun son ne sortit de sa bouche. Elle avait mal…

Si mal. Partout.

Suis-je en enfer ?

— Restez immobile, ordonna alors une voix d'homme, basse et impérieuse.

Sophie n'eut pas besoin d'ouvrir les yeux pour savoir qui lui parlait ainsi.

Elle se mit à tousser. Une longue quinte aggravée par la soif soudaine qu'elle éprouvait. Cooper lui entoura la tête de ses bras, et ses jambes musclées se plaquèrent contre celles de Sophie, formant comme un bouclier protecteur.

Il y eut des coups de feu, des cris, encore des tirs. Ça sembla durer une éternité…

Puis, brusquement, le vacarme cessa. Un silence irréel régna quelques secondes, puis on entendit des ordres hurlés çà et là, d'un ton affolé.

Sophie s'efforça de respirer. Était-ce la fin ? S'apprêtait-elle à mourir sur ce territoire aride, dangereux, elle qui avait grandi au milieu de la verdoyante luxuriance de la Nouvelle-Zélande ?

Non ! Je vais me battre…

Posant les paumes à plat sur le sol, elle décida d'essayer de se relever malgré le poids de l'homme qui demeurait tout contre elle.

— Détendez-vous, chuchota-t-il à l'oreille de Sophie.

De manière presque séductrice…

Sophie sentit tout son corps se tendre cependant que Cooper se plaquait davantage sur elle.

— Restez tranquille, répéta-t-il sur le même ton, presque suppliant.

— Laissez-moi !

Bon sang, elle était médecin et soldat, non une froussarde !

Même si une terreur indescriptible s'infiltrait en elle, il fallait qu'elle reste opérationnelle, qu'elle évalue la situation au plus vite et qu'elle se rende à l'hôpital du camp. L'attentat aurait inévitablement engendré des pertes humaines… Il devait y avoir des blessés…

Elle devait réagir.

Sophie ouvrit les paupières et rencontra le regard de Cooper Daniels. Il semblait se coller à elle, le visage si près, parce qu'il continuait à tenter de la protéger avec son propre corps.

Elle sentit son cœur battre plus vite, de façon irrégulière et à grands coups. Étrangement émue, elle s'efforça de se dégager de l'emprise inexplicable que les yeux de Cooper, d'un gris perçant, semblaient exercer sur elle. Une onde de choc glissa en elle, sensation électrique et inconnue. *Peut-être suis-je morte*, pensa-t-elle. *J'ai été touchée… Tuée…*

— Bougez-vous ! cria alors quelqu'un. Capitaine Daniels, capitaine Ingram, ne restez pas là, on vous couvre ! Vite ! Levez-vous et déguerpissez !

La petite voix intérieure résonna de nouveau. *Non, je suis bien vivante.*

Sophie repoussa Cooper, impatiente de s'écarter, de retrouver sa propre assurance, de vérifier où l'on avait besoin d'elle.

Cooper se leva et, d'une poigne franche, rapide et un peu brusque, il l'aida à se mettre debout. Il paraissait déstabilisé et sûr de lui en même temps.

— Réfugiez-vous dans le quartier des officiers, dit-il en lui tenant la main. C'est l'hôpital qui est la cible.

Sans douter une seule seconde de la parole de Cooper, Sophie se précipita.

Tout en courant, elle regardait autour d'elle, abasourdie par ce qu'elle découvrait : les cratères profonds dans le sol, l'énorme nuage de poussière au-dessus des bâtiments, qui bloquait les rayons brûlants du soleil. Le reste paraissait bizarrement normal, hormis le fait que les soldats s'étaient positionnés le long des clôtures, tournés vers l'extérieur, mitraillettes au poing.

Non, non, rien de tout cela n'était normal. C'était l'horreur. Le pire cauchemar…

Puis Sophie vit un corps gisant contre le mur du dispensaire.

Le corps d'une femme qu'elle reconnut instantanément.

Son sang ne fit qu'un tour.

— Kelly ! s'écria-t-elle en se hâtant.

— N'y allez pas ! ordonna Cooper, qui lui avait emboîté le pas. L'endroit est exposé, les snipers risquent de vous voir.

Sophie s'immobilisa pour le regarder. Étonnamment, elle avait retrouvé toute sa vigueur habituelle.

— Il s'agit du sergent Kelly Brooks ! Il faut l'enlever de là et la mettre à l'abri.

D'où lui venait ce calme soudain ? Elle n'était plus une victime ayant besoin d'être protégée par un homme, mais une femme médecin découvrant une collègue et amie grièvement blessée.

Cooper parut surpris, puis il secoua la tête, comme s'il se résignait.

— OK, je vous aide.

— Elle se tenait juste à côté de moi quand la bombe a explosé, dit Sophie tandis qu'ils s'accroupissaient devant Kelly.

Sans connaissance, la jeune femme était blessée à la tête, et ses jambes étaient repliées en formant un drôle d'angle par rapport à son buste. Sophie s'efforça de lui prendre le pouls tout en maîtrisant, autant que possible, son inquiétude. Il fallait qu'elle soit professionnelle. Ses émotions ne devaient pas la dominer, surtout pas.

Pas maintenant.

— Kelly, je t'en prie, ne me fais pas ça, murmura-t-elle.

Enfin, elle sentit une légère pulsation sous sa paume.

— Oui !

Elle laissa échapper un soupir de soulagement et garda les doigts en place pendant encore quelques secondes, afin de bien percevoir les battements et d'être absolument sûre. À côté d'elle, Cooper examinait la tête de Kelly avec délicatesse.

— Elle est en vie…

— Oui. Elle vit toujours, Dieu merci, dit Sophie. Il nous faut un brancard pour l'emmener au bloc tout de suite.

— Entendu, capitaine.

Cooper se leva et partit en courant vers l'hôpital. Sophie le suivit brièvement du regard, admirant sa foulée puissante et rapide. C'était un homme courageux. Impressionnant. Il n'avait pas hésité à se jeter sur elle pour la protéger des balles.

— Capitaine Ingram ! appela un soldat, sa voix s'élevant au-dessus du vacarme environnant. On a deux blessés de l'autre côté du périmètre de sécurité… La base est maintenant sous contrôle et hors de danger !

Rien ni personne n'étaient complètement hors de danger, songea Sophie. Mais elle garderait cette certitude pour elle.

Levant les yeux, elle reconnut George, un jeune soldat qui accomplissait sa première mission loin de la Nouvelle-Zélande. Parfois, il passait à l'hôpital pour faire la lecture aux patients, ou parler avec eux. Son visage était blanc comme de la craie.

— Merci, caporal. Vous êtes blessé ?

— Non, capitaine.

— Bonne nouvelle. Le capitaine Daniels va apporter un brancard pour transporter le sergent Brooks. Allez lui donner un coup de main, s'il vous plaît.

Déplacer Kelly serait extrêmement délicat en raison des nombreuses blessures dont elle souffrait. La jeune femme ne sentirait rien, étant inconsciente, mais Sophie savait qu'elle-même réagirait viscéralement à chaque mouvement. Elle détestait que les autres aient mal. Parmi ses collègues médecins, on lui reprochait gentiment son excès de sensibilité : toute intervention chirurgicale impliquait fatalement des blessures et douleurs en amont, n'est-ce pas ? Il fallait accepter et se dissocier de cette souffrance, pour mieux soigner les patients. Sophie savait que c'était juste, mais n'y parvenait pas toujours.

George obéit sur-le-champ, rejoignant Cooper qui venait d'arriver auprès de Kelly.

— À l'intérieur, c'est le chaos. Il y a des blessés partout.

Sophie réprima un juron. Pourquoi ? Qui étaient les responsables de cette attaque ? Pourquoi fallait-il toujours que les êtres humains s'entre-tuent ?

Remets les pieds sur terre, se dit-elle aussitôt. *On est dans une zone en guerre, et c'est pour cette raison précise que tu es ici…*

Elle le savait, oui, néanmoins, cette réalité lui était insupportable.

La gorge nouée, Sophie commença à superviser le déplacement de Kelly : de cet endroit sale, poussiéreux, en pleine chaleur, on allait l'emmener à l'intérieur de l'hôpital, là où on serait en sécurité…

Théoriquement.

Si les assaillants ne recommençaient pas.

— Je vous seconderai, annonça Cooper tandis qu'ils transportaient Kelly vers le bloc opératoire.

Sophie lui jeta un bref coup d'œil.

— Vous serez sûrement appelé ailleurs.

— Priorité oblige : Kelly est, de loin, la plus touchée.

Puis, à mi-voix, il ajouta :

— Si on exclut les deux décès.

Sophie sentit son estomac se contracter. Jusque-là, elle s'était refusée à envisager que des soldats aient réellement pu périr.

— On sait de qui il s'agit ?

— Pas encore.

Le regard de Cooper chercha celui de Sophie. Une lueur déterminée s'y reflétait.

— Si vous voulez, je vous remplace le temps que vous alliez vous renseigner.

— Merci, dit-elle en secouant la tête. Stabiliser l'état de Kelly est prioritaire. Ensuite, on l'évacuera.

— Je suis d'accord.

Et il lui adressa un sourire qui provoqua en Sophie un tel trouble que, subitement, elle se sentit bizarre… Si bizarre qu'elle faillit perdre l'équilibre. Cherchant à s'accrocher à quelque chose, elle s'agrippa au bras de Cooper.

— Ça va ? demanda-t-il d'un ton inquiet.

Sophie cligna des yeux, luttant contre le léger vertige qui l'avait gagnée.

— Oui, oui… Le contrecoup, sans doute.

Mais pas seulement. Le mélange de soulagement, d'émotions et de fatigue jouait avec ses nerfs.

Elle montrait aussi son manque d'expérience des situations de crise…

Les deux derniers mois s'étaient écoulés dans une relative tranquillité malgré la guerre qui sévissait non loin. La base avait été épargnée, si bien qu'elle n'avait dû gérer que des chirurgies sans gravité.

Examinant Kelly, qui venait d'être allongée sur un lit, Sophie effectua un diagnostic plus précis.

— Multiples fractures sur les deux jambes et le pelvis. Épaule déboîtée et commotion cérébrale. Il lui faut un chirurgien orthopédique…

Elle soupira.

— Malheureusement, on n'en a aucun, ici. Vous vous y connaissez ?

— Suffisamment pour assurer le minimum, mais plus vite on la transférera à Darwin, mieux ce sera.

Le visage de Cooper reflétait de l'inquiétude.

— On va faire de notre mieux.

— Exactement. De notre mieux, répéta Sophie, s'efforçant de dissimuler son incertitude.

Elle jeta un coup d'œil circulaire. Peu à peu, on s'organisait malgré le chaos ambiant. Elle aperçut l'officier responsable de la planification des transports, et se précipita vers lui pour expliquer la situation.

— On a deux autres transferts d'urgence pour l'Australie, indiqua-t-il à Sophie. Un avion sera affrété dès que possible.

— Merci… Prévenez-moi, s'il vous plaît.

Puis Sophie gagna le bloc. Essayant de garder les idées claires, elle se lava soigneusement les mains, côté face, côté paume, entre les doigts et sur les poignets. Du sable, de la poussière et du sang maculaient sa peau et s'étaient incrustés sous ses ongles.

Une rage sourde l'envahissait lentement. Comment cette attaque avait-elle pu se produire ? Pourquoi cette folie meurtrière ?

Elle-même avait choisi d'aider autrui, de soigner les gens… Elle peinait à admettre qu'on puisse volontairement faire du mal et tuer, assassiner. Elle aurait voulu crier sa révolte, son indignation, trouver les mots pour exprimer ce qu'elle éprouvait…

Mais dans cet hôpital militaire, là, maintenant, c'était naturellement impossible. Elle devait montrer l'exemple… Comme Cooper qui s'activait calmement non loin. Elle devait préserver les apparences et respecter l'endroit autant que leur mission de médecin.

Sophie se mit alors à trembler. Ses muscles réagissaient, son ventre se contractait malgré elle. Une réaction à fleur de peau.

— Hé… Respirez profondément, conseilla Cooper.

— Facile à dire…

Il s'approcha et posa une main chaleureuse sur l'épaule de Sophie.

— J'imagine ce que vous ressentez… Mais gardez votre colère pour plus tard.

Se retournant, Sophie capta le regard gris de Cooper, si inhabituel… Et tellement envoûtant.

L'homme l'était tout autant.

— J'essaie, avoua-t-elle d'une voix sourde, consciente des frissons qui la parcouraient. C'est juste que j'en éprouve un trop-plein, tout à coup. Oui, c'est… trop.

— Je connais ça, dit-il en la relâchant. Je ressens ça à chaque fois.

— Et malgré tout vous revenez ?

Sophie avait entendu dire que le capitaine Daniels en était à sa troisième mission en Afghanistan.

— Eh oui, je me suis engagé, répondit-il avec un bref sourire.

Elle vit une lueur un peu amusée se refléter dans les yeux de Cooper, et en déduisit qu'il avait noté son intérêt pour lui.

C'est strictement professionnel !

Refusant de gonfler davantage l'ego de son confrère, Sophie alla se sécher les mains puis enfila les gants stériles que l'infirmière, qui venait de les rejoindre, lui tendait.

Ils s'apprêtaient à opérer Kelly en urgence. Rien d'autre ne devait s'imposer à son esprit. Rien.

— J'espère au moins que l'attaque est réellement terminée, murmura-t-elle.

— Il semblerait que oui, répondit Cooper en concentrant son attention sur leur patiente. Prête ?

Sophie ajusta son masque.

— Prête.

L'opération se termina plusieurs heures plus tard — combien de temps exactement, elle n'aurait su le dire. En tout cas, cela avait été long et fastidieux. Délicat, surtout.

Sophie sortit du petit hôpital et s'adossa au mur encore imprégné de la chaleur de la journée. Maintenant, il faisait nuit et quelques rares étoiles brillaient dans le ciel couleur d'encre.

Toujours endormie, Kelly était allongée sur une civière qu'on transportait en ce moment même vers une ambulance. Elle serait bientôt à bord de l'avion qui l'évacuerait.

— Heureusement, elle a survécu à la première épreuve, dit-elle, se parlant à elle-même.

Autour d'elle, le silence semblait inhabituellement dense et épais.

— Oui, c'est déjà ça de gagné, renchérit Cooper en s'approchant.

Sophie lui jeta un rapide coup d'œil. Elle n'avait pas fait attention en s'exprimant ainsi, à voix haute, et fut surprise par la présence de son confrère.

— Je m'inquiète à propos de sa jambe gauche. Je redoute l'amputation.

— Sa rotule n'a pas seulement été cassée, elle a été pulvérisée, rappela Cooper.

— Exact.

Sophie resta pensive quelques secondes.

— Quand je pense que Kelly était une passionnée de jogging… Elle participait à des marathons. J'espère qu'elle pourra s'adapter après la longue rééducation qui l'attend. Je l'espère de tout mon cœur.

Elle sentit des larmes lui piquer les paupières.

— C'est trop injuste…

— C'est la guerre.

— Je sais bien. Mais elle est mon amie et j'ai beaucoup de peine.

Elle regarda de nouveau Cooper et eut envie qu'il s'en aille. Elle ne pouvait pas partager avec lui ce qu'elle éprouvait. Ce n'était qu'un inconnu.

— Merci pour tout, murmura-t-elle.

Et elle commença à s'éloigner d'un pas vif.

— Où allez-vous ? demanda-t-il d'un ton inquiet.

— Dans ma chambre. J'ai besoin de me reposer.

Et je veux essayer d'oublier…

— Je viens avec vous. On n'a pas besoin de parler, précisa-t-il, devinant sans nul doute l'état d'esprit de Sophie. On sera juste ensemble.

Ensemble ?

Sophie s'efforça de lire dans le regard de Cooper, mais la pénombre ne le lui permit pas. Au fond, pourquoi pas… Après ce qu'ils venaient de vivre, l'attaque, le chaos, l'opération chirurgicale, elle était épuisée, et comme dans un état second. Un peu de compagnie la rassurerait.

— D'accord.

Ils se dirigèrent vers le bâtiment des dortoirs, croisant quelques rares soldats çà et là. Un calme irréel semblait dorénavant planer sur la base militaire.

— Vous avez déjà connu ce genre de situations ? demanda-t-elle en mettant les mains dans les poches de son treillis.

— Oui, près de Kaboul.

— Désolée de poser la même question, mais pourquoi vous revenez ?

Elle-même s'était enrôlée pour un an, et elle n'était pas sûre de réussir à tenir le coup. C'était trop dur.

— Ce sont les ordres, capitaine Ingram. Après mon dernier engagement.

— Évidemment.

Le bâtiment des dortoirs était éclairé. Il y avait du monde, à l'intérieur. À mesure qu'ils s'approchaient, Sophie se rendit alors compte qu'elle ne parviendrait pas à franchir le seuil de cette bâtisse où se rassemblaient les soldats et certains de ses collègues. En vérité, elle ne voulait voir personne.

— Vous préférez continuer à marcher ?

— Oui, admit-elle, étonnée que Cooper ait deviné ses pensées.

Ils s'éloignèrent, adoptant la même allure.

Sans se concerter, ils prirent la direction opposée.

— Au fait, je voulais vous remercier pour tout à l'heure, dit Sophie.

— Pourquoi ?

— Vous vous êtes jeté sur moi au moment de l'attaque pour me protéger… Vous avez eu un courage extraordinaire.

— Vous plaisantez ? Vous étiez sous un tir nourri, et j'ai fait ce que j'ai pu sans réfléchir aux conséquences.

— Sans réfléchir aux conséquences…, répéta Sophie. C'est exactement à cela qu'on mesure le courage, pas vrai ? Il n'empêche que la force de la déflagration nous a séparées, Kelly et moi, poursuivit-elle tristement.

— Une chance que vous n'ayez pas été blessée. On a eu besoin de vous au bloc, ensuite.

— C'est vrai.

Ils longèrent le quartier des officiers, et s'enfoncèrent

dans la pénombre. Sophie lança un coup d'œil autour d'elle. Il n'y avait pas un chat.

— Il faudrait que je fasse demi-tour, dit-elle en s'immobilisant.

— Vous avez peur… en étant avec moi ?

La voix de Cooper exprimait autant de défi que de perplexité. Le timbre était bas, un peu rauque.

— Pas du tout, répliqua-t-elle un peu sèchement.

Elle se sentait pleinement consciente de la présence de cet homme à son côté. Grand, musclé, impressionnant. Rassurant. Ce serait si facile de s'appuyer contre lui, de poser la tête, de lui enlacer la taille…

Ce serait si agréable de s'abandonner.

Réaliser cette vérité lui arracha un léger soupir.

Cooper s'approcha d'un pas, et elle perçut le léger effleurement de son corps, si proche du sien. Elle ne bougea pas ; n'en eut pas envie. Au contraire, imperceptiblement, elle se tourna vers lui.

Jamais elle n'avait éprouvé un tel désir. Quelque chose d'inexplicable, lié à la force de la vie qui reprenait son cours et jaillissait… Une pulsion inconnue qui la ramenait au plaisir quasiment miraculeux d'être là après avoir traversé un tel enfer…

— Sophie ? murmura Cooper.

Elle le regarda. Dans l'obscurité, elle eut l'impression que les yeux de Cooper brillaient.

Non, jamais elle n'avait ressenti cet élan-là, comme un courant magnétique qui la poussait vers lui…

Et lui, vers elle.

— J'ai envie de toi, avoua-t-elle.

— Moi aussi.

— Maintenant…

Oui, tout de suite.

Cooper l'enveloppa dans ses bras et, frissonnant de la tête

aux pieds, Sophie se blottit. Elle sentit le désir de Cooper, aussi puissant et palpitant que celui qui la submergeait soudain.

Réfléchir aux conséquences aurait été impossible.

Nouant les bras autour du cou de Cooper, Sophie leva la tête et tendit les lèvres, comme assoiffée.

Le premier baiser fut brûlant. Resserrant encore son étreinte, Cooper l'embrassa profondément. Leurs souffles se mêlèrent avec avidité tandis qu'ils essayaient, l'un et l'autre, de découvrir leurs peaux sous les épais treillis qu'ils portaient. Une fermeture Éclair fut ouverte, un bouton arraché. Les pantalons glissèrent. Leurs mains se nouèrent, leurs bouches ne se quittaient plus, et Sophie étouffa un premier cri de plaisir.

Ce fut… animal. Sauvage. Vrai. Un corps-à-corps silencieux et passionné. Sophie enroula les jambes autour de la taille de Cooper, lequel la porta et vint en elle, et presque instantanément elle eut l'impression d'une explosion en elle. Des spasmes l'envahirent, un raz-de-marée de jouissance l'inonda, et elle oublia tout…

Absolument tout.

2.

Sept mois et demi plus tard

Cooper essuya la sueur qui perlait sur son front. La chaleur australienne était insupportable. L'air ne fraîchissait jamais, à Darwin… Pas d'un degré. Pourtant, on était en automne. Mais, sur ce continent, la saison la plus proche de l'hiver demeurait quasiment estivale.

Deux heures venaient de s'écouler depuis l'atterrissage de l'avion militaire qui l'avait amené ici, et il en avait déjà assez. Bien qu'il se soit changé et douché moins d'une demi-heure plus tôt, il avait de nouveau envie d'une douche glacée.

Ce ne serait pas pour tout de suite. Il avait autre chose à faire, à découvrir…

Et c'était un moment qu'il attendait depuis longtemps. À coup sûr, il brûlait d'impatience.

Cooper s'engouffra dans le petit hôpital militaire, et jeta un coup d'œil autour de lui, espérant l'apercevoir.

Elle, Sophie Ingram. La femme qui avait hanté ses nuits.

Nul doute qu'après l'avoir revue il éprouverait doublement le besoin d'être aspergé d'eau fraîche.

Il n'avait jamais pu oublier la jeune femme. Quelques heures d'une soirée hors du temps, une seule étreinte passionnée… Et dorénavant elle l'obsédait. Le pire, c'était quand il ne parvenait pas à dormir. Les souvenirs et les images de ce qu'ils avaient tous deux partagé, cette fusion aussi fulgurante qu'absolue, tourbillonnaient dans sa mémoire. Il n'avait rien vécu de tel jusqu'alors. Une expérience d'absolu comme il en avait rêvé en se persuadant que ça n'existait pas. Et pourtant, avec elle, c'était arrivé.

Une seule fois.

Soudain, Cooper repéra Sophie…

Là-bas, dans la salle, appuyée sur une table de travail, en train de lire un dossier, elle paraissait ignorer le brouhaha ambiant.

Il sentit son estomac se contracter, le souffle lui manquer tandis qu'il buvait des yeux la fine silhouette qu'il apercevait de dos.

Même le treillis, si peu féminin, ne pouvait dissimuler les courbes harmonieuses. Les cheveux, d'un brun cuivré, étaient maintenus en une longue queue-de-cheval, lisse et brillante. Il n'avait pas eu l'occasion de glisser les doigts dans cette masse soyeuse, n'ayant pas eu le loisir d'embrasser Sophie autant qu'il l'aurait souhaité. Après, il l'avait regretté.

D'un mouvement ample, calme, la jeune femme se retourna pour ranger le dossier sur une étagère et, là, Cooper eut d'abord l'impression d'avoir mal vu.

Sa gorge se noua. Une sensation étrange l'envahit.

Sophie était enceinte. Fortement enceinte.

— Cooper ?

Une main sur son ventre proéminent, elle s'avança lentement vers lui. Une lueur de surprise et de défi se reflétait dans ses yeux verts.

L'espace d'un instant, le cœur battant, Cooper résista à l'envie de tourner les talons et de fuir. Mais… Lâche, lui ? Jamais.

Il s'éclaircit la voix et s'obligea à sourire.

— Bonjour, Sophie… Je savais que tu travaillais ici. Je suis passé te saluer.

Elle soutint son regard. Rien ne transparaissait sur son joli visage aux traits lisses.

— Eh bien… salut.

Sophie hocha la tête.

— Tu as de la chance de me trouver : je suis encore dans les parages pendant une semaine, puis je retourne à Auckland.

Auckland ? En Nouvelle-Zélande ? Tiens, lui aussi, songea Cooper, presque dans un état second. Il s'y rendrait d'ici quarante-huit heures. Dans une ville aussi grande, ils ne se croiseraient pas. À moins qu'ils n'échangent leurs numéros de téléphone, évidemment…

S'ils le voulaient.

Après tout, Sophie attendait un bébé, pensa-t-il, gagné par le pressentiment qu'il n'était peut-être pas étranger à cette grossesse.

Le calcul mental était rapide à effectuer.

— Tu en as assez de la chaleur de ce pays ? demanda-t-il, histoire de dire quelque chose.

— Oui. Et je souhaite être chez moi avant l'arrivée de mon enfant.

Sophie entoura son ventre d'un geste protecteur.

— Tu es à quel terme ?

— Sept mois.

Cooper garda les yeux rivés sur ceux de la jeune femme. Le bombardement de Bamiyan s'était déroulé sept mois plus tôt. Juste après, ils s'étaient consolés en faisant l'amour si naturellement et passionnément…

Ensuite, ils ne s'étaient jamais contactés. Pas même un e-mail.

En ce qui le concernait, cela correspondait à ce qu'il souhaitait quand il rencontrait une femme. Mais là, subitement, tout semblait déjà différent.

Définitivement différent.

Alors qu'il se faisait cette réflexion, Sophie redressa les épaules dans un mouvement de fierté évident. Ses prunelles émeraude brillèrent.

— Sept mois et demi, précisément. Elle est de toi.

Cooper accusa le choc. Il sentit de la sueur couler dans son dos.

— Je vois.

Non, en vérité, il ne voyait rien…

Rien sauf cette ravissante jeune femme qui le bravait en silence.

Fallait-il — ou pouvait-il — croire Sophie ? Ils n'avaient eu qu'une seule relation et elle se retrouvait enceinte ? Oserait-il demander un test de paternité… lui qui ne voulait pas être père ?

S'occuper d'un enfant, lui ? Ça lui paraissait inimaginable. Il risquerait d'être tout simplement… incompétent. Ce doute, il le portait depuis toujours, probablement à cause des inconstances de son propre père qui n'avait cessé de changer de compagne après la mort de la mère de Cooper.

Et Sophie voulait-elle ce bébé ? La question était tellement absurde que Cooper la chassa de son esprit.

Mal à l'aise, il se racla la gorge.

— Il faut qu'on parle.

— Pourquoi ?

— À ton avis ? Je veux en savoir plus.

— Pourquoi ? répéta Sophie. Je ne te demande rien. Mon bébé et moi allons très bien, fin de l'histoire.

Déconcerté, Cooper l'observa de nouveau, remarquant qu'elle gardait les poings serrés. Qu'elle était jolie… Lumineuse, vibrante… Et un peu en colère, ou énervée… Ou simplement provocatrice ?

La même pensée lui revenait à l'esprit en boucle. La même vision. Tous deux avaient partagé une étreinte passionnée, un désir fou soudain et unique… Et voilà qu'un bébé viendrait maintenant au monde.

Une petite fille.

Quelle était sa responsabilité ? La même que celle de Sophie… Ils avaient été deux adultes consentants, n'est-ce pas ?

Oui… Et maintenant elle attendait un enfant…

Leur enfant.

— Allons boire un verre, proposa-t-il. À quelle heure tu peux t'autoriser une pause ?

— Quand je veux. À moins qu'une urgence ne surgisse, évidemment, mais pour le moment tout est calme. Profitons-en.

Cooper s'efforça de sourire, conscient qu'une pensée extrêmement déstabilisante s'imposait à lui : dorénavant, quoi qu'il se passe, Sophie et lui seraient liés pour la vie.

Sa gorge se serra. Au fond, c'était presque aussi terrifiant que l'attaque de la base de Bamiyan sept mois plus tôt...

Aussi terrifiant que sa propre incapacité à envisager son rôle en tant que parent.

Le moment venu, il faudrait qu'il explique à Sophie pourquoi cela paraissait si compliqué à ses yeux. Une épreuve quasiment insurmontable. Son histoire tenait en peu de mots : sa mère s'était suicidée lorsqu'il avait six ans et, après ce drame, son père avait enchaîné les relations éphémères. Comment apprendre la vie de famille dans un tel contexte ? Comment y croire ?

Cooper se rendit compte que Sophie l'observait attentivement. Sentant son pouls s'accélérer, il s'obligea alors à se concentrer sur l'instant présent. Décidément, elle avait le pouvoir de tout lui faire oublier.

— Je connais une brasserie à quelques kilomètres. Un lieu plutôt tranquille, non-fumeurs, bien sûr. On devrait y être bien, ajouta-t-elle.

— Tu as une voiture ?

— Oui. Je t'emmène.

— Parfait, allons-y.

Tout en emboîtant le pas à Sophie, Cooper songea à ce qu'il s'était dit avant d'arriver. Il voulait simplement la revoir, peut-être partager un bon moment avec elle, un moment aussi extraordinairement excitant que la fois précédente... Quelle ironie du sort ! Parfois, les imprévus de la vie s'avéraient tellement incroyables qu'ils en étaient inimaginables.

Sophie conduisit rapidement tout en respectant de justesse les limites de vitesse. Cela en disait long sur son état d'esprit. Récemment, elle était devenue ultra-prudente par rapport à beaucoup de choses, comme si elle craignait que sa vie ne soit encore plus compliquée. Mais revoir Cooper…

Quel choc.

Elle ne s'y était pas préparée. Pourtant, elle avait su, à l'avance, qu'il viendrait. Son collègue Alistair, ami avec Cooper, l'avait prévenue qu'elle aurait la visite d'un chirurgien qu'elle avait rencontré à Bamiyan. Sur le moment, elle n'y avait pas cru, et puis…

Et puis, Cooper était arrivé.

En le revoyant, elle s'était sentie complètement chamboulée. Il était si beau…

À tomber par terre, oui.

Normal qu'elle se soit jetée dans ses bras à Bamiyan… Normal compte tenu des circonstances là-bas. L'attaque. L'explosion. La peur. Le contrecoup…

Normal, vraiment ?

Elle aurait dû lui apprendre sa grossesse dès le début, puis s'était ravisée. À quoi bon ? Cooper aurait pensé qu'elle voulait qu'il fasse partie de sa vie. Ce n'était pas comme s'ils étaient tombés amoureux.

Ce n'était pas comme si elle avait eu envie d'être enceinte et d'avoir un compagnon, un amant, un homme dans sa vie.

Pas du tout.

Se marier, elle ? Ce n'était pas au programme, et ça ne le serait pas avant un bon bout de temps. Qu'elle ait un enfant ou pas, elle ne changerait pas de cap. Elle pourrait parfaitement élever sa fille sans vivre sous le même toit que le père de celle-ci…

Jamais elle ne supporterait d'être liée à un homme uniquement parce qu'ils avaient un enfant.

Quand, trois jours plus tôt, Alistair l'avait informée de la venue de Cooper, Sophie s'était dit qu'il avait deviné à leur sujet. Elle s'entendait bien avec ce lieutenant-colonel, qui n'avait jamais caché son amitié vis-à-vis de Cooper. Elle lui avait confié avoir croisé Cooper à Bamiyan sept mois plus tôt. Il avait dû calculer. Était-ce pour cette raison qu'il lui avait rendu la vie plus facile ces derniers temps ? Elle ne le lui demanderait pas… De toute façon, elle quitterait bientôt la base et changerait de vie.

Sophie accéléra légèrement, se concentrant sur la route. Plus vite ils atteindraient Chez Harry, plus vite elle pourrait partager avec Cooper le peu d'éléments qu'elle tenait à lui révéler. Ensuite, ils se sépareraient et elle respirerait de nouveau.

Au moins n'avait-il pas manifesté de vive émotion, négative ou positive, lorsqu'elle lui avait annoncé que le bébé était de lui. Bien sûr, il avait paru choqué, abasourdi, il s'était même crispé… puis maîtrisé instantanément. Voilà qui résumait la personnalité de cet homme, songea-t-elle. Cooper se contrôlait autant qu'il était nerveux. Oh ! elle le savait déjà, l'ayant vu réagir dans l'un des pires moments de crise que des médecins enrôlés aient à vivre…

— Je suppose que cette vieille voiture n'a pas de climatisation ? marmonna Cooper en essayant de caler son grand corps sur le siège trop étroit pour lui.

Tirée de ses réflexions, Sophie lui jeta un bref coup d'œil.

— Tu vois la poignée ? Eh bien, tourne-la, et tu pourras baisser la vitre !

Il se contenta de soupirer avec résignation.

— Les pneus sont presque neufs, et le moteur tourne. Je n'ai pas besoin de plus, ajouta Sophie.

S'abstenant toujours de tout commentaire, il ouvrit et un air chaud s'engouffra dans le véhicule.

— Tu t'es de nouveau engagé dans l'armée ? demanda-t-elle poliment.

— Non. Je finis mon contrat, et ensuite je vais travailler à l'hôpital d'Auckland.

Sophie lui lança de nouveau un regard rapide. Curieusement, cette nouvelle la soulageait. En vérité, elle serait heureuse, et même très heureuse, que sa fille puisse connaître son père. Ce qu'elle ne voulait pas, c'était vivre avec lui…

Ce qu'elle voulait ? Éviter absolument de reproduire le désastreux schéma maternel.

Sa propre mère s'était mariée sans amour parce qu'elle était enceinte… Sophie se souvenait des disputes de ses parents comme si c'était hier. Ils finissaient toujours par la blâmer, elle, comme si elle était responsable de leur malheur. Elle avait affreusement souffert de cette situation.

— Si je comprends bien, toi et moi, on vivra dans la même ville.

— J'en ai l'impression, répondit Cooper. C'est bien, tu crois ?

— Oui, je pense… Compte tenu des circonstances, c'est plutôt appréciable, déclara prudemment Sophie. Mais, rassure-toi, je ne te demanderai rien.

— Tu te répètes.

— Parce que je veux que ce soit clair entre nous. Je n'aurai pas besoin que tu m'aides financièrement pour élever ma fille.

— Notre fille, rectifia Cooper d'un ton sec. Pourquoi tu ne m'as pas prévenu ?

Sophie sentit les battements de son cœur s'accélérer. Elle eut chaud, trop chaud, tout à coup. Heureusement, ils parvenaient devant la brasserie Chez Harry. Son havre de paix en général. Là, ce ne serait peut-être pas aussi tranquille en raison du face-à-face qui s'annonçait.

Elle se gara, coupa le contact et ouvrit la portière. La poignée faillit lui rester dans la main, et elle réprima un juron. Cette voiture roulait, mais la carrosserie n'était vraiment plus en état. Néanmoins, le service médical de la base la lui prêtait, et jusqu'à présent, si déglingué soit-il, elle avait trouvé ce véhicule bien pratique.

Non sans difficulté, elle s'extirpa du véhicule. Cooper la

rejoignit et resta à côté d'elle, tout près, comme s'il s'apprêtait à la retenir. Sophie en fut un peu agacée, mais elle ne dit rien.

— J'ai failli te contacter plusieurs fois, avoua-t-elle tandis qu'ils se dirigeaient vers le café.

— Et pourquoi tu ne l'as pas fait ?

Parce que j'ai eu envie de vivre cette grossesse seule, songea-t-elle. Ne pas rendre compte. Être libre. Profiter pleinement de son état et de ce qui allait survenir, la naissance de sa fille…

De leur fille, corrigea-t-elle en son for intérieur. Qu'elle le veuille ou non, Cooper était le père.

— Je n'ai pas osé, finit-elle par avouer.

— Dommage.

— Peut-être, mais c'est comme ça.

Au même instant, elle faillit trébucher et réprima un cri. Aussitôt, Cooper la soutint. Il la maintint par la taille puis posa une main sur le bras nu de Sophie.

— Ça va ?

— Oui, merci…, dit-elle, le cœur battant.

Au contact des doigts de Cooper sur sa peau, elle se souvint en un éclair de leur étreinte passionnée. Seuls, dans la nuit, dehors, enlacés comme si leur vie en dépendait, ils s'étaient aimés…

Et avaient conçu un bébé.

Un frisson courut le long de son dos tandis qu'une certitude se logeait soudain en elle : Cooper dégageait quelque chose qui pourrait facilement la détourner de son chemin. Il détenait le pouvoir mystérieux de lui faire prendre d'autres directions… Et d'autres décisions. Il faudrait qu'elle soit vigilante.

— Est-ce que tu es heureuse de devenir maman ? demanda-t-il alors qu'ils s'asseyaient à une petite table à l'intérieur de l'établissement.

— Maintenant, oui.

Ils commandèrent du thé glacé.

— Mais pas au début, devina Cooper.

— Non. Ce n'était pas prévu, avoua-t-elle. J'avais envie de voyager en Grèce ou en Islande pour voir le soleil de minuit… Mon but n'était pas de cocooner ! Mais, à partir de maintenant, je vais devoir mener une vie plus tranquille, c'est sûr, ajouta Sophie en posant une main sur son ventre.

Son téléphone sonna. Ignorant le regard troublant de Cooper, elle répondit.

— Oui, caporal.

— Capitaine, vous pouvez revenir ? Un de nos véhicules tout-terrain, un Unimog, est tombé à l'eau pendant un exercice, et les quatre soldats qui étaient à bord doivent être examinés au plus vite !

Aussitôt, Sophie se leva.

— Il y a des blessés ?

— Si besoin, je suis là, dit Cooper à voix basse, en se redressant également.

Sophie acquiesça tout en restant concentrée sur ce que lui rapportait son interlocuteur.

— Deux d'entre eux souffrent sans doute de fractures, mais il faut examiner tout le monde. Ils seront à la base d'ici une heure.

— J'arrive, promit Sophie.

Elle coupa la communication et glissa l'appareil dans sa poche. Pour le coup, voilà qui justifiait qu'elle abrège ce tête-à-tête avec Cooper. Au fond, tant mieux. Il la perturbait trop.

Elle lui expliqua la situation en quelques mots.

— Autrement dit, tu n'as pas besoin de moi ? résuma-t-il, apparemment déçu.

— Je pense qu'on se débrouillera, merci. De toute façon, après plusieurs heures d'avion, tu dois avoir envie de te reposer, non ?

Cooper l'observa avec attention tandis qu'elle finissait son thé et se levait. Il fit de même.

— Je le ferai plus tard. Dis-moi juste comment va le bébé.

— Comme une gymnaste qui se prépare pour les jeux Olympiques. Elle donne régulièrement des coups de pied. Tu veux toucher ?

Cooper parut hésiter puis, d'un geste doux, il posa la main sur le ventre rebondi de Sophie. Au même instant, elle sentit que ça s'agitait en elle. Une bosse se forma sous son nombril — un petit pied ? Un coude ?

— C'est merveilleux, murmura-t-il.

Il se rapprocha de Sophie et elle sentit le parfum de son eau de toilette. Aussitôt, un flot d'images l'envahit, souvenirs de leur étreinte insensée… qui avait donné la vie.

— Oui, c'est vraiment merveilleux, dit-elle en s'écartant. Cooper, il faut qu'on y aille. Je peux te déposer quelque part en ville, si tu le…

— Je viens avec toi et je retourne à la base, moi aussi.

Très bien. Il s'imposait. Mais cela se comprenait… Il était le père de sa fille. Le futur père. Elle qui avait rêvé de tranquillité…

Une page s'apprêtait à se tourner pour toujours.

Cooper la précéda jusqu'à la vieille voiture.

— Je conduis ? proposa-t-il.

— Merci, j'en suis encore capable… Même si j'ai le gabarit d'une baleine, plaisanta-t-elle en se glissant difficilement au volant.

Elle sentit le regard de Cooper rivé sur elle pendant qu'elle manœuvrait. Il l'observait. Il l'étudiait. Il devait s'interroger, se demander qui elle était, pourquoi elle agissait ainsi…

Il devait aussi sentir qu'elle ne demeurait pas indifférente, loin de là, à sa présence. Sept mois plus tôt, à Bamiyan, Kelly avait dit, la première, que Cooper était à tomber par terre… Et c'était vrai. Il dégageait quelque chose qui rendait sûrement les femmes raides dingues…

Pas moi. Pas moi !

3.

Cooper avait du mal à se concentrer. Il pensait à Sophie. Au bébé. À Sophie encore…

À l'avenir.

À l'inconnu total qui s'annonçait déjà.

Tout ce qu'il avait envisagé jusque-là, pour sa propre vie, venait de voler en éclats.

À contrecœur, Sophie avait accepté qu'il examine les hommes qui s'étaient trouvés à bord de l'Unimog. Cooper avait réussi à être attentif, professionnel, mais au fond, il avait été soulagé de s'être occupé uniquement de ceux qui souffraient de blessures légères. Sophie avait assuré d'une façon extraordinaire.

— C'est bon, vous n'avez rien, annonça-t-il au soldat qu'il venait d'ausculter. Vous pouvez y aller.

— Merci, capitaine.

Cooper acquiesça machinalement, le regard de nouveau happé par la jeune femme qui s'activait à l'autre bout de la salle.

Sophie était en train de lire une radiographie tout en répondant au téléphone. Elle coupa la communication et déclara à son patient :

— Trois fractures du côté droit, caporal. Comme vous avez des ligaments déchirés au même endroit, vous risquez de souffrir quelque peu… Il faudra être patient et courageux.

Qu'elle ait ainsi minimisé la situation déclencha un grand sourire.

— Oui, madame, merci. Ça ira.

Même si le blessé avait eu le bras arraché, il aurait paru heureux d'être soigné par Sophie. Ce n'était pas un secret : les soldats l'adoraient.

Cooper sentit sa gorge se nouer. Lui-même sentait à quel point il était attiré par elle… Sophie était splendide. Pas seulement physiquement, mais dans son style, sa façon d'agir, si gentille, bienveillante, tranquille, sans condescendance. Tout en étant incroyablement efficace. Ça forçait le respect.

Lorsqu'il l'avait rencontrée la toute première fois, il n'avait pas remarqué ces traits de caractère. Trop d'événements s'étaient déroulés simultanément… L'attaque, les tirs… Et ce désir fou l'un pour l'autre après l'attentat, compensation spontanée à la peur qu'ils avaient éprouvée. Qui aurait pu imaginer que sept mois plus tard…

— Vous avez fini, capitaine Daniels ?

Cooper fut brusquement ramené à l'instant présent.

Sophie avait traversé la pièce et se tenait à présent devant lui. Le vouvoiement le fit tiquer.

— Oui, le dernier soldat vient de partir. Il n'a que quelques égratignures.

— Une chance que nous n'ayons rien eu de plus grave, dit Sophie en se massant délicatement le ventre.

— Tu te rends compte que tu le fais souvent ?

— Quoi ? Oh…

Comprenant, Sophie ébaucha un léger sourire.

— Non. C'est instinctif, je suppose. Une habitude.

Une adorable habitude…

— J'avoue qu'après avoir senti le bébé bouger j'ai réalisé… autrement, dit-il.

Il avait ressenti, au plus profond de lui-même, que plus rien ne serait comme avant.

Évidemment.

Qu'allait-il faire, maintenant ? Partir ? Prétendre que ça ne le concernait pas ? Impossible. Cela ne lui ressemblerait pas. Même s'il ne voulait pas s'engager, même s'il avait envisagé une longue vie de célibataire, la situation que lui imposait le destin nécessitait une autre décision.

À ce moment-là, un sergent les rejoignit.

— Capitaine Daniels, le lieutenant-colonel Shuker veut vous voir.

— Entendu. Où est-il ?

— Suivez-moi.

Cooper échangea un bref coup d'œil avec Sophie qui se contenta de hocher la tête, puis il emboîta le pas au sergent. Tout en marchant, il songea qu'Alistair Shuker, surnommé « List » par ses collègues, tenait sans doute à discuter de son avenir professionnel. Il essaierait probablement de l'inciter à s'engager de nouveau dans l'armée australienne, en lui vantant les bénéfices financiers et autres avantages…

Mais Cooper s'était déjà décidé.

Il devrait se montrer clair.

— Salut, Coop, heureux de te revoir.

List lui donna un léger coup amical sur l'épaule.

— Comment s'est passé ton vol ?

— Beaucoup de trous d'air, il a fait trop chaud et je me suis ennuyé, s'efforça de plaisanter Cooper en saluant son ami de la même façon.

Tous deux avaient participé à plusieurs missions ensemble, et se connaissaient bien. List était un homme fiable, capable de tirer ses camarades du pire des pétrins. Ils avaient beaucoup discuté la nuit, durant leurs tours de garde, en Afghanistan. List savait tout ou presque de Cooper, et vice versa.

Il ignorait toutefois la dernière vérité concernant Cooper…

Mais peut-être s'en doutait-il.

— Alors, comme ça, tu disparais pour aller boire un verre avec notre ravissante chirurgienne ? Tu avais besoin de te changer les idées à ce point ? lança-t-il.

Cooper resta sans voix quelques secondes. Que List ait remarqué son intérêt pour Sophie l'agaçait un peu. Pourquoi ? Était-ce de la jalousie ? Voilà qui aurait été absurde ! Pourquoi éprouverait-il le moindre sentiment d'attachement exclusif envers cette femme ?

— Peut-être, oui… Elle est sympa.

— Très. Ici, tout le monde l'apprécie énormément, affirma List en lui décochant un regard direct. On ne veut pas qu'on lui fasse du mal.

Cooper comprit instantanément l'allusion.

— Je te rassure, loin de moi l'idée de nuire au Dr Ingram, affirma-t-il, irrité par la tournure que prenait la conversation. On avait des choses à se dire puisqu'on a vécu et subi l'attaque du camp de Bamiyan ensemble. Je me souviens que Sophie a été très affectée par ce qui est arrivé à son amie Kelly.

Après une pause, il reprit :

— Mais j'imagine que ce n'est pas pour me parler de Sophie que tu m'as convoqué.

— Bien sûr que non, admit List.

Tous deux échangèrent un long regard et Cooper se demanda de nouveau si son ami n'avait pas deviné ce qui s'était produit entre Sophie et lui. Pourquoi l'observait-il ainsi ? Pourquoi cette impression de sous-entendus ?

— Tu voudrais savoir si j'ai l'intention de m'engager de nouveau, c'est ça ?

List fit signe que oui.

— Désolé, non, dit Cooper. Je ne veux plus de cette existence-là, même si j'appréhende le retour à la vie civile.

Parce que l'essentiel lui manquait… Parce que tout serait vide, soudain si vide…

Puis Cooper pensa au bébé, à cette petite fille qui naîtrait bientôt, la sienne, *son enfant…* Et une émotion inconnue, indescriptible, l'envahit. Un mélange de joie, d'exaltation, et d'appréhension, de peur.

— Assieds-toi, proposa Alistair. Oublions le protocole, et soyons francs l'un envers l'autre.

Il prit place derrière son bureau, et Cooper s'installa sur la chaise en face de lui.

— Comment tu vas, toi ?

— Je n'ai pas à me plaindre, confia List en souriant. Être de retour en Australie, chez soi, c'est quand même agréable. Je peux sortir avec de jolies femmes, profiter de la vie, et ma famille se trouve non loin. On organise des dîners et des barbecues, ce genre de choses.

Cooper sourit à son tour.

— J'avais oublié que tu étais d'ici.

— Je suis né et j'ai grandi sur ces terres. Mon père et ma mère habitent toujours la maison de mon enfance, précisa List.

— Je ne peux même pas concevoir une telle situation, avoua Cooper en éprouvant une pointe d'envie mêlée de regret.

Que lui arrivait-il, aujourd'hui ? Jusqu'à présent, il n'avait jamais imaginé que les autres, et surtout l'un de ses meilleurs amis, puissent être plus heureux que lui. Pour sa part, il avait accepté de ne pas avoir de véritable foyer. Il avait acheté une villa à la périphérie d'Auckland mais, la plupart du temps, c'était son père qui y résidait lorsqu'il n'était pas en déplacement. Ce dernier continuait à sillonner les routes pour son travail, et à changer de compagne au gré de ses voyages. Aux yeux de Cooper, c'était ça, la vie : une sorte d'errance sans attaches.

L'image de Sophie s'insinua alors dans son esprit. Se frottant la paume, à l'endroit où il avait perçu les coups du bébé sur le ventre de la jeune femme, il éprouva, de nouveau, une sensation d'incrédulité et d'émerveillement. C'était *son* enfant… Comment était-ce possible ?

De nouveau, le même sentiment d'irréalité l'envahit.

— Si tu cesses de travailler pour l'armée, je te conseille de changer ton fusil d'épaule, reprit List.

— Joli jeu de mots.

— Merci. Mais… Tu me comprends ?

List le regarda fixement.

— T'installer. Te poser. T'engager… Moi-même, j'aimerais

bien faire ce genre de choses. Je n'ai pas encore rencontré la perle rare, là est le problème.

Un peu surpris, Cooper contempla son camarade.

— Depuis quand tu t'es décidé ?

— Depuis qu'on a atterri ici il y a six mois. J'ai su, à ce moment-là, que j'étais prêt. Retrouver une jolie petite femme le soir, à la maison, ça doit être merveilleux.

Une fois de plus, Cooper eut l'impression que ces mots recelaient un double sens. Que savait réellement List à propos de Sophie et lui ?

Il préféra toutefois ne poser aucune question. Cela l'obligerait à trouver, lui-même, ses propres réponses.

List l'observait d'un air un peu amusé.

— Et toi ? Tu es proche de Sophie, pas vrai ?

— Pas trop, non… Pourquoi ?

— Parce qu'elle est la première personne que tu es allé voir à ton arrivée. Habituellement, c'est moi que tu viens embêter.

Cooper hocha la tête. Pour le coup, List avait raison. Il aurait dû y réfléchir avant.

— On avait des choses à se dire, répéta-t-il. Et toi ? Pourquoi m'as-tu fait venir ? Ce n'est pas seulement pour évoquer mon avenir, je le sais bien. Alors ?

Alistair sourit d'un air entendu.

— Alors je voudrais te demander d'embarquer à bord du même vol que Sophie en début de semaine prochaine. C'est un long voyage, jusqu'à Auckland, et je ne voudrais pas qu'elle ait des problèmes.

— Elle a des soucis de santé ? s'inquiéta aussitôt Cooper.

— Non mais, au cas où tu ne l'aurais pas remarqué, elle est enceinte. Elle a parfois des douleurs, des contractions qui portent un drôle de nom.

— Braxton Hicks. C'est normal.

— Oui, c'est ça. Normal, tu dis ? OK, moi, j'aimerais

que tu l'accompagnes, si ça ne t'ennuie pas, insista Alistair. Disons que ce serait ta dernière mission pour l'armée.

— Sophie ira bien.

— Aucune certitude. Elle est quasiment à terme.

— Exact. Bien sûr, je partirai avec elle, promit Cooper. Et je m'occuperai d'elle, compte sur moi.

En prononçant ces mots, il éprouva de nouveau une curieuse sensation, mélange de joie et d'appréhension, mais vite, très vite, il la maîtrisa. Il serait en mission spéciale, voilà tout.

Alistair n'avait pas à savoir que ce serait aussi sur sa fille qu'il veillerait.

Ma petite fille secrète…

Allongée sur son petit lit, Sophie posa la main sur son ventre et regarda le plafond. La chaleur l'épuisait.

Les émotions aussi.

Vingt-quatre heures s'étaient écoulées depuis qu'elle avait revu Cooper. Elle avait souvent pensé à lui. Beaucoup trop souvent.

Il était à peine midi, elle avait sommeil… Mais son bébé, lui, était très réveillé ! Ses coups de pied devenaient insistants.

— Je sais bien que tu es là… Je sais que tu existes ! murmura-t-elle.

Bientôt, elle devrait lui trouver un prénom. Une liste se trouvait dans son tiroir. Des noms qui lui plaisaient, mais aucun ne l'avait encore totalement séduite.

Ce choix n'était pas simple. Un prénom, c'était pour la vie. Sophie voulait éviter ceux qui risquaient d'être abrégés, se transformant en vilains surnoms, ou ceux qui vaudraient des moqueries à sa fille. Pour autant, elle refusait la banalité d'un prénom trop ordinaire, ou trop à la mode donc courant.

À la caserne, ses camarades et collègues la taquinaient : comment ça, elle, habituellement si déterminée, n'avait pas encore pu se décider ? Elle avait le cerveau en compote ou quoi ?

Oui, peut-être…

Cette grossesse n'était, de toute façon, que le résultat d'une erreur phénoménale de la part d'une femme plutôt… écervelée sept mois plus tôt ! À l'avenir, promise à un célibat certainement encore plus long que ce qu'elle aurait pu imaginer auparavant, elle avait intérêt à acheter des préservatifs en nombre !

Sauf que pour l'instant sa priorité était de s'organiser pour sa nouvelle vie…

D'ici quelques semaines, elle serait mère, songea Sophie. Déjà ! Sa grossesse se serait bien déroulée, sans aucun souci de santé. Seul point de vigilance : son taux de glucides avait tendance à grimper, elle devait donc faire attention et contrôler ses fringales ! Après l'accouchement, sa glycémie se stabiliserait et tout irait bien. D'autant plus qu'elle allaiterait… Du moins, elle le souhaitait.

Oui, au quotidien, pensa Sophie, elle n'aurait plus franchement le temps de s'amuser. Son bébé exigerait toute son attention, et lorsqu'elle serait libre, eh bien, elle travaillerait. Si elle réussissait à trouver un poste à temps partiel. Il le faudrait. Elle serait obligée de continuer à gagner de l'argent, n'est-ce pas ? Pour payer le loyer de sa future maison… Probablement un petit appartement facile à entretenir.

Quant à sa fille… Elle l'aimerait de tout son cœur. Pas une seule fois elle ne l'accuserait de l'empêcher d'évoluer dans sa carrière. Elle veillerait à l'équilibre entre sa vie professionnelle et sa vie de mère, l'un ne pouvait pas survenir sans l'autre…

Un coup frappé à la porte de sa chambre la tira brusquement de ses réflexions.

— Sophie ?

C'était Cooper.

Sophie sentit son pouls s'accélérer. Elle n'avait aucune envie de le voir. Mais l'ignorer ? Impossible. Il savait qu'elle était là et ne s'en irait pas ! Cet homme avait de la suite dans les idées.

Elle se leva lentement — elle était si lourde, maintenant ! —, et alla ouvrir.

— Oui ?

Qu'il était beau ! Non, plus que beau. À couper le souffle. Son T-shirt blanc moulait ses biceps et son abdomen parfaitement plat. Sophie espéra ne pas rougir tandis que son regard appréciait les longues jambes musclées, bronzées, sous le bermuda.

Cooper ébaucha un sourire engageant, et sembla à peine remarquer la tenue de Sophie : une ample chemise de coton jaune canari qu'elle avait achetée dans une grande surface. Pas très esthétique, mais très confortable.

— Désolé de te déranger…

— Que se passe-t-il ?

— Rien. Je voudrais juste te revoir, dit Cooper.

— On ne s'est pas déjà assez vus ? On a travaillé ensemble, aujourd'hui !

Sauf que, naturellement, Sophie avait évité tout sujet n'ayant aucun rapport avec leurs patients, les soins en cours ou à venir.

— Oui… travaillé, répéta Cooper. Là, j'aimerais qu'on se détende… De préférence dans un endroit où il y a l'air conditionné ! Il fait une chaleur insupportable, ici.

L'argument eut raison de l'hésitation de Sophie.

— C'est vrai.

— On pourrait même aller au bord de l'eau, proposa Cooper. J'ai entendu parler d'un lac avec une plage ombragée à quelques kilomètres. On n'a qu'à emporter de quoi piqueniquer.

— Tu irais là-bas dans ma vieille voiture ? ironisa-t-elle.

La question suivante, elle la garda pour elle-même : quel maillot porterait-elle ? Elle n'en avait plus à sa taille.

Cooper sortit des clés de sa poche.

— Alistair m'a prêté la sienne. Elle a la clim.

— Oh… Génial.

Sophie sentait la sueur dégouliner dans son dos. Se glisser dans de l'eau fraîche serait… paradisiaque.

— Je vais enfiler un T-shirt et un short.

— D'accord. J'achète de quoi manger, et on se retrouve sur le parking dans un quart d'heure.

Comment un homme pouvait-il être aussi… parfait ? se demanda Sophie en le regardant s'éloigner. Physiquement, en tout cas. Mais il semblait aussi posséder une personnalité généreuse et sympathique. Jusqu'à présent, elle n'avait rien décelé de déplaisant en lui. Rien du tout.

Sans se retourner, Cooper lui adressa un signe de la main amical. Donc il savait qu'elle le contemplait. Son ego avait dû être flatté une fois de plus. Il avait forcément l'habitude que les femmes l'admirent.

Elle aurait aimé lui prouver qu'elle n'était pas comme les autres…

Ce serait difficile.

Dès les premières secondes de sa baignade dans le lac, Sophie eut l'impression de revivre. De se régénérer. Tant pis si elle ressemblait à une baleine…

De toute façon, dans l'eau, on ne voyait rien.

Cooper émergea à la surface en faisant jaillir des gouttelettes fraîches.

— Heureuse ?

— Au paradis.

— Il t'en faut peu…

— Je me contente de choses simples, dit-elle en se laissant flotter. C'est juste… tellement bon !

Cooper lui sourit.

— Merci d'avoir choisi cet endroit, ajouta-t-elle en souriant à son tour.

Elle se sentait si bien, tout à coup, qu'elle l'aurait embrassé !

Ils nagèrent tranquillement, côte à côte, puis se rapprochèrent du rivage, où Sophie put rester dans l'eau tout en ayant pied.

— Où as-tu fait tes études de médecine ?

— À Auckland, répondit Cooper, acceptant le changement de conversation. J'ai passé mon diplôme de chirurgien il y a quatre ans, et j'ai vite signé mon premier contrat avec l'armée. Et toi ?

— À Otago. Quatre ans plus tard que toi.

— Et pourquoi as-tu voulu t'engager dans l'armée ?

Pour partir de chez moi au plus vite…

— J'aime découvrir de nouveaux pays, et ils voulaient embaucher des médecins dans des endroits où j'avais peu de chances d'aller un jour.

Sophie ne précisa pas que voyager lui permettait d'oublier ses doutes et le profond sentiment d'insécurité qui l'habitait depuis toujours. Si elle ne restait pas longtemps au même endroit, elle ne risquait pas de s'attacher. Voilà ce qu'elle voulait.

— Tu étais tentée par l'Afghanistan ?

— Pourquoi pas ? Ce n'était pas mon premier choix, mais j'ai signé pour l'aventure… Et j'ai eu la totale, admit-elle en esquissant une grimace.

Les souvenirs de l'attentat à Bamiyan la glaçaient encore.

— Je continue à faire des cauchemars sur cette attaque terroriste. Et toi ?

— Pareil.

Cooper se rapprocha et, d'un doigt, lui effleura la joue.

— Heureusement, j'ai aussi de bons souvenirs. Très bons.

— Oui… Moi aussi, avoua-t-elle, le cœur battant à se rompre tout à coup.

Cooper dut ressentir le trouble qu'elle éprouvait car il s'écarta.

— Comment va Kelly ?

— Pas trop mal. Elle récupère. Elle a perdu une jambe, mais elle a l'intention de reprendre son travail d'infirmière, à mi-temps, dès qu'elle se sera adaptée à sa prothèse. Elle est tombée amoureuse d'un des secouristes qui l'ont évacuée à Darwin. Ils ont emménagé ensemble dans une maison, à Perth.

— Quelle bonne nouvelle… C'est un des tours agréables du destin.

Oui… Et, pour moi, le destin a aussi réservé quelque chose de très particulier…

Une fois de plus, Cooper devina probablement ses pensées car il ajouta :

— Que comptes-tu faire après la naissance du bébé ?

— Travailler à temps partiel.

Les économies qu'elle avait pu faire depuis son recrutement dans l'armée lui permettraient de tenir jusqu'au début de l'année suivante si elle restait vigilante.

— Tu vas employer une nounou ?

— Je ne sais pas encore. Je n'aime pas trop l'idée, mais il faudra bien que je travaille. Je n'aurai pas le choix.

Elle regretta d'en avoir confié autant. Mais après tout c'était la vérité. Sa famille n'était pas fortunée. Ses parents — qui n'étaient toujours pas au courant de sa grossesse — ne l'aideraient pas vraiment. De toute façon, malgré le temps et l'âge, elle avait encore du mal à être à l'aise avec eux. Son enfance avait été ternie par la mésentente chronique de son père et de sa mère… C'était difficile à oublier.

Jamais elle n'agirait comme eux.

Jamais elle ne se marierait par nécessité.

Se laissant glisser sur le dos, Sophie ferma les yeux et savoura la caresse du soleil ainsi que la fraîcheur de l'eau. Maintenant qu'elle avait révélé l'essentiel à Cooper, elle pensait à tout le reste. Il lui faudrait trouver un logement, acheter des meubles, des vêtements et des affaires pour le bébé…

Ainsi que prévenir son père et sa mère. Forcément. Cela se ferait le moment venu.

— J'espère qu'on pourra se revoir lorsqu'on sera à Auckland, dit alors Cooper en revenant vers elle.

— On agira pour le bien de ma… de notre fille, promit-elle.

— Exactement. C'est l'essentiel.

Et Cooper lui sourit.

Quand il souriait, il était encore plus beau.

Détournant le regard, Sophie s'obligea à se concentrer sur ce qui l'attendait maintenant : réussir à gagner le rivage sans perdre l'équilibre.

— J'ai une faveur à te demander…

— Laquelle ?

— Tu veux bien ne pas me regarder quand je vais sortir de l'eau ?

Son T-shirt collait à son corps comme une peau fripée.

— Pourquoi ? Tu es si belle, dit Cooper en riant. Ce n'est pas parce que tu as un ventre tout rond que tu n'es plus belle… au contraire ! Tu portes un enfant… Notre enfant !

Ces mots, inattendus, émurent tellement Sophie qu'elle en eut les larmes aux yeux.

— Merci, c'est gentil.

Il savait parler aux femmes. C'était un charmeur… Même si ce qu'il venait de lui dire semblait sincère, c'était un séducteur, songea Sophie. Le genre d'homme qui vous faisait perdre tout contrôle de vous-même. *À tomber par terre…*

Elle se dirigea lentement vers le sable. Cooper la précéda pour lui tendre un drap de bain qu'il lui enroula tendrement autour des épaules.

— Merci, dit-elle, touchée par sa gentillesse. Ça va aller…

Elle s'assit, consciente qu'il l'observait avec attention.

— Qu'est-ce que ça fait d'attendre un bébé ?

— Qu'est-ce que ça fait ? répéta-t-elle, surprise.

Elle ne put s'empêcher de rire.

— Eh bien, c'est… bizarrement excitant. C'est lourd. C'est merveilleux… Et effrayant. Enfin, un peu.

— Effrayant ? Pourquoi ? voulut-il savoir en s'installant près d'elle.

Elle n'aurait pas dû en dire autant…

— Oh… Je m'interroge beaucoup : est-ce que je serai une bonne mère ? Est-ce que l'accouchement se passera bien ? Ce genre de questions taraude la plupart des femmes enceintes…

— Pourquoi tu ne serais pas une bonne mère ? insista Cooper en lui caressant le dos de la main.

Sophie réprima un frisson.

C'était tout le problème… Comme ils ne se connaissaient pas, elle était obligée de se dévoiler. Un minimum, du moins.

— En deux mots, disons que, durant mon enfance, je n'ai pas eu de modèles parentaux dignes de ce nom.

— Je vois. Ça pourrait être un avantage : tu auras envie de faire mieux et de ne pas commettre les mêmes erreurs que tes parents.

Sophie lui lança un bref coup d'œil. Cooper paraissait si sûr de lui…

Mais au fond il avait raison.

— C'est facile à dire si on a eu une enfance parfaite.

— Tu crois que ça existe ? répliqua-t-il. Personnellement, j'en doute…

Puis il fouilla dans la glacière et en extirpa des sandwichs au poulet et aux crudités, ainsi qu'une bouteille d'eau pétillante. Il servit Sophie.

Il lui donna une serviette.

Il lui sourit de nouveau.

Alors, pour la première fois depuis que la petite ligne bleue était apparue sur le tube du test, Sophie se sentit merveilleusement bien. Autant se l'avouer : la présence de Cooper, du père de sa fille, la rassurait viscéralement, qu'elle le veuille ou non.

Ils mangèrent avec appétit pendant quelques instants, sans parler. Une brise légère soufflait, rafraîchissant agréablement l'air.

— Il y a des familles plus heureuses que d'autres, reprit Sophie.

— Certainement. La nôtre pourrait l'être…

— La nôtre ?

— On va avoir un enfant. Donc on formera une famille, poursuivit Cooper. Je sais bien que c'est involontaire, on ne l'a pas souhaité, mais aujourd'hui notre petite fille va bientôt venir au monde et, franchement, j'aimerais qu'on l'accueille dans les meilleures conditions possible. Pas toi ?

Sophie sentit une boule se former dans sa gorge.

— Bien sûr que si.

— Alors on pourrait se marier, non ? Je m'occuperai de toi, d'elle, de vous deux… Et tu n'auras pas à tout assumer d'un point de vue financier ou autre. Qu'en penses-tu ?

4.

Sophie resta sans voix. La brise souffla un peu plus fort, irisant la surface du lac, et machinalement elle maintint les mèches qui lui tombaient dans les yeux.

— Tu plaisantes ?

Mais le visage de Cooper semblait si sérieux… Il l'observait intensément, l'air interrogateur et inquiet tout à la fois.

— On ne blague pas avec ce genre de choses.

Sophie soutint le regard de Cooper, et un tourbillon d'émotions contradictoires l'envahit. D'un côté, il lui paraissait totalement inimaginable d'épouser un homme qu'elle n'aimait pas. Même si Cooper lui plaisait, elle n'éprouvait rien d'autre que du désir pour lui. Ce n'était pas de l'amour !

En même temps, son avenir lui paraissait si incertain… Élever sa fille seule, tout en travaillant, ne serait pas simple.

Une contraction jaillit soudain du plus profond d'elle-même, irradiant dans tout son abdomen, lequel se durcit instantanément. Sophie inspira aussitôt, mais une autre contraction, plus douloureuse, surgit.

— Ça ne va pas ? demanda Cooper en s'agenouillant près d'elle.

La gorge sèche, Sophie entoura son ventre de ses bras et continua à respirer calmement.

Aussi calmement que possible.

Les contractions s'espacèrent puis cessèrent au bout de quelques secondes.

Les mots de Cooper, sa proposition ahurissante, avaient déclenché cette réaction viscérale qui, dans son état, pouvait provoquer une dilatation du col dès à présent… Alors que c'était trop tôt. Beaucoup trop tôt.

— Non, ça ne va pas, murmura-t-elle en espérant que les contractions ne recommenceraient pas. Je ne dois pas aborder de sujets trop sensibles en ce moment…

L'air confus, Cooper lui servit un verre d'eau fraîche dans un gobelet en plastique, et elle but plusieurs gorgées avec soulagement.

— Merci…

Sophie inspira de nouveau en regardant autour d'elle. La surface du lac, d'un bleu lumineux, le ciel sans un nuage, les pins maritimes qui créaient une ombre bienfaisante. Tout était si beau…

Et elle se trouvait à côté de l'homme le plus séduisant qu'elle ait jamais rencontré. Pourtant, à cet instant, elle n'éprouvait qu'une envie : fuir.

Partir loin.

Ne plus le voir. Jamais.

Une réaction également viscérale… Et injustifiée, lui souffla une petite voix intérieure.

— Il faut que je t'explique quelque chose, dit Sophie en se massant doucement le ventre. Tu me comprendras peut-être mieux si tu sais que mes parents se sont mariés parce que ma mère était enceinte de moi. J'en ai payé le prix… Parce qu'ils ne s'aimaient pas.

Cooper resta silencieux.

— Le mariage n'est pas un simple arrangement raisonnable, poursuivit-elle. C'est un engagement autant qu'une preuve d'amour. Du moins, moi, je le conçois de cette manière, précisa-t-elle à mi-voix, presque pour elle-même.

— Moi aussi, dit Cooper. Mais dans notre cas on pourrait…

— Dans notre cas ? coupa Sophie. Bon sang, on ne se connaît pas ! Ce qu'on a vécu ensemble est irresponsable… Maintenant, il faut assumer !

— C'est ce que je fais.

— En voulant m'épouser sans sentiments ? Mais c'est encore pire ! s'exclama Sophie, consciente qu'elle élevait la voix. Il faut réfléchir, dans la vie !

Tant pis si on l'entendait… Tant pis si on les regardait. D'autres personnes profitaient de la fraîcheur du lac, des groupes çà et là, sans qu'il y ait la foule du plein été. Pour elle, la détente était cependant terminée.

Elle se leva et, sentant sa respiration redevenir courte, s'obligea à inspirer profondément. Il ne fallait surtout pas que les contractions reviennent…

— On peut rentrer ? Je suis fatiguée.

— Bien sûr.

Cooper ramassa les sandwichs qu'ils n'avaient pas terminés et les rangea dans la glacière.

— Je suis désolé, dit-il. Je pensais bien faire.

Tout en enfilant son short — son T-shirt était déjà sec —, Sophie lui jeta un bref coup d'œil. Ce qu'elle éprouvait était indéfinissable. Comme un tourbillon de tristesse et de frustration, mêlé d'espoir.

Un espoir impossible.

— Je comprends, et je te remercie, déclara-t-elle fermement. Je n'ai besoin de rien. Comme on vivra tous les deux à Auckland, tu pourras voir ta fille régulièrement. Pour le reste, on oublie, d'accord ?

Dans la voiture, le silence devint vite pesant. Tout en conduisant en direction de la base militaire, Cooper s'efforçait de garder les idées claires. Qu'est-ce qui lui avait pris ? Il sentait à quel point la jeune femme était chamboulée…

Il y avait de quoi.

Sophie avait raison : il n'avait pas réfléchi. Il avait fait sa proposition parce que, subitement, l'évidence s'était imposée à lui.

Mais quelle évidence ? Était-il amoureux ? Attiré, oui, inévitablement. Admiratif, ému…

Jusqu'à présent, il n'avait pas connu de véritable amour. Il ne s'était jamais attaché à une femme. Contrairement à son père, il n'avait pas enchaîné les relations, se contentant d'histoires brèves de temps en temps, sans jamais espérer plus.

En vérité, le drame de son enfance l'empêchait de croire à la possibilité d'autre chose.

Avec amertume, Cooper se rappela les infidélités que son père avait commises autrefois. Sa mère était fragile, très fragile… Désespérée, elle avait fini par choisir l'irréparable contre elle-même, laissant son fils orphelin, dorénavant empli d'une tristesse secrète qui semblait définitive.

Là, maintenant, il se sentait également triste. Que Sophie ait refusé sa proposition le blessait et le peinait. Mais au moins avait-elle promis qu'il pourrait voir sa fille… Elle s'était montrée plutôt rassurante à ce sujet. Heureusement.

— Au fait, tu sais qu'on prendra le même avion lundi ? Alistair veut que je veille sur toi, poursuivit-il, espérant détendre l'atmosphère.

— Alistair ? Il ne m'en a pas parlé ! s'étonna Sophie.

Elle restait un peu pâle, mais apparemment les contractions n'avaient pas recommencé.

— À la réflexion, ce n'est pas une mauvaise idée de demander à un médecin de voyager avec moi, admit-elle sans le regarder.

Cooper fut soulagé qu'elle réagisse ainsi.

— Mais je croyais que tu repartais demain ? demanda Sophie.

— J'ai changé mes plans exprès.

— Je vois… Dans ce cas, merci.

— De rien. Alistair a insisté, comme s'il pressentait que cet enfant que tu portes est précieux pour moi… Le vol ne fait pas d'escale à Sydney, ajouta Cooper, espérant ne pas provoquer de nouveau une réaction à fleur de peau. On atterrira à Whenuapai. Ensuite, ce sera rapide pour aller à Auckland.

Ensuite, *home sweet home*, songea-t-il. Sauf qu'en arrivant cinq jours plus tard que ce qu'il avait prévu il aurait moins de temps à consacrer à son installation. Il devrait vite commencer son nouveau travail à l'hôpital d'Auckland, où il avait signé un contrat temporaire.

— Tu as un logement ? demanda Sophie.

— Oui, une maison à Parnell. Mon père s'y est installé provisoirement en compagnie du dernier amour de sa vie, précisa Cooper d'un ton plus sarcastique qu'il ne l'aurait souhaité.

Il sentit que Sophie l'observait avec curiosité, mais il préféra taire la vérité : à son âge, son père n'avait toujours pas compris qu'aucune des femmes qu'il fréquentait n'était faite pour lui.

— Il va falloir que je visite des appartements, dit-elle.

Elle porta un ongle à sa bouche et le mordilla, trahissant sa nervosité.

— En attendant de trouver un endroit où habiter, j'irai peut-être chez mes parents, ajouta-t-elle sans enthousiasme.

— Tu pourrais aussi partager mon toit, proposa-t-il aussitôt. Ma maison est grande…

Sophie lui jeta un coup d'œil étonné.

— En tout bien tout honneur, se hâta-t-il de préciser.

Même si là, à cet instant, il mourait d'envie d'enlacer la jeune femme et de l'embrasser…

La mère de ma fille…

Il se rappela de nouveau l'intensité de leur étreinte à Bamiyan. Y penser suscitait un désir ardent en lui… Un désir impossible à rassasier. Maintenant, Sophie semblait être une autre femme, prudente…

Réaliste.

— C'est gentil, mais je crois que ce n'est pas une bonne idée, répondit-elle.

— Prends ton temps pour réfléchir.

— Merci, mais sincèrement… non. En plus, je suis désordonnée.

Cooper ne put s'empêcher de rire.

— Ça m'est bien égal…

— Je suis extrêmement désordonnée. Il n'y a que dans mon travail que j'aime l'ordre. Soyons sages, restons bons amis, poursuivit Sophie.

Cooper se contenta de soupirer, en proie à des sensations inexplicables. Un mélange de frustration et d'énervement. Pourquoi lui imposait-elle une telle distance entre eux ? Comme si la réponse n'était pas évidente…

Il connaissait la réputation qu'il avait. Sophie se méfiait.

Ils ne parlèrent plus pendant le reste du trajet qui, heureusement, s'acheva vite. À leur arrivée à la caserne, Sophie se tourna vers lui et ébaucha un sourire.

— C'était une bonne idée d'aller se rafraîchir… Mais discuter avec toi m'a finalement donné encore plus chaud ! s'efforça-t-elle de plaisanter, en gardant une main sur son ventre arrondi.

— Je comprends. Je suis désolé d'avoir abordé un sujet trop sensible. Si jamais tu changes d'avis…

— Merci, Cooper.

Les yeux verts de la jeune femme brillaient étrangement.

— À plus tard.

Et, sans attendre qu'il l'aide, elle descendit de voiture et, d'une démarche un peu hésitante, se dirigea vers l'entrée du camp militaire.

5.

Cette nuit-là, alors qu'elle avait eu toutes les peines du monde à s'endormir, Sophie fut réveillée en sursaut par des coups à sa porte.

— Capitaine, on a besoin de vous au dispensaire !

Il était 2 h 30 du matin. Ce devait être urgent.

— J'arrive.

S'extirpant de son lit en roulant sur le côté, Sophie esquissa une grimace. Elle avait l'esprit embrumé… Et le bébé semblait danser dans son ventre. Quant aux pensées qui l'avaient assaillie dans son sommeil, elle préférait les oublier sur-le-champ. Son oreiller était humide, ses paupières gonflées. Avait-elle pleuré sans s'en rendre compte ? Elle ? Impossible.

Après avoir hâtivement revêtu un T-shirt et un pantalon de treillis, elle ouvrit.

L'une des infirmières, Simone, se tenait sur le seuil.

— Que se passe-t-il ?

— Des gars se sont battus en sortant du MacGregor… Ivres. Le sergent Dexter a voulu les séparer, mais maintenant il est mal en point. Il te réclame, toi et toi seule.

Génial…

— Où sont mes bottes ?

Sophie les chercha autour d'elle.

— Tu veux que je t'aide ? proposa Simone.

— Oui, je veux bien. Oh ! non, c'est bon, je les vois…

Sophie récupéra les bottes sous une chaise et les enfila

après s'être assise. En vérité, elle ne se sentait pas très bien, mais il n'était pas question de s'attarder.

— Allons-y.

Lorsqu'elle se releva, Sophie éprouva un léger étourdissement.

— Ça ne va pas ? s'inquiéta Simone.

Sophie inspira profondément et se ressaisit.

— Allons-y, répéta-t-elle.

Elles quittèrent le baraquement et se dirigèrent vers le dispensaire, situé de l'autre côté de la cour principale de la base.

Le sergent Dexter était allongé sur une civière, les yeux fermés. Son arcade sourcilière saignait : une entaille de plusieurs centimètres de long lui balafrait le front. Cooper était en train de l'examiner.

— Toi aussi, tu as été prévenu ? s'étonna Sophie.

Pourquoi, dans ce cas, Simone était-elle venue la chercher ?

— En fait, j'ai aidé Dexter à calmer les hommes, répondit Cooper. Il s'est pris un coup de poing dans le visage et un autre à l'arrière du crâne. Aucun symptôme de traumatisme à ce stade.

— J'ai mal à la tête, marmonna le sergent en entrouvrant un œil.

— Forcément, dit Sophie. Quelle idée…

— D'avoir voulu empêcher nos imbéciles de soldats de se taper dessus comme sur des punching-balls ? OK, la prochaine fois, je m'abstiendrai…

Puis le sergent Dexter soupira.

— Non, bien sûr que non, je ne m'abstiendrai pas. Les surveiller fait partie de mon travail, dit-il en essayant de se redresser.

— Ne bougez plus, ordonna Sophie.

— D'accord… Je vais essayer. Bon, alors, vous me soignez ?

Cooper jeta un coup d'œil à Sophie et réprima un sourire un peu embarrassé.

— J'ai voulu m'occuper de lui, mais il a refusé. C'est toi, le médecin du camp, et il a insisté pour te voir.

— Exact. En dépit de mon état…

Sophie posa une main sur son gros ventre.

— J'ai été réveillée au beau milieu de la nuit pour vous, sergent Dexter.

— Vous voulez une tasse de thé ? proposa Simone, qui se tenait en retrait.

— Je veux bien, dit Sophie en se lavant les mains.

Elle enfila des gants et, ignorant le regard de Cooper, examina la plaie du soldat. Heureusement, ce n'était pas aussi grave que ça en avait l'air.

— Inutile de recoudre, je vais mettre un strip de suture adhésive après avoir bien désinfecté. Tu peux y aller, ajouta-t-elle à l'intention de Cooper. Inutile qu'on soit deux ici.

— Je reste avec toi, proposa Simone.

— Toi, oui, mais…

Sophie jeta un coup d'œil à Cooper, qui ne soufflait mot. En T-shirt noir et pantalon noir, il était plus séduisant que jamais. Ses yeux gris clair ne la quittaient pas, comme s'il voulait lire en elle.

— Cooper n'a pas besoin de rester, pas vrai ?

— Je n'ai pas sommeil. Et… je t'attends dehors. Je voudrais te dire quelque chose.

— Maintenant ?

— Oui, sauf si ça t'ennuie…

Sophie hésita.

— Non, pas de problème. J'en ai pour quinze minutes maximum, et je te rejoins.

En prononçant ces mots, elle se souvint de ce qui s'était passé la dernière fois — et la seule fois — où ils s'étaient retrouvés ensemble, la nuit…

Leur fille avait été conçue.

Au léger sourire que Cooper lui adressa, gentil et tendre, craquant en diable, elle devina que lui aussi y pensait.

— À tout de suite, dit-il.

Le cœur battant, Sophie se contenta de hocher la tête, puis elle reporta son attention sur l'agent Dexter qui attendait patiemment qu'elle le soigne.

Moins de vingt minutes plus tard, après avoir rangé le matériel de soin et éteint les lumières du dispensaire, Sophie se dirigea vers la cour où, comme convenu, Cooper l'attendait, assis sur un banc.

C'était une nuit sans lune et sans étoiles. Le ciel était noir, lourd de nuages provoqués par la chaleur accablante qui avait régné toute la journée. Quelques lampadaires éclairaient l'endroit, désert à cette heure.

— Dexter a eu de la chance, dit Cooper en se levant aussitôt. Il a le meilleur médecin au monde.

— Un médecin fatigué, soupira Sophie. Sa blessure n'était pas très grave, heureusement.

Elle croisa le regard de Cooper et ébaucha un sourire tout en plaçant les mains sur son ventre.

— Qu'est-ce que tu avais à me dire de si important ?

Cooper se racla la gorge.

— Autant être direct : je regrette de t'avoir perturbée cet après-midi et je te demande pardon.

— Perturbée ?

Sophie ne put retenir un petit rire un peu ému.

— C'est surtout le bébé qui a réagi. Mais tout va bien, maintenant. Ne t'inquiète plus, je ne vais pas accoucher ici…

— Je l'espère. Il existe des lieux plus… inspirants ! ajouta Cooper avec une pointe d'humour.

— Je suis bien d'accord.

— Ça m'ennuie de ne pas savoir où tu vas habiter, poursuivit Cooper.

Soudain épuisée, Sophie s'assit sur le banc et Cooper l'imita.

— Ce n'est pas le moment d'évoquer ce genre de problème… qui n'en est pas un puisque je trouverai un logement, et tu sauras où je suis, affirma-t-elle en sentant son ventre se contracter.

Oh non, ça n'allait pas recommencer… Il fallait qu'elle se repose au plus vite.

— Merci. Je voudrais être près d'elle et de toi. Si j'avais été au courant plus tôt, je me serais manifesté. Je ne t'aurais pas laissée seule, précisa Cooper. Voilà ce que je voulais te dire qui ne pouvait pas attendre demain.

— OK…

Sophie éprouva une bouffée d'émotion qu'elle espéra dissimuler.

— Merci, c'est gentil.

— Gentil ? répéta Cooper, déconcerté. C'est seulement normal.

— Rien n'est normal dans notre situation.

Notre… Comment ne pas inclure Cooper ? Même si elle imaginait l'avenir sans lui, il était le père…

— Non, effectivement.

Cooper s'efforça de sourire.

— Bon, il est temps qu'on dorme. Il faut que tu reprennes des forces, tu tombes de fatigue. Je te raccompagne, proposa-t-il.

Sophie ne protesta pas. Tandis qu'ils se dirigeaient vers le bâtiment où leurs chambres se trouvaient, elle se remémora de nouveau le soir où Cooper et elle s'étaient abandonnés l'un à l'autre, si passionnément…

Comme à cet instant, ils avaient marché côte à côte, en silence. Mais brusquement quelque chose avait modifié leur trajectoire. Une envie partagée, des sensations indescriptibles… Ils avaient été saisis l'un et l'autre, en avaient été bouleversés. Dorénavant, leurs vies à tous deux ne suivraient plus jamais le même cours.

6.

Lorsque le lundi arriva — le jour du départ —, la chaleur commençait à s'apaiser, et une température vraiment agréable s'installa. Grimpant à bord de l'avion-cargo militaire, Sophie regretta presque de ne pas pouvoir profiter de cette relative fraîcheur.

— Merci pour tout, dit-elle à Alistair en l'embrassant sur la joue. Ça a été un plaisir de travailler avec tes hommes.

— Et ce fut un réel plaisir de te compter parmi nous, répondit Alistair.

Il l'enveloppa d'une étreinte aussi chaleureuse que maladroite.

— Tiens-moi au courant à propos de la petite princesse qui verra bientôt le jour, et prends soin de toi. Je veux une photo dès qu'elle sera arrivée.

— Promis.

Alistair lui sourit, l'air un peu ému, puis il serra vigoureusement la main de Cooper.

— Content de t'avoir revu, camarade. À une prochaine fois.

— On reste en contact, évidemment, renchérit Cooper.

Ils échangèrent quelques plaisanteries et, en les écoutant, Sophie songea que tous deux étaient vraiment proches. Pour sa part, elle ne s'était pas fait de réels amis hormis Kelly, qui lui manquait chaque jour depuis qu'elle avait été évacuée de Bamiyan.

— Allez, on embarque, lança Cooper en lui prenant le bras.

Sophie se dégagea aussitôt.

— Je peux marcher toute seule !

— Bien sûr… Et tu ne veux surtout pas que je t'aide, répliqua Cooper en ébauchant un sourire.

— Pour quoi faire ? Je ne vais quand même pas grimper l'Everest ! s'efforça de plaisanter Sophie en s'engageant sur la passerelle.

Néanmoins, elle dut se tenir à la rampe et espéra ne pas trahir l'effort qu'elle fournissait. Ce ne fut pas facile… Après l'accouchement, elle reprendrait la gymnastique, se promit-elle. Heureusement qu'avant elle avait fait beaucoup d'exercices pour se muscler les abdominaux et se gainer le plus possible ! Résultat, en dépit de son gros ventre, elle parvenait à rester bien droite et à ne pas trop se cambrer.

À l'intérieur de l'avion régnait une chaleur étouffante. Sophie sentit aussitôt de la sueur dégouliner dans son dos.

— Dommage qu'on ne puisse pas laisser ouvert pendant le vol, dit-elle à la jeune fille qui supervisait l'embarquement de cartons et caisses.

L'employée lui décocha un regard abasourdi.

— Ce serait trop dangereux, capitaine.

— Je m'en doute. Je blaguais, hein ?

Sophie se mit à rire et se détourna, ignorant l'expression ahurie qui se reflétait sur le visage de son interlocutrice.

Cooper se dirigea vers deux sièges-baquets disponibles.

— Voilà, ça ira. Je vais ranger nos sacs.

Boum…

Sophie posa une main sur son ventre et massa doucement l'endroit où le bébé venait de donner un franc coup de pied.

Boum.

On va à la maison, mon petit cœur…, pensa-t-elle.

À la maison. Un mot qui n'appartenait pas à son vocabulaire. Là où elle se sentait bien, ça devenait chez elle, que ce soit une maison, un appartement ou une chambre dans une caserne. Jusqu'à présent, elle n'avait encore jamais aménagé de lieu où elle aurait pu rester longtemps. Elle avait opté pour des colocations, partageant des endroits avec d'autres collègues et travaillant le plus possible jusqu'au voyage suivant. Elle ne possédait donc aucun meuble, aucun ustensile de cuisine ou ce genre de choses utiles au quotidien. Avant de partir de Darwin, elle avait pris rendez-vous avec deux agences pour visiter des appartements, et espérait trouver son pied-à-terre rapidement… Après quoi, elle achèterait tout ce qui leur serait nécessaire, à sa fille et elle.

Une nouvelle vie va bientôt commencer, pensa Sophie, soudain surexcitée, en s'efforçant de s'asseoir confortablement sur le siège bas et dur.

— Une minute…

Cooper l'aida, l'empêchant de basculer en avant.

— Merci.

Boum. Boum.

— Je crois que le bébé sent que c'est le début d'une aventure ! confia Sophie. Elle n'arrête pas de bouger.

Pourvu qu'elle ne choisisse pas de venir au monde pendant le vol…, compléta-t-elle intérieurement.

Chassant cette crainte de son esprit, elle se demanda alors quelle nationalité aurait sa fille. Australienne ou néo-zélandaise ?

— Pourquoi cette expression soucieuse ? s'inquiéta Cooper.

— Quand est-ce que tu as mis un bébé au monde pour la dernière fois ?

Pourquoi avait-elle posé cette question ? Ce n'était pas du tout ce qu'elle avait à l'esprit !

— Il y a un certain temps, mais ça ne s'oublie pas.

Cooper paraissait sûr de lui…

Il est chirurgien depuis quatre ans, se rappela Sophie. *Les chirurgiens ont toujours l'air confiants.*

— Tu peux préciser ?

Il fronça les sourcils.

— Tu as des contractions ? On peut encore sortir de l'avion maintenant, mais il faut faire vite, ajouta Cooper en se levant.

— Non, ça va, mentit-elle. Je me contentais de bavarder pour le plaisir de mieux faire connaissance.

N'importe quoi. Accoucher dans cet avion, entourée du personnel de bord, ce ne serait pas une partie de plaisir…

Pour Cooper non plus, se dit-elle en s'efforçant de trouver une position plus confortable.

Reste tranquille, ma petite fille…

Sophie ferma les yeux et adopta une respiration aussi ample que possible.

L'atterrissage à Auckland arriva plus vite que prévu. L'appareil se posa sur le tarmac sans encombre et gagna la zone qui lui était réservée. L'équipage quitta l'avion après avoir laissé Sophie et Cooper sortir en premier.

En inspirant l'air frais de la fin de cette journée pas comme les autres, Sophie fut en proie à une impression un peu irréelle. Sans doute parce qu'elle avait dormi pendant une bonne partie du vol, et avait l'esprit embrumé.

Le bébé ne remuait plus trop. Une bonne chose car elle devrait assurer, maintenant. Il était presque 20 heures… Et elle ne savait pas où aller. Ses parents, qui vivaient dans la banlieue d'Auckland, devaient être chez eux, mais elle ne les avait pas encore contactés.

— Eh bien, notre fille sera néo-zélandaise, dit Cooper tandis qu'ils récupéraient leurs bagages.

Sophie n'avait que deux valises, et Cooper, une seule. Travailler pour l'armée impliquait une forme de dénuement volontaire : on portait deux ou trois tenues, on n'achetait rien ou presque rien car l'essentiel était fourni. On s'engageait pour aider un pays, servir des idéaux, des valeurs, une population…

Mais, en regardant le peu d'affaires qu'elle détenait, Sophie pensa de nouveau que bientôt son quotidien changerait radicalement. Elle avait encore du mal à réaliser à quel point tout serait différent.

— Eh oui. Je vais accoucher sur cette terre.

— Sur cette terre ? répéta Cooper, l'air un peu déconcerté. En Nouvelle-Zélande, tu veux dire… Justement, où, précisément ?

— Je vais m'inscrire à la maternité dans la semaine.

— Laquelle ?

Sophie croisa le regard perçant de Cooper.

— Je ne sais pas encore. Celle qui sera le plus proche de mon domicile…

— Que tu n'as pas encore trouvé, ajouta-t-il en portant les valises. Il me semble que ce soir tu pourrais venir à la maison.

— Ce soir ?

— Je t'invite. En tout bien tout honneur, évidemment, précisa Cooper. Mais vu l'heure, et ta fatigue, pour le bien-être de la maman et de notre future petite fille, un hébergement dans un quartier résidentiel, tranquille, pourrait être bénéfique… Non, il sera bénéfique, poursuivit-il. Inutile d'essayer de refuser.

Sophie eut l'impression que les yeux de Cooper la sondaient. Prétendre que l'offre ne la tentait pas aurait été ridicule. Il avait raison, elle était épuisée. Par la chaleur, le voyage, la grossesse… Et les émotions. Elle avait également un peu mal dans le bas du dos. Et elle avait faim.

— D'accord, j'accepte avec plaisir. Mais dès demain j'appelle les agences que j'ai déjà contactées.

— Pas de problème. Demain, répéta Cooper. En attendant, il faut penser à se reposer.

Et il l'invita à le suivre vers la station de taxis.

La chambre était claire, avec des meubles de pin blond, un grand lit confortable, une fenêtre donnant sur le jardin. Allongée, Sophie ferma les yeux. *Enfin seule…*

À l'étage d'en dessous, Cooper parlait au téléphone. Elle percevait sa voix basse, aux inflexions chaudes, sans pour autant distinguer ses paroles.

Ils avaient dîné sur la terrasse. Un repas froid les attendait : du rôti de dinde, une salade composée avec du maïs et des tomates, des crackers accompagnés d'un assortiment de fromages. Le père de Cooper avait eu la délicatesse de leur acheter de quoi manger puis s'en était allé en laissant la clé dans une cachette à l'extérieur.

— Il n'était pas question qu'on se voie ce soir, avait expliqué Cooper. Entre lui et moi, c'est toujours un peu tendu.

Puis il avait précisé que son père était parti chez sa compagne du moment que lui-même ne connaissait pas encore.

Sophie n'avait pas beaucoup parlé, luttant contre le sommeil et une étrange sensation de dépaysement. Après avoir fini son assiette, elle avait débarrassé et demandé où se trouvait la salle de bains. Une bonne douche, se poser, voilà ce dont elle avait besoin à présent.

Cooper avait eu raison d'insister... Elle n'aurait pas eu la force de chercher une chambre d'hôtel. Elle aurait appelé ses parents qui l'auraient hébergée... Et l'auraient jugée. Elle ? Enceinte ? Alors qu'elle était célibataire ? Quelle inconsciente ! Elle n'aurait pas supporté leur façon de la considérer, de ne pas la comprendre, et se serait sans doute mise en colère...

Ou elle aurait pleuré en cachette, comme lorsqu'elle était enfant. Puis elle se serait hâtée de partir de chez eux.

Sophie ferma les yeux. Décidément, oui, Cooper avait bien fait.

La maison était calme. Il avait dû raccrocher : elle ne l'entendait plus, percevait seulement de vagues bruits dans la pièce en dessous. Le salon, se rappela-t-elle.

Cooper était gentil. Si gentil ! Bienveillant, oui...

Et tellement séduisant.

Trop.

La dernière pensée qu'elle eut avant de s'endormir fut qu'elle aurait pu facilement craquer pour lui…

Dans d'autres circonstances, peut-être.

Le lendemain matin, à son réveil, Sophie se sentit complètement désorientée. Incrédule, elle regarda autour d'elle, remarquant la tapisserie beige clair unie, la moquette vert pâle, le mobilier de pin…

Puis elle se souvint.

Une émotion étrange l'envahit, et aussitôt, au plus profond d'elle-même, une sensation diffuse la gagna. Un mélange de joie, d'appréhension et d'autre chose. Quoi ? Du désir ? De l'impatience ? Elle n'aurait su dire.

C'était à cause de Cooper…

C'était aussi étroitement lié à la merveilleuse aventure qui l'attendait dorénavant.

— Et voilà, c'est le début d'une nouvelle vie, murmura-t-elle en effleurant son ventre.

Un petit coup de pied lui répondit, suivi d'un autre. Sophie sourit et, avec précaution, se leva. Aujourd'hui, elle téléphonerait aux agences immobilières. Il faudrait aussi qu'elle achète une petite voiture en plus du reste… Et qu'elle s'inscrive dans une agence qui la mettrait en relation avec des hôpitaux ou des cliniques. Son emploi du temps serait bien rempli d'ici à l'arrivée de sa fille…

Entre deux, elle s'efforcerait d'appeler ses parents, mais plus elle y pensait, moins elle en avait envie. Ce serait presque une corvée, pour elle. Toutefois, elle savait qu'elle finirait par surmonter son appréhension. Ne serait-ce que pour son bébé, qui devrait connaître ses grands-parents, ce serait nécessaire.

Après avoir pris une douche rapide dans le cabinet de toilette à sa disposition, à côté de sa chambre, Sophie revêtit une robe de coton mauve à fines bretelles, et des sandales sans talons. Se regardant brièvement dans le miroir au-dessus de la commode, elle soupira. Elle ressemblait… à une baleine ! Chassant les pensées autocritiques qui, malgré elle, la gagnaient, elle quitta la pièce et descendit précautionneusement. Chaque pas lui coûtait, comme si en quelques jours son ventre avait grossi de façon démesurée.

Elle découvrit Cooper assis sur la terrasse, en train de boire un café.

— Bonjour…

Il se leva et lui sourit, les yeux brillants.

— Bien dormi ?

— Plutôt, oui. J'étais épuisée. Encore une fois, merci de m'avoir hébergée.

— Je t'en prie, c'est normal. Qu'est-ce que tu veux, pour le déjeuner ?

— Du thé, si tu en as.

— Je crois, oui. Ne bouge pas. Installe-toi, je t'apporte tout ici.

Cooper lui adressa de nouveau un sourire et s'éclipsa. Il était plus que gentil, pensa Sophie.

Et aussi séduisant le matin, pas encore rasé, songea-t-elle, observant distraitement le paysage environnant. Des villas au milieu de jardins arborés, un parc… On se serait presque cru à la campagne.

Elle s'installa à la petite table de fer forgé blanc, et dégusta avec plaisir le petit déjeuner que Cooper lui servit. Un bol de thé vert, des tartines, de la confiture mangue-kiwi. Il ne resta toutefois pas avec elle.

— J'ai des coups de fil à donner, expliqua-t-il.

— Moi aussi…

— Les agences ?

Sophie crut percevoir une lueur de défi dans le regard de Cooper.

— Eh oui. Ainsi que prévu.

— Pas de problème. Tu peux utiliser ma ligne, si tu veux.

— Merci, j'ai mon portable, et les numéros sont déjà enregistrés.

Cooper lui sourit de nouveau, et Sophie sentit un tiraillement dans le creux de son ventre. L'ignorant, elle répondit à son sourire. Poliment.

— Vous n'avez rien de libre en ce moment ? Même pas un studio ? insista Sophie, déconcertée.

Son interlocutrice répéta qu'en effet son agence ne proposait aucune location dans l'immédiat. Il faudrait rappeler d'ici une dizaine de jours : à partir de début septembre, des appartements se libéreraient. Du moins l'espérait-elle.

Après l'avoir remerciée, Sophie s'efforça de ne pas céder au découragement. Elle n'avait pas imaginé que ce serait aussi difficile. Auckland était une mégapole moderne et bourdonnante, avec des zones plus tranquilles que d'autres : celles dans lesquelles elle espérait trouver un logement, à la périphérie des gratte-ciel du centre-ville. La première agence qu'elle avait contactée pouvait lui proposer un deux-pièces pas trop coûteux, dans un quartier peu agréable. Rien d'autre. Et celle-là n'avait rien pour l'instant.

Il faudrait qu'elle élargisse le périmètre de ses recherches et, surtout, qu'elle ait d'autres contacts, pensa-t-elle en se levant.

De la terrasse, on voyait la petite route, en contrebas, qui traversait le quartier pour rejoindre les grands axes à quelques kilomètres. Ici, la vie était si paisible… Évidemment, vu qu'il s'agissait d'un quartier résidentiel, très agréable.

Sophie se dirigea vers l'intérieur. Cooper se trouvait dans le salon, en train de défaire une valise. Il était rasé de près, remarqua-t-elle.

— Alors ? Les recherches ont été fructueuses ?

— Pas trop. Il va falloir que je m'arme de patience. Je vais demander à mes parents de m'héb…

Mais, à ce moment-là, elle ressentit une crampe dans le

bas-ventre, puis un léger étourdissement. Laissant échapper un léger cri, elle s'agrippa à la poignée de la porte, mais se sentit vaciller…

Elle glissa maladroitement à terre, s'efforçant instinctivement de protéger son ventre.

— Sophie !

Cooper se précipita vers elle.

— Qu'est-ce qui se passe ? Tu as des contractions ? Dis-moi ! Parle-moi !

Le cœur battant à se rompre, Sophie eut vaguement conscience que ses oreilles bourdonnaient et que de la sueur perlait sur son front.

— Non… C'est peut-être lié au taux de sucre dans mon sang… La grossesse le rend instable, murmura-t-elle en essayant de se ressaisir.

— J'appelle une ambulance, déclara Cooper, agenouillé près d'elle.

Sophie voulut protester, mais il l'en empêcha.

— On ne court aucun risque : je t'emmène aux urgences. L'hôpital principal d'Auckland est à quinze minutes à peine. On y va.

Elle le laissa l'aider à se redresser et à s'asseoir dans un fauteuil. Un soupir lui échappa alors.

— D'accord. Je n'aime pas ça, admit-elle, refusant de lui faire part de la sourde crainte qui la gagnait. J'ai l'impression de ne plus rien sentir.

Son bébé semblait anormalement immobile. Le choc avait pourtant dû le secouer… C'était bizarre qu'il ne réagisse pas.

— Quoi ? Plus rien ? demanda Cooper, les sourcils froncés.

— Non. Mais il dort peut-être…

— Il faut vite vérifier avec une échographie. Allons-y.

— OK. J'ai juste besoin de mes papiers… Et de mon sac. Il est dans la chambre, indiqua-t-elle à Cooper, qui était déjà prêt.

— Je vais chercher tout ce dont tu as besoin. Et je t'apporte un verre d'eau. Respire tranquillement. Ma voiture est dans le garage, donc pas besoin de prendre un taxi.

— Oh… Tant mieux.

— Oui, tant mieux. Absolument. Je suis là, Sophie. Je m'occupe de toi… Je m'occupe de vous deux.

Par chance, le trajet jusqu'à l'hôpital fut rapide. Cooper connaissait la route, cela se voyait, et il roula à la fois vite et prudemment.

Les mains sur son ventre — dur, contracté —, Sophie s'efforça vainement de ne pas trop s'inquiéter. Bon sang, pourquoi le bébé ne remuait-il plus ? Cela faisait maintenant presque une demi-heure. Ces derniers temps, il — elle ! — avait toujours réagi aux tendres pressions qu'elle imprimait sur sa peau, pour communiquer. Si elle appuyait avec le bout de son pouce, elle sentait une bosse se former peu de temps après, comme une réponse tactile, un merveilleux langage sans mots…

Mais, là, plus aucun signe.

Une fois aux urgences, Cooper expliqua la situation d'un ton bref, précisant qu'ils étaient tous deux médecins et qu'il était, de plus, le père de l'enfant. Ces paroles émurent étrangement Sophie, qui n'ajouta rien. C'était la vérité, n'est-ce pas ?

— Pas de problème, docteur Daniels, dit l'employée à l'accueil, je préviens le service de gynécologie, et on va appeler le Dr Wynn, qui est de garde aujourd'hui.

— Très bien…, dit Sophie.

« Et dépêchez-vous ! » faillit-elle ajouter, luttant contre la panique.

Son ventre durcissait encore…

Et il lui était toujours impossible de déceler le moindre mouvement chez le bébé.

Elle évita de croiser le regard de Cooper, craignant de fondre en larmes.

Cooper la guida jusqu'à un siège, et l'invita à s'asseoir, restant debout quant à lui. D'autres patients attendaient, mais pour le coup Sophie serait vraisemblablement prioritaire. De fait, moins de dix minutes plus tard — qui semblèrent une éternité à Sophie —, une femme en blouse et pantalon bleus s'avança.

— Bonjour, je suis le Dr Kate Wynn. Suivez-moi, je vous prie. À quel mois êtes-vous ?

— Septième…

Sophie ne protesta pas quand Cooper leur emboîta le pas. Il était logique qu'il soit là, lui aussi…

Même si ça lui faisait drôle.

Mais tout lui paraissait étonnant et déstabilisant depuis qu'ils avaient atterri à Auckland. L'effet du voyage, de la chaleur… Et de la grossesse, naturellement. Avec les inquiétudes afférentes.

Le Dr Wynn les mena dans une petite salle d'examen et invita Sophie à s'allonger pour l'ausculter.

— On m'apporte un doppler pour que je puisse écouter les battements du cœur, indiqua-t-elle. On en saura plus alors.

Sophie aurait aimé se sentir se sentir aussi confiante et détendue que Kate, mais à cet instant le sang-froid dont elle faisait habituellement preuve semblait avoir disparu.

— J'espère que tout ira bien.

— Mais oui. Ne vous tracassez pas trop, ça ne se sert à rien. Il s'est passé quelque chose de particulier, aujourd'hui ? demanda Kate en commençant à palper l'abdomen de Sophie.

— Sophie a glissé et est tombée, intervint Cooper.

— Sur le ventre ? s'inquiéta le médecin.

— Non, heureusement…, dit Sophie. Sur les fesses. Mais, quand même, c'est un choc. Et depuis je ne sens plus le bébé bouger.

— Il n'a pas dû apprécier ! s'efforça de plaisanter le Dr Wynn. Mais, rassurez-vous, le bébé est très protégé. Ah, voilà ce dont j'ai besoin, ajouta-t-elle tandis qu'un technicien apportait le doppler demandé. Bon, on va faire une échographie… Vous êtes le futur papa ? demanda-t-elle à Cooper.

— Oui, dit-il aussitôt. Sophie, ça t'ennuie si je reste ?

— Pas du tout, répondit-elle en ôtant sa robe.

Que Cooper la voie en slip et soutien-gorge ne la gênait même pas. Pour l'heure, elle pensait uniquement à l'examen qui leur permettrait de savoir comment se portait leur enfant.

— Parfait, commençons, dit le Dr Wynn.

Elle étala un peu de gel sur le ventre de Sophie et posa la sonde. Sur l'écran s'affichèrent des ombres, puis des taches en couleur… Puis la forme précise d'un bébé déjà grand de taille. Il semblait sucer son pouce. Et un bruit régulier s'éleva, tel un léger galop…

Celui de son cœur.

— Alors tout va très bien, affirma la gynécologue en souriant. Votre enfant se porte très bien, répéta-t-elle. Il commence juste à manquer de place !

Des larmes d'émotion chatouillèrent les paupières de Sophie.

— Oh ! quel soulagement…

— Pourquoi en serait-il autrement ? dit Cooper en posant la main sur l'abdomen de Sophie.

Elle tressaillit involontairement. La paume de Cooper était puissante, rassurante et douce tout à la fois.

À sa place… Sur sa peau ?

Non ! Cooper n'aurait aucun rôle à jouer dans sa vie personnelle… Uniquement dans celle de leur fille !

Mais, au lieu de repousser la main de Cooper, Sophie en apprécia la force et la chaleur. Comment nier qu'elle avait besoin qu'il soit à son côté pendant encore un petit moment… Cela la rassurait, qu'elle le veuille ou non. Même s'ils ne s'aimaient pas, même s'ils n'étaient pas ensemble, ils seraient parents et, à ce titre, proches l'un de l'autre, comme… des amis. Ils s'entraideraient.

— Je viens d'éprouver les pires doutes, mais heureusement

tout va vraiment très bien, dit-elle en effleurant tendrement les doigts de Cooper.

Il la regarda, sourit et reporta son attention sur l'écran où l'image de leur fille était à présent d'une extraordinaire clarté. Il la prit en photo avec son portable.

— Un souvenir, murmura-t-il, l'air un peu gêné de se montrer aussi sentimental.

— Je vais imprimer le cliché, mais nombreux sont ceux qui font comme vous, répondit le médecin en souriant à son tour. Vous êtes rassurés, tous les deux ?

Sophie échangea un rapide coup d'œil avec Cooper.

— Oui, dirent-ils en même temps.

— Parfait, alors je vais préparer le compte rendu que vous pourrez communiquer à votre sage-femme ou votre obstétricien. Il faut surtout vous reposer, ajouta le Dr Wynn à l'intention de Sophie. Pour ne pas accoucher avant terme… Ce serait mieux.

— Bien sûr. Je vais faire ce qu'il faut, répondit Sophie en pensant à tout ce qui l'attendait.

Aussitôt, une bouffée d'appréhension l'envahit, et elle se força à respirer calmement.

Il faudrait qu'elle loge chez ses parents… Ce serait la seule solution. Elle reporterait ses recherches d'appartement à plus tard, décida-t-elle à contrecœur. Elle n'allait quand même pas mettre la santé du bébé en danger…

L'avertissement était à écouter. Elle avait eu très peur.

— Tu peux rester chez moi aussi longtemps que nécessaire, proposa alors Cooper, en écho de ses pensées.

Incertaine malgré elle, Sophie le regarda.

— Vraiment ?

Ce n'était pas du tout ce qu'elle aurait dû dire…

— Vraiment, oui. On a fait plus de cinq mille kilomètres en avion, et tu es enceinte de sept mois… J'imagine que tu ne t'es pas beaucoup reposée au cours des dernières semaines…

Et encore moins avant-hier, hier… Tu me comprends, ajouta Cooper en hochant la tête.

— Oui.

— Donc viens à la maison.

— Je ne vois pas le rapport…

— Je retire le « donc ». Tu viens à la maison.

Sophie hésita, mais au fond d'elle-même la réponse, raisonnable, s'imposait peu à peu, plus forte que ses résistances.

— Quelques jours, oui, le temps de savoir où je vais aller ensuite…

Oui, seulement quelques jours, se répéta-t-elle. Parce que leur bébé avait besoin de calme.

Parce qu'elle était fatiguée.

Parce que Cooper lui souriait, et que son sourire était irrésistible.

7.

Cooper s'engagea dans le couloir qui menait aux blocs opératoires. Heureusement, Sophie était restée chez lui…

Et ça faisait deux jours.

Elle avait accepté de prolonger encore, le temps nécessaire car, de nouveau, elle avait souffert de fortes contractions qui, par chance, avaient fini par se calmer. Se retrouver seule en ville, dans un hôtel ? Cela n'aurait pas été sérieux… Quant à se rendre chez ses parents, ça ne la tentait décidément pas. Que s'était-il donc passé dans sa famille ? Moins la jeune femme lui en révélait à propos d'elle-même, plus il éprouvait l'envie d'en savoir davantage sur elle.

En vérité, il commençait à avoir Sophie dans la peau…

Et pas qu'un peu.

Mettre de la distance entre eux, voilà qui serait logique, songea-t-il. Logique et prudent. Il aurait intérêt à se ressaisir et à garder son objectif de départ : soutenir la mère de sa fille, point final.

Il aurait intérêt à se rappeler, et vite, qu'il ne voulait s'engager dans aucune relation sentimentale. Aucune. Car si, malgré sa volonté, cela advenait, ce serait au détriment de Sophie et du bébé.

Les faire souffrir lui serait insupportable.

Mais de quoi avait-il peur, au juste ? Que Sophie et l'enfant finissent par exiger ce qu'il ne pouvait pas leur offrir ? Que Sophie devienne comme l'une des femmes de son père ?

Non… Pas elle.

De toute façon, s'il gardait la porte de son cœur fermée, il éviterait les ennuis.

Quant au bébé, c'était une autre histoire. Un autre problème. Mais une chose était sûre : jamais il n'abandonnerait sa fille. Ce qui impliquait qu'il n'abandonnerait jamais Sophie. Il s'en sentait viscéralement incapable. Quand Sophie avait fait ce malaise deux jours plus tôt, il avait imaginé le pire. Il tenait déjà tellement à elle…

À toutes les deux. La mère et la fille.

Sa fille.

Malgré tout, il faudrait probablement qu'il définisse une limite à l'hospitalité qu'il proposait. Pour ne pas inciter Sophie à croire à l'impossible… Au cas où.

Il l'appréciait, il l'aimait bien, il l'admirait… Mais ce n'était pas de l'amour.

De toute façon, ce sentiment n'existait pas. Ce n'était qu'une illusion…

Envahi de doutes, Cooper s'arrêta pour regarder par la fenêtre. En contrebas, le périphérique d'Auckland était embouteillé.

Quel serait l'avantage d'un lien plus étroit avec Sophie ? ne put-il s'empêcher de se demander, avant de chasser cette pensée absurde de son esprit. Une relation ne se mesurait pas en termes d'avantages et d'inconvénients… Il s'agissait de ressentis, de sensations, d'envies, d'engagements… Et sur ces points, hormis le dernier, il n'était pas du tout sûr de lui-même.

— Cooper ? C'est toi ?

Une voix féminine venait de l'interpeller, le tirant de ses réflexions.

Cooper en reconnut aussitôt les inflexions sensuelles.

— Svetlana… Quel plaisir de te revoir, dit-il à la jeune femme brune en blouse blanche qui s'avançait vers lui d'un pas vif.

La seule qu'il espérait ne pas revoir.

Elle l'enlaça d'un air malicieux et l'embrassa au coin des lèvres.

— Comment tu vas ? Tu m'as manqué.

— J'ai été en mission pour l'armée, dit Cooper en s'écartant de Svetlana. Toujours aussi ravissante, fut-il obligé d'ajouter.

À la lueur coquine qui se reflétait dans les yeux de Svetlana, il comprit qu'il devrait vite mettre les choses au clair. Il savait comment elle agissait, avait été séduit par elle à une époque, mais aujourd'hui il n'était plus intéressé.

Elle sourit davantage et s'humecta les lèvres.

— La vie militaire t'a réussi, dit-elle en lui pressant les biceps dans un geste appréciateur.

Cooper recula encore d'un pas. Qu'avait-il aimé chez elle ? Qu'elle soit directe et facile ? Sûrement. Aucune autre réponse ne lui venait à l'esprit. Ils avaient passé quelques moments ensemble, et ça avait été tout à fait agréable. Rien de plus. À cet instant, le souvenir de leurs ébats ne lui évoquait rien d'autre. Aucun frisson d'anticipation, aucune envie.

Puis la vision de Sophie surgit en lui, occultant tout le reste. Leur brève étreinte. Les baisers brûlants… Le manque, ensuite.

Le manque ?

Il revint aussitôt à l'instant présent.

— Merci, Svetlana. On est actifs, sur le terrain. On garde la forme !

Cooper commença à s'éloigner, mais Svetlana lui emboîta le pas, le collant presque, auréolée d'un lourd parfum sucré.

— Ça te dirait qu'on se retrouve de nouveau, toi et moi ? Ce soir ? Ou cette semaine ?

— Merci, je suis occupé tous les jours… Presque tout le temps, se hâta-t-il de préciser.

Elle cligna rapidement des yeux.

— Ne me dis pas que pendant ta mission tu es devenu un homme sage parce que… marié, peut-être ?

Sa petite moue suggérait qu'elle avait parfaitement deviné qu'il était passé à autre chose.

— Non, le mariage, ce n'est pas pour moi, dit-il en riant presque.

Mais il n'était pas tenté par une aventure d'un soir pour autant. Même si c'était ce qu'il avait toujours fait auparavant.

Exactement. Avant…

Avant Sophie… qu'il aurait été prêt à épouser.

— Sympa de t'avoir revue, Svetlana.

Volontairement, Cooper jeta un coup d'œil à sa montre.

— J'ai un rendez-vous et je suis en retard, désolé. À bientôt.

Il s'éloigna aussitôt en s'en voulant de s'être montré aussi abrupt, mais soulagé. Pourvu qu'il ne la revoie pas trop souvent. À la blouse blanche et au stéthoscope que Svetlana portait autour du cou, il sut qu'elle travaillait là. C'était le genre à afficher son rôle avec fierté…

Contrairement au Dr Sophie Ingram. En treillis, short et T-shirt, Sophie était un médecin qui se moquait de son apparence. Avec ses patients, on sentait son assurance. Ce jour où, à Bamiyan, elle s'était occupée de Kelly, si calme en dépit du traumatisme subi, elle avait impressionné tout le monde. Tous ceux qui, ensuite, s'étaient relayés pour sauver Kelly avaient bénéficié du sang-froid de Sophie, ainsi que des gestes justes qu'elle avait effectués.

Même lui.

Quelques instants après l'explosion, alors que les balles pleuvaient, il avait craint pour sa propre vie et celle de cette femme magnifique qu'il venait de rencontrer. Il s'était jeté sur elle pour la protéger de tout son corps. Après, lorsque l'attaque avait cessé et qu'ils s'étaient tous les deux redressés, sains et saufs, il avait commencé à trembler. Si Sophie n'avait pas été près de lui, il se serait peut-être enfui en courant et en hurlant…

Ou peut-être pas. En tout cas, il lui aurait fallu plus de

temps pour récupérer et être capable d'aider les blessés sans sursauter au moindre bruit.

Chassant les images de son esprit, Cooper pénétra dans la zone des blocs opératoires et partit à la recherche de Shaun Langford, le chef du service et son mentor à l'époque où il faisait son internat dans cet hôpital.

— Bonjour, Cooper ! On est ravis de recommencer à travailler avec vous, lança une infirmière.

À l'accueil, la réceptionniste acquiesça d'un signe de tête.

— Merci, dit Cooper en souriant. Ça fait plaisir de revenir.

Il était sincère. Ce fut d'ailleurs d'une démarche enthousiaste qu'il gagna le bureau de Shaun. Il était de retour, il retrouverait des personnes qu'il appréciait, et travaillerait dans un environnement familier où son rôle était déterminé et où il donnerait le meilleur de lui-même. Oui, finalement, sans l'avoir réellement programmé, il avait pris la bonne décision pour son avenir professionnel.

Sa carrière évoluerait dans le bon sens.

Il ne lui resterait plus qu'à faire de même pour sa vie personnelle.

Sophie s'agenouilla devant les petits vêtements de bébé, soigneusement pliés, qu'elle avait étalés sur la moquette de sa chambre.

— Pas mal… Je trouve que c'est pas mal, tout ça.

— Tu parles toute seule, maintenant ?

Cooper…

Elle sentit un frisson la parcourir.

— Ne t'inquiète pas, j'en suis consciente ! dit-elle en riant. Déjà de retour ?

Au cours des deux derniers jours, elle avait profité du calme de la maison comme si elle se trouvait chez elle. Le mobilier était dépareillé, et certaines pièces avaient franchement besoin d'être repeintes, mais la villa était chaleureuse et douillette. Sophie n'avait encore jamais connu d'endroit aussi reposant.

Quant à Cooper… Il était de plus en plus séduisant. Et gentil. Elle savait qu'elle aurait dû s'en aller… Mais là, maintenant, cela lui paraissait juste impossible.

— Comme je viens d'être embauché, j'ai un emploi du temps inhabituellement calme, expliqua-t-il en l'aidant à se relever.

— Je comprends. Tout se passe bien ?

— Oui, très. Je connais le service, ça facilite les choses, précisa Cooper. Comment tu te sens, aujourd'hui ?

— Lourde.

— Forcément…

— J'ai rendez-vous chez une sage-femme demain.

— Bonne nouvelle.

Cooper ébaucha un sourire en désignant les vêtements de bébé.

— Il y a tout ce qu'il faut ?

— Pratiquement. J'ai pris le bus ce matin et fait ces achats avec bonheur, avoua-t-elle. Je n'avais pas mis les pieds dans un centre commercial depuis des mois ! J'ai aussi acheté des couches et des biberons au cas où je ne pourrais pas allaiter. Il manque juste un berceau, poursuivit Sophie. Et quelques meubles pour la chambre. Enfin, encore faudrait-il que j'aie trouvé un appartement, mais…

— Plus tard, ne t'inquiète pas, affirma Cooper. Pour l'instant, mène ta grossesse à terme. C'est l'essentiel. Ici, si besoin, il y a une troisième chambre pour notre fille.

Sophie éprouva une drôle de sensation. « Une troisième chambre pour notre fille »…

— Une chambre provisoire, évidemment, mais ce sera mieux que rien, ajouta alors Cooper comme en écho de ses pensées.

— Bien sûr. Tu es vraiment adorable, avoua spontanément Sophie.

— Je suis le père du bébé, ne l'oublie pas… C'est la moindre des choses, non ?

Sophie soutint le regard de Cooper, et son cœur se mit à battre plus vite.

— Merci pour elle, murmura-t-elle. Elle prendra un bon départ, dans la vie…

— Qui aurait cru qu'il y aurait tant de choix ? dit Sophie tandis qu'ils s'engageaient dans une nouvelle allée du magasin d'ameublement. Je croyais qu'un berceau c'était juste un berceau !

— Alors qu'il y en a en bois naturel et en bois peint, des roses, des blancs et de toutes les couleurs possibles et imaginables, renchérit Cooper. Il en existe même équipés de rangements…

Et il se mit à rire. Il paraissait d'excellente humeur depuis qu'ils déambulaient ensemble de rayon en rayon.

— Il va aussi falloir choisir un matelas et ce qu'on met dessus, les espèces de combinaisons pyjamas…

Mais Sophie ne l'écoutait pas.

— J'aime bien ces petits lapins blancs à mettre au-dessus du lit, pas toi ?

— Elle sera censée dormir, non ? Pourquoi la distraire avec ce genre de gadgets ? répliqua-t-il, la mine amusée.

— D'accord, dans ce cas, choisissons la version basique.

Sophie sentait l'excitation l'envahir et, en conséquence, de légères contractions durcissaient son ventre. De temps en temps, le bébé donnait un discret coup de pied… Et cela la réjouissait encore plus.

— J'opte pour le berceau en bois teinté, et la gigoteuse rose avec des éléphants imprimés dessus.

— Parfait. Dans ce cas, j'achète le même, dit Cooper. Il faut qu'on ait tout en double.

— Oui…

Mais Sophie eut du mal à dissimuler sa soudaine appréhension. Bien sûr, Cooper aurait la garde de sa fille… Plus tard. Lorsqu'elle ne l'allaiterait plus !

— Quand elle boira au biberon, précisa-t-elle précipitamment. Tant que je lui donnerai le sein, elle restera avec moi. C'est logique.

Cooper la regarda et ébaucha de nouveau un sourire.

— Ne t'inquiète pas. Je vais acheter plein de biberons. Et un deuxième berceau. Celui-là, déclara-t-il en montrant un modèle blanc, simple, de forme ovale.

— Je l'aime bien, admit Sophie. Mais je préfère le mien.

— Pas de problème. Chacun le sien. Il faut aussi une petite baignoire, non ?

— Exact.

— Bon, on va avoir besoin de conseils et d'aide…

Cooper chercha un vendeur et, bientôt, deux employés les suivirent en notant tout ce qu'ils avaient choisi en double, afin que ce soit livré. Une partie — la moitié — des achats resterait dans des cartons et serait apportée dans le futur logement de Sophie, précisa Cooper.

Mais, en entendant ses paroles, Sophie sentit une bouffée d'anxiété l'envahir. Pourquoi agissaient-ils ainsi ? Pour sa part, elle devait se préparer à l'arrivée du bébé, mais Cooper ? Il n'avait pas besoin d'autant d'affaires chez lui ! C'était comme s'il se préparait à garder souvent leur fille, pas seulement quelques jours par-ci par-là, lorsqu'il ne travaillerait pas.

— Je pressens une longue discussion, dit-il d'un air entendu alors qu'il tendait sa carte de crédit pour tout payer, contre le gré de Sophie. Que se passe-t-il ? Tu n'es pas contente que j'aménage ma maison pour accueillir notre fille, c'est ça ?

Sophie hésita, soudain mal à l'aise.

— Si, bien sûr, mais… Elle vivra surtout avec moi.

— La plupart du temps, en effet. Mais, lorsqu'elle sera chez moi, je veux qu'elle se sente bien.

Cooper fronça légèrement les sourcils.

— Tu ne vas pas l'empêcher de faire partie de ma vie, j'espère.

— Certainement pas. J'ai trop souffert d'exclusion quand j'étais enfant… On s'organisera. Et on fera les papiers nécessaires pour que la garde soit équilibrée, ajouta Sophie, ennuyée qu'il ait ce genre de pensées. Il faudra aussi prévoir les dispositions à prendre au cas où un problème nous arriverait, à l'un ou à l'autre.

— Tu as raison. On devrait sans doute consulter un spécialiste juridique.

— Oui, tu as raison.

Cooper lui prit le bras et ils se dirigèrent vers le parking où sa voiture était garée.

— C'est le genre de conversation qui gâche tout, marmonna-t-il.

— Désolée. On est obligés d'être responsables, dit Sophie. On aurait même dû l'être avant… Devenir parents, ça ne s'improvise pas.

— Je suis d'accord. On va faire ce qu'il faut d'un point de vue légal, promit Cooper. En attendant, rentrons à la maison. On a besoin de repos.

À la maison… Une fois de plus, ces simples petits mots réconfortèrent instantanément Sophie. *Si seulement…*

Elle resta quasiment silencieuse durant tout le trajet, pas trop long heureusement. Mais, dès qu'elle entra dans la villa, elle sentit aussitôt qu'elle se détendait.

Oui, cette maison était un refuge. Un foyer. Le genre d'endroit où elle aimerait rentrer après une journée de travail difficile, mais aussi où elle pourrait se reposer pour s'occuper de sa fille.

Assise sur le canapé du salon, Sophie posa les mains sur son ventre et le massa doucement.

Même si elle était bien, il faudrait que cette situation cesse, pensa-t-elle à regret. Il était impératif qu'elle trouve son propre domicile, le lieu qui serait chez elle…

Totalement chez elle.

— Sophie, ça va ? s'inquiéta aussitôt Cooper. Faire des courses, c'est fatigant…

— Oui, mais ça va bien, je t'assure.

Je suis juste lucide, poursuivit-elle en son for intérieur.

Oui, il faudrait qu'elle vive comme elle l'avait prévu, de manière indépendante et libre. Comme elle l'avait envisagé à partir du moment où elle avait appris qu'elle était enceinte. La présence de Cooper bouleversait ses projets, mais il ne tenait qu'à elle de les réaliser.

— Dis-moi si tu sens quelque chose de particulier, insista Cooper. Des contractions plus régulières, une douleur…

— Bien sûr.

Si je suis toujours ici quand ça arrivera…

Mais Sophie garda cette résolution pour elle-même. Elle ne voulait pas froisser Cooper. Pas maintenant, en tout cas. Il était tellement empli de sollicitude ! Elle n'avait pas l'habitude d'être choyée…

8.

Trois jours s'écoulèrent.

Trois jours tranquilles.

Cooper alla travailler à l'hôpital et, contre toute attente, Sophie prolongea encore son séjour chez lui.

Elle consulta la sage-femme qui trouva que Sophie était en pleine forme malgré son évidente fatigue, et s'inscrivit à la maternité la plus proche. Par conséquent, il faudrait qu'elle déniche un logement à proximité. Encouragée, elle passa quelques appels téléphoniques pour trouver un appartement et une voiture, nota différentes coordonnées, mais ne prit aucune décision.

C'était difficile. En vérité, elle avait surtout envie de cocooner, de se reposer, d'oublier ses soucis.

Elle n'appela toujours pas ses parents.

Oh ! ils ne lui en voudraient pas trop, songea-t-elle à plusieurs reprises. De toute façon, ils s'étaient toujours montrés si distants avec elle !

Le soir, avec Cooper, elle parlait de tout et de rien. Ils firent néanmoins davantage connaissance. Elle lui confia qu'elle était d'origine irlandaise, mais qu'elle n'était allée à Dublin qu'une fois. Elle avait passé quatre mois en Italie après avoir fini son internat à Londres. Elle avait adoré la vie là-bas mais, n'ayant pas obtenu de permis de travail, elle était retournée en Angleterre. Après quoi, elle était partie au Chili pendant presque un an.

Cooper lui raconta ses missions dans des pays en guerre,

où il ne retournerait jamais. D'ailleurs, il ne voulait plus travailler dans des zones à risques.

Ils partageaient le goût du voyage, des horizons nouveaux et la passion de la médecine.

Tout aurait pu les réunir… si les circonstances avaient été différentes, se répéta Sophie.

Vendredi en fin d'après-midi, quatre jours après leurs achats en commun, Cooper téléphona à Sophie pour l'inviter à dîner.

— Un nouveau restaurant italien vient d'ouvrir dans le quartier. J'ai pensé que ça pourrait te plaire.

Sophie se mit à rire.

— J'aurais du mal à refuser… J'aime les pâtes à toutes les sauces !

— C'est ce que je me suis dit.

— Mais on peut rester à la mai… chez toi, rectifia Sophie.

Elle s'apprêtait à dire « maison ». À vrai dire, oui, elle se sentait si bien…

Peu à peu, malgré elle, une sorte de torpeur l'envahissait. Une envie de se laisser aller, de ne pas se poser trop de questions… Une envie de croire que, chez Cooper, c'était aussi chez elle. Ce qui n'était pas le cas. Et ne le serait jamais.

— Je rentrerai vers 19 heures. Enfin, j'espère, précisa Cooper. On a une appendicectomie et, si tout se passe bien, j'aurai fini en fin d'après-midi. Il n'y aura plus qu'à faire le compte rendu.

— D'accord. Bon courage, ajouta Sophie en imaginant ce qui l'attendait.

— Merci. À tout à l'heure, alors.

— Oui. Je t'attends.

Je t'attends…

Après avoir coupé la communication, Sophie se surprit en train de sourire. Cette soirée lui changerait les idées. Elle choisirait une tenue qui ne ressemblerait pas à un sac informe : des leggings noires et sa robe chemisier rouge en fin coton, avec un joli décolleté carré. Oui, ce soir, elle essaierait d'être à son avantage. Non pas pour plaire à Cooper, mais pour se sentir elle-même… Ne plus être seulement la femme qui portait leur enfant, affublée d'un ventre énorme… Redevenir féminine et, peut-être, un peu séduisante aux yeux de Cooper ! Cette pensée l'étonna, et elle la chassa aussitôt de son esprit.

En voyant la jeune femme s'avancer vers lui, souriante, ses cheveux noués en queue-de-cheval, Cooper sentit son cœur battre plus vite. Qu'elle était jolie ! Fraîche, naturelle… Craquante. Un léger maquillage mettait en valeur ses prunelles vertes.

— Tu es prête ? demanda-t-il, espérant dissimuler son trouble.

— Oui. Il n'y a pas eu de problème ?

— Comment ça ?

— Pendant l'opération.

Cooper se rendit compte qu'il devait être en train de dévorer Sophie du regard. Il s'obligea à détourner les yeux, conscient qu'il risquait de lui envoyer un message qui lui déplairait. Depuis qu'ils s'étaient retrouvés, elle avait été claire : entre eux, rien ne devait dépasser les limites du raisonnable.

— Aucun. Tout s'est passé à merveille, même le réveil de notre patient.

Il sourit et ajouta :

— Je prends une douche rapide, et on y va. Le restaurant est à deux pas.

— Parfait…

Sophie l'observa avec attention.

— Si tu es trop fatigué, on peut rester ici.

— Je ne suis pas fatigué. Pas plus que d'habitude, en tout cas. Tu sais bien que la chirurgie nécessite une concentration très soutenue, mais on peut décompresser entre les interventions. En principe, du moins. Aujourd'hui, ça a été possible.

« Et j'ai beaucoup pensé à notre fille », faillit-il avouer. Il préféra ne rien dire, ne sachant pas trop comment réagirait Sophie. Elle était tellement imprévisible.

Une heure plus tard, attablés dans le nouveau restaurant italien du quartier, ils bavardèrent d'un ton léger en évitant soigneusement, l'un et l'autre, d'aborder des sujets compliqués. Par exemple les démarches juridiques qu'ils devraient entreprendre pour préparer correctement l'arrivée du bébé. Cooper préféra interroger Sophie sur ses futurs choix professionnels, et le logement qu'elle espérait trouver.

— Je n'ai pas beaucoup avancé de ce côté-là, avoua-t-elle. Je me repose chez toi… Pour l'instant.

— Tu peux rester aussi longtemps que tu le souhaites.

Le plus longtemps possible…

Non sans peine, Cooper se retint de formuler sa véritable pensée. Une telle proposition ferait fuir Sophie, il le savait. Mais justement, se dit-il, peut-être parce qu'elle était si farouchement attachée à son indépendance et à sa liberté personnelle, il éprouvait une envie de plus en plus pressante de l'inviter à partager sa vie ! Quelle contradiction…

En réalité, ils seraient parents en vivant dans des lieux séparés. Pas trop loin l'un de l'autre. Et ils s'organiseraient.

— Merci, Cooper, fit Sophie, le tirant de ses réflexions. Pour être franche, je crois que j'en ai besoin. J'apprécie vraiment ton hospitalité.

— Tant mieux, j'en suis ravi.

Elle lui sourit et se plongea dans la lecture de la carte. Ils commandèrent des tagliatelles au saumon, et du vin rosé servi au verre seulement pour Cooper puisque Sophie ne buvait que de l'eau.

Le repas fut délicieux, et très copieux. Le restaurant, récemment ouvert, arborait un décor simple mais chaleureux, avec des couleurs bleues qui évoquaient l'Italie et la Méditerranée.

— C'est sympa, ici, déclara Sophie après avoir fini son

assiette. Sympa et accueillant. Bon choix. Et j'ai mangé pour deux !

— Normal ! Et moi aussi, d'une certaine manière. J'ai eu un appétit de loup. Qui sait, je vais peut-être grossir !

Sophie l'observa d'un air amusé.

— Certains hommes font ce qui s'appelle une couvade…

— Eh oui, on participe à la grossesse comme on peut.

— Tu crois que ce serait ton cas ? insista-t-elle d'un ton amusé.

— Pourquoi pas ?

— Impossible… On n'est pas suffisamment ensemble !

Et Sophie ponctua ses mots d'un éclat de rire.

— Exact, admit Cooper à regret. Il faut une certaine osmose dans le couple, je crois, pour qu'un homme ait l'impression d'être également en train de concevoir un bébé en même temps que la future mère de son enfant.

— Une osmose, oui, répéta Sophie. Au minimum, une très bonne entente.

— De la complicité…

— Et surtout de l'amour.

Sophie garda le silence quelques secondes avant de reprendre :

— Enfin, j'imagine. Mes propres parents n'ont pas vécu ce genre de situation, je le crains.

— Les miens non plus. Ma mère était psychologiquement instable. Elle s'est suicidée quand j'avais six ans, confia Cooper.

— Quoi ?

Il regretta aussitôt ses paroles. Ce n'était ni le lieu ni le moment pour révéler ce drame affreux.

— Eh oui.

— C'est triste, dit Sophie après être restée silencieuse pendant un long instant. Le genre de malheur qui vous poursuit la vie durant.

— Je peux difficilement prétendre le contraire, reconnut Cooper. Pardonne-moi, je n'aurais pas dû t'en parler maintenant.

— Pourquoi ?

— Tu es… fragile, en ce moment.

— Fragile ? Émotionnellement, oui… À cause des hormones ! Ce qui ne m'empêche pas d'être capable d'écouter des informations difficiles… Je suis médecin, ne l'oublie pas.

— Je ne l'oublie pas. À ce propos, j'espère que tu trouveras le poste à mi-temps que tu recherches. Je transmettrai ta candidature au service des ressources humaines de mon hôpital, proposa Cooper, désireux de changer de sujet le plus vite possible.

— Je veux bien. Merci de ton aide.

— De rien. Tu vas bientôt m'offrir le plus beau bouleversement qui puisse arriver dans la vie d'un homme, et ça mérite soutien, admiration, affection… Et même le mariage, ajouta-t-il avec une pointe de provocation malgré lui.

— Le mariage ?

Sophie se mit à rire.

— Je n'ai pas besoin d'un contrat pour t'assurer que je te laisserai voir ta fille… Sois rassuré sur ce point.

— Merci. Je le suis.

— Tant mieux.

Une ombre se refléta sur le joli visage de Sophie.

— Je ne crois pas au mariage. Je t'ai déjà dit que mes parents se sont mariés par obligation, parce que ma mère était enceinte de moi… Involontairement, elle m'en a voulu. C'est aussi le genre de situation qui marque pour la vie.

Cooper garda le silence. Il regrettait d'avoir de nouveau abordé l'épineuse question du mariage. Qu'est-ce qui lui avait pris ? D'autant qu'il partageait l'avis de Sophie…

— Je sais. Désolé. De toute façon, entre nous, les choses ne se passeront pas comme pour nos parents respectifs. Déjà, notre première rencontre…

— Plutôt tumultueuse, voire houleuse, renchérit Sophie, une lueur amusée au fond des yeux.

Torride…

Cooper se rappela de nouveau leur étreinte passionnée à Bamiyan. Jamais il n'avait éprouvé un tel plaisir. Ça avait été aussi spontané qu'intense. Une expérience unique dont il avait maintes fois rêvé.

Par moments, de façon fugitive, il s'imaginait prendre Sophie dans ses bras et l'embrasser, goûter ses lèvres, humer son parfum, découvrir — redécouvrir… — sa sensualité. Puis il contemplait le ventre plein de la jeune femme, il pensait au bébé qu'elle mettrait bientôt au monde, et un sentiment étrange, mélange de perplexité, de culpabilité et de joie, l'envahissait. À l'époque, même s'ils venaient de survivre à une attaque effroyable, ils auraient dû avoir un rapport protégé. Ils avaient ignoré la plus élémentaire des règles de prudence, se faisant instinctivement confiance, n'envisageant pas l'avenir ne serait-ce qu'une seule seconde…

Et voilà, presque huit mois plus tard, une petite fille s'apprêtait à naître, fruit de leur passion inconsciente.

Il s'en voulait… Et en même temps il était heureux. Fou de joie, même. Sans ce hasard extraordinaire, peut-être ne serait-il jamais devenu père.

— Cooper…

— Oui ?

Sophie le dévisageait d'un air interrogateur.

— Tu as l'air songeur.

— Je le suis. Je pensais à tout ce que tu dois encore faire, poursuivit-il, ne mentant qu'à moitié. Trouver un appartement ou une maison à louer, t'installer…

La jeune femme acquiesça.

— Je vais sûrement demander à mes parents de m'aider. Je les appellerai bientôt, leur annoncerai la nouvelle et j'imagine qu'ils viendront me donner un coup de main pour l'emménagement.

— Je l'espère. Je serai également là. Tu peux compter sur moi. De même, si tu veux, je me charge de te trouver une voiture. Dis-moi seulement de quel budget tu disposes, et quel genre de modèle tu souhaites.

Sophie lui sourit.

— C'est très gentil. Mais tu n'as pas tellement de temps pour ce genre de choses…

— Je le prendrai. Tu dois veiller à ta santé et ne pas trop courir à droite et à gauche.

— Je ne suis pas malade ! protesta Sophie. Seulement très… alourdie.

Elle esquissa une moue.

— Et j'ai un peu mal au dos.

— C'est normal. Tu es bientôt à terme.

— Bientôt…, répéta Sophie en souriant de nouveau. Ça me semble tellement surréaliste. Aïe… Elle vient de me donner un coup de pied ! confia-t-elle en se tenant le ventre.

— Elle n'aime pas que tu dises que c'est « surréaliste », répliqua Cooper, amusé et un peu inquiet tout à la fois.

Jusqu'à présent, Sophie ne s'était pas ménagée, et le bébé devait le sentir.

— Ne t'en fais pas, elle ne va pas arriver maintenant, assura-t-elle alors, comme en écho de ses pensées.

— Comment peux-tu en être certaine ?

— C'est mon intuition… Je ne suis pas prête ! Mon corps n'est pas prêt. Le bébé doit rester au chaud et à l'abri pendant quelque temps encore.

— Si tu le dis…

— Oui… Enfin, je l'espère, avoua Sophie après une courte pause. Ça m'ennuierait d'accoucher trop tôt. Il ne s'agirait plus d'un prématuré, mais chaque jour compte pour un bon développement physique et cognitif.

— Je suis bien d'accord. Par conséquent, repose-toi, profite de la maison… Je m'occupe de ta voiture et je peux aussi, si tu le souhaites, appeler des agences.

En prononçant ces derniers mots, Cooper sentit une boule

lui nouer la gorge. Peut-être parce qu'il n'avait aucune envie qu'elle habite ailleurs…

Probablement parce qu'il voulait s'occuper de leur enfant, partager chaque instant, être là lui aussi… Pour leur bébé.

Sophie se massa brièvement le front, espérant apaiser son mal de tête, puis elle prit les clés de sa voiture : une confortable berline bleu turquoise équipée de gadgets facilitant la conduite, ainsi que d'un coffre spacieux.

Décidément efficace, Cooper la lui avait trouvée en moins de vingt-quatre heures. Un modèle d'occasion fiable, plus cher que ce que Sophie comptait dépenser, mais cela valait le coup, avait-il assuré. Voyant que ça posait un problème de budget, il lui avait proposé de participer à l'achat, et elle avait catégoriquement refusé.

Elle refusait beaucoup, ces derniers temps. Le mariage, l'hébergement… Et, maintenant, la somme qui aurait pu lui permettre de ne pas acheter à crédit. Personne ne lui avait tant offert en si peu de temps. En plus de ses autres qualités, Cooper était un homme incontestablement généreux.

— Revenez quand vous le voulez si vous avez besoin d'aide pour installer le siège du bébé, dit Graham, le garagiste, en lui tenant la portière.

Ramenée à l'instant présent, Sophie lui sourit et, avec précaution, se glissa au volant.

— Je n'y manquerai pas. Merci beaucoup.

Graham connaissait Cooper depuis longtemps, et c'était lui qui s'était débrouillé pour mettre la main sur ce véhicule-là. Son ancien propriétaire l'avait laissé dans un autre garage, et Graham était allé le chercher exprès. Une fois l'affaire conclue, il avait demandé à sa secrétaire de préparer une tasse de thé pour Sophie, et s'était occupé des divers documents administratifs à remplir. Pourquoi ne pouvait-elle pas tomber amoureuse d'un homme comme celui-là ?

s'interrogea subitement Sophie. Un homme simplement gentil, pas compliqué…

Jour après jour, elle sentait qu'elle s'attachait de plus en plus à Cooper. Il lui plaisait trop…

Beaucoup trop.

Cooper possédait un côté chevaleresque qui, avait-elle cru, n'existait que dans les romans d'amour. Il l'avait déjà protégée de la mort… Maintenant, il faisait tout pour qu'elle soit bien, le mieux possible en tout cas, sans rien lui demander en échange. Par moments, elle se rendait compte qu'il l'observait en silence. Que pensait-il ? Que voulait-il vraiment ? Qu'attendait-il d'elle ?

La réponse était évidente… Seul le bébé l'intéressait. Sinon, il aurait déjà essayé de l'embrasser de nouveau.

Réprimant un soupir, Sophie remercia Graham, boucla sa ceinture de sécurité, régla les rétroviseurs et démarra.

Elle s'engagea dans l'avenue qui menait vers le port et le front de mer. On était en septembre et, bien qu'il fasse déjà un peu moins chaud, l'air marin lui ferait du bien. Elle marcherait le long de la plage et s'efforcerait de ne pas trop réfléchir à son avenir… À quoi bon ? Tout semblait déjà tellement planifié. La naissance, la recherche d'un logement qui serait le sien, l'organisation d'une vie aussi équilibrée que possible…

Seule ?

Par moments, le doute l'assaillait. Ce quotidien avec Cooper la déstabilisait et lui donnait envie d'autre chose…

Il valait mieux qu'elle n'y pense pas.

Alors que Sophie s'apprêtait à bifurquer vers le pont conduisant à la zone portuaire, son portable sonna. L'appareil était connecté au système de la radio GPS si bien qu'elle put voir le numéro s'afficher sur l'écran du tableau de bord.

Elle reconnut celui de ses parents.

Son cœur se serra. Répondre ? Il le fallait… Il le faudrait !

Elle n'allait quand même pas ne pas donner de nouvelles… Ou passer les voir ? Maintenant ?

Sa mère lui laissa un bref message :

« Sophie, ma chérie, je crois me souvenir que tu es de retour, et que tu es dans les parages… Comment vas-tu ? On t'embrasse… »

Les mots avaient été prononcés d'une voix inhabituellement douce, comme sereine. Sophie hésita à rappeler. Et si, à la place, elle se rendait chez ses parents ? Elle leur parlerait. Ce serait plus facile, à présent. Ils seraient tellement surpris de découvrir qu'elle était enceinte…

Au lieu de prendre la bretelle qui filait vers le bord de mer, Sophie poursuivit donc sa route en direction du quartier d'Auckland où elle avait grandi. L'appréhension lui nouait la gorge, mais elle s'était décidée, n'est-ce pas ? La rencontre n'avait pas été prévue, et au fond le côté spontané facilitait les choses.

Son père serait sans doute absent, comme souvent, et par conséquent sa mère serait plus détendue. Elle n'était vraiment à l'aise que lorsque son mari était loin d'elle. Curieux mariage, songea Sophie une fois de plus, en sonnant quinze minutes plus tard à l'entrée de la petite maison de briques rouges.

— Tu as changé !

Telles furent les premières paroles qu'elle prononça en reculant d'un pas pour mieux voir sa mère. Ce n'était ni la coiffure ni le style vestimentaire qui paraissaient différents. Autre chose… Mais quoi ?

— Moi, j'ai changé ? s'exclama Mme Ingram en fixant le gros ventre de sa fille. Oh ! ma chérie… Que vois-je ? C'est merveilleux !

Elle enlaça tendrement Sophie.

— Merveilleux ! répéta-t-elle. Jack, mon chéri, viens ! Sophie est là !

Stupéfaite, Sophie garda le silence. Non seulement sa

mère se montrait heureuse et accueillante, mais en plus son père était là ?

— Papa n'est pas au travail ?

— Je suis retraité, maintenant, annonça-t-il gaiement en les rejoignant. Mais je rêve ou tu es enceinte ?

Hochant la tête, Sophie sentit son abdomen se contracter. Elle réprima une moue. Maintenant, les questions et reproches allaient fuser. Ou les accusations quand ses parents apprendraient sa situation.

— Viens vite t'asseoir, dit sa mère en l'invitant à s'installer sur le canapé du salon. Pour quand est prévu le bébé ? Qui est le père ? On le connaît ? Où est-il ? Raconte-nous tout !

Elle ne cessait de regarder le ventre de Sophie d'un air émerveillé. Puis elle prit place à côté d'elle, ce qui surprit également Sophie. Son père s'assit dans le fauteuil en face.

— J'accouche dans cinq semaines, annonça-t-elle, déconcertée par cet accueil chaleureux.

— Tu es si… mince alors que tu es presque à terme, lança-t-il d'un ton soucieux.

— Non, papa, pas tant que ça ! En tout cas, la sage-femme ne m'a fait aucune réflexion inquiétante, assura Sophie.

— Bon, tant mieux.

— Donc tu t'es déjà organisée pour l'accouchement ? reprit sa mère.

— J'ai fait l'essentiel. Examens de routine, inscription à la maternité… Je suis désolée de ne pas vous avoir prévenus plus tôt, poursuivit Sophie. J'ai été très occupée.

L'excuse classique, dans sa famille, qui signifiait qu'elle avait préféré garder ses distances pour éviter les complications et conflits éventuels.

— Mais maintenant tu es là, souligna gentiment sa mère. C'est le plus important, n'est-ce pas ?

Incrédule, Sophie regarda ses parents à tour de rôle. Jamais ils n'avaient été aussi bienveillants… Que se passait-il ? Allait-elle s'éveiller subitement et se rendre compte que tout cela n'était qu'un rêve ?

— Oui, en effet. Actuellement, j'habite chez un ami… Qui est aussi le père du bébé, s'empressa-t-elle de préciser.

Elle attendit les commentaires. Il n'y en eut aucun.

— Mais dès que possible j'emménagerai chez moi, compléta-t-elle.

— Chez toi ? Où ? Pourquoi ne vivras-tu pas avec cet homme ? protesta son père. Il ne veut pas assumer ses responsabilités, c'est ça ?

— Jack, je t'en prie ! intervint sèchement la mère de Sophie.

Ah, voilà qui ressemblait davantage au ton dont Sophie se souvenait…

— Si, bien sûr. Mais, moi, je n'ai pas envie de partager ma vie avec lui. C'est mon choix, pas le sien, expliqua Sophie.

Ses parents seraient bien placés pour la comprendre !

— Parce que, lui, il aimerait que vous soyez ensemble ? interrogea son père.

Sophie sentit son cœur battre plus vite en pensant à Cooper. Si seulement elle avait réellement su ce qu'il ressentait et voulait… Elle constatait juste qu'il était généreux, attentif, et qu'il tenait à élever leur enfant. Autant qu'elle.

— Il m'a demandée en mariage, mais j'ai refusé. Il m'a aussi proposé de poursuivre la cohabitation sous son toit — il a une villa —, mais j'ai décliné l'offre.

Sophie s'adossa contre le dossier et redouta une pluie de reproches. Mais sa mère se contenta de sourire.

— Tu as toujours su ce que tu voulais, n'est-ce pas ? Si c'est ce que tu veux, et si tu penses que c'est ce qu'il y a de mieux pour toi, on te soutiendra quoi qu'il arrive.

— Mais ce sera difficile d'être seule avec ton bébé, renchérit son père.

Sophie crut avoir mal entendu. Ils étaient d'accord ? Ils ne l'accusaient de rien ? Ils se souriaient ? Décidément, c'était vraiment bizarre.

— Eh bien, merci… Je vous remercie vraiment. À part ça, vous allez bien, tous les deux ? demanda-t-elle.

— Très bien, assura sa mère. Pourquoi en serait-il autrement ?

— D'autant que tu nous reviens en pleine forme… Et en nous offrant le plus beau cadeau de notre vie ! enchérit son père. Nous ne nous attendions pas à devenir grands-parents de sitôt, puisque tu ne cesses de voyager tout en travaillant dur. Ton métier de médecin n'est pas facile, on en est conscients…

Il a parlé normalement, sans me reprocher quoi que ce soit…

Soudain, Sophie éclata de rire. C'était vraiment comme dans un rêve. Oh ! ce devait être un rêve. Il n'y avait aucune autre explication.

— Qu'est-ce qui est drôle ? s'inquiéta sa mère.

Elle n'aurait pas pu leur expliquer ce qui la surprenait tellement. Non, bien sûr… C'était inconcevable.

S'efforçant de maîtriser son accès d'hilarité, Sophie prit une profonde inspiration.

— Pas de souci, tout va bien. La grossesse me rend joyeuse de façon parfois inconsidérée… C'est normal. Oui, tout va même très bien !

Ce soir-là, pendant le dîner qu'ils prirent sur la terrasse comme les fois précédentes, Sophie raconta son entrevue familiale à Cooper.

— C'était vraiment incroyable. Je suis restée avec mes parents pendant deux heures environ, et ils ne se sont pas disputés une seule fois. Ils ont été agréables et à l'écoute… Ils semblaient s'entendre, comme s'ils étaient heureux ensemble !

— C'est peut-être le cas, souligna Cooper.

— Mais comment est-ce que ça pourrait être possible après trente-quatre ans de conflits ?

— Les choses changent… Tu ne les avais pas vus depuis longtemps, je crois ?

— Oui. Justement, c'est peut-être parce que je ne vis plus avec eux qu'ils vont mieux.

Sophie sentit sa gorge se nouer.

— Ils paraissaient sincèrement bien ensemble, et pour moi c'est totalement extraordinaire… Et même inimaginable.

S'abstenant de commentaires, Cooper lui servit du thé glacé. Il avait apporté des plats tout préparés, achetés chez le traiteur : du poulet au citron, légèrement parfumé, du riz vapeur, et un assortiment de légumes croquants, délicieux, parfumés d'une pointe de safran. Mais Sophie n'avait pas faim. Elle avait envie de parler, de comprendre… De se réjouir aussi, pleinement, de ce revirement de situation tellement inattendu qu'elle n'en revenait toujours pas.

Simultanément, assombrissant son humeur, une interrogation s'imposait à elle : comment ne pas se demander si les tensions au sein de sa famille n'avaient pas été directement liées à sa présence ? Si elle n'était pas née, ses parents ne se seraient pas mariés et n'auraient pas dû supporter une union qu'ils n'avaient pas souhaitée…

Sauf que maintenant ils paraissaient d'humeur plus légère et enjouée !

Oui, tout évoluait. Pour le mieux, finalement ? Ça en avait l'air…

9.

Après avoir allumé des bougies — la nuit commençait à tomber —, Cooper s'assit de nouveau à table et contempla Sophie. Elle semblait songeuse et même un peu triste. Une main sur son ventre, elle gardait le regard tourné vers l'horizon, absorbée dans ses pensées.

Plus il la connaissait, plus il la trouvait ravissante et, surtout, désarmante. Bien qu'elle soit médecin, elle aussi, elle avait gardé une forme de spontanéité et de naïveté qu'il adorait. À moins que ce ne soit la fragilité qu'il sentait en elle ? Il avait envie de la protéger… De la chérir et de la choyer.

— J'aimerais en savoir plus sur ton enfance… Si tu acceptes de m'en parler, ajouta-t-il, lisant de la surprise dans le regard de Sophie.

— Pourquoi pas…

Elle ébaucha un sourire.

— Qu'est-ce qui t'intéresse ?

Tout…

— Si tu as des frères et sœurs, par exemple. Tu ne m'as jamais rien dit à ce sujet. J'en ai déduit que tu étais fille unique.

— Gagné. Mes parents ne m'ont pas désirée, et ils n'ont visiblement pas eu envie d'avoir un autre enfant. D'autant que je ne les ai pas comblés, semble-t-il.

Sophie lui avait répondu d'un ton un peu sec, et il devina aussitôt qu'elle était encore plus blessée qu'il ne l'avait imaginé par cette réalité. Comment son père et sa mère avaient-ils pu ne pas l'aimer ?

Comment pouvait-on ne pas aimer Sophie ?

Cooper détourna le regard un instant, troublé par ses pensées et l'évidente tristesse de Sophie.

Il avait passé pratiquement toute la journée au bloc, enchaînant les interventions et les consultations. Malgré tout, il n'avait pas cessé de penser au moment où il rentrerait à la maison pour la retrouver et s'assurer qu'elle allait bien. Il savait qu'elle avait du mal à rester inactive. Elle avait aménagé la future chambre du bébé, rangé les petits vêtements, installé le berceau… Toute seule. Ça l'inquiétait qu'elle ne se ménage pas. Surtout après l'incident qui les avait conduits aux urgences.

Toutefois, dès qu'il avait franchi le seuil de la villa, toute la tension qu'il avait éprouvée s'était évanouie. En présence de Sophie, il se sentait bien et chez lui. À la maison. Il était rentré *à la maison.*

Ce qui impliquait que, prochainement, il ne ressentirait plus ce réconfort. Bientôt, Sophie déménagerait. Elle continuait à contacter des agences, n'est-ce pas ? On lui organisait des visites virtuelles, sur Internet, ce qui était idéal.

Cooper reporta son attention sur la jeune femme.

— Et toi ? Tu aimerais d'autres enfants ?

Sophie écarquilla les yeux.

— Il faut déjà que je m'habitue à l'arrivée de ce bébé-là…

— Bien sûr.

Cooper sourit.

— Quand j'étais petit, j'avais envie d'avoir une sœur. J'aurais sans doute aimé pouvoir partager ce que je pensais des petites amies de mon père… Mais, à ce propos, je me faisais sûrement des illusions. Les garçons et les filles ne voient pas ce genre de situation de la même façon.

Sophie le dévisagea attentivement pendant quelques secondes. Voulait-elle lire en lui ? Essayait-elle d'évaluer ce qu'elle pouvait lui révéler ?

— Moi aussi, j'aurais rêvé d'une sœur… Quelqu'un qui

m'aurait aimée et ne m'aurait pas accusée de tous les maux de la terre.

Une personne qui aurait partagé, avec elle, la vie de famille et le quotidien, décoda Cooper.

Un éclat différent se refléta dans les prunelles vertes de la jeune femme.

— Je crois que j'aimerais bien un autre enfant d'ici quelques années. Dans deux ou trois ans, peut-être. Si tout va bien… On ne sait pas ce que l'avenir nous réserve.

— C'est certain.

Cooper sentit sa gorge se nouer à l'idée que Sophie puisse de nouveau être mère… Sans lui. Un court instant, il imagina être le futur père. Ce serait merveilleux… Sauf que Sophie ne voulait ni vivre avec lui ni se marier avec lui. Leur situation serait alors décidément curieuse : ils n'habiteraient pas sous le même toit, mais seraient parents de deux enfants… Non, ce ne serait pas possible, se raisonna-t-il.

Dans l'immédiat, il espérait que Sophie ne serait pas une mère trop distante et détachée de lui. Idéalement, il voulait de tout cœur être présent et jouer son rôle paternel tout le temps, pas uniquement un week-end sur deux !

— Mais, ne t'inquiète pas, ça ne risque pas d'arriver… Du moins pas ensemble, ajouta alors Sophie avec un sourire malicieux. À moins qu'une bombe ne nous oblige de nouveau à nous… rapprocher !

— Parce que tu as besoin qu'une bombe explose pour avoir des envies passionnées ? ne put-il s'empêcher de plaisanter.

Sophie se mit à rire, mais rougit également un peu.

— Il semblerait que ce genre de situation m'amène à sauter dans les bras d'un parfait inconnu, répliqua-t-elle avec humour.

— Un parfait inconnu ? Moi ? Je te signale qu'on se connaissait depuis cinq heures.

— Exactement. On était donc de parfaits étrangers l'un pour l'autre, insista Sophie.

— Peut-être. Quoi qu'il en soit, personnellement, je ne regrette pas une seule seconde ce qui s'est passé entre nous.

En formulant cet aveu, Cooper laissa jaillir les images de ce souvenir extraordinaire. Leur étreinte brûlante, presque animale, instinctive, qui l'avait profondément comblé et même apaisé. Comme jamais.

— Et toi ? demanda-t-il.

Sophie posa une main sur son ventre.

— Oh non… Pas du tout, murmura-t-elle, une expression rêveuse au fond des yeux.

— Parce que tu es enceinte ?

Elle secoua la tête.

— Pas uniquement. Pour être franche, dès que je t'ai vu ce jour-là, j'ai pensé que tu étais… à tomber par terre. J'en ai même parlé à Kelly.

— À tomber par terre ? répéta Cooper, amusé. Ça, c'est un compliment… Merci !

— Je suis sincère.

Sophie sourit.

— Tu sais bien que tu es un très bel homme. Les femmes ne doivent pas souvent te résister.

Cooper se sentit un peu gêné tout à coup. Non qu'elle ait tort… Il avait toujours rencontré un certain succès, sans s'en préoccuper vraiment.

— Tu es la seule à m'avoir résisté.

— Moi ?

Les yeux de Sophie brillèrent et parurent alors encore plus verts. Fascinants.

— Pas à Bamiyan, en tout cas.

— On a eu des circonstances atténuantes, souligna Cooper.

— Si on veut, oui.

— On aurait pu mourir.

— C'est sûr.

Sophie s'humecta les lèvres et Cooper ne put s'empêcher

d'admirer la bouche de la jeune femme, rose et charnue. Un fruit qu'il avait encore envie de goûter…

Refoulant le désir qui l'envahissait, il sourit.

— Moi aussi, j'ai trouvé que tu étais à tomber par terre. Une… bombe !

— Oh…

Sophie éclata de rire.

— Quel jeu de mots ! En treillis, mal coiffée, j'étais sexy ? C'est une blague ?

— Pas du tout. Tu étais magnifique… Et tu l'es toujours.

Sophie rougit de nouveau.

— Tu es flatteur…

— Je suis franc. Je te trouve très belle. Encore plus, aujourd'hui. La grossesse te rend lumineuse.

Sophie le regarda attentivement, l'air perplexe, puis elle esquissa une moue.

— C'est à cause de la lueur des bougies, dit-elle en désignant les flammes dans les photophores qu'il avait apportés.

— Pas du tout. À la lumière du jour, au réveil le matin, ou le soir après une longue journée, tu es belle. Même fatiguée.

Sophie garda le silence.

— Tu es indulgent.

— Franc, répéta Cooper d'une voix douce. Tu n'es pas comme les autres… Je suis heureux de savoir que mon premier enfant aura été conçu par une femme telle que toi.

— Merci… J'en déduis que tu en veux d'autres ! lança Sophie en se levant lentement.

— Peut-être. Si l'avenir le permet. Je l'espère.

Se redressant à son tour, Cooper accompagna Sophie à l'intérieur. Une lumière tamisée régnait dans le salon, et autour d'eux tout était étonnamment silencieux. De temps à autre, on percevait juste le chant d'un oiseau.

Sophie se retourna vers lui.

— Merci pour ce bon moment.

— Merci d'être là.

Elle resta immobile sans le quitter des yeux, puis ébaucha un sourire. Cooper sentit son cœur battre plus vite. Il ne voulait pas qu'elle s'éloigne…

Il aurait tout fait pour prolonger cet instant. Eux, ensemble.

Il se contenta de tendre une main vers elle. Si elle la prenait, il ferait le premier pas. Si elle refusait, il laisserait tomber et respecterait le choix de Sophie. Le choix de la distance.

Sophie hésita un court instant, puis elle s'avança et glissa sa paume contre celle de Cooper. La caresse fut furtive mais bien réelle. Une invitation ?

Ce n'était plus l'heure des explications…

Cooper s'approcha de la jeune femme et l'enlaça avec douceur, conscient du ventre rebondi, tiède, qui se plaçait entre eux.

— C'est vraiment une bonne idée ? murmura Sophie.

— À ton avis ?

Et il l'embrassa.

Enfin.

Il laissa ses lèvres courir sur la nuque de Sophie, remonter jusqu'à son visage, s'emparer de sa bouche. Leur baiser fut d'abord un peu timide, mais très vite passionné. Les sens enflammés, Cooper eut vite l'impression d'être en train de franchir la limite interdite. Il avait tellement envie de Sophie… Ses mains lui effleuraient le corps, sa poitrine lourde et voluptueuse, cherchant déjà plus, encore plus, comme affamées.

— On peut faire l'amour ? chuchota-t-il à son oreille.

— Tu es direct, au moins !

— Tu m'en veux ?

— Mais non…

Les yeux brillants, Sophie lui caressa la joue.

— Si on est prudents, ça ira, murmura-t-elle en se blottissant contre lui.

— On le sera. Viens…

Il l'emmena dans sa chambre et, avec délicatesse, l'aida à s'allonger sur le lit.

— Bonheur... Bonheur ! répéta-t-il en l'embrassant de nouveau. Je rêve de ce moment depuis que je t'ai revue...

— Vraiment ?

Il crut percevoir une lueur de défi dans les prunelles de Sophie.

— Oui, vraiment... Tu en doutes ?

En guise de réponse, Sophie lui sourit et roula sur le côté de façon qu'il puisse se caler contre elle en lui épousant les reins. Cooper sentit son désir répondre instantanément. Il découvrit le ventre de Sophie, puis ses seins fermes et gonflés, et le délicieux parfum de sa peau. Une émotion profonde le parcourut. La nuit durant, il la couvrirait de baisers et se fondrait en elle...

Ils ne feraient plus qu'un. Ils s'aimeraient.

Sophie se réveilla le sourire aux lèvres. Elle était courbatue mais heureuse. Pour la première fois en presque huit mois, elle avait l'impression d'être totalement elle-même. Comblée.

Cooper lui enlaçait la taille, et sa respiration régulière lui chatouillait la nuque, tiède et rassurante.

Et voilà, se dit-elle, elle était contre Cooper, au lit, et cela lui semblait merveilleux. Pour rien au monde, elle n'aurait voulu se trouver ailleurs. S'éveiller à côté de cet homme lui paraissait simplement juste et normal.

Poum... Poum...

— Aïe...

Les coups de pied du bébé la ramenèrent à la réalité. *On a dû te secouer quelque peu, cette nuit*, pensa Sophie en se remémorant la façon dont ils avaient fait l'amour. Lentement, précautionneusement, partageant un plaisir sans cesse croissant et une extase renouvelée. Cooper s'était montré aussi audacieux qu'attentif, respectueux et... comme amoureux.

Plusieurs fois, Sophie avait eu l'impression que ce n'était pas seulement purement physique, entre eux. Toutefois, aucune parole n'avait été échangée à ce propos. Aucun aveu. Rien. Seuls leurs corps avaient parlé.

— Bonjour, beauté…

Cooper prit appui sur un coude pour se pencher vers elle.

— Comment ça va ? Et notre fille ? On ne l'a pas trop dérangée, j'espère.

Sophie lui prit la main et la plaça sur son ventre, là où l'on pouvait sentir les mouvements du bébé.

— Waouh… C'est une vraie gymnaste ! s'exclama-t-il.

Sophie se mit à rire.

— Je crois qu'elle commence à manquer de place… Tu as pensé à des prénoms ?

Jusqu'à présent, elle n'avait pas voulu aborder cette question avec Cooper. Elle-même n'avait pas fait son choix, consciente que de toutes les manières il faudrait qu'elle en discute avec lui.

— Non, pas vraiment. J'espérais qu'on en parlerait ensemble, avoua Cooper en la caressant doucement. Mais j'avais l'impression que tu ne le souhaitais pas trop.

Sophie se retourna pour le regarder. Il souriait d'un air un peu rêveur qui ne lui ressemblait pas… Un air qui l'attendrit soudain complètement. Cet homme était en train de la bouleverser totalement… Tout comme il avait déjà chamboulé sa vie.

— Il faut que j'apprenne à te connaître, peut-être…, murmura-t-elle, troublée. Quels noms te plaisent ?

— Lily et Emma.

— J'aime bien Lily.

Elle avait noté Emma dans sa liste, mais pas ce prénom-là.

— Lily Ingram. Ça sonne bien.

— Tout comme Lily Daniels.

Sophie sentit sa gorge se nouer.

— Ingram-Daniels. C'est un peu long.

Cooper s'assit sur le lit et l'observa quelques secondes.

— On pourrait facilement régler cette question. Ma proposition tient toujours.

— Ta… proposition ?

— On pourrait se marier.

Sophie soutint le regard de Cooper. L'espace d'un instant, un tourbillon de pensées contradictoires l'envahit. Si elle acceptait, elle agirait comme sa mère… Ce qui lui semblait absolument inconcevable. Mais peut-être que sa mère aimait son père, à l'époque… Comment le savoir ? Et, elle-même, aimait-elle Cooper ?

Peut-être, oui…

Il faisait battre son cœur plus vite, c'était sûr. Elle pensait souvent à lui, c'était certain. Elle se sentait bien dans ses bras, oh oui…

Et lui ? L'aimait-il ?

De nouveau, sa gorge se serra. Là, rien n'était sûr. Cooper ne laissait rien transparaître… Ce qui pouvait signifier qu'il n'éprouvait pas de sentiments pour elle.

Jamais je ne me marierai pour des raisons administratives…

En silence, Sophie se redressa puis se leva en prenant soin d'enrouler le drap autour de son corps. Elle avait l'impression d'être déformée par sa grossesse et, malgré elle, ne souhaitait pas se montrer en plein jour.

— Tu es très belle, dit-il. Ne te cache pas, s'il te plaît.

Elle hésita. Cooper ne l'avait pas vue s'arrondir au fil des mois, centimètre après centimètre. Il la découvrait presque à terme. Son compliment paraissait sincère… Et, réalisant cette vérité, elle devina qu'elle risquait de craquer encore plus pour lui.

Il faudrait qu'elle impose rapidement une distance entre eux. Même s'ils avaient passé une merveilleuse nuit ensemble. Même si elle avait encore la sensation des baisers de Cooper sur sa peau et leur goût sur la langue.

— Je te remercie, mais tu sais bien que le mariage n'est pas possible, dit-elle finalement, en évitant de le regarder.

— Pourquoi ? À cause de ce que tu as vécu pendant ton enfance ? insista Cooper. Ce serait vraiment ça ?

Non…

Soudain, Sophie n'éprouvait plus la moindre certitude sauf une : elle n'épouserait pas un homme qui ne l'aimait pas. Toute discussion à ce sujet serait inutile.

— Cooper, quelles que soient les raisons, elles m'appartiennent.

Elle lui jeta un coup d'œil et s'efforça de sourire.

— Tu agis en vrai gentleman, et j'apprécie… J'apprécie sincèrement. Mais je ne peux pas accepter.

Sans attendre de réponse, elle sortit de la chambre pour gagner la salle de bains. Il faudrait qu'elle se montre ferme… Qu'elle résiste. Cooper lui plaisait déjà trop, et elle savait que dorénavant il pourrait aisément la convaincre. Elle s'était donnée à lui… Et avait aimé faire l'amour avec lui. Tout comme elle aimait vivre avec lui. Il avait dû sentir tout cela.

— Sophie ?

Surprise, elle se retourna. Cooper avait revêtu un peignoir à la hâte et lui avait emboîté le pas.

— Je ne comprends pas, dit-il, le visage sombre. Cette nuit, j'ai eu l'impression qu'il se passait quelque chose de fort, entre nous.

— Moi aussi. On éprouve du désir l'un pour l'autre, c'est certain.

Il acquiesça sans un mot, le regard intense.

— Pour se marier, il faut ressentir de l'amour, non ? poursuivit-elle. Et, l'amour, ce n'est pas seulement du désir.

— Bien sûr que non, dit Cooper.

Il secoua la tête.

— Message reçu. À partir de maintenant, on cohabite comme des amis, rien de plus, c'est ça ?

— Des amis qui vont avoir un enfant ensemble.

— Un peu plus que des amis, alors ?

Sophie hésita. Ce qu'elle s'apprêtait à dire serait définitif, elle le savait.

— Non, Cooper. On est amis, on sera parents…

— Mais plus amants, j'ai compris, compléta-t-il d'un ton résigné. OK. Très bien. De toute façon, je n'irai plus vers toi. Je ne te referai plus de demande. Les dés sont lancés, Sophie.

Puis il tourna les talons.

Les larmes aux yeux, Sophie alla s'enfermer dans la salle de bains. La situation était enfin clarifiée. Parfois, il fallait faire preuve de détermination pour éviter les ambiguïtés et le flou dangereux. Cooper savait ce qu'elle ne voulait pas.

Pas de mariage.

Plus de relations autres qu'amicales.

Elle s'appuya contre le mur de la pièce et pressa la paume de sa main contre sa bouche pour étouffer le son de ses sanglots…

Mais le miroir lui renvoyait le reflet de son désespoir.

Cooper regarda par la fenêtre que la pluie battait. La pelouse de son jardin était trop haute, et les mauvaises herbes poussaient si vite ! Que faisaient les gens le samedi après-midi par un temps comme celui-ci ? Il avait passé la matinée à l'hôpital, à rendre visite à ses patients, à leur parler de l'intervention déjà pratiquée ou qu'il réaliserait, à les rassurer quant à la date de leur retour chez eux…

Il avait même proposé à Svetlana de prendre un café avec lui pour retarder le moment fatidique où il devrait rentrer à la maison.

Ce qui aurait pu être sa maison.

Mais, sitôt assis en face de Svetlana, il avait regretté d'être avec elle. Elle interpréterait forcément son invitation, et il avait dû se montrer plus froid qu'il ne l'aurait souhaité afin qu'elle ne nourrisse pas de faux espoirs. Il n'aimait pas blesser les autres, qui que ce soit.

Sauf que lui-même était blessé. Triste. Vide… Comme la villa que Sophie avait quittée sans laisser ne serait-ce qu'un vêtement ou un livre derrière elle.

Elle avait trouvé un appartement dans un quartier résidentiel pas trop loin, heureusement, et avait emménagé aussitôt. Le trois-pièces était sombre, peu engageant, mais Sophie n'avait pas hésité à le louer. La mort dans l'âme, il l'avait aidée à déménager.

Maintenant, tout lui paraissait affreusement désert autour de lui. Les murs, les pièces, l'ambiance…

Sophie lui manquait tellement ! Son rire, son sourire, sa voix, son parfum, sa peau…

Plusieurs fois depuis son départ, Cooper avait pensé à l'appeler et lui demander de revenir. Mais il savait que, lorsque Sophie refusait, c'était catégorique. Essayer de la faire changer d'avis, elle ? Ce serait mission impossible.

Son téléphone vibra dans sa poche. Une distraction bienvenue.

C'était son père.

— Salut, papa. Comment ça va ?

— Parfaitement bien ! On est partis en voyage, Gillian et moi. Queenstown, Arrowtown, et même la fête foraine de Coronet Peak… On a aussi découvert des tas de petits restaurants très sympas sur le front de mer.

On…

Cooper réprima un soupir.

Combien de temps son père resterait-il avec sa nouvelle compagne ?

— Quand êtes-vous rentrés ?

— Hier soir. C'est pour ça que je t'appelle. Tu es chez toi, peut-être ? Si c'est le cas, je pourrais passer et on prendrait un moment pour bavarder.

— Bonne idée.

L'après-midi ne serait plus aussi morose. La compagnie de son père n'était jamais ennuyeuse, juste source de questionnements et, parfois, de malaise… En fonction de la femme avec laquelle il se trouvait.

— Ça me ferait plaisir de te présenter quelqu'un, précisa son père.

— D'accord, dit Cooper, s'efforçant de paraître enthousiaste. Je vais mettre une bouteille de bon vin blanc au frais.

Ou deux… Autant apprécier l'après-midi et tenter d'oublier Sophie pendant quelques heures.

— Quel plaisir de te rencontrer !

Gillian, la femme qui accompagnait le père de Cooper, lui tendit la main.

— J'ai beaucoup entendu parler de toi. Je peux te tutoyer ? ajouta-t-elle.

— Bien sûr. Ravi de vous… de faire ta connaissance, dit Cooper après avoir échangé un rapide coup d'œil avec son père.

Gillian ne ressemblait pas du tout aux petites amies que ce dernier avait eues jusque-là. Elle devait avoir une cinquantaine d'années, et portait un pantalon noir et un chemisier qui ne dévoilait pas un décolleté extravagant. Elle arborait un sourire généreux et sincère.

— Je ne reste pas longtemps, reprit Gillian après avoir accepté le verre que Cooper lui offrait. Je dois aller au supermarché. Je suis sûre que vous avez beaucoup à vous raconter et, si je suis dans les parages, ce ne sera pas pareil !

Elle lança un regard appuyé au père de Cooper et ajouta :

— Demande bien à ton fils si la date lui convient.

— Je ne risque pas d'oublier, répondit M. Daniels.

Cooper eut du mal à ne pas trahir sa curiosité. Quelque chose d'inhabituel se tramait. Il le sentait à la manière dont son estomac se crispait. À trente-huit ans, il réagissait encore de façon viscérale lors de certaines situations impliquant son père. Comme lorsqu'il était petit. Il n'avait plus qu'à espérer que ce ne serait pas une histoire d'argent ou d'investissement mal placé… Mais c'était peu probable. Autant son père commettait facilement des erreurs en matière de relations sentimentales, autant, matériellement parlant, il gardait les pieds sur terre.

Gillian bavarda avec eux une dizaine de minutes, puis, comme promis, elle s'en alla faire des courses, les laissant tous les deux.

— Alors ? demanda Cooper. Qu'est-ce que vous complotez ?

Son père se mit à rire.

— Un mariage, fiston… On va se marier le mois prochain. Le 8 octobre précisément.

Cooper resta muet de surprise. Quoi, son père se stabilisait ? Avec une femme de son âge qui semblait tout à fait raisonnable ? Incroyable !

— Je sais, c'est inespéré. Mais tout arrive quand on garde l'esprit ouvert, affirma son père. Et si on est patient…

Il hocha la tête d'un air entendu.

— Tu as raison, admit Cooper, abasourdi. Tu aimes donc Gillian à ce point ?

Malgré lui, il ne pouvait s'empêcher de penser à Sophie… À ce qu'il éprouvait pour elle et qu'il n'aurait pas su décrire.

— Oui, à ce point. Il faut savoir tourner la page, non ? J'ai attendu suffisamment de temps, depuis la mort de ta mère.

— C'est certain.

— J'espère sincèrement que tu approuves… Et que tu viendras à notre mariage. La cérémonie sera intime, poursuivit son père, les yeux brillants de joie. Il y aura juste les filles de Gillian accompagnées de leurs maris, les petits-enfants de Gillian, et toi.

— Je serai là, évidemment, dit Cooper. Comment pourrais-je rater un tel événement ? Mais…

Il hésita.

— Tu es sûr de ne pas précipiter les choses ?

— Absolument. On ne rajeunit pas, tu sais… Gillian et moi voulons profiter de la vie ensemble.

— Je comprends très bien.

Cooper regarda son père, et une étrange émotion l'envahit. Au fond, il avait attendu cela depuis si longtemps ! Sans se l'avouer… Sans en parler.

— Tu es heureux, ça se voit.

— Je le suis, fiston. Très. Gillian m'apaise et me comble… Toi et moi savons que j'ai été terriblement stressé au cours des dernières années.

— C'est vrai.

Cooper avait hérité du tempérament impulsif de son père, mais il se maîtrisait mieux que lui… Heureusement !

— J'imagine ce que tu ressens, ajouta-t-il.

— Vraiment ?

— Absolument.

Réalisant cette vérité, Cooper se sentit bizarre, tout à coup. Encore plus ému. Comme secoué par ce qu'il s'avouait secrètement à cet instant : en présence de Sophie, il était apaisé et comblé, lui aussi. Totalement. Profondément.

— Qui est-elle ? demanda son père d'un ton un peu taquin.

Il avait lu en lui.

— Sophie… Elle s'appelle Sophie.

Puis Cooper pensa à l'arrivée imminente du bébé.

— Quelle est la date de votre mariage, déjà ?

— Le 8 octobre. Si ça pose le moindre problème, dis-le-moi vite. Je veux que tu sois là !

Cooper regarda de nouveau son père et sourit. Comment lui révéler la vérité ? Il aurait tant aimé que Sophie soit auprès de lui à ce moment précis…

Une nouvelle émotion le saisit, et il inspira comme s'il s'apprêtait à plonger dans une eau glacée.

— Papa, tu vas te marier et, en plus, devenir grand-père…

10.

L'appartement restait trop sombre malgré les jolies lampes et la fenêtre qui s'ouvrait sur la cour. Trop petit. Et trop silencieux. La chambre du bébé ? Exiguë mais douillette, songea Sophie en promenant un regard circulaire sur la pièce. Le berceau, le mobile aux couleurs pastel suspendu au-dessus, la veilleuse, la commode rose pâle aux tiroirs emplis de gigoteuses, layettes, couches, chaussons… Au moins, cet endroit-là lui semblait réussi. Mais le reste…

Quatre jours s'étaient écoulés depuis qu'elle avait quitté la villa de Cooper, et elle avait l'impression de ne pas réussir à faire la coupure. En elle-même, tout restait connecté à cette maison-là, sa terrasse, son ambiance… Et à lui, Cooper Daniels, l'homme qui avait bouleversé son existence à jamais.

Aucune nouvelle de lui… Et tant mieux. Sophie n'en voulait pas. Même si elle vérifiait son portable plusieurs fois par jour, afin de s'assurer qu'elle n'avait pas raté un message, même si à chaque fois son cœur se serrait à cause de la déception… Non, elle n'en voulait pas.

Elle se répétait qu'elle préférait qu'il disparaisse de sa vie… Pour l'instant. Lorsqu'elle aurait accouché, la situation changerait forcément. Alors, elle aviserait. Cooper et elle aménageraient leurs emplois du temps. Ils s'organiseraient et tout se passerait bien.

Du moins, elle l'espérait.

Sophie se prépara une tasse de thé vert parfumé au jasmin, et alla s'asseoir dans le salon-salle à manger : une pièce à vivre équipée d'un coin cuisine, assez ordinaire pour le moment. Elle n'avait pas encore trouvé de meubles à son goût, se contentant de récupérer le canapé de l'ancien locataire. Ça la dépannait. Elle s'était fait livrer un lit, une armoire pour sa chambre, une table en pin blanc, deux chaises, une cuisinière et des étagères. Ses parents lui avaient apporté du linge de maison et proposé leur aide pour poursuivre l'aménagement, mais Sophie avait refusé : elle préférait se reposer et aviserait en temps voulu. L'essentiel était là, n'est-ce pas ? Tout ce qui était nécessaire pour dormir, manger, se laver. La salle de bains comportait une simple douche, ce qui ne serait pas forcément pratique avec le bébé… Mais il suffirait qu'elle achète une petite baignoire en plastique, et ça irait.

Sophie alluma la radio, choisit une chaîne musicale, et s'installa pour boire son thé. Il était presque 18 heures, et dehors la lumière déclinait déjà. Au troisième étage d'un immeuble qui en comptait six, son appartement n'était décidément pas lumineux. Qu'est-ce que ce serait en hiver ?

Prenant appui sur un coussin, elle ferma brièvement les yeux, consciente des mouvements légers mais réguliers dans son ventre. Elle portait un T-shirt ample et des leggings suffisamment élastiques pour ne pas se sentir comprimée au niveau de la taille. Si seulement elle n'avait pas éprouvé cette étrange tristesse, ce vide teinté de découragement…

C'était incompréhensible. Elle avait dit et fait ce qu'elle voulait, non ? Alors pourquoi avait-elle l'impression de regretter sa décision ? Ou, pire encore, d'avoir commis une erreur ? Difficile à supporter pour elle qui ne revenait jamais en arrière.

Peut-être était-ce justement ce qui lui pesait… Car cette fois les circonstances étaient plus que singulières. Uniques. Le père de sa fille lui avait proposé de l'épouser, et elle avait refusé.

Sophie se remémorait son dernier échange avec Cooper quand la sonnette de la porte d'entrée retentit. Surprise, elle se leva et alla ouvrir.

Son cœur battit soudain précipitamment.

Comme une projection de ses pensées, de sa rêverie, il était là, devant elle. Cooper se tenait sur le seuil. Le sourire aux lèvres comme s'il était attendu, il lui tendit un volumineux bouquet de jonquilles.

— Les premières de la saison, pour illuminer ta maison.

— C'est gentil, merci…

Sophie huma le parfum des fleurs et, incrédule, laissa Cooper entrer. Que faisait-il ici ? Elle lui avait envoyé un texto pour lui communiquer son adresse tout en spécifiant que c'était par pure politesse… Et pour leur future organisation. Le message avait été un peu sec, et il ne lui avait bien sûr pas répondu.

— Tu es étonnée que je sois là ? demanda-t-il en l'observant.

— J'avoue que oui. Je t'en prie, installe-toi. C'est un peu spartiate, chez moi, dit-elle sur un ton d'excuse, en désignant le salon.

— Je vois. Mais si tu es bien…

— Très, mentit-elle. Je vais mettre les fleurs dans la carafe de la cafetière… Je n'ai pas encore de vase. Ce sera sur ma liste. Tu veux boire quelque chose ?

— Tu aurais du bourbon, par hasard ?

Elle en ajouterait sur sa liste.

— Désolée, comme je ne bois pas d'alcool, je n'en ai pas du tout. Sauf du vin blanc, se souvint-elle.

— Ce sera parfait. Tu veux que je serve pendant que tu t'occupes des fleurs ? Joli…, lâcha-t-il en regardant le bouquet qu'elle avait déjà agencé.

Sophie le plaça au milieu de sa nouvelle table.

— Oui, ça égaie.

Elle alla s'asseoir à côté de Cooper. De toute façon, il n'y avait aucun autre endroit.

De nouveau, son cœur se mit à battre plus vite, et elle chercha à se maîtriser. En vain. Une émotion difficilement contrôlable la gagnait… Parce que Cooper était là.

— Comment vas-tu ? demanda-t-il en l'observant avec attention. Tu parais un peu fatiguée.

— Je le suis. Le déménagement, sans aucun doute. Oh ! le vin…

Sophie s'apprêta à se relever mais, d'un geste doux — une pression sur l'avant-bras —, il l'en empêcha. Elle frissonna.

— Je n'en prendrai pas. Je me contenterai de te regarder.

— Pardon ?

Cooper se mit à rire.

— Te regarder me fait du bien. Ça apaise ma soif.

— C'est joliment exprimé, murmura-t-elle, troublée.

Décidément, cet homme l'étonnerait toujours.

— Tu es un vrai charmeur.

— Seulement vraiment sincère, affirma-t-il. Je voulais t'appeler, mais j'ai cru sentir qu'il valait mieux conserver une certaine distance entre nous.

— Ce n'est pas faux.

— Malgré tout, je suis là, reprit Cooper. J'ai bravé l'interdiction.

— Il n'y a aucune interdiction ! répliqua Sophie. L'autre fois, tu m'as gênée, c'est vrai, mais…

Elle haussa les épaules.

— Moi aussi, je devais être sincère avec toi.

Mais l'étais-tu vraiment ?

Chassant la petite voix qui protestait dans son esprit, elle s'obligea à sourire.

— Je suis contente de te voir.

— Bonne nouvelle. Moi aussi, je suis content. Très.

Cooper sourit à son tour et, une fois de plus, Sophie sentit son pouls s'accélérer. Si elle s'était écoutée, elle se serait blottie dans ses bras, l'aurait embrassé… Et plus encore. En présence de Cooper, ses résolutions fondaient comme neige au soleil.

— J'avais besoin d'être certain que tu allais bien, reprit-il. Loin de toi, je ne suis que moyennement rassuré.

— Tout va bien. Seul hic : je m'ennuie, dit Sophie.

Ça, au moins, c'était totalement vrai !

— Comment ça ?

— Maintenant que tout est installé, chez toi et chez moi, que je suis prête, j'ai presque hâte de reprendre le travail !

— Tu es sérieuse ? À trente-sept semaines de grossesse ?

— Et alors ?

— À ce stade, de nombreuses femmes ont du mal à rester inactives, admit Cooper. Mais il faut faire preuve de bon sens et de prudence…

Cooper se leva et gagna le coin cuisine.

— Je peux ? demanda-t-il en désignant le réfrigérateur.

— Bien sûr. Sers-toi.

Il trouva la bouteille de vin blanc, l'ouvrit et se versa un verre.

— À notre enfant, dit-il.

Sophie sourit et tendit sa tasse de thé pour qu'ils trinquent.

— Profite de ce moment privilégié, conseilla-t-il après avoir bu une gorgée. Je parie que, lorsque le bébé sera là, tu n'auras plus une minute à toi.

— J'en suis certaine, soupira Sophie. Mais j'aime être utile. Faire du shopping ne me satisfait pas. Au contraire, ça finit par m'ennuyer encore plus.

— Tu n'es décidément pas une femme comme les autres, déclara Cooper en lui décochant un de ses sourires aussi malicieux que craquants.

Sophie éprouva soudain un désir brûlant pour Cooper. Une envie irrésistible de se lover contre lui, de l'enlacer…

Mais il n'était pas question de faire de nouveau l'amour avec lui. Pas maintenant…

Plus jamais.

Il fallait vite trouver une diversion. Quelque chose qui la distrairait.

— Et si on sortait dîner ? proposa-t-elle. Ensuite, on pourrait aller au cinéma, qu'en dis-tu ?

Une demi-heure plus tard, ça allait mieux. Manger un hamburger et des frites rassasia Sophie, si bien qu'elle oublia peu à peu les sensations perturbantes qui l'avaient envahie. De plus, Cooper osa faire remarquer, tout en engouffrant, quant à lui, un deuxième hamburger, que ce genre de repas n'était pas sain. Ça l'énerva passablement… Une bonne chose !

Puis le film l'enthousiasma, et elle finit par occulter totalement ses fantasmes…

Jusqu'à ce qu'elle se couche seule dans son grand lit froid, et qu'elle essaye de trouver le sommeil.

En vain.

Enveloppant les bras autour de sa poitrine, Sophie laissa son imagination vagabonder. Que se serait-il passé si Cooper l'avait raccompagnée à l'intérieur au lieu de se limiter au seuil de son appartement ? Auraient-ils fini par s'étreindre et s'aimer passionnément comme la dernière fois ? Songeant aux scénarios possibles, Sophie sentit de nouveau le désir s'éveiller en elle.

Oh non…

Elle n'avait plus qu'à se concentrer sur les étoiles, compter les moutons encore et encore ; tourner la page. Cooper lui plaisait trop, oui… Elle était même plutôt… amoureuse, réalisa-t-elle. Oui, c'était évident. Ce désir qu'elle éprouvait n'était pas seulement lié au physique tellement attirant de Cooper. Il avait une personnalité attachante, vraiment sympathique…

Mais il n'était pas pour elle.

De toute façon, seul comptait le bébé qui viendrait bientôt au monde.

Seul comptait le repos qu'elle méritait.

Sophie inspira et expira calmement. De longues minutes s'écoulèrent mais, les yeux rivés sur le plafond de la pièce plongée dans l'obscurité, Sophie ne s'endormit toujours pas.

Cooper m'a apporté des fleurs…

La dernière fois qu'on lui en avait offert, c'était quand

elle était en troisième année de médecine. Le jour de son vingt-troisième anniversaire, son petit ami de l'époque l'avait invitée au restaurant. Au cours de cette soirée, elle s'était rendu compte que son copain était bien trop sérieux dans ses intentions à son sujet, et elle avait préféré couper court.

Elle pensa de nouveau à Cooper. Quand même, il l'avait demandée en mariage à deux reprises… Deux fois ! Elle avait tout fait pour l'en dissuader, mais il avait insisté malgré tout.

La petite voix de sa conscience résonna encore à son esprit.

Tu n'es pas juste. Si tu ne veux pas engager de relation avec Cooper, sois encore plus franche avec lui !

Elle avait cru l'être.

Tu as accepté de dîner avec lui, pas vrai ? Tu as accepté ses fleurs, n'est-ce pas ?

Sophie sentit sa gorge se nouer tandis qu'un doute la gagnait. Aurait-elle été hypocrite ou manipulatrice ? Aurait-elle profité de la gentillesse et de l'hospitalité de Cooper parce qu'elle était fatiguée et n'avait pas le moral ?

Non… Non !

D'abord, cela ne lui ressemblait pas. D'autre part, jamais Cooper ne se serait laissé duper ou entraîner dans quelque chose qu'il ne voulait pas. Il avait eu envie de se détendre avec elle, lui aussi. Il appréciait sa compagnie… Même s'il n'était pas amoureux.

Mais alors… Pourquoi ce bouquet ?

La sonnette de la porte d'entrée retentit alors que Sophie rongeait son frein. Elle n'en pouvait plus de ne rien faire.

— J'arrive ! s'exclama-t-elle avec soulagement.

Elle ouvrit et fit face à deux hommes musclés qui s'appuyaient sur ce qui semblait être un grand fauteuil rembourré, enveloppé d'une housse de plastique transparent.

— Vous avez dû vous tromper d'adresse, dit-elle, déçue.

— Vous êtes bien Sophie Ingram ? C'est bien l'appartement

numéro 3, résidence Willows ? répliqua l'un des livreurs en fixant des yeux l'étiquette qu'elle avait collée sur la sonnette.

— Oui, mais ça…

D'un doigt, Sophie désigna le fauteuil.

— Ça ne peut pas être pour moi.

L'autre homme extirpa un bon de livraison de sa poche et lut les informations inscrites.

— Si. Acheté et payé hier par… Cooper Daniels.

Sophie resta muette de stupeur.

— Vous connaissez ce M. Daniels ?

— Oui. Je vous en prie, entrez, balbutia Sophie. Je ne sais pas où on va le mettre…

— Dans votre chambre à coucher, paraît-il. Ce sont les instructions.

— Ma chambre ?

Il faudrait qu'elle abatte le mur de la pièce déjà trop petite !

— Je crois qu'il vaut mieux le placer dans le salon…

— On nous a recommandé de l'installer dans la chambre… Et de ne pas tenir compte des commentaires de la bénéficiaire du cadeau, précisa le livreur en finissant de lire le document qu'il tenait à la main.

— Je vois, dit Sophie, sidérée.

Cooper ne lui avait absolument rien dit… Mais ce cadeau était encore plus parlant que des fleurs.

— Il va falloir que vous déplaciez le lit.

— Pas de problème.

L'homme ébaucha un large sourire.

— Vous n'êtes pas franchement en état de bouger quoi que ce soit, surtout pas du mobilier. On s'occupe de tout.

Avait-elle le choix ?

Sophie se promit de dire à Cooper qu'il ne pouvait pas agir ainsi. Même pour son bien. Même par gentillesse. C'était… trop.

Une fois que les hommes eurent réussi à installer le fauteuil dans un coin de la chambre — ils avaient changé le lit et la commode de place —, et après avoir ôté la housse de protection, elle découvrit un fauteuil à bascule entièrement en cuir.

Son irritation s'évanouit aussitôt. C'était un cadeau aussi superbe qu'attentionné. À l'image de Cooper. Un superbe fauteuil, idéal pour s'installer afin d'allaiter le bébé…

Elle n'aurait jamais eu les moyens de s'en offrir un aussi beau.

— Le week-end dernier, j'ai rencontré une femme que j'aime bien, annonça Cooper vendredi soir.

Il avait téléphoné à la fin de sa journée à l'hôpital, et demandé s'il pouvait passer chez Sophie. Elle avait accepté sans hésiter.

— Une femme ? répéta-t-elle.

Avait-il déjà rencontré quelqu'un d'autre ? Quelqu'un qui lui plaisait ? Et elle ? Elle ne comptait déjà plus ? Et leur enfant ?

— Elle s'appelle Gillian et elle aime mon père. Ils vont se marier.

— Quelle belle nouvelle ! s'exclama Sophie, gagnée par un soulagement indicible.

Pourquoi réagissait-elle ainsi ? Puisqu'elle avait refusé d'épouser Cooper, elle n'avait aucune raison de se sentir déstabilisée !

Cooper tira une chaise pour qu'elle puisse s'asseoir.

— Repose-toi. Tu es toute pâle.

— Un peu fatiguée, sans doute, prétendit-elle en prenant place.

Elle observa Cooper quelques secondes.

— Dis-m'en plus, si tu veux.

Et aide-moi à oublier l'absurde jalousie que j'ai éprouvée !

Cooper fit tourbillonner doucement le bourbon contenu dans son verre, puis il s'assit face à elle.

— Mon père a commencé à fréquenter d'autres femmes

environ un an après le décès de ma mère. Il se sentait seul, je suppose, ce qui se comprend…

Il avala une gorgée et garda le silence un court instant.

— Pendant longtemps, il est sorti avec des femmes plus jeunes que lui. Aucune ne restait, même si l'une d'elles — la deuxième, je crois — a été présente pendant presque un an. J'ai cru, et presque espéré, qu'elle deviendrait ma belle-mère. Mais ce n'est pas arrivé.

Cooper posa son verre et reprit :

— Gillian a environ l'âge de mon père, et ils s'aiment. C'est étrange et merveilleux de le voir aussi joyeux qu'un jeune homme… Une chose est sûre : Gillian ne profite pas de lui. Elle veut le rendre heureux.

Soudain, Sophie regretta de ne pas pouvoir boire d'alcool, elle aussi. Tant de personnes organisaient leur vie et réussissaient à trouver l'âme sœur, même tardivement… Pourquoi pas elle ?

— J'ai prévenu mon père qu'il serait bientôt grand-père, poursuivit Cooper. Il est si heureux… Gillian et lui veulent te rencontrer. Tu es également invitée au mariage, mais il y a un problème : c'est le même jour que celui qui est prévu pour l'accouchement.

Sophie eut l'impression d'être saisie de vertige.

— Oh là là ! ça va trop vite…

Le père de Cooper et sa future femme, qui seraient donc les grands-parents de sa fille, souhaitaient faire sa connaissance ? Pourquoi n'avait-elle jamais envisagé une telle situation ? Sans doute parce que Cooper avait rarement parlé de sa famille, si bien qu'elle n'y avait jamais pensé.

Mais… ce n'était pas une mauvaise nouvelle. Pas du tout.

— Notre enfant aura quatre grands-parents…

Sophie sourit.

— C'est merveilleux.

— Je suis bien d'accord. Tu as aussi entendu le reste ?

— Oui… Le mariage est prévu le jour de l'accouchement.

Sophie eut du mal à refréner une bouffée de déception. Parce que Cooper se rendrait forcément à la cérémonie. Par conséquent, il ne pourrait pas l'accompagner à la maternité. Jusqu'à cet instant, elle ne s'était pas rendu compte à quel point elle comptait sur sa présence ce jour-là.

— Soyons réalistes : combien de bébés arrivent exactement à la date annoncée ? souligna Cooper en souriant. Attendons de voir… Sophie, je serai là, auprès de toi. Notre fille est plus importante que tout.

Sophie sourit, à la fois soulagée et partagée.

— Je ne te demande pas de rater le mariage de ton père.

— Non, c'est moi qui te le propose. Parce que je ne veux pas manquer la naissance de notre enfant.

Le sourire de Cooper était si doux et craquant que Sophie eut terriblement envie de se blottir dans ses bras. Mais, restant immobile sur sa chaise, elle s'obligea à se ressaisir. Elle devenait si émotive…

— Ça te tente d'aller dîner au restaurant thaïlandais qui se trouve dans la rue d'à côté ? demanda Cooper. Je meurs de faim !

Nourriture asiatique ou hamburgers, elle se moquait bien de ce qu'elle mangerait…

— Moi aussi ! avoua-t-elle, consciente qu'elle voulait juste rester avec lui.

Ne plus le quitter…

Heureux que la partie inférieure de son visage soit dissimulée derrière un masque, Cooper s'accorda un sourire détendu tandis qu'il finissait de suturer l'abdomen de Jason Mowbray.

La veille au soir, Sophie avait accepté sans hésiter de rencontrer son père et Gillian… Tout comme elle avait admis, tout naturellement, qu'ils feraient partie de la vie du bébé…

De *leur* vie.

Sophie serait sans doute énervée si elle savait à quel point il rêvait de l'épouser. Il espérait même, secrètement, que la rencontre avec son père et Gillian l'amadouerait.

Lui offrir un fauteuil avait aussi été un choix mûrement réfléchi. Lorsqu'elle l'avait appelé, après la livraison, il avait d'abord cru que ce serait pour refuser le cadeau, le lui reprocher… Il aurait alors expliqué qu'en tant que père du bébé il avait le droit d'avoir envie de veiller au bien-être de la maman ! Mais il n'avait pas eu besoin d'en arriver là : Sophie s'était montrée enthousiaste et reconnaissante…

Oui, comme heureuse.

Revenant à l'instant présent, Cooper mit l'aiguille à suture dans le récipient et se redressa en regardant Becky, l'anesthésiste.

— Et voilà, c'est terminé.

— La tumeur n'était pas aussi importante que ce que tu avais envisagé, dit sa collègue.

— Une chance, oui… Une chance dans la malchance.

Jason aurait encore des épreuves à endurer, avec des séances de chimiothérapie et de rayons dès que la plaie serait cicatrisée. L'homme n'avait que trente-cinq ans. C'était bien trop jeune pour lutter ainsi contre un cancer.

Cooper avait déjà vu tant de situations difficiles qu'il se demandait parfois ce qui l'attendait. La vie était imprévisible et devait être savourée le plus possible… Sauf que lui-même avait été trop instable sentimentalement parlant, des années durant, pour pouvoir réellement apprécier certaines choses simples : la santé, la tranquillité, le partage, l'engagement…

Tu n'as pas été inconstant depuis ton atterrissage à Darwin le mois dernier.

À cause de Sophie. Ou plutôt *grâce* à elle. Il voulait avant tout qu'elle ne manque de rien. Le reste ne l'intéressait plus.

Il existait sans doute d'autres manières que le mariage pour prouver à Sophie qu'il pouvait être un bon père et un partenaire fiable. Mais lesquelles ? Si seulement il avait su exactement ce qu'il ressentait à l'égard de la jeune femme, il aurait été capable de la convaincre de sa sincérité. Il aurait même pu lui dire qu'il l'aimait…

Cooper se figea. Quoi, ces mots-là ? Jamais !

Il se rappela de nouveau les confidences de son père à propos de Gillian qui, avait-il dit, le comblait et l'apaisait. Sophie lui produisait le même effet. Elle était devenue le centre de son univers. Qu'est-ce que cela signifiait ? Qu'il était amoureux ?

De fait, ses sentiments ne cessaient de croître…

Oui, il voulait embrasser Sophie, la serrer dans ses bras, la protéger, la choyer jour et nuit…

Oui, il avait envie de la voir le plus souvent possible, et il avait confiance en elle…

Comment le lui montrer ?

Et que ferait-il si elle le repoussait ?

À cette perspective, il sentit son cœur se serrer.

OK, si Sophie ne voulait pas de lui, il s'engagerait probablement de nouveau dans l'armée, et accepterait une mission à l'étranger. Loin.

Puis, presque simultanément, Cooper songea qu'une telle fuite n'était plus envisageable. Il faudrait qu'il tienne compte de sa fille, dorénavant. Et pour toujours.

— Cooper ? Ça va ? s'inquiéta Becky, le tirant de ses réflexions.

Gêné, il se rendit compte qu'elle l'observait.

— Oui, merci. J'ai eu un petit moment d'absence, c'est tout. Et Jason ? interrogea Cooper en s'obligeant à se détendre les mains.

Involontairement, il les avait crispées.

— Sa respiration est ample. Les constantes sont bonnes. Tout va bien.

Bien que ce soit l'état le plus habituel de ses patients après une intervention, Cooper se sentit soulagé. En vérité, il ne serait totalement tranquillisé qu'une fois Jason réveillé. Lorsqu'il avait effectué sa toute première opération, son patient avait fait un arrêt cardiaque fatal pendant le processus de réveil. Ça n'avait pas été la faute de Cooper mais, depuis, il éprouvait régulièrement une pointe de culpabilité teintée d'appréhension.

— Parfait. Emmenons-le en postopératoire.

Becky appela une infirmière qui se chargea du transfert.

— Tu as le temps de boire un café avant de retourner examiner Jason ? demanda Becky.

Cooper tenait à revoir ses patients dès que possible afin de leur expliquer ce qu'il avait réalisé et de les rassurer. Plongés dans l'inévitable confusion consécutive à une anesthésie générale, ils étaient très attentifs à tous ses mots, même s'ils ne s'en souvenaient pas forcément après.

— Oui. Mets de l'eau à chauffer, moi, je vais chercher mon téléphone.

Cooper se hâta d'ouvrir son casier. Il n'avait pas consulté ses messages depuis deux heures et demie. Et si Sophie avait eu besoin de lui ? Le cœur battant, il prit l'appareil et appuya sur la connexion.

Aucun SMS ni appel, constata-t-il avec soulagement.

— Tu es nerveux comme un futur papa, lança Becky.

— C'est tellement évident ?

Cooper referma le casier et jeta un coup d'œil à sa consœur.

— Le bébé arrive dans moins de trois semaines. Je serai sur les rotules quand il viendra au monde !

Becky se mit à rire.

— Ménage-toi… Garde des forces pour lui une fois qu'il sera né !

Évidemment, elle ignorait qu'il n'aurait pas à faire face aux nuits entrecoupées. Sophie avait décidé de s'occuper pleinement du bébé, n'est-ce pas ?

Sauf qu'au fond de lui-même Cooper avait envie d'être là, lui aussi… Il voulait se rapprocher de Sophie. Il l'aimait… Oui, il l'aimait ! C'était tellement évident, maintenant… Comment lui faire comprendre ?

Comment la convaincre ?

Cooper songea qu'il aurait du mal à la demander en mariage une troisième fois. Il ne supporterait pas qu'elle refuse de nouveau. Ça risquerait de lui briser le cœur, il le savait.

Donc…

Il faudrait simplement qu'il continue à rester auprès d'elle, voilà. Il l'aiderait à se préparer, à s'installer, en espérant que peu à peu elle apprécierait sa présence. Et peut-être plus.

— Tiens…

Becky lui tendait une tasse. Au même instant, la sonnerie imitant un sifflement de train résonna dans la poche de Cooper. *Sophie ?* Du café se répandit sur le sol tandis qu'il récupérait le téléphone.

— Allô, Sophie ?

— On y est… C'est maintenant, annonça-t-elle à l'autre bout du fil, la voix un peu haletante.

— Tu es sûre ?

— Certaine, gémit-elle. Et j'ai mal.

Sophie s'apprêtait à accoucher… Et il se trouvait à l'hôpital, loin d'elle !

Cooper posa la tasse et ôta sa blouse quasiment en même temps.

— Je suis déjà à la maternité, ajouta Sophie. Tu peux venir ? J'ai besoin de toi.

— Tout de suite… Je pars à l'instant ! Je t'embrasse fort…

Cooper coupa la communication et croisa le regard de Becky. Elle était en train d'essuyer les gouttes de café sur le sol.

— C'est le grand jour ?

— Oui. Il faut que j'y aille. Tu pourras expliquer à Jason que j'ai dû m'absenter pour une urgence ? Je reviendrai le voir plus tard…

Et Cooper partit avant que sa collègue ait répondu.

Il patienta à peine aux feux rouges.

Il n'attendit pas l'ascenseur qui menait à l'étage de la maternité, préférant grimper l'escalier deux à deux.

— Je viens voir Sophie Ingram, annonça-t-il à la réceptionniste, reprenant à peine sa respiration.

— Juste derrière vous, répondit son interlocutrice en souriant gentiment. Elle est en salle de travail.

Il faillit trébucher en pénétrant dans la pièce, se retint de justesse.

— Sophie…

Elle était debout devant la fenêtre, très calme. Étonnamment calme. Comment était-ce possible ?

Parce que c'est Sophie, voilà…

— Coucou, dit-elle simplement. Merci d'être là.

— Merci ? C'est normal.

Elle portait une blouse bleu pâle et se tenait le ventre. Elle esquissa une grimace et souffla, visiblement saisie d'une longue contraction.

— Maintenant, je suis là, dit Cooper en l'enlaçant tendrement. Je vais t'aider.

Il commença à lui masser le bas du dos, décrivant des cercles du bout des doigts.

— Super…, murmura-t-elle.

— Quand est-ce que ça a commencé ?

— Il y a environ deux heures. Je n'ai pas trouvé mon téléphone, sinon je t'aurais appelé plus tôt. Il était pourtant dans mon sac…

Sophie s'efforça de sourire, et des larmes brillèrent au fond de ses yeux verts.

— C'est maintenant… Le bébé va arriver… Je n'y crois pas !

Cooper sentit son cœur se serrer. Il embrassa Sophie sur la bouche.

— Eh oui… Ce sera merveilleux. Tu es merveilleuse… Et très belle.

— Tu dis ça pour me faire plaisir… Aïe !

Une autre contraction, puis encore une, secoua Sophie.

— Respirez bien ! conseilla la sage-femme qui venait de les rejoindre. Vous vous débrouillez très bien, Sophie.

— Les deux dernières contractions ont été très rapprochées, signala Cooper.

La sage-femme fit signe que oui.

— Je crois que cette petite fille a hâte de voir le monde. Sophie, je vais vous examiner de nouveau, précisa-t-elle en désignant la table d'accouchement.

Cooper hésita. Devait-il laisser Sophie pendant quelques minutes ? Non, hors de question, même si la sage-femme était auprès d'elle.

Il regarda Sophie.

— Je peux attendre dehors.

Il fut soulagé qu'elle secoue la tête en signe de dénégation.

— Reste plutôt… et tiens-moi la main.

Elle se montrait si calme…

Impressionnante.

Toutefois, quelques instants plus tard, allongée et de nouveau parcourue de contractions, Sophie laissa échapper ses premiers cris de douleur.

— C'est bien, l'encouragea-t-il, profondément ému. Tu te débrouilles à merveille…

— Comment tu le sais ?

— Je le sais, c'est tout.

— Oh ! tais-toi et tiens-moi la main !

Oui, madame.

Il lui massa aussi la nuque, doucement mais fermement, tandis qu'elle poussait…

— Dilatation maximale, annonça la sage-femme. Vous y êtes presque, Sophie… Encore un peu ! Allez !

Cooper embrassa la main de Sophie.

— Tu es géniale.

Les yeux verts s'embuèrent, devenant presque gris à cause des larmes.

— Je suis contente que tu sois là, murmura Sophie. Avec moi… Avec nous.

Cooper sentit des larmes lui piquer les yeux.

— On forme une famille…, répondit-il, la voix légèrement enrouée.

D'une manière ou d'une autre, oui, ce serait le cas.

Sophie ne protesta pas. Au contraire, elle attira son visage vers le sien et l'embrassa sur les lèvres avec ferveur.

Le baiser fut brusquement interrompu quand, après une longue et dernière contraction, Sophie mit Lily Ingram-Daniels au monde.

Le nouveau-né poussa aussitôt son premier cri et Sophie le prit dans ses bras, le visage transfiguré par l'amour et la joie. En la regardant, Cooper éprouva alors l'absolue certitude qu'elle serait une mère merveilleuse…

Soulagement et bonheur s'emparèrent de lui en même temps. Le bébé était parfait… Sa petite fille était parfaite ! Elle serait dans sa vie pour toujours, et il veillerait sur elle autant que sur sa mère…

Sophie avait le front couvert de sueur, la chevelure emmêlée, mais jamais il ne l'avait trouvée plus belle.

— Elle a tes yeux, je crois, murmura-t-elle sans cesser de contempler le bébé.

— Elle aura peut-être ton fichu caractère, dit-il sur le ton de la plaisanterie.

Sophie se contenta de sourire, l'air émerveillé.

— Lily d'amour, voici ton papa…

Cooper prit le bébé dans ses bras et, instantanément, quelque chose changea en lui. Il regarda la peau rose, le tout petit nez, les quelques mèches de cheveux sombres, le minuscule poing…

Des larmes coulèrent sur ses joues.

La sage-femme s'éclaircit la voix.

— Désolée de vous déranger, mais le pédiatre est là pour examiner Lily…

— Pourquoi ? demanda Sophie d'un ton inquiet. Quelque chose ne va pas ?

Cooper eut l'impression que son cœur cessait de battre. *Non… Dites-moi que ce n'est pas vrai…*

— Pas du tout. Le médecin veut toujours vérifier qu'il n'y a pas de problème mais, rassurez-vous, c'est une simple routine, expliqua la sage-femme.

— Oh ! d'accord, fit Sophie, visiblement soulagée. Merci.

— Oui, merci, répéta Cooper.

Il avait l'impression d'afficher un sourire idiot, mais peu lui importait.

— Dire qu'on est médecins, Sophie et moi… Devenir parents ne nous rend pas plus malins, du moins pour l'instant, ajouta-t-il en s'efforçant de plaisanter.

Sophie se mit à rire.

— Parce qu'on est déjà gagas.

— C'est normal, assura la sage-femme en prenant Lily avec délicatesse. Détendez-vous, essayez même de vous reposer le temps qu'on l'examine.

Sophie la suivit du regard quelques instants avant de reporter son attention sur Cooper.

— Ne t'inquiète pas, tout ira bien, murmura-t-il. Elle va vite nous la ramener.

— Je sais…

— Il faudrait que tu dormes, pour récupérer.

Sophie esquissa une moue perplexe.

— Ça va être difficile. J'ai l'intention d'allaiter Lily ! D'ailleurs, je rêverais de rentrer à la maison dès maintenant pour être tranquille.

— Il faut d'abord que tu apprennes à nourrir Lily.

— Pourquoi ? Ce n'est pas aussi simple que ça en a l'air ?

— C'est à moi que tu demandes ça ?

Cooper se mit à rire. Il avait l'impression qu'il ne cesserait plus jamais de rire tant il se sentait heureux.

— Puisque tu ne pourras pas partir d'ici avant deux jours, je vais rester près de toi pour te tenir compagnie…

Et veiller sur Sophie et sa fille.

11.

Sophie fut stupéfaite de constater qu'elle s'était endormie alors que son bébé se trouvait dans le berceau juste à côté de son lit. Elle aurait dû rester éveillée pour le contempler sans se lasser !

Prenant appui sur un coude, elle se redressa et observa l'adorable petit être au visage rond et angélique, enveloppé d'un body rose.

C'est moi qui l'ai créé ?

Une immense fierté l'envahit, vite remplacée par de l'incrédulité.

— J'ai gardé l'œil sur vous deux, dit Cooper d'une voix douce. Tout va très bien.

Il était assis de l'autre côté de la chambre.

— J'ai dormi longtemps ? demanda Sophie, heureuse qu'il soit là.

— Une heure. Tu en avais besoin. Lily a également dormi, en même temps que toi, tu vois ? Je crois que l'infirmière va bientôt revenir pendant que tu nourris Lily.

Cooper semblait si détendu et à l'aise que Sophie en fut émue.

— Je n'aurais pas aussi bien vécu ce moment si tu n'avais pas été là. Merci…

Cooper sourit.

— C'est normal que je sois là. Il n'aurait pas été possible qu'il en soit autrement !

Sauf si, stupidement, elle avait écarté le père de sa fille… Mais elle ne l'avait pas fait.

Heureusement.

La présence de Cooper la rassurait et la comblait. Oui, c'était évident… Tellement évident qu'elle ressentit des frissons. Elle se souvint de la manière dont il l'avait massée avant l'accouchement, pour l'aider, la soutenir et la détendre… Ça lui avait fait un bien fou.

— Tu m'as vraiment beaucoup aidée.

— Tant mieux. Tu n'as qu'à exprimer tes souhaits ou besoins, et je serai là pour toi, affirma-t-il en lui souriant de nouveau.

Si seulement elle osait… Mais ensuite que se passerait-il ? Elle serait attachée à lui. Trop. Cooper aimait sa fille, oui, mais elle ?

— Je ne suis pas très douée pour demander.

— Je crois l'avoir compris.

Sophie le regarda et il garda les yeux rivés sur elle. Une lueur intense se reflétait dans ses prunelles.

— Tant mieux, alors, dit-elle, le cœur battant.

Elle ferma brièvement les paupières, consciente du trouble nouveau, très déstabilisant, qui s'emparait d'elle.

— Je vais pouvoir sortir dès cet après-midi, ajouta-t-elle.

Et, après ces dernières quarante-huit heures passées dans le cocon de la maternité, ce serait sans nul doute stressant de se retrouver seule, sans pouvoir appeler une infirmière ou une puéricultrice, sans qu'on lui apporte ces repas peu goûteux, typiques des hôpitaux, et néanmoins bienfaisants.

— Je t'emmènerai, dit Cooper. Je me suis organisé pour ne pas travailler.

— Oh… C'est gentil. On ira chez moi, alors.

— Non, à la maison.

Sophie le considéra en silence, incertaine. Elle avait préparé la chambre du bébé, mais le reste… Tout était encore si peu confortable. Le robinet d'eau chaude ne fonctionnait pas bien, et pourtant elle avait déjà demandé à un plombier de le réparer.

— Il y fera plus chaud. Je pourrai cuisiner, insista Cooper. Tu partiras quand tu seras en forme, évidemment… En attendant, moi, je serai là pour t'aider.

Sophie hésita encore. Cooper lui souriait… À croire qu'il savait pouvoir tout obtenir d'elle avec ce sourire irrésistible. Vraiment tout.

— Ne te sens pas obligé…

— Au contraire, ce sera un plaisir. Je pourrai aussi changer Lily la nuit, pour que tu récupères mieux.

Elle sentit ses dernières résistances fondre.

— Bon… D'accord.

Il se mit à rire.

— J'aurais dû commencer par cet argument-là… Maintenant, il faudra également que je fasse à manger !

La villa était bien chauffée entre autres grâce au poêle à bois qui diffusait une douce chaleur. Résultat, il faisait aussi bon qu'à la maternité !

Avant d'aller chercher Sophie et Lily, Cooper avait disposé des bûches et préparé la chambre où Sophie avait déjà dormi. Il avait installé le berceau près du lit, une table à langer, et apporté une pile de couches ainsi que des lingettes, du coton et une lotion nettoyante. Il avait rangé de nombreux petits vêtements pour Lily : bodys, chaussons… Des achats complétés la veille au soir, lorsqu'il avait quitté l'hôpital.

Jetant un coup d'œil circulaire, Sophie sourit, l'air étonné.

— Tu as tout organisé à merveille… Merci !

— De rien. Je suis heureux d'être utile, tu sais.

Et un point de plus en sa faveur, songea-t-il avant de se dire qu'il se ridiculisait peut-être. Mais peu lui importait. Quelle autre solution avait-il pour inciter la jeune femme à s'installer définitivement sous son toit ? Aucune… Il fallait qu'elle se sente bien en sa compagnie, sécurisée et… libre.

Dans les bras de Sophie, le bébé bougea une main,

captant aussitôt l'attention de Cooper. Il sentit son cœur se gonfler de joie.

— Qu'elle est belle… Vous êtes belles toutes les deux !

Sophie lui jeta un coup d'œil perplexe.

— Je dois avoir mauvaise mine… Je suis si fatiguée !

— C'est normal, ma chérie, tu viens de mettre au monde une magnifique petite fille. Repose-toi, maintenant, ajouta Cooper en prenant doucement Lily pour l'installer dans le berceau.

— Tu m'as appelée… « ma chérie » ? demanda Sophie, l'air encore plus incrédule.

— Oui. Désolé, ne m'en veux pas… Mais tu sais bien que tu m'es chère. Très chère. Je tiens à toi et à vous deux.

Sophie ébaucha un sourire et ses yeux brillèrent.

— Je ne t'en veux pas. Tu aimerais bien qu'on vive ici, pas vrai ?

— Je peux difficilement prétendre le contraire. J'en serais si heureux…

Encore plus que tu ne peux l'imaginer.

En vérité, réalisa Cooper, il était prêt à faire tout ce qui était en son pouvoir pour la persuader de ne pas habiter seule, pour qu'elle souhaite rester avec lui… Ici. Chez lui. Chez eux. Il y mettrait autant d'énergie que lorsqu'il s'efforçait de garder les femmes à distance ! Quelle ironie du sort. Difficile de croire qu'il était le même homme qu'avant. Peut-être ne l'était-il d'ailleurs pas…

Tout ça parce qu'il avait rencontré Sophie, et qu'elle avait définitivement bouleversé son existence. Il n'aurait jamais pu envisager qu'un tel revirement de situation lui arrive un jour.

— Je t'aime.

Cooper cligna des yeux. La pièce était plongée dans une douce pénombre, et personne ne se tenait près du canapé sur lequel il s'était endormi.

Il avait dû rêver que Sophie murmurait ces mots… Parce qu'il aurait tant voulu qu'elle les prononce ? Oui, sûrement.

Un petit corps chaud était blotti contre lui. Baissant le regard, il ne vit que la tête de Lily, auréolée de cheveux noirs.

Bien sûr… Il avait pris Lily avec lui après la dernière tétée pour la changer.

Lorsqu'il était retourné dans la chambre, Sophie dormait profondément. Il l'avait bordée et était vite reparti en gardant Lily.

Il n'avait pas prévu de s'endormir… Mais il était fatigué, lui aussi. Les nombreuses interventions à l'hôpital durant la semaine précédente, puis les bouleversements liés à la naissance avaient quelque peu secoué son endurance à rester éveillé. Et peut-être sa raison… Puisqu'il imaginait que Sophie venait de formuler l'impossible.

Cooper referma les paupières. Mais un léger bruit le fit tressaillir et il ouvrit de nouveau les yeux.

— Sophie ?

— Qui d'autre pourrait être là ?

Elle se tenait bel et bien à côté de lui, vêtue d'une chemise de nuit rose et légèrement décolletée. En dessous, ses seins étaient pleins, gonflés. Ses longs cheveux cascadaient sur ses épaules.

Une vision de rêve.

— Tu ne dors plus ?

— Apparemment pas.

— Je ne voulais pas te réveiller, tout à l'heure… Tu avais l'air de si bien récupérer !

— C'est le cas. D'ailleurs, là, je me sens très bien. Et tu aurais dû me réveiller, ajouta Sophie. Ce n'est pas moi qui devrai assurer quatre opérations demain… À moins que ce ne soit aujourd'hui ?

Si seulement on était samedi, songea Cooper. Le réveil ne sonnerait pas à 6 heures. La salle d'attente ne serait pas emplie de personnes souffrantes, impatientes qu'il les reçoive. Sa fille et Sophie seraient près de lui durant la journée entière.

— Quelle heure est-il ?

— L'heure de te coucher et de te reposer à ton tour. Je te remplace.

Sophie lui sourit et Cooper sentit son cœur battre plus vite. Qu'elle était belle…

— D'accord. Tu es là depuis longtemps ?

Finalement, il n'était peut-être pas en train de rêver. Cette conversation paraissait si normale.

— Quelques minutes, répondit-elle. Je me suis réveillée en sursaut et je me suis levée aussitôt en vous cherchant, Lily et toi. Tu dormais en la tenant dans tes bras comme si elle était un trésor… Je n'oublierai jamais ce genre de moments.

Cooper tendit la main pour attraper celle de Sophie et il lui embrassa tendrement la paume.

— Cooper…, murmura-t-elle en s'essayant sur le canapé.

Il la regarda, conscient des battements précipités de son cœur. Elle s'apprêtait à lui dire quelque chose de particulier, il le sentait. Ça avait l'air d'être difficile pour elle.

Peut-être pouvait-il encore éviter le pire…

— Retourne te coucher. Je t'amène Lily dès qu'elle sera réveillée.

Sophie eut un doux sourire.

— Tu es décidément adorable. Toi et moi…

Elle ferma les yeux un court instant et sembla prendre une profonde inspiration.

— En fait, je t'aime.

Quoi ?

Non, je rêve.

Mais à l'accélération franche de son pouls, à la chaleur qui se diffusait en lui, Cooper sut qu'il était éveillé.

Ce qu'il venait d'entendre, c'était ce qu'il appelait de ses vœux depuis des jours et des jours.

— J'ai imaginé tellement de fois que tu me disais ces mots magiques… Tout à l'heure, par exemple.

Sophie sourit de nouveau.

— C'était vrai. Je les ai prononcés pendant que tu étais endormi.

Cooper la dévisagea, le cœur battant. Il aurait voulu bondir de joie, réveiller la rue entière… Il aurait voulu enlacer Sophie, l'étreindre fort, très fort, et lui avouer ses sentiments…

Mais il tenait sa fille dans ses bras.

Sans quitter Sophie des yeux, il se redressa doucement afin d'être face à la jeune femme.

— Tu as bien dit… que tu m'aimais ?

Un sentiment d'émerveillement l'envahissait peu à peu, effaçant les doutes qu'il avait éprouvés jusque-là, les transformant en amour pur et désir fou.

Sophie soutint le regard de Cooper, une expression calme et déterminée sur la figure. D'où tenait-elle cette capacité à se maîtriser ? Elle était si forte. Vraiment impressionnante.

— Oui, je l'ai dit. Mais je n'aurais peut-être pas dû…

— Pourquoi ? Au contraire…

Cooper s'efforça de respirer amplement, espérant paraître posé, lui aussi.

— Il fallait que ce soit toi qui le dises en premier.

— Pourquoi ? murmura Sophie, l'air de nouveau perplexe.

Le cœur battant, Cooper commença par poser Lily dans le couffin placé à côté du canapé, puis il prit la main de Sophie et la serra doucement dans la sienne.

— Viens…

Dès qu'elle fut allongée sur le canapé, il se glissa auprès d'elle afin qu'ils soient l'un contre l'autre, collés serrés. De sa main libre, il saisit doucement le menton de Sophie et lui tourna le visage vers lui.

— Personne ne me l'a jamais dit, avoua-t-il en gardant les yeux dans ceux de Sophie. Personne.

— Personne ?

— Dans ma famille, on n'exprime pas ses sentiments. La seule fois où j'ai dit à une femme que je l'aimais, j'avais huit ans et elle vingt-huit. Elle a quitté mon père le lendemain.

— Oh… Je vois.

Sophie ajouta après un court silence :

— Tu ne l'exprimes peut-être pas, mais tu le montres. J'ai pu constater et sentir à quel point tu te soucies de moi depuis que tu as appris ma grossesse…

Elle le regarda sans rien dire, visiblement émue. Un léger sourire affleura à ses lèvres.

— J'ai eu du mal à l'accepter, tu t'en es rendu compte. J'ai l'habitude de m'occuper seule de moi-même. J'ai l'habitude d'une certaine solitude, admit-elle. Ça ne m'effraye pas. Je ne veux pas être une charge, tu comprends ? En même temps…

Elle hésita.

— Avec toi, je suis bien. Très bien. Et j'ai l'impression que je pourrais passer la vie entière avec toi !

— La vie entière, tu as dit ?

Cooper eut de nouveau l'impression d'être en train de rêver.

— Et moi je veux qu'on ne se quitte plus. Plus jamais…

Il le savait instinctivement depuis des semaines. Il l'avait probablement ressenti le jour où ils s'étaient rencontrés pour la première fois, alors que le monde explosait autour d'eux. Mais il n'avait pas osé l'exprimer. Il avait eu trop peur que Sophie le repousse…

Il avait eu tort.

De toute façon, l'amour ne pouvait advenir qu'avec une certaine audace. Une prise de risque ? Oui, en quelque sorte.

Pourrai-je le lui dire ?

Inconsciente du combat secret qui se livrait en lui, Sophie poursuivit :

— Alors j'ai l'impression qu'on est sur la même longueur d'onde ?

— Je crois bien, oui…

— Je t'aime.

— Je t'aime… Mais toi tu es sûre ?

— Je vais le répéter pour que tu n'aies plus de doutes, reprit-elle d'un air à la fois ému et malicieux. Cooper Daniels, moi, Sophie Ingram, je t'aime de tout mon cœur. Et…

Elle leva la main, paume tournée vers lui.

— Je t'aimerai toujours.

Un sentiment de bonheur inconnu inonda Cooper.

— Je t'aime aussi, Sophie… Je t'aime à la folie… Je t'aime comme je n'ai jamais aimé personne… Tu es une femme extraordinaire, et la mère de ma fille…

Il sentit sa gorge se nouer. Comment hésiter encore ? Il fallait qu'il aille jusqu'au bout, à présent. Quoi qu'il lui en coûte.

— Sophie, je voudrais t'épouser. Tu veux bien ?

À ce moment-là, Lily se mit à pleurer.

Sophie éclata de rire…

Et Cooper retint son souffle.

— Ça tombe mal, mon bébé chéri, murmura-t-elle. Mais j'imagine que la vie de parents est ainsi faite… Les contretemps sont forcément nombreux.

Cooper avait la sensation de ne plus pouvoir respirer.

Sophie ?

Des yeux vert émeraude le fixèrent tandis qu'elle lui déposait un léger baiser sur les lèvres.

— Oui, murmura-t-elle. Oui pour la première fois où tu me l'as demandé. Oui pour la deuxième… Et définitivement oui aujourd'hui.

Lily cria de nouveau.

Cooper se leva et prit leur fille dans ses bras.

— C'est décidément miraculeux, dit-il en la tendant à Sophie. Je t'ai avoué que je t'aime, et tu as accepté que je t'épouse…

Il en avait presque le vertige. Il avait toujours cru que ce sentiment-là n'était pas fait pour lui… Erreur. Non seulement il le ressentait, mais en plus son amour était partagé.

— Eh oui, tout ça à la fois ! dit Sophie en installant le bébé contre son sein.

Elle sourit à Cooper.

— Même pas mal, pas vrai ?

— Ah non…

Cooper se mit à rire et s'assit à côté de Sophie.

— J'aurais dû essayer avant.

— Pour mieux me satisfaire, alors, répliqua-t-elle d'un ton taquin.

— Tu es facile à satisfaire.

— Oh ! oh… Serais-tu déjà fier de toi ?

— Non, seulement extrêmement amoureux de ma future femme.

Sophie sourit de nouveau et regarda leur fille avec tendresse.

— Tu as de la chance, ma chérie, maman et papa sont ensemble et s'aiment…

Cooper lui prit la main et l'embrassa.

— C'est moi qui ai de la chance de vous avoir toutes les deux auprès de moi.

Il avait trouvé l'amour, appris à en donner, et ce bien plus tôt que son vieux père…

— Ce miracle, c'est grâce à toi, murmura-t-il tout contre les lèvres de Sophie.

Puis il l'embrassa passionnément.

Épilogue

— Joyeux Noël, mes chéries !

Cooper pénétra dans la chambre à coucher en apportant un plateau garni de tasses et deux petits cadeaux joliment empaquetés, ornés de rubans rouges.

Sophie se sentit envahie de bonheur et de fierté. Cet homme tellement séduisant — même avec ce ridicule bonnet de Père Noël sur la tête — était son époux ?

— Joyeux Noël, mon amour…

Un Noël pas comme les autres… Puisqu'il s'agissait aussi de leur lune de miel.

Ils s'étaient mariés la veille dans le jardin de roses du château d'Auckland, en présence d'un petit groupe d'invités : leurs parents et amis les plus proches qui voulaient partager leur joie.

Le sourire aux lèvres, Cooper posa le plateau et prit Lily dans ses bras. Il l'embrassa tendrement sur le front, puis il s'assit près de Sophie et la regarda, l'air ému.

— Je n'ai jamais été aussi heureux de ma vie… Je t'aime, Sophie Daniels.

— Moi aussi je t'aime, Cooper Daniels. L'homme qui est à tomber par terre est devenu mon mari !

Cooper se mit à rire.

— L'homme qui est à tomber par terre…, répéta-t-il. Vous m'avez vraiment décrit de cette manière, Kelly et toi ?

— Je le jure. Mais ni elle ni moi n'aurions pu imaginer qu'on ferait notre vie ensemble, toi et moi.

— Personne n'aurait pu l'imaginer, admit Cooper. Même

si, quand je t'ai vue cette première fois, j'ai ressenti quelque chose de très particulier, comme un petit électrochoc, je crois… Ce truc qui devait déjà être en train de me souffler : « C'est elle, la femme de tes rêves… »

Sophie sourit, se remémorant les circonstances de leur rencontre. Oui, qui eût cru qu'un an plus tard ils seraient mari et femme, et parents d'une adorable petite fille ?

— Allez, ouvre ton cadeau, dit Cooper en lui tendant le paquet.

Sensible à l'impatience qu'il témoignait, Sophie défit aussitôt le papier cadeau et découvrit une petite boîte. Elle l'ouvrit, révélant un écrin de satin blanc contenant un fin bracelet d'argent orné de trois pendentifs.

— Oh ! que c'est beau…

Elle avait souvent eu envie d'en acheter un mais, jugeant son désir trop futile, ne l'avait jamais fait.

— Et si romantique, murmura-t-elle en effleurant l'un des pendentifs en forme de cœur. En fait, tu es romantique !

Cooper hocha la tête.

— Peut-être bien.

Le sourire aux lèvres, Sophie regarda le deuxième pendentif, qui représentait un chausson de bébé. Des larmes embuèrent ses yeux.

— Ça, c'est pour Lily… Et, ça, c'est pour nous, poursuivit-elle en admirant le troisième pendentif.

Un petit caducée : l'emblème du soin et de la médecine.

— Je l'ai fait fabriquer spécialement, dit Cooper.

— Merci…

Émue, Sophie l'embrassa sur la bouche. Depuis qu'ils étaient mariés, leurs baisers lui semblaient encore plus délicieux…

Elle se blottit contre son mari et mit le joli bracelet à son poignet. Qu'elle était heureuse !

Comme par hasard, au même instant, Lily se mit à pleurnicher. Dès que ses parents s'enlaçaient, elle se manifestait presque systématiquement.

Cooper soupira.

— Oui, ma chérie, papa Noël a aussi un cadeau pour toi, mais j'ai bien peur qu'il ne te distraie pas suffisamment longtemps pour que j'aie le temps d'offrir à ta mère son véritable cadeau !

En souriant, Sophie ouvrit le deuxième paquet. Elle en extirpa une boîte qui contenait un deuxième bracelet orné de pendentifs. Un tout petit modèle pour Lily.

— C'est adorable…, dit-elle, emplie de gratitude envers cet homme devenu essentiel dans sa vie.

Un an auparavant, elle était invitée à un réveillon chez des amis. Comment aurait-elle pu imaginer ce qui l'attendait ? L'existence recelait souvent une part d'imprévu extraordinaire…

— Je ferais mieux de me préparer, annonça-t-elle, s'écartant à regret. Nos amis ne vont pas tarder.

— C'est vrai. On attendra qu'ils soient là pour ouvrir nos autres cadeaux. Au fait, ne t'inquiète pas : mes parents sont toujours en retard, précisa Cooper.

— Aucun problème…

Sophie lui prit la main et la serra tendrement dans la sienne.

— Je n'arrive pas à y croire… On va fêter Noël tous ensemble… Ce sera un véritable Noël ! Avec des paquets, un bon repas, une ambiance festive qui fait rêver…

— Oui, mon amour, un véritable Noël, renchérit Cooper. Avec nos parents… Qui sont aussi, dorénavant, les grands-parents de notre fille !

L'émotion brilla dans ses yeux.

— Grâce à toi… C'est grâce à toi. Je n'ai jamais vécu un tel bonheur, et je pensais que ça ne m'arriverait jamais. Je te suis vraiment reconnaissant.

— Non, mon chéri…

Sophie secoua la tête.

— Tu n'as pas à te sentir redevable de quoi que ce soit. On s'aime trop, toi et moi. Notre fille a la chance qu'on soit tous les deux là pour elle, et qu'on puisse lui offrir ce dont elle a besoin : de l'amour avant tout. Ce sera un Noël de rêve !

— Oui… Un rêve devenu réalité, avoua Cooper en l'enlaçant tendrement.

Ils échangèrent un long baiser.

— À propos de réel, si je mettais la dinde au four ? proposa-t-il.

— Déjà ? On ne mangera pas avant plusieurs heures… La chair risque de sécher.

— Il faut que la volaille cuise longtemps, lentement, et qu'on l'arrose souvent. Fais-moi confiance, ce sera parfait.

Sophie éclata de rire.

— J'ai confiance en toi pour tant de choses… Pour ça aussi, alors ? Tu es sûr de toi ?

— Oui… Enfin, je crois. Gillian serait de bon conseil, ajouta Cooper. Elle est une excellente cuisinière.

— Parfait. Tu veux l'attendre ?

En prononçant ces mots, Sophie eut la sensation qu'ils formaient dorénavant une vraie grande famille… Gillian et le père de Cooper, ses propres parents, ses amies de l'époque lycéenne et étudiante, les camarades de Cooper, en couple pour la plupart et parents, eux aussi…

Leur maison résonnerait bientôt de bavardages et de rires insouciants. On entrechoquerait les coupes de champagne, on savourerait le repas… Et ces instants partagés seraient immortalisés par des photos. Si besoin, elle demanderait conseil pour mieux s'occuper de Lily… Tout deviendrait plus facile et agréable parce qu'ils seraient ensemble.

Renversant la tête contre l'oreiller, Sophie regarda Cooper et Lily.

— Waouh…

— Qu'est-ce qu'il y a ? demanda Cooper.

— Je disais juste « waouh ».

Elle se mit à rire.

— Parce que je suis si heureuse !

Quand Cooper l'embrassa de nouveau, Sophie goûta ses lèvres et ce baiser qui scellait leur amour infini… C'était merveilleux. D'autant plus que Lily n'interrompit pas leur étreinte. *Waouh…*

BLANCHE

Seconde chance aux urgences,

de Sue MacKay - N°1618

Quand Chloé croise le regard du Dr Devlin Walsh, le nouvel urgentiste de l'équipe, elle est projetée des années en arrière. Dans une autre vie, tous deux étaient fiancés, mais son grand amour l'a quittée parce qu'elle n'appartenait pas au même monde que lui, lui brisant le cœur au passage. Sauront-ils aujourd'hui oublier leurs différends pour travailler ensemble ? En infirmière chevronnée, Chloé s'en fait la promesse...

Le baiser du boss, de JC Harroway

Pour son premier jour au City Hospital de Londres, Darcy espère faire bonne impression sur son chef, le Dr Joe Austin. Hélas, ce dieu de la chirurgie se révèle hostile à son égard, comme s'il doutait de ses qualités de médecin. Qu'à cela ne tienne, Darcy est résolue à lui montrer la professionnelle accomplie qu'elle est. Et, pour cela, à ignorer l'élan de désir qui la pousse bien malgré elle vers cet homme insupportable...

Retour à Wildfire, de Meredith Webber - N°1619

SÉRIE : WILDFIRE, URGENCES MÉDICALES - 1/6

En revenant sur l'île de Wildfire, Caroline ne s'attendait pas à revoir Keanu Russell, celui qu'elle considérait comme son grand frère autrefois. Quelle n'est donc pas sa surprise quand elle apprend qu'ils travailleront dans le même hôpital ! Si Caroline s'en réjouit d'abord, cette collaboration s'avère vite délicate. Car, au fil des jours, elle sent naître pour Keanu des sentiments inédits. Serait-elle tombée amoureuse de son ami d'enfance ?

La petite fille du Pacifique, d'Alison Roberts

SÉRIE : WILDFIRE, URGENCES MÉDICALES - 2/6

Ainsi, Luke est de retour à Wildfire... Anahera est bouleversée : elle risque à tout moment de croiser l'homme qu'elle a follement aimé quatre ans plus tôt... et qui l'a trahie de la pire des façons. Cette confrontation, elle la redoute au plus haut point : elle craint de retomber sous le charme de Luke, mais surtout il lui faudra bientôt lui révéler qu'il est le père de sa petite Hana...

HARLEQUIN

Leur mission : sauver des vies.
Leur destin : trouver l'amour.

HARLEQUIN
www.harlequin.fr

BLANCHE

Pour le bonheur d'Alfie, de Karin Baine - N°1620

« Maman… » Le jour où le petit Alfie l'appelle ainsi, Charlotte sent la panique la gagner. Certes, elle vient de partager des moments exquis avec Hunter, le père de l'enfant, mais ses priorités n'ont pas changé : seule sa carrière de médecin compte. Bouleversée, elle préfère alors couper tout contact avec Hunter et Alfie, qu'elle aime pourtant déjà comme sa famille…

Sept jours pour s'aimer, de Louisa Heaton

C'est folle de joie que Belle pénètre dans le parc de Yellowstone. Voilà des années qu'elle souhaitait participer à ce trek ! Mais soudain son cœur manque un battement. Dans le petit groupe de randonneurs qui l'attendent, elle aperçoit Gray Mc Gregor, l'homme qui l'a abandonnée devant l'autel le jour de leur mariage. Comment pourrait-elle vivre à ses côtés une semaine entière ?

HARLEQUIN

Leur mission : sauver des vies.
Leur destin : trouver l'amour.

HARLEQUIN
www.harlequin.fr